La flota negra

Yazmín Ross

La flota negra

ALFAGUARA

LA FLOTA NEGRA
D. R. © Yazmín Ross, 1999

ALFAGUARA M.R.

De esta edición:
D. R. © Aguilar, Altea, Taurus, Alfaguara, S. A. de C. V., 1999
Av. Universidad 767, Col. del Valle
México, 03100, D.F. Teléfono 5688 8966
www.alfaguara.com.mx

- Distribuidora y Editora Aguilar, Altea, Taurus, Alfaguara, S.A.
  Calle 80 Núm. 10-23, Santafé de Bogotá, Colombia.
- Santillana S.A.
  Torrelaguna 60-28043, Madrid, España.
- Santillana S.A.
  Av. San Felipe 731, Lima, Perú.
- Editorial Santillana S. A.
  Av. Rómulo Gallegos, Edif. Zulia 1er. piso
  Boleita Nte., 1071, Caracas, Venezuela.
- Editorial Santillana Inc.
  P.O. Box 19-5462 Hato Rey, 00919, San Juan, Puerto Rico.
- Santillana Publishing Company Inc.
  2043 N. W. 87 th Avenue, 33172, Miami, Fl., E.U.A.
- Ediciones Santillana S.A. (ROU)
  Constitución 1889, 11800, Montevideo, Uruguay.
- Aguilar, Altea, Taurus, Alfaguara, S.A.
  Beazley 3860, 1437, Buenos Aires, Argentina.
- Aguilar Chilena de Ediciones Ltda.
  Dr. Aníbal Ariztía 1444, Providencia, Santiago de Chile.
- Santillana de Costa Rica, S.A.
  La Uruca, 100 mts. Oeste de Migración y Extranjería, San José, Costa Rica.

Primera edición: agosto de 2000

ISBN: 968-19-0739-6

D. R. © Diseño: Proyecto de Enric Satué
D. R. © Diseño de cubierta: duna vs. paul
D. R. © Fotografías de cubierta: Roger van der Zee

Impreso en México

Índice

La persecución

Harlem, 1921-24

A quienes guardan celosamente un secreto inexistente

Los inicios

Limón, 1910

El viaje

Es peligrosa la transmisión oral,
porque en la transmisión oral,
las personas comienzan a fantasear.
LA DIRECTORA DE LA ESCUELA SAN MARCOS

—¿Hablas solo?

—Hablo con el mar.

Una ráfaga de viento recorta la silueta baja y robusta del joven. La chica se acerca con las manos en la espalda. A sus pies, peces que saltan en agua de sal. Arriba, cuerpos ocultos en un banco de nubes.

—Soy muy creyente del mar. Le hablo, me habla, nos entendemos.

—¿Qué hay que hacer?

—Saludarlo, encontrarse con él en cada viaje, en cada puerto, como pasar por un templo y persignarse —la chica sujeta los vuelos del vestido con las rodillas, el joven se alisa el bigote y mira de reojo sus piernas adolescentes—. Te ordena los pensamientos.

—Voy a probar —ella cierra los ojos y se frota las sienes.

—Ahora no.

—¿Por qué?

—Porque estás conmigo y no te hace caso —el joven se queda largo rato observando los remolinos de viento en el vestido de la muchacha—. ¿Adónde vas?

—A Panamá a estudiar.

—Debes ser la única que va a Panamá a estudiar. Toda la gente que conozco va a enseñar o a trabajar en esa obra monstruosa de juntar dos océanos.

La luna, en mitad de su ciclo, es un cascarón enterrado en el cielo. Su pálido resplandor ilumina el cuello almidonado del joven. Ella le busca los ojos, las facciones, algún indicio de ese rostro disuelto entre las sombras.

—¿Qué ves?

—El amanecer.

La chica se acerca un poco más. La oscuridad se hace más intensa en la cara del joven, como si la noche brotara de su rostro y volviera a él misteriosamente.

—¿Con los ojos cerrados?

—Tienes que concentrarte.

—*What do you see?* —la muchacha sonríe y entrecierra los suyos.

—Lenguas de fuego: una línea interminable de lenguas de fuego.

Abre los ojos sobresaltada. Un velo de nubes avanza rápidamente devorando estrellas, el barco se interna en una zona de niebla.

—El amanecer es el único momento que nos recuerda el origen.

—Cuando el sol sale y el cielo se pone de todos colores —se entusiasma ella.

—No, esa parte ya no tiene misterio. Para mí, lo mejor es cuando cielo y mar intercambian papeles, cuando todo es azul y aparece una hoguera en el cielo, roja, solitaria, entre dos bordes oscuros como la pupila de un lagarto que despierta de improviso —prolonga su descripción al verla tan atenta a sus palabras—. Manchas en el agua, indefinidas, no se sabe si son islas o naves flotando, el horizonte en llamas.

—Y las estrellas en su sitio.

—Y las estrellas en su sitio —entreabre un ojo, contempla los rasgos suavizados por el brillo lunar—. África empieza después de esa línea de fuego.

La chica da un paso atrás al sentir su aliento cerca, muy cerca de la cara, disimulado en una loción para después de afeitar. Retrocede contra la baranda y dobla la espalda hasta que el mar y la bóveda celeste se invierten en su cabeza.

—Perdón. No quise asustarte —los dedos titubean en el rostro de la chica—. Tienes unos párpados increíbles. Debes soñar cosas importantes.

Ella se muerde los labios con malicia y adopta un aire de travesura.

—¿De qué te ríes?

—Tu bigote: es un poco grandilocuente.

Le da un ataque de risa al verlo palpándose el labio superior y mordisqueándose, aprensivo, el bigote, graciosamente afectado por la crítica.

—Si mi bigote te divierte… adelante.

—Perdón —la chica contrae los músculos del estómago, suspira un par de veces, pero la risa escapa a borbotones—. Perdón, me porto como una tonta.

Los destellos de la risa aún vibran en sus pestañas húmedas.

—Está por salir el sol y todavía no sé cómo te llamas.

—Si digo mi nombre, ¿aparecerán las fogatas en el cielo, la pupila del lagarto y todas esas cosas?

—Tal vez —lleva la sonrisa a una esquina de la boca—. No puedo garantizarlo.

—Amy, Amy Ashwood.

Repite su nombre varias veces y nada. El cielo sigue cubierto.

—No te decepciones, Amy. El vapor engaña, es como tener una venda en los ojos. Arriba de esas nubes, el cielo se ha puesto rojo y los astros se combinan.

—¿Eres astrólogo? ¿Astrónomo o algo así?

—No. Tengo debilidad por los astros que devoran la luz —otra vez trata de acariciarla y otra vez se contiene.

—A ver tu mano —apenas lo roza, siente una potente descarga de energía—. ¿Qué fue eso? —Amy se frota en la ropa y vuelve a tomarlo con más cautela—. Tienes líneas por todas partes, algunas muy profundas.

—¿Es grave? —se examina las palmas curioso e interesado.

—Te gusta hacer mil cosas a la vez. O vas a vivir por diez.

—¿Qué más?

—Eres fantasioso, te las arreglas para que todo gire en función de ti.

—Ya me dijiste grandilocuente, egocéntrico y fantasioso en un mismo día.

—Pero a ti te creen cualquier cosa que digas…Yo te creí ciegamente.

—Mi madre estaba convencida de que sería un predicador —se ríe de buena gana—. Y del amor ¿qué dice? ¿Que acabo de encontrar a la mujer de mi vida?

Amy Ashwood observa una incisión, un vacío que deja en suspenso la línea de la vida y luego la retoma con menos fuerza.

—Sigue. ¿Ya te aburriste?

Lo mira fijamente a los ojos, le cierra el puño y lo deja caer.

—¿Algo malo?

El mar golpea contra las paredes del barco, un vapor de la gran flota blanca en ruta regular por el Atlántico.

—¡Shhh! —ella dirige el oído hacia la masa líquida tratando de separar los sonidos del mar, los del barco, los de su propia respiración—. ¿Escuchas los gritos?

—¿Cuáles?

Los gritos suben a cubierta sofocados por una coraza de metal. El joven la toma de la mano y echan a correr por escalerillas y pasillos; entre más se internan, más se pierden los sonidos en capas de fierro.

La rutina del barco se activa. Los marineros circulan por la zona de grúas, los corredores, el cuarto de máquinas.

—¿Es que nadie escucha o se hacen los sordos? —Amy gira sobre sus talones y deja caer los brazos desalentada. Los gritos suben por el sistema de respiraderos, rebotan en tubos y cañerías, provocan una ansiedad indescriptible en el joven.

—Espera un momento —se detiene a tomar aire y secarse el sudor.

—Estás asustado.

—No —un escalofrío recorre su cuerpo; trata de disimular pero el bigote se eriza y delata cierta alteración, algo que ha removido un recuerdo corporal angustiante. Intenta sobreponerse y reanudar la carrera.

—¿A dónde creen que van? —un fogonero les impide avanzar.

—Soy Marcus Garvey, exijo pasar.

—Y yo soy Napoleón.

El joven trata de abrirse paso a como dé lugar.

Un grupo de marineros lo rodea, él permanece inmóvil. Su aire resuelto hace dudar a los fogoneros, temen se trate de un inspector de vapores, un embajador itinerante o un funcionario del gobierno colonial.

El capitán es convocado de urgencia. Apenas ve las insignias, el joven lo increpa.

—Ustedes están realizando un acto ilegal.

—¡No me diga! Y usted nos va a denunciar —el capitán da dos vueltas alrededor de él y lo analiza con gesto peyorativo.

—Me da su nombre por favor —Garvey saca una libreta de apuntes e interroga al oficial—. *Your name, please.*

—¿Quién diablos es usted?

—Si no me da sus datos, los averiguaré de cualquier forma.

—¿Es una amenaza?

—Es un aviso.

—Usted está desafiando a la autoridad.

—Soy un hombre de prensa y sé cómo conseguir información.

—Y yo soy el comandante de la nave. De mí depende que usted llegue a tierra o no… así que mida sus palabras.

En la trifulca, la muchacha desaparece. Garvey la busca entre los marineros, que lo rodean como carretas en círculo.

—¿Qué hicieron con la chica?

—¿Qué pasa, comandante? —un jerarca de la United Fruit se hace presente.

—Un revoltoso a bordo. Es todo.

El altercado atrae a los pasajeros regulares. Garvey forcejea con los marinos envalentonado por la presencia de testigos.

—¡Traficantes! ¡Contrabandistas!

—Capitán, los viajeros se hacen preguntas —recrimina el funcionario de la compañía bananera.

—Este barco transporta mercancía humana —vocifera el joven mientras mira a su alrededor. Los pasajeros se abanican impávidos.

—¿Va a permitir que un negro de mierda lo ponga en ridículo?

—Es un atropello, un agravio. Un…

—¡Llévenselo!

Apretados en la bodega, doscientos jamaiquinos respiran un aire confuso. Toses frágiles y algún ronquido escapan del estrecho compartimento donde fueron embarcados.

La única bocanada de aire fresco entró cuando un par de marineros abrieron para arrojar a un sujeto perfumado y parlanchín que no cesa de hacer preguntas.

¿Quién los metió aquí? El señor Laws. ¿Quién? Un contratista de la compañía bananera.

El joven intenta ponerse de pie. Un golpe de agua lo hace rodar entre los cuerpos adormilados y entumecidos de los inmigrantes.

—Estos señores no se enteraron de que la trata acabó hace un siglo —Garvey saca su libretita, busca un hilo de luz y toma nota de cómo, dónde y cuándo los embarcó el tal señor Laws. Algunos se prestan al interrogatorio creyéndolo un personaje influyente, otros miran con desconfianza su aspecto de señorito inglés, lo ignoran o roncan más fuerte—. ¿Procedencia?

—Puerto Antonio. Saint James. Puerto España. West Mooreland.

—¿De qué parte de África?

Todos lo miran desconcertados.

—Se equivocó de barco, sir. Venimos de Jamaica.

—Jamaica es un accidente en nuestras vidas —moja el lápiz en la punta de la lengua y se mantiene en actitud de espera.

—Yo soy congo —responde uno.

Garvey enciende un fósforo y lo alumbra intrigado. La luz viva recorre un físico imponente de piernas interminables.

—*So, how is Africa?*

El tipo se sumerge en un profundo silencio y niega con la cabeza, el esfuerzo por recordar es visible e inevitablemente estéril.

Garvey lo toma por un embustero. Nadie olvida la tierra de origen. Nadie podría llegar a ese extremo de la amnesia.

—Los ingleses son muy inteligentes, ¿sabes? Ellos usan una inyección, una extraña sustancia que aplican a cada africano que cruza el Atlántico para que olvide absolutamente todo —el tipo escupe una ramita y le devuelve la pregunta—. Y usted, ¿de dónde viene?

—Soy maroon.

—¿Qué tribu es ésa? —tercia otro.

—No es ninguna tribu. Es una mentalidad —subraya Garvey.

—Maroon. En África, no significa nada —replica el congo.

—Significará. Es cuestión de tiempo.

En la bodega, el efecto del oleaje se multiplica.

—Se avecina tormenta.

—Es el viento que cambió de dirección.

—Tranquilos. Es un temporal. Del fondo del mar no pasamos.

Un hombre mayor se persigna y ora en silencio.

—Andamos a la deriva —dice Garvey.

—¡Quieres callarte!

—Andamos a la deriva como los continentes, los árboles, los nidos de las aves. En este rincón del cerebro se elabora el lenguaje. Alguna vez hablamos la misma lengua ancestral. Alguna vez, todos fuimos africanos.

—¡Qué disparate! ¿Qué sabe este tipo de África?

—*Africa is not a chain*. África es un gran comienzo —alumbra a uno de los compañeros de travesía y luego a otro—. *Maybe you came from a great and lost empire.*

Sus ojos relampaguean iluminados por una extraña fuente de poder, una especie de norte magnético donde virtudes y defectos, atavismos y ambiciones forman una mezcla confusa e impetuosa que nadie, en su lugar, sabría capitalizar.

—Somos los fundadores de la civilización. Bastaría una idea, una gran idea, para recuperar el respeto que el mundo nos tuvo una vez.

La llegada

Voy a contarle la historia de Marcus Garvey.
UN PROFESOR DE PIANO

It's a long, long story.
MÍSTER BLUE

De las leyendas, prefiere las escritas de puño y letra.

En su personalidad, armada de imperios caídos y orgullos ancestrales, conviven el candor de los jóvenes criados lejos de las miserias urbanas y el espíritu imbatible de los maroons.

Su tendencia a exaltar lo bello y lo triunfal lo remite a reinos de barro levantados al pie de los acantilados, a Kitara, Buganda y Bunyoro, al silbido del viento en los muros de la Gran Zimbabwe.

Por mucho tiempo se ha creído, de hecho todavía se cree, que Zimbabwe es la tierra de Ofir, la secreta fuente de riqueza del rey Salomón. "Más allá de las nacientes del Nilo está la oscuridad, y más allá de la oscuridad hay agua que hace crecer el oro, el oro crece en la arena, como la zanahoria, y se cosecha al atardecer." Los historiadores islámicos del primer milenio ya despertaban toda clase de fantasías en viajeros y navegantes sobre un metal que los shonas cultivaban como las zanahorias, pero nadie había tenido el privilegio de escuchar el viento atrapado en los muros de la Gran Zimbabwe. El movimiento interno de la piedra acomodándose siglo tras siglo.

Fácil de conmover, difícil de amoldar, Marcus Garvey se considera el descendiente de una estirpe llamada a rescatar el genio incomprendido de un continente devastado por la ambición.

Conversador inagotable, a estas alturas sus compañeros de travesía ya están enterados de que nació hace veintitrés años en Saint Ann's Bay, un caserío con muelle y cercas de piedra gris. Que Marcus Garvey, su padre, un albañil bien instruido, algo brusco en sus enseñanzas, moderno, sin un papel moderno a desempeñar, fue perdiendo propiedades por carecer de títulos. Diácono de la Iglesia Metodista, abogado de aldea, Garvey *senior* entraba y salía de los tribunales representando a campesinos que corrían peor suerte que él. Escribía cartas, planteaba demandas en juicios que fueron minando los ahorros de la familia. Célebre por sus trabajos de mampostería, artista en lo suyo, de construir casas terminó levantando lápidas.

Les cuenta que Sarah Jane, su madre, la bondad en persona, murió en los suburbios de Kingston vendiendo repostería y añorando las cercas de piedra gris de Saint Ann's Bay. Que su nombre, Marcus Moziah, es producto de la preferencia de su madre por los nombres bíblicos y de las creencias astrológicas de su padre, que presentía un futuro de promesa para el último de sus hijos nacido bajo el signo de Leo.

Un fósforo. Se acabaron. Un cerillo, un cabito de vela. Te los dimos todos. Absurdo. Nosotros que inventamos el fuego no tenemos un insignificante fósforo. *Anyway*, les voy a contar la historia más luminosa que conozco. Es una leyenda ashanti. Los ashanti eran un pueblo de escultores muy refinados, que se instalaron en el Golfo de Guinea. Se dedicaban a cosechar oro en familia y trabajar la madera; pagaban tributo al reino fanti de Denkeira para poder comerciar. Por cuatro siglos, los ashanti vivieron en paz con sus vecinos hasta que fueron invadidos por los doma y se desataron una serie de luchas intestinas. Los pequeños reinos estaban a punto de sucumbir, así que Osei Tutu, rey de Kumasi, convocó a una asamblea de jefes ashanti. Estaban en plena reunión cuando un intenso fulgor los enceguedó: un trono de oro macizo descendía lentamente del cielo para posarse en las rodillas de Osei Tutu.

—Le habrá destrozado las rodillas.

—¡Semejante peso!

El barco aminora la marcha. Dos marineros entran en la bodega; llevan a empellones al joven maroon al camarote a recoger su equipaje. Por la escotilla, divisa una isla desbordada de palmeras, guarumos, uvas de mar y una pequeña edificación incrustada en la roca.

Confundida por el almirante genovés con el anticipo de Sumatra, la isla Uvita guía a los barcos y recibe en cuarentena a los sospechosos de viruela. Más allá, la bahía de Limón, utilizada por piratas e indios misquitos en sus correrías por el Caribe, el muelle nacional y el muelle metálico, al extremo sur el destazadero de tortugas demarcado por hilos rojos que se disuelven lentamente en el oleaje.

—¡Muévete!

Al tocar tierra, el joven es conducido hacia la capitanía del puerto. Por momentos, su figura se pierde entre baúles, sacos de café y racimos de fruta apilados en la plataforma de embarque.

Dick Richards identifica la silueta inconfundible de su sobrino y corre hacia él agitando la mano; en ella flamea un papel.

—¡Mose! ¡Mose!

Los marineros le impiden acercarse.

—¿Qué pasa?

—El señor será puesto a disposición de las autoridades de tierra.

—¿Qué hizo? —Dick Richards sacude los labios y lo mira con estupor.

—Exijo la presencia de la autoridad. Veremos quién denuncia a quién.

—*Oh, my God!* —tío Richards levanta las manos al cielo y voltea hacia la salida de aduana, donde aguardan su esposa Sofía y su hija Edith bajo una enorme sombrilla rosada.

—¿Dónde está la estación de policía?

Los que figuran en la sección de viajeros distinguidos del periódico se dan tiempo de posar para Rudd, el fotógrafo de puentes y personalidades.

—Soy un súbdito del imperio británico, un barco estadounidense no me va a humillar.

—*Listen!* Aquí todo lo controla la compañía bananera. No puedes denunciarlos —tío Richards restriega el papel en sus narices.

—¿Qué es eso?

—Tu carta de trabajo. ¿Quieres echar todo a perder? Adelante.

Los isleños permanecen en el muelle, apiñados y deslumbrados por la luz del día; un tipo de la oficina de enganche se acerca, intercambia dos, tres palabras con el capitán, éste firma un registro reportando el ingreso de doscientos fardos de mercancía y vuelve a la nave a supervisar el operativo de embarque.

De pronto, se escucha un retumbo, las palmeras de la zona americana se sacuden de un lado a otro como matamoscas gigantes, el agua sube por los andamios del muelle metálico. Varias maletas, sacos de café y racimos de fruta caen al mar.

Con la cámara bajo el brazo, las placas en los bolsillos, Rudd, el fotógrafo, corre hacia el despacho de aduana tratando de poner a salvo sus equipos. Detrás, los fotografiados. Sombreros, zapatos y equipajes de mano se desprenden en la carrera reclamados por el mar.

Son los remezones o el anticipo de un gran temblor que hará desaparecer la ciudad de Cartago.

Los doscientos jamaiquinos saltan sorteando equipajes, racimos de banano, sacos de café. Las bandas mecánicas recién colocadas para embarcar la fruta se desprenden de la zona de carga, varios inmigrantes son arrollados por esas rampas enloquecidas que ruedan de un lado al otro del muelle, algunos más se pierden entre las casetas de vigilancia y las vías del tren.

Tío Richards intenta ayudar a Garvey, el joven le arrebata su equipaje y echa a correr con la barbilla en el maletín. Resbala y queda prensado entre dos andamios del muelle.

—¡Mose!

Varios jamaiquinos vuelven y tratan de ayudarlo a incorporarse. El joven se aferra ciegamente a sus pertenencias. *Jesus!* ¿Qué traes? ¿Piedras?

A resoplones, Garvey trata de incorporarse sin soltar el maletín. Los jamaiquinos trastabillean y se van de bruces en el intento de rescatarlo.

—Por Dios, suelta el maletín. El mar nos va a llevar a todos.

De expedicionarios e inmigrantes

Uno más de los trece mil emigrantes que abandonan Jamaica entre 1910 y 1911 atraídos por la expansión económica de Centroamérica, Marcus Moziah Garvey Richards llega a Costa Rica en una mezcla de ambiciones, dudas personales, percepción política y deseo de aventura.

Elige Limón por una cuestión familiar y por ser la ruta más común para cualquier antillano con inquietudes. El poblado es relativamente joven. La estación de tren, el edificio de la gobernación, el alumbrado, las calles, todo está levantándose. Los residentes tienen algo de fundadores y expedicionarios, y eso, de una u otra forma, resulta tentador.

Salvo los florecientes negocios de sirios, italianos y uno que otro chino, Limón tiene el aspecto de un poblado de las Indias Occidentales construido con "la debida destreza y originalidad".

Garvey analiza los rostros de la calle intrigado.

—*Where are the Spanish people?*

—En la capital. Aquí sólo llegan algunos enviados de la administración pública y lo toman como un destierro —tío Richards se levanta el sombrero ante una dama de su congregación—. El gobernador es colombiano, de familia colombiana, con eso te digo todo. Vamos a dar un paseo.

—Primero al correo. Tengo que enviar este artículo urgentemente.

Dick Richards se detiene en medio de la calle, mira hacia todas partes como si olfateara una estampida de cebras.

—Si piensas insistir en el tema, mejor ni te molestes en ir a la oficina de colocaciones.

—Tío...

Dick Richards da media vuelta y se va. Garvey queda solo en mitad de la calle.

—¿Puedo ayudarle en algo? —pregunta un sacerdote.

—¿Dónde está la oficina de correos?

—En el costado suroeste del mercado municipal —para el sacerdote es mas fácil encaminarlo que explicar la dirección—. Usted debe ser el sobrino de Richards.

—¿Cómo lo supo?

—En Limón todo se sabe. Reverendo Pitt, Augustus Pitt, a sus órdenes.

—*It's a pleasure* —Garvey responde con un apretón de manos y lo asalta a preguntas sobre el lugar, los colonos, la inmigración antillana, la compañía bananera—. La gente se comporta de manera muy extraña, como si...

—¿Las paredes oyeran? Será mejor que se acostumbre a la idea —acomoda los himnarios bajo el brazo y le estrecha la mano—. Otro día hablamos, ahora me están esperando en un grupo de oración.

Sumido en sus reflexiones, está imaginando la otra orilla, la monotonía de la tarde interrumpida cada tanto por la sirena de algún barco. De niño pasaba largas horas en el muelle de Saint Ann's Bay contemplando los buques que partían llevando palos de campeche y ron a Europa, azúcar y toneles de ron a América.

Los trazos anaranjados del sol van debilitándose. El mar tiende una cama de espuma sobre las coralinas. Es el instante marítimo del ocaso, cuando el cielo y el mar juegan a confundir a sus navegantes, a sus devotos, a sus observadores casuales.

La espuma se disuelve en los arrecifes de coral como ropajes de dioses rendidos al final de una larga travesía. Tal vez en ese instante, alguien eleva una plegaria al otro extremo del abismo de sal. Hay una íntima correspondencia entre las rocas, la erosión de una orilla esculpida por la otra, por un viento transoceánico que transporta peces voladores, tortugas apareadas y una cría de medusas tan nutrida y persistente que parece una tormenta de nieve bajo el mar.

El agua es más cristalina al final del tajamar, en el *swimming* de la zona americana, allá donde los bañistas se lanzan a nadar en un mar segregado, a la hora en que el único autobús del pueblo traspasa el alambrado y los altos funcionarios de la compañía se reencuentran con sus familias.

Una sirena se disipa en los velos de nube.

El joven se deja arrastrar por sus impulsos, un mandato ciego que lo conduce en dirección al muelle. La sirena insiste en su llamado. De un salto, Garvey trepa el murallón de arena y piedra que confina al mar, bordea las mansiones estilo inglés de los primeros colonos montadas cuando el gobierno dispuso desmantelar la aldea de Moín, ubicada unas cuantas millas arriba, y trasladar el fondeadero de barcos a Limón; tropieza con Bonifé, el jardinero francés que siembra laureles de la India en terrenos arrebatados al mar y rellenados con botellones de vidrio y restos de antiguos naufragios. Corre dejándose invadir por una extraña fascinación. Corre hasta que la gigantesca proa del *Prince Joaquim* ancla en la profundidad oscura de sus ojos.

El checador de horarios

—He sido maestro por más de cincuenta años. Los niños nunca olvidan —dice Silvester Cunningham con una sonrisa nostálgica. Vive en una casona fraccionada y convertida en vecindario "al puro frente del *switch* del ferrocarril". Ahora tiene ochenta y no abandona la vocación de su vida.

—Cuando hay muchos niños, hay poca plata —y uno entiende lo que pretende decir. Sus alumnos ya son abuelos. Muchos se han ido. Otros tantos han muerto—. *I'm still around* —señala con otra sonrisa que tiene algo de triunfal.

La Academia Musical Cunnie, integrada por una organeta y un teclado casi afónico, se cimbra cada vez que las máquinas sobrevivientes de la era ferroviaria pasan silbando por tramos abandonados de la ciudad, como trenes fantasmas con pasajeros que no necesitan llegar a un sitio preciso de un día preciso, puesto que sus rutas y horarios llevan años librados al azar.

Profesor de piano y de inglés en los tiempos en que enseñar lengua y música era una forma de preservar la cultura, Cunningham habla de Garvey, de África, de cuando Limón era tierra de promesa y confusión, mientras la alumna de las ocho de la mañana continúa por sí sola la clase, sentada contra la pared, las nalgas desparramadas en un banquito de madera. Los intervalos entre una nota y otra son tan espaciados que es imposible hilvanar la melodía.

—África era el centro, vamos a decir, el centro del mundo más rico porque había oro en la tierra. Se podía ir y agarrar un pedazo de oro así —el profesor simula estar frente al agua que hace crecer el oro, sus ojos brillan como el diente dorado que divide en dos su risa—. Y diamantes, había una montaña de diamantes. Y los africanos, al principio, eran 'ente preparado. La primera universidad del mundo fue en Egipto. Y Egipto es África. Los faraones eran africanos.

Un mechón de cabello restregado contra los cabos de sueño se desprende de la cabeza como una columna de humo, como esas locomotoras derruidas que cruzan por la sala de su casa y se pierden en vías cubiertas de maleza.

—Lo que pasó... voy a contarle la historia de Marcus Garvey. Estaba traba'ando con la United Fruit Company. Era *time keeper*. Ese que marca el tiempo de la 'ente. Mejor dicho, era el planillero y él vio cómo trataban a los negros en las fincas, porque la compañía siempre buscaba lo mejor para ella y ésa era la cosa que le "disturbía".

En la estación del Atlántico, Marcus Garvey aguarda impaciente el tren de la Northern que se dirige a Valle de la Estrella y los ramales del sur. La estación es sobria y lujosa, construida por los ingleses con maderas finas que aquí se pudren sin que a nadie le duela, porque son un estorbo en el empeño de habilitar tierras "incultas".

Un tren de carga ingresa a los patios del ferrocarril y una multitud de peones y empleados de oficina se abalanzan sobre los pocos asientos. Garvey permanece en el andén principal con su pequeña valija de cuero, un paraguas y sombrero de fieltro.

—No te quedes ahí parado. ¡Súbete!

—¿En ese tren?

—¿Qué esperabas, el *manager's couch?* —dice Taylor, un *pay master* que trabaja justo en la misma plantación que le asignaron a Garvey. Ambos corren y alcanzan el tren en marcha. El traqueteo pronto adormece aun a los que

viajan parados. En los vagones de carga, tirados plácida-
mente entre machetes y azadones, los peones tratan de ganar horas de sueño al largo viaje.

Filas interminables de aspas verdes desflecadas por el
viento se extienden a ambos lados de la vía. Los tallos fati-
gados por el peso de sus frutos se alargan al paso del tren,
las flores guía golpean contra las ventanillas como picos de
aves voraces. Púrpuras, iluminadas por hilos de luz que se
filtran entre el follaje, parecen una pieza de arte religioso,
un corazón suspendido que se deshoja lentamente.

—¿A quién pertenecen estas tierras?

—A Minor Keith.

Garvey mira con más detenimiento. En la ribera de
los ríos, en las montañas, al final de las llanuras del Atlántico, más allá de la visión impuesta por el monocultivo, se
observa un fondo de selva virgen. En los durmientes, entre la grava, en los pantanos, en cada resquicio, la selva se
hace sentir, se regenera entre los rizomas de la única especie permitida.

—El Estado se las donó —explica Taylor—: ochocientos mil acres en compensación por construir el ferrocarril,
más quinientas hectáreas por cada kilómetro de línea adicional en los ramales del sur.

—¿Compensación? —Garvey deja escapar un silbido prolongado y apoya los brazos en la ventanilla. Un peón
da un machetazo certero a una mata de banano altísima,
se escucha el crujir de la planta que se dobla en dos y deja
caer el racimo justo en el hombro de un cargador.

—Aquí tiene.

El jefe de la plantación le entrega las planillas de la
silver roll y brevemente lo adiestra en sus funciones: controlar al personal con esta colección de documentos: vales
de comida, vales de despensa, vales de licor, vales de taba-

co, letras de cambio y toda la papelería creada por la United Fruit para sus trabajadores cautivos.

—Como en las tiendas de raya, el mismo sistema.

El joven comete la imprudencia de preguntar por la *golden roll*.

—No te incumbe en lo más mínimo —responde el jefe.

—Quería entender la diferencia. Acabo de llegar.

—Obviamente no hay *black checkers for white workers*.

Pasar el día tildando planillas y clasificando vales no es lo que más le agrada, pero trata de sobrellevarlo como puede.

—¿Qué haces? El superintendente te va a sancionar.

—Ese cuadro me distrae.

—Es como el Espíritu Santo, está por todas partes —Taylor sonríe—. Llega un momento en que ya no lo ves.

Hay algo en el personaje que obliga a mirarlo así como está, sentado de medio lado, la pierna cruzada, el traje holgado para disimular la flacura, una mano siguiendo la curva labrada del sillón y la otra presionando la rodilla con el puño cerrado. Quizás lo conservador del bigote, la actitud desafiante de los hombros.

—¿Éste es el hombre que recibió ochocientos mil acres de tierra por el ferrocarril?

—*Yes, man!*

—Él firmó contratos, nuestra gente hizo el trabajo. ¿Qué pasaría si este hombre fuera negro? El gobierno le habría dado semejante... —retiene una pequeña burbuja de aire en el labio superior, como si fuese una persiana enrollada entre palabras— ¿compensación? Los banqueros no habrían hecho ningún trato con él, varios le hubieran cerrado la puerta en las narices. ¿Qué reciben los verdaderos constructores? *Look at them...*

—Éste no es lugar para discursos —Taylor señala hacia la ventana, un par de capataces se acercan en su ronda habitual.

Garvey toma sus planillas y va a su modesto escritorio.

—*Think about it!*

Encima de la foto oficial de Minor Cooper Keith despliega un mapa de África, se entretiene en aprender nombres de ríos, valles, accidentes geográficos, grupos étnicos, vestigios de antiguos reinos. Roba horas al trabajo para sus lecturas furtivas, sus consultas al diccionario, e indagar más acerca de Nyassa, obsesión de un profesor de secundaria llamado Albert Thorne.

¿Qué valoraba Thorne de ese sitio? ¿La fidelidad de los pobladores a las riberas de un lago sin fondo? Tal vez el origen de la vida, el enigma buscado por biólogos y evolucionistas yace ahí, entre plantas acuáticas y peces de agua dulce.

Thorne rompía furioso los mapas donde los Estados-nación y los pequeños reinos aparecían con las referencias de los intrusos, y no vacilaba en reprobar al estudiante que llamara a Zimbabwe con el nombre del usurpador.

—Nosotros que descubrimos el fuego y cultivamos los primeros cereales, nosotros que por seiscientos mil años fuimos los únicos habitantes de la Tierra, hoy nos dejamos tratar como idiotas —decía Thorne.

Por hablar, Garvey no prueba bocado. Los peones de la plantación ya lo tienen medido y siempre le hacen morder el anzuelo.

—Cuéntenos del trono que cayó del cielo.

—Ya hablé lo suficiente de eso —come un par de cucharadas de un sopón insulso con dos pedacitos de yuca y uno de guineo flotando en una especie de leche cortada, revuelve con desgano y lo cede a algún voluntario.

—¡Abran paso, abran paso!

Un peón trae un indio bri-bri al hombro, lo arroja al piso de tierra. La pierna supura un líquido verdoso. Algunos siguen comiendo sin inmutarse. Otros vuelven a sus labores, arengados por los capataces.

—¡Vamos, vamos! Terminó la función.

El indio se retuerce de dolor. La pierna se hincha y adquiere un morado violento. El neurotóxico va destruyendo los tejidos y libera su poder destructivo en el torrente sanguíneo. El peón se desvanece.

—¡Por Dios, hagan algo!

—Usted no manda aquí, jovencito —el jefe de capataces da un empellón a Garvey y ordena traer a otro bribri para que lo salve, si es que todavía hay esperanza. El indio se niega a intervenir.

—Shulakma reclama el cuerpo.

—¿Lo van a dejar morir?

Lívido, sin poder articular movimiento, Garvey ve cómo el indio arrastra al herido hacia la selva. Intenta frenarlo, Taylor lo aparta.

—No te metas. Ellos te agradecen más que respetes sus creencias.

—¿Quién es Shulakma?

—Uno de los espíritus de la selva, y los espíritus de la selva están furiosos porque la bananera invadió sus terrenos.

Al cabo de una larga y agitada jornada semanal, Garvey regresa a Limón.

—¡Al fin! Me hace falta un poco de ciudad —abre su maletín para buscar algo que leer. Toda su ropa despide un olor agrio de humedad, las cubiertas de los libros han comenzado a doblarse y los hongos encontraron apetitoso el cuero de sus zapatos. Entre los asientos, alguien olvida un periódico. Garvey lo desdobla con aire distraído. Es *The Nation,* un impreso de dos páginas en inglés editado en Limón. El joven maroon agota rápidamente el contenido, se detiene en los anuncios de sastres y barberías, recorta el nombre del editor y vuelve a dejarlo donde lo encontró.

A la vera del camino se acumulan montañas de banano. El tren se detiene en Cahuita, Hone Creek, Westfalia, Penshurt... y en cada punto donde los racimos esperan. Los vagones ya están repletos, los cargadores siguen apilando pencas verdes en las plataformas. Hay discusiones, conatos de pelea. Los finqueros exigen que su fruta sea embarcada o amenazan con bloquear la vía. Desde las ventanillas, los peones agrícolas hostigan a los maquinistas que se pasean con sus fusiles y escopetas al hombro al estilo *far west*.

Un grupito de trabajadores de línea es sorprendido poniendo clavos en una unión de las vías. La policía del ferrocarril interviene.

—¡Abajo todos! Las manos contra el vagón —la policía requisa a los pasajeros del tren. Con el rabillo del ojo, Garvey ve cómo uno de los guardias encañona a un peón y desliza unos clavos en el bolsillo para luego involucrarlo en un supuesto descarrilamiento. Varios más son detenidos y acusados de tentativa de sabotaje.

Garvey despega las manos del vagón y trata de darse vuelta.

—*Don't move!*

Un policía golpea con su arma en el engranaje y obliga a todo el mundo a mantenerse en posición. Los empleados de oficina siguen la escena con fastidio pero resignados.

—¡Qué tal, hijo!

—Cansado. El viaje es agotador —muerde una moneda de plátano y la paladea mirando el enorme *ball ground* que se extiende frente a la casa del tío.

—Mañana hay partido de críquet. El Eleven de Limón se enfrenta a un equipo de la India.

—Siempre loco por el críquet.

—¿Por qué crees que eligió este lote para construir la casa? No se pierde un solo partido —tía Sofía se acerca envuelta en los vapores del fogón, Garvey la observa tan en paz consigo misma, tan llana en sus emociones pasadas, presentes, futuras, que cualquier variación podría enfermarla—. Dame tu plato.

La tía sirve un plato rebosante de *rice and beans* y carne de tortuga.

—Me diste mucho, tía.

—Come. Tienes que recuperar energías.

Edith se trepa a las rodillas de su primo para alcanzar una galleta de plátano y sale a jugar con otros niños del vecindario en el corredor de la casa. Es una casona de madera de dos plantas, pintada de azul intenso con las barandas y cornisas rojas, que tío Richards dividió en varios apartamentos para arrendar a otros inmigrantes. El joven entretiene la carne en el tenedor y sólo come el arroz y los frijoles.

—¿Qué pasa? ¿Te hiciste defensor de las tortugas? —tío Richards hace una gran fuerza con las mandíbulas.

—No tengo mucho apetito. Además, me vendría bien bajar de peso —se lleva las manos al vientre, una panza redonda y dura que su madre fortaleció con pasteles de coco, *pan bom, plantain tarte* y toda la repostería hecha para terminar de criar a sus hijos.

—Hay un poco de "seso vegetal", ¿te interesa?

A Garvey le cambia la expresión, se come el guiso y limpia la olla con el dedo.

—¿Y? ¿Cómo te fue en el trabajo?

—Bueno... Yo no tengo problemas. Pero hay mucho descontento. Eso es un caldo de cultivo.

—No puedes hacer nada.

—Por eso estamos por los suelos, agachamos la cabeza y ya.

—Hay que trabajar duro para ganarse el pan —tío Richards alinea los ojos al ras del plato—. La gente quiere las cosas fáciles.

—¿Te parece que no trabajan?

Saca un recorte de periódico. Diez millones de racimos de banano, la cosecha récord alcanzada por la División Limón de la United Fruit. Diez millones de racimos que se apilan uno sobre otro en los vagones, en los muelles, en la panza de los barcos.

—¿Quién crees que los produce? ¿De dónde salen? Minor Keith no carga ni uno solo de esos racimos y recibe todas las ganancias.

—La voz de la justicia. Lo único que falta es que ahora te conviertas en defensor de los débiles. Igualito que tu papá. Perdió todo. Los dejó en la calle. Linda vida le dio a tu madre.

—No metas a mi madre en esto.

—Evita problemas, es todo lo que te pido.

—Ya hay problemas, tío. Se rompen el lomo por una paga miserable. Ni los capataces resisten las condiciones de trabajo. No hay un día que el tren circule normalmente.

En la barbería de Florencio Quirós, Garvey se va haciendo de un grupo de conocidos. Personas traídas por la corriente migratoria a abrir escuelas, fraternidades, dispensarios, sociedades de ayuda mutua.

—¿Así que usted era tipógrafo?

—En la oficina de impresiones del gobierno, en Kingston —con la cara llena de espuma de afeitar, Garvey saca unos folletos y se los muestra a Daniel Roberts, en el sillón contiguo. La navaja casi le rebana la nariz.

—No se mueva o no me hago responsable —advierte el barbero.

—*I'm sorry* —Garvey se queda tieso. No han pasado dos segundos cuando se agacha a sacar otros papeles—. También soy periodista.

Le entrega un ejemplar de *Watchman* y de *Our Own*, la sonrisa frondosa empuja la espuma al interior de las orejas

Estudiante de arquitectura en Jamaica, Daniel Roberts llegó a Limón a probar fortuna.

—¿La ha encontrado?

—*Not yet* —Roberts hojea las publicaciones—. ¿Usted colabora aquí?

—Fue una primera experiencia. La idea era concientizar a todo un sector —a Garvey le cuesta hablar sin gesticular. El barbero se cruza de brazos—. Una revista no basta, por eso fundamos una organización.

—¿Cómo se llama? —otro barbero avanza sobre el mentón de Roberts con rosetas de espuma.

—National Club —se mira al espejo. Algo cruza por su mente y le suscita una sonrisa.

—¿Alguna travesura política?

—Romper la línea del color es un trabajo largo, y a veces exige un poco de ingenio.

Atrás se escucha el golpeteo de los tacos en las mesas de billar. Con el pretexto de retocar barba y bigote, muchos se amanecen en lo de Florencio Quirós jugando billar.

—¿Jugamos una partida? —Roberts enciende un habano mientras el barbero retira la pelusa del cuello y pasa un poco de talco a los dos clientes.

—*I'm not in the sport line.*

—Es un buen ejercicio mental.

—Prefiero otros —Garvey intenta pagar con los vales de su primer sueldo. El barbero le muestra un letrero que dice *Only cash.*

—No se preocupe. Yo invito.

Garvey insiste en los vales.

—*It's like money.*

El barbero lo lleva a la trastienda y le muestra todo lo que tiene almacenado en productos del comisariato.

—Está preparado para la guerra.

—No, estoy podrido de tantos vales. Vaya con estas latas a la estación de tren. *It's like money.* Pero el boleto hay que pagarlo.

Una lluvia torrencial se desata de improviso. El estrépito contra los techos de lámina cubre las voces y casi desfonda las casas.

Bastan dos pasos para ensoparse de pies a cabeza. Garvey se mira los zapatos, parecen canoas inundadas. Los hongos se han comido parte del barniz y el cuero ha comenzado a quebrarse.

—¿Dónde hay una buena zapatería?

Roberts lo lleva con Fuscaldo, un inmigrante italiano anguloso y dicharachero con ínfulas de seductor internacional, aunque nadie lo ha visto con otras mujeres fuera de las que habitan en la trastienda de la zapatería: su madre, una amasadora de tallarines conocida entre los tenderos del mercado municipal por sus pulgares curvados de tanto amasar y por hacerse traer la harina de Italia; su esposa Donatella, una mujer bajita, afable, marginada de la belleza pero complaciente.

—*Madonna, come piove!*

Garvey y Roberts dejan un charquito donde están parados.

Aficionado a la cartografía, Fuscaldo tiene la zapatería decorada con reproducciones en pergamino de las cartas náuticas y los diagramas cosmográficos de Cristóbal Colón y los circunnavegantes de mitad de milenio. El italiano le trae un modelo clásico en cabritilla.

—Especiales para usted, un guante.

Garvey no se anima a probárselos con los calcetines mojados.

—*Non preoccuparti* —Fuscaldo le da una toalla.

Atrás del mostrador, Garvey descubre una colección de libros antiguos, razón suficiente para conversar largo y tendido con el italiano, quien se declara un nómada con varios trechos de mundo recorrido.

—¡África! ¿Ha estado en África? —mueve la cabeza sin dar crédito.

—En Mogadiscio, en fuga —el italiano enciende un cigarrillo y aspira el humo aguardando que tomen posiciones. Entonces habla de su padre, enviado a cumplir el servicio militar en África, cuando Italia estaba en guerra con el imperio etíope—. Mi padre fue uno de los primeros en alistarse en la Escuela de Radiotelegrafistas, en Mogadiscio, colonia italiana desde mil ochocientos ochentiresto.

El joven maroon se deslumbra: encontrar en ese puerto perdido del Atlántico alguien con información de primera mano sobre África es un verdadero hallazgo.

—Una compañía de Génova, la Rubattino di Navigazione, compró Somalia al emir de Omán, que era el dueño. ¿Cuánto quiere por Somalia? Quiero tanto —el estilo del italiano tiene algo de presuntuoso y cosmopolita que los hermana—. La Rubattino la compró *cosí, cosí*, de un día para otro y la cedió al gobierno italiano —Fuscaldo da otra pitada larga y lanza una fumarola al techo, reflexivo—. Era una colonia miserable, como Libia, un cajón de arena. No había mucho que hacer.

Garvey escucha mientras hojea los libros con avidez.

—¿Y por qué libros antiguos?

—*É un problema di tempo*. Si después de dos mil años se sigue editando, alguna razón habrá. Así, arriesgo menos.

—Dos mil años es una exageración. Gutenberg ni siquiera había nacido.

—Bueno, doscientos como mínimo.

Garvey analiza la textura de los mapas mordisqueados por el tiempo, hechos por cartógrafos de Génova, Florencia, Lisboa, Venecia, el terracota apergaminado de los espacios terrestres, el color hueso de las zonas marinas cubiertas por el temor de entonces. Parecen pinturas primitivistas o retablos de iglesia con iconos religiosos, indios, lanzas, bastones montañosos y referencias astrales estampadas sobre una tierra achatada y deforme, como si hubiese sido avistada por grumetes encerrados en botellones de vidrio.

—¿Le molesta si fumo? —Roberts trata de encender el habano que había empezado en la barbería. Está tan húmedo que hasta el fósforo se moja al contacto. Fija su atención en las coordenadas, los vértices y cuadrantes que acompañan los manuscritos—. Es curioso, parece que hubieran sido hechos por dos puños completamente distintos, un aficionado y un profesional.

Son mapas basados en la intuición, en los que el vacío se cubría con agua, arcilla o dogmas religiosos. Por quince siglos, ésa fue la geografía comúnmente aceptada, hasta que Enrico el Portugués le dio un poco de seriedad al asunto, al poner en marcha la escuela náutica con navegantes, cartógrafos, matemáticos, astrónomos, constructores de instrumentos.

Garvey se siente especialmente atraído por un mapa circular atribuido a Cristóforo y Bartolomeo Colombo muy parecido al continente único. África es un medallón de tierra con las estrellas, los planetas y otros continentes condensados a su alrededor. *Leoni e cannibali,* lanzas y aborígenes, banderas y fortalezas. Elmina y otros centros de almacenamiento de esclavos inscritos con la iconografía de las cruzadas.

Aun cuando está en duda si la carta es obra o no de Cristóforo *e suo fratello*, es un documento importante de la era de los grandes descubrimientos. Aquí, algunas invenciones del almirante *genovese,* como esta serie de islas, unas reales, otras imaginarias.

—Mientras no lo desmintieran, estaba en su derecho.

Organismos vivos. Experiencias vitales. Cuerpos de tierra trazados a pulso. En el lapso de cincuenta años, la concepción del mundo cambió vertiginosamente. Fuscaldo señala cómo el lápiz de los cartógrafos va despegándose de ese aglomerado terrestre, iluminando ríos, golfos, islas, penínsulas, desembocaduras, como un dedo de luz que se proyecta sobre un planeta embrionario; como un ciego que camina por un desfiladero y avanza a tientas, orientándose por la resonancia de sus pasos en el vacío.

Si son un poco observadores notarán que la costa mediterránea es más o menos fiel al original, América es apenas una oreja de tierra brotando de un pliego de papel y el contorno africano *é una approssimazione* bastante cercana a su forma real. La costa está tapizada de nombres ilegibles: mil doscientos cincuenta toponímicos en portugués y latín. Los portugueses tenían esta manía de bautizar cada centímetro de tierra que pisaban, el zapatero mueve las manos y la cabeza excitado. La mitad de sus palabras se pierden en la velocidad con que habla, la otra mitad en un inglés comiquísimo. Garvey y Roberts se las arreglan para entenderlo a partir de esa gestualidad tan italiana que se vale de todo el cuerpo para expresarse.

—Parece un actor de opereta —susurra Roberts.

—Me encanta la ópera.

—Es como un juego de espejos, como perder los fósforos en una caverna o caminar sobre un desfiladero con una soga a la cintura. Lo más fascinante son estos espacios en blanco, esta frontera de lo incierto. Hasta donde llega la línea hay tierra firme y lo demás *non si sapeva*. Los mapas de ahora no tienen *tutta questa emozione,* esta relación artesanal, vacilante y dramática con el vacío. *La scoperta é finita...*

Garvey suspira. Le cuesta despegarse de esos retratos hablados del planeta.

—¿Cuánto le debo? —intenta pagarle con los vales de la United Fruit.

—No me insulte —el zapatero lo toma de las muñecas y lo obliga a guardarlos—. Prefiero regalárselos que aceptar esa cochinada.

Al salir, Roberts está un poco pálido y se estruja los dedos.

—No sé si hicimos bien en quedarnos tanto tiempo.

—¿Por qué?

—Aquí los italianos tienen fama de anarquistas y la United Fruit tiene orejas por todos lados —Roberts le hace señas de bajar la voz—. ¿No oyó lo que dijo? Se fue a África huyendo. ¿Qué tal si es un delincuente político, un exaltado, uno de esos anarquistas ponebombas?

Moisés negro

—¿Por Dios, qué haces?

Garvey sorprende a su prima Edith embadurnándose ácidos y cremas blanqueadoras en la cara. Un olor a pelo chamuscado escapa de su cabeza.

—¿Quién te dio estas porquerías?

Edith intenta esconder los peines calientes, el líquido para alisar el cabello y las cremas en el cajón del tocador. Dos espesos lagrimones no la dejan ver; se limpia con el dorso de la mano y un ardor terrible le come los ojos. Garvey le arrebata todo, molesto de repetir una escena que ya vivió con su hermana Indiana. En el tocador ve una talquera, se empolva toda la cara y la sacude de los hombros.

—¡Mírame! Ahora tengo una linda cara blanca, pero no soy yo, soy una imitación... y puedo empolvarme la cabeza y el cuerpo para ser la mejor imitación posible, pero cada vez me alejo más de mí mismo. ¿De qué te ríes?

—Tienes la cabeza como un pan crudo.

—*I'm talking to you* —se arremanga la camisa y levanta la piel del brazo—: esto es África. No importa cuántas generaciones pasen, África sigue ahí en tu piel, en tu sangre. Una crema no puede borrar un continente —la abraza y trata de consolarla—. *Never do it again. Promise.*

Tía Sofía abre la puerta y ve a su hija con el pelo chamuscado, a Garvey entalcado y un reguero de harina en la pieza.

—¿Qué pasó aquí?

Los dos se miran al espejo y comienzan a sacudirse la cabeza muertos de risa. Edith pasa al llanto inmediatamente. Mechones de cabello se le quedan en las manos.

—¡Estoy espantosa!

—¡Cálmate! No pasó nada —dice la mamá con una mezcla de asco y consternación. Tía Sofía revuelve en el ropero y saca un tocado con red—. Toma, cúbrete.

—¡No voy a ninguna parte, tengo la cara desfigurada! —se mira otra vez al espejo—. ¡Qué horror! Me estoy despellejando.

Garvey se quita la camisa.

—Voy a tener que bañarme de vuelta. Vayan, tía, ahora los alcanzamos.

Cuando llegan a la iglesia metodista, el reverendo Pitt está hablando de las diez plagas lanzadas contra Egipto para liberar a los hijos de Israel. Cita pasajes de la Biblia referidas a Moisés y al éxodo: "Faraón no os oirá para que mis maravillas se multipliquen en la tierra de Egipto. Yo te he puesto para mostrar en ti mi poder..." Su prima Edith se arrodilla en la última banca y no se mueve de ahí hasta que el ordenanza cierra las puertas de la iglesia.

Ese día el sacerdote dice algo sumamente revelador: Moisés, el profeta, el que a los ochenta y tres años se presentó ante el faraón para hablar en nombre de Jehová y volvió el mar en seco, era de raza negra. *Yes, a blackman.* Una exclamación resuena en la bóveda del templo. Moisés era judío, argumenta un fiel. Su misión era liberar a los judíos de la servidumbre egipcia. Así es, Moisés era judío, judío negro, pequeño detalle que omiten las iglesias tradicionales. Se dice que era un príncipe egipcio, en cuyo caso también sería negro.

—No le pongamos colores a la fe.

—Para que yo le crea, tiene que demostrarme que lo que usted dice está en la Biblia —dice una viejita.

—Por la época en que vivió, por las características de los habitantes del Nilo, por otros datos étnicos e históricos, Moisés no podía ser blanco —agrega el reverendo Pitt—. Identificar la raza de los personajes bíblicos no va contra la palabra de Dios, la sitúa. ¿En qué parte del mundo está ambientada la Biblia? No es Europa, no es América, no es Japón.

—Es Israel —responden—, Jerusalén, el pueblo hebreo.

Jew is not a race concept, el cristianismo tampoco es una raza.

Otra exclamación rebota en las maderas del techo y desciende con un gran murmullo.

—¿Quién borró a los africanos de la trama? ¿Quién nos representa en la Biblia? Cam, uno de los tres hijos de Noé. ¿Y cuál es la explicación que nos dan? Que Cam recibió una maldición por burlarse de su padre ebrio. ¿Ser negro es un castigo?

Varios abandonan el templo escandalizados.

—La única maldición que pesa sobre los negros es la que nosotros mismos nos lanzamos —dice el pastor como para terminar.

Cuando el servicio concluye, el joven Garvey aborda al reverendo Pitt en un privado donde se cambia de ropa.

—Disculpe...

—Sí, hijo.

—¿Cómo fue que llegó a esa conclusión?

—¿Cuál de todas?

—La del Moisés negro.

—Estudiando, yendo a las fuentes originales. Me rehusaba a aceptar que todos los santos fueran blancos, que los piadosos fueran ellos. A todas mis preguntas surgía el Valle del Nilo.

—¿No le incomoda si lo acompaño?

—Pensaba dar un paseo —el sacerdote se encamina hacia el tajamar.

Los bañistas chapucean tranquilamente en una entrada protegida de los tiburones por una inmensa red que circunda el *swimming* de la zona americana. Las mujeres del enclave espían a los bañistas negros que se zambullen en su área de recreo. "¡Qué músculos!", exclaman arrebatándose los prismáticos. "¿Por qué no salimos a dar un paseo, chicas? Nos vendría bien un poco de contacto con la comunidad." Una de ellas saluda a la distancia con su abanico. Un par de negros le hacen señas obscenas. "¡Degenerados! ¡Qué vulgaridad!"

Garvey le pide explicar su teoría.

—Todavía hay muchas inconsistencias. Por ejemplo, algunos historiadores afirman que Moisés vivió en el siglo XIII antes de Cristo. Que fue muy longevo y más o menos contemporáneo de siete u ocho faraones. Moisés debe ser entendido como un poder en rebelión.

—¿Dónde circula esa información?

—Casi no circula, por eso asusta tanto. Las bases de la religión cristiana están en Egipto, no en Israel.

Garvey se rasca la cabeza.

—Si las bases del cristianismo están en Egipto, ¿por que Jehová descarga su furia contra la civilización madre? ¿por qué hay un pueblo elegido?

—Es una invención judía. Nadie dice que hay un pueblo elegido excepto los judíos.

—¿Y por qué todos los demás lo aceptamos?

—*You tell me.*

Moisés, el profeta, el guía, el que condujo a los hijos de Dios a la tierra prometida y abrió las aguas del Mar Rojo con recio viento oriental era un hombre negro. Por varios días, la idea ronda en su cabeza. Lo persigue. Le suscita un hambre de conocimiento que no logra saciar en la biblioteca del tío ni en las librerías del puerto. Por las noches lee y relee el Antiguo Testamento. El contrasentido del personaje bíblico. El poder en rebelión. Piensa en los motivos de su madre, en ese empeño suyo de llamarlo Moziah. Moziah como un conjuro contra cualquier amenaza. Moziah para salvarlo de una muerte prematura. Sarah Jane había sido un vientre preñado, una madre en gestación permanente: once hijos y sólo dos sobrevivientes. Moziah como un salvoconducto, un pasaporte hacia un punto que no logra descifrar, que lo mantiene en ese estado de búsqueda, de rebelión interna, de insatisfacción, como si todo lo que hace ahora lo estuviese alejando de su destino.

En sueños, lo asaltan imágenes terribles: el delta del Nilo ensangrentado, nubes negras de moscas, piojos y langostas desplazándose por el Valle de los Reyes devorando animales, ensañándose con los adoradores de Osiris y la vida ultraterrena. A veces se despierta con la sensación de estar acostado sobre un tendal de ranas destripadas, sueña con niños y ancianos llagados y ulcerosos, pueblos y ciudades magníficamente erigidas en el desierto y devastadas por un Jehová que endurece el corazón del faraón deliberadamente, para exhibir así su poderío hasta la última y la más terrible de las plagas: la aniquilación de los primogénitos. Sueña a Moisés rebelándose contra el exterminio, cuestionando a ese Dios cruel y vengativo.

—¿Qué haces, Mose?

—¡No me llames Mose!

Trenes ilegales

Yo he leído, pero no ha quedado nada conmigo
UNA DECLAMADORA

Garvey invierte los fines de semana en escribir cartas, recibir folletos y publicaciones de Jamaica enviados en su
mayoría por un tal Adolphus Domingo —amigo de infancia y compañero de trabajo en la imprenta de Kingston—, visitar el puerto, ver los barcos partir y terminar
el día en la zapatería de Fuscaldo. El italiano lo invita a la
taberna de Bartoli, a la Vieja Gema de Quinto Vaglio, a
uno que otro *ristorante*. Entre aromas de albahaca y tallarines al pesto, Fuscaldo le habla de la costa oriental de
África seca, agreste, del swahili, lengua inventada por los
mercaderes árabes según él, de las mujeres somalíes, las
más bellas de África, de su recorrido en barcos, trenes y
pangas huyendo por alguna razón que el joven prefiere
no indagar, para no quitarle ese gusto a fuga que tienen
sus relatos.

—No le creas —le advierten los amigos de Fuscaldo.
—*É un farfalone! Un bugiardo!*

Todos se ríen. Bartoli, el tabernero, explica el chiste a
Garvey.

—Se la pasa hablando de mujeres y viajes. No sale de
la zapatería.

—*Parla italiano?*

—Lo entiendo. Claro que mi italiano es un poco ope-
rístico.

Garvey se despacha con un parlamento de su obra
preferida. *Clamori e canti di battaga addio! Della gloria*

d'Otello é questo el fin? Los demás le hacen segunda *é questo el fin? é questo el fin?* Fuscaldo canturrea la parte de Desdémona con una voz que los hace desmayar de risa. Se suben a las mesas y se agarran del famoso estribillo en que Otelo le reclama por el pañuelo: *Impura ti credo, di'che sei casta... Casta lo son... Giura!*

—¿Y esta debilidad por la cultura europea? —le pregunta después el zapatero.

—Alguna concesión hay que hacer.

Fuscaldo se declara amante de los nómadas, los trashumantes, los pastores en tierras hostiles y estepas en transición como los *fulanis,* que recorren el Sahel en tolvaneras alzadas por su ganado, de lejos se les ve venir, una nube de polvo cabalgando sobre pezuñas.

Más terrestre y expansivo, Garvey expresa su infinita nostalgia por el antiguo imperio egipcio, antes de caer en manos de faraones libios y desgajarse tierra adentro: los refugiados de las persecuciones cristianas en Etiopía, los tres reinos de las cataratas que perduraron por veinte siglos en los fondos selváticos de Sudán y algunas muestras póstumas de realeza en las fuentes míticas del Nilo: Buganda, Kitara y Bunyoro, donde prevalece todo un concepto dinástico impulsado por Kimera.

—Imperios. *Gioco di luci.* Yo prefiero mil veces el polvo del camino y las ciudades creadas por los fugitivos. Por eso me gusta tanto Mogadiscio.

—Eso no es África, son implantes árabes.

Su admiración se dirige invariablemente a sitios que permanecieron más o menos intactos, preservados del islam, del cristianismo, del dominio europeo y del influjo árabe que tantos elogios suscita en Fuscaldo. El zapatero, en cambio, es un apasionado de la cultura del desprendimiento, de los territorios flotantes, incluso hace alarde de haber convivido con los masai, errabundos descendientes del ejército faraónico que se dedicaron al pastoreo en la decadencia del imperio. Se desplazan por las estepas de Kenia y Tanzania con sus reses, sin comerlas. Sólo los guerreros tienen derecho a comer el culo de la vaca, sin matar a la *poverina.*

—Abren la piel, cortan dos, tres filetes, tapan con tierra y yerbas, *cosí, cosí,* y siguen viaje.

—¿Cómo, se mueren de viejas? —pregunta el cocinero.

—El ganado es dinero y ¿quién se come el dinero?

Los italianos, que han oído las anécdotas de su supuesta convivencia con los masai decenas de veces, le dan cuerda para que cuente el rito de iniciación de los guerreros.

—Otro día.

—*Dai, dai.*

El zapatero le refiere su paso por Nairobi, Kampala, Mombasa.

—¿Estuviste en Kampala? ¿En qué época?

—Fin de siglo.

—Entonces conociste a Mutesa.

—¿A quién?

—Al rey de Uganda.

—Uganda es un protectorado.

—Es un reino.

—Lo único que vi fue gente armada por todas partes y una lluvia de balas en la piscina del cónsul italiano, *amico mio.*

—Si no oíste hablar de Mutesa, de los kabaka, del Gran Lukiko, entonces no estuviste en Uganda.

—Estuve en Kampala, sin dinero y bajo una lluvia de balas. No sé quiénes eran ni contra qué peleaban.

Garvey se refiere a los kabaka casi con tanto orgullo como a los maroons. Y a Uganda como uno de los pocos sitios que preservaron una estirpe de reyes "teóricamente absolutos" en las fuentes míticas del Nilo, el punto más inaccesible y fantaseado por los exploradores británicos: *Las colinas de la luna.* Otra vez, se enfrascan en una discusión interminable sobre el estatus de Uganda.

—Es un protectorado.

—Los ingleses no pudieron disolver las instituciones. El Gran Lukiko, la corte honorífica, sigue funcionando, por lo tanto es un reino.

—Son bantúes —replica Fuscaldo—, hablan swahili.

—Son hebreos, descendientes de Benjamín.

—*Africa e un bel casino* —Vaglio rompe un vaso tratando de sacarle brillo—. No se entiende nada. *Leoni e cannibali.* Tribus emplumadas que se matan entre sí por un colmillo de elefante…

Garvey cambia de color como una sustancia alterada por un reactivo.

—No le hagas caso, te está vacilando.

—Rinocerontes cogiendo, jirafas cogiendo. *Tutti quanti.* África es una cogedera *monumentale.*

La cantina entera suelta una carcajada.

—Cuando Hegel llegó a la conclusión de que los negros somos una raza infantil, seguro no había conocido a los italianos.

—¿Hegel dijo eso?

—¡Qué ofensa para los niños!

Garvey sale hecho una furia, el tabernero lo alcanza en la calle.

—*Sei arrabiato?* Era una broma.

—No me gustan los prejuicios disfrazados de humor.

Los lunes, Marcus Garvey llega a la estación de tren, fresco, recién bañado, con su dotación de libros, apuntes y panfletos que reparte subrepticiamente. Regresa los sábados a media tarde, empapado en sudor ajeno, hastiado de los mosquitos y con ganas de renunciar.

Peones que suben, peones que bajan, peones que resbalan en el fango con un racimo a cuestas. Por kilómetros, el paisaje no varía. Cada tanto un tronco doblegado a machetazos para arrebatarle el fruto y ceder a los vástagos su espacio. Las chicharras atizan el calor, el rumor del vegetal vivo, el zumbido de las chicharras crea la sensación de que en algún momento todo ese verde se despegará de la tierra y arrancará de cuajo las bases del imperio.

El tren sufre un desperfecto. De la locomotora bajan un par de mecánicos con pañuelo arrollado al cuello y escopeta en mano. Analizan el sistema de frenos, el estado de las ruedas. Garvey se acerca, mira fijamente el engranaje del tren.

—Le falta aceite.

Los mecánicos se burlan del veredicto y del aire de suficiencia con que es dicho.

—McCoy inventó el sistema de lubricación, Elijah McCoy, *a blackman from Detroit* —Garvey apoya el brazo en el lomo metálico, cruza un pie y lanza una disertación sobre McCoy y la historia de la locomoción—. Antes de McCoy, los trenes debían pararse cada tanto para lubricar los engranajes. Después de McCoy, estas paradas tediosas se terminaron porque el tren se aceita en marcha. *You see!*

El maquinista muerde su pipa, mira el engranaje de la locomotora muy seriamente, como si reflexionara sobre el asunto, y dice:

—*Kiss my ass.*

—Cuesta aceptarlo. Cuesta aceptar que los negros creamos la civilización y algunos inventos menores como el inodoro. *So clean your ass by yourself, stupid cowboy!*

La policía del ferrocarril procede a retirar unos clavos de la vía y a detener a dos peones que supuestamente intentaban descarrilar el tren.

—Toma, negro, tu aceite —el ayudante del maquinista le hunde el estómago de un puñetazo y arroja los clavos.

—¿Qué dijiste?

—Oíste bien, negro acomplejado.

—Repítelo —Garvey antepone el peso de su cuerpo.

Los maquinistas pulen sus rifles con la manga de la camisa en abierta provocación. Otros negros cierran filas en torno a Garvey, las fosas de la nariz expulsan un vaho caliente, las pupilas flamean diminutas como huevos de esturión. La policía del ferrocarril cubre la retirada de los mecánicos en medio de la rechifla de los peones y las vociferaciones de Garvey.

—Nosotros inventamos la agricultura. El día que empecemos a cobrar regalías no les va a alcanzar la plata para pagarnos.

Si el puesto y la plantación son insufribles, la colección de mapas del zapatero italiano es la evasión perfecta. Cuerpos de tierra evolucionando en la punta de un lápiz, el sueño de exploración tratando de expresarse en los códigos de la navegación y la astronomía. Es una geografía flexible, subjetiva e incierta, masas que se estiran o encogen según la memoria visual de los navegantes y la fuerza impresionista de los cartógrafos. Trazar un mapa es como intervenir el desierto, como tratar de clavar banderas en el agua o en montañas removidas por formaciones de viento o de arena. Para Fuscaldo, éste es el testimonio irrefutable de que las formas terrestres, el planeta mismo, fueron una creación mental de los nómadas, los transgresores, los aventurados. Ellos eran los autores de las fronteras, los encargados de borrarlas y rehacerlas ante cada nueva incursión. Los mapas son la constancia gráfica de una pasión viajera que pretendía no vencer el miedo a lo desconocido, sino hacer navegables los temores.

El zapatero le muestra una de sus valiosas adquisiciones. Fray Mauro, cartógrafo de fama internacional, lo que por "internacional" se entendía en el *quattrocento*, confeccionaba sus mapas desde un monasterio. Éste es el mapamundi más grande de la Antigüedad, una obra monumental hecha a pedido de Alfonso V. El original fue robado, sólo se conserva la copia veneciana.

—¿Por qué está de cabeza? —Garvey tuerce el cuello, tratando de reconocer las formas. El planeta empieza en Madagascar. África aparece en el sitio donde apuntan las brújulas y la estrella polar. Un trastocamiento interesante.

—Alguna influencia islámica tenía este fraile al poner el sur arriba para que coincidieran La Meca y el centro del mundo.

—Me agrada. ¿De cuándo es?

—De 1459. Seguramente por eso lo hicieron desaparecer. Era una afrenta al cristianismo.

Garvey anota y sonríe para sus adentros.

—Vamos, hay *fame*. Otro día los vemos con detalle.

El jamaiquino se hace amigo de la colectividad italiana. Por ellos se entera de que los italianos fueron los primeros en plantarse ante Minor Keith y aplicar medidas de fuerza en 1888.

El ferrocarril al Atlántico fue una gran *improvisazione*. Muchos tramos se hicieron al tanteo. Gastaron una millonada en contratar a Henry Meiggs, el constructor ferroviario más cotizado del momento, el único que había logrado penetrar el Amazonas y la cordillera de los Andes con sus máquinas de vapor. Le llovían contratos, más de los que podía ejecutar. Costa Rica le entregó su selva virgen en bandeja de plata y ochocientos mil dólares de recompensa inicial. Meiggs lo traspasó a sus sobrinos Henry y Minor Keith, que de ferrocarriles entendían lo que yo de ciencias ocultas, dice Fuscaldo. Después de rutas mal trazadas o abandonadas a la vera de los ríos; después de construir a dos puntas una línea que no encontraba su enlace por malas evaluaciones del terreno; después de luchar infructuosamente contra las piedras de Fajardo, a prueba de dinamita, los italianos fueron traídos de Mantova a construir el trecho más difícil. Llegaron cuando los organizadores de colectas ya estaban hartos de celebrar bailes a beneficio de una "empresa colosal", que tardó ocho meses en construir la primera milla y llevaba más de veinte años sin poder terminar.

Atacados por la peste, con los campamentos convertidos en hospitales, los italianos protestaron por lo mismo que protestarían después los chinos, los jamaiquinos, los europeos, los indios y todos los demás: por salarios caídos, por recibir pan añejo o comida podrida, por trabajar en lugares malsanos, sin atención médica. Cesados de su empleo, anduvieron deambulando por el campo, por las ciudades, viviendo de la caridad pública, durmiendo en los atrios de las iglesias, en graderías y terraplenes o entre los comprensivos pechos de alguna doncella.

—¿Así que fueron los pioneros de la huelga? Ahora entiendo.

—Extrañaban el vino y la pasta *asciutta.*

Entre bromas y antipastos, Garvey les reprocha la invasión del antiguo reino de Abisinia.

—*Dov'é?* —Bartoli, el tabernero, saca brillo a unas copas atrás del mostrador.

—Los invasores deberían estudiar geografía por lo menos.

—*Invasori? Senti,* nos dijo invasores.

—¿Le retiramos el saludo? —el tabernero se descubre una pústula en el espejo de las copas, hace muecas en el cristal buscando la espinilla.

—Ejércitos y gobiernos, habría que abolirlos a todos —Fuscaldo hace un giro dancístico con el brazo. El cabello se mueve como escoba alocada.

—*Vieni qui!* —el tabernero llama a Garvey con la punta de los dedos. De golpe sus facciones se endurecen, parece un perro ofendido—. ¿Tenemos cara de invasores?, ¿de enemigos?, ¿de malos cocineros? —alza un hombro y guiña el ojo en un gesto chusco que contagia a la cantina—. *Il popolo é con me!*

—¿De qué hablan? —cucharón en mano, Vaglio, el cocinero, se mete en la conversación.

—De Abisinia.

Abisinia, Abisinia. A ningún italiano le suena. Por aproximación se van acercando. Etiopia (así, sin acento), Addis Abeba, Adua, la batalla de Adua. *¡Un massacro! Un completo disastro!* ¡Medio ejército murió ahí! Desde Constantino para acá, sólo hacemos el ridículo. Entremezclan palabras en italiano, español e inglés en una conversación intraducible.

El cocinero sopea el pan en todas las cacerolas y da instrucciones a sus ayudantes, la boca atiborrada de comida que traslada de un lado al otro de la mandíbula, sin tragarla, sin dejar de hablar tampoco. Garvey lo interrumpe para que se deshaga de esa pasta chiclosa.

—¿Te sientes mal, *ragazzo*? —pregunta el tabernero—. Toma, una copita de amargo, te cae bien.

Garvey prueba y escupe inmediatamente.

—¿Qué me diste, un purgante?

—Es un licor tradicional. *Non ti piace?*

—Hay que habituar el paladar —apunta un tipo de modales finos, al que todos saludan con abrazos efusivos.

—¡Di Giorgio! *Come va?*

Garvey hace buches con agua. El licor amargo de Bartoli es a prueba de enjuague bucal.

—Seré curioso. ¿Ustedes son...?

—¿Anarquistas? Dilo sin miedo —Bartoli habla de costado como si hubiera un confesionario bajo el mostrador—. Somos ciudadanos del mundo. Superamos el imperialismo *anni fa*.

—Dejamos sus ruinas para pasear los domingos.

—*Roma. Via dei Fori Imperiali. Grande Roma! Conosce?*

Fuscaldo descorcha otra botella de vino y brinda.

—*Compagni?*

—*Compagni!* —responde Garvey en plan de reconciliación.

—*Scusa* —el tabernero recarga el cuerpo en la barra, el brazo de gondolero bronceado por el sol caribe está cubierto de un bello cobrizo—. En toda esta confusión he sentido una palabra extraña.

—Maroon.

—*Ecco!*

Garvey se despacha con su historia predilecta: los maroons, los indomables, los que encabezaron la rebeldía de esclavos en Jamaica. Por ciento cincuenta años hicieron la vida imposible a los ingleses. Cuando estalló la revuelta de 1865, en la isla había ocho mil blancos, ochocientos mil esclavos y novecientos maroons entre hombres, mujeres y niños. Un blanco no puede someter a cien negros.

—Es matemático —apunta el tabernero.

—Es matemático —ratifica—. Estaba todo listo para el alzamiento, todo calculado para asestar el golpe decisivo, Paul Bogle y George Gordon a la cabeza, ambos maroons dicho sea de paso, cuando los ingleses cortaron el telégrafo.

—¡Nooo!

—Bartoli se muerde el índice doblado en forma de argolla—. La *liberazione* frustrada por un cable de mierda. Para eso hay tambores, señales de humo, correo humano.

—Bueno, no sólo fue el telégrafo, los ingleses aprovecharon la confusión para asesinar a los dirigentes y encerrar en un manicomio al reverendo Alexander Bedward, para algunos el principal responsable del alzamiento de Morant Bay.

—¿Y los maroons qué hicieron?

—Se fueron a la montaña, defendieron su autonomía con municiones capturadas al enemigo. Operaban en bandas dispersas. Les tenían tanto miedo que nadie se metía con ellos.

—Grande.

—¿De qué parte de África vienen?

—De la que nunca se rinde.

Bartoli le guiña un ojo y le golpea el hombro sin medir su fuerza.

—Ustedes tienen algo de anárquicos, entonces.

En la plantación, los peones agrícolas aguardan sus historias de África con manos rapaces y cara de inocentes palomitas que roban todo lo que flota en el plato. El trono que cayó del cielo es la preferida de todos. Siempre le piden repetirla en busca de nuevos detalles.

—Los ashanti creen que el trono guarda el espíritu de la nación. Cómo será de importante, que a fines del siglo XIX estalló una rebelión, la más grave y violenta contra los ingleses, porque un gobernador británico, ahora no me acuerdo el nombre, intentó profanar el trono sagrado. Los ashanti, que ya habían librado cuatro guerras contra los ingleses, sacaron a relucir toda su furia. Fue una lucha infernal, sangrienta.

A tres mesas, un capataz deja caer un pan y obliga a un peón a recogerlo. El peón se resiste, lo agarra de los pelos y lo obliga a hincarse. La escena paraliza a toda el área de comedores. Otro peón recoge el pan para evitar que el incidente pase a mayores. El capataz lo vuelve a tirar al piso y exige que lo haga el primer peón. Garvey le llama la atención al otro.

—Eres un trabajador, no un sirviente. Hazte respetar.

—¿Qué murmuran ahí? —el jefe de capataces lanza una reprimenda y decide suspender los vales de cigarrillos y licor a toda la cuadrilla.

—*Watch your mouth!* Vas a acabar mal —le advierte Taylor.

En ese momento, alguien da la voz de alerta: los pozos de agua fueron envenenados por los indios que han declarado la guerra a la bananera para defender sus tierras. Hay todo un movimiento de seguridad y control.

—¡Oye! —un sujeto aprovecha la distracción general para acercarse a Garvey—. ¿Qué piensas hacer este fin de semana? —el tipo tiene un timbre agudo y distorsionado, de esas voces que se resuelven en los dientes sin mover los músculos de la cara.

—Descansar de esta barbarie, ¿por qué?

—Vamos a Suretka. Hay una cosa que tal vez te interese.

—Vamos. Yo me apunto —Taylor convence a Garvey.

—*My God!* ¿Qué es esto?

—Vías clandestinas. *We told you.*

El trabajador que organiza el viaje a Suretka resulta ser un dirigente con arraigo entre los cortadores de fruta, los finqueros y los peones de línea. Después de un rato, su voz de muñeco manejado por un mal ventrílocuo deja de molestar y hasta es posible encontrar otro tipo de agudeza en sus palabras. Su movilidad en la zona bananera, su conocimiento del terreno y de los asentamientos indígenas lo convierten en un guía de lujo.

—Pero... —Garvey camina entre vías alfombradas por una fina hierba tartamudeando, los rieles impecables, los durmientes con maderas de la mejor clase. Locomotoras clandestinas, vías secundarias, apartaderos, muelles, todo a punto de ser comido por la selva, como si fuesen las ruinas de Zimbabwe, la famosa ciudad amurallada, vestigios de una civilización que data de cinco años atrás, a lo sumo seis—. ¿Se usan?

—Por supuesto.

—¿Quién?

—Los productores independientes.

—¡Impresionante!

Si no fuera porque sus pies están pisando una acabada obra de ingeniería hecha, por lo que se ve, sin problemas de presupuesto, pensaría que es una ilusión óptica. Es como esconder una manada de elefantes en un baúl. No se pueden construir millas y millas de línea férrea sin que nadie se entere.

—Es territorio en disputa. ¿Costa Rica? ¿Panamá? No sabemos a ciencia cierta dónde estamos parados. Se supone que la línea divisoria pasa por aquí o por allá. Como el último fallo perjudicó a Costa Rica, no se molestaron en marcar la frontera.

—Es la casa de Sibö —corrige un indio bri-bri.

—Era. Antes de que la compañía bananera los expulsara a la montaña y arrasaran con su reserva.

—¿La casa de quién?

—Sibö, el dios creador.

Garvey camina en círculos, ávido, impaciente, inquisidor. ¿Cómo se hace para ocultar toneladas de humo, de hierro, de carbón? Por más selva que haya, en algún momento salen a un punto de embarque. Semejantes monstruos no se guardan en un establo. ¿Adónde van? ¿Quién los construyó? ¿Con qué fondos?

—No se ocultan, operan ilegalmente.

El príncipe de los periódicos

Marcus Moziah camina por las calles del puerto deteniéndose en cada letrero, cotejando con un par de recortes de periódico que guarda en el bolsillo de la camisa y vuelve a sacar.

Atraído por el olor a tinta y el sonido característico de una imprenta a pedal, Garvey se interna en el pasillo lúgubre y sombrío de una vieja casona. Sortea una montaña de trapos y se zambulle en el olor a tinta como si fuese un pez nadando en combustibles fósiles.

—Con el director por favor.

—Con él.

—Llevo dos meses buscando su periódico. Nadie me sabía dar razón. Aquí aparece una dirección que no corresponde.

—Claro que no corresponde. Se cayó la ciudad y la imprenta que nos hacía el trabajo.

—¿Y por qué no pone la nueva dirección?

—¿Para que nos caigan los cobradores encima?

—Tengo un artículo muy bueno con información de primera mano —el director lo analiza con todas las reservas del caso—. Perdón, no me he presentado: Marcus Garvey, periodista y tipógrafo.

—Salomón Zacarías, editor y propietario.

Garvey saca papeles de un portafolios como naipes de un juego cerrado.

—¿Traes alguna recomendación, credencial, carta de acreditación?

—Nueve años de experiencia en imprentas, no sé si serán suficientes.

—Pero si eres un niño —viene vestido como un *gentleman,* traje de tres piezas, bigote recortado, redondeces de niño, don Salomón trata de calcularle la edad—. Veinte, veinticinco como máximo.

—Veintitrés. Empecé a los catorce como aprendiz en la imprenta de mi padrino, el señor Burrowes.

—¿Eres ahijado del escritor?

—¿Cuál escritor?

—El de las aventuras del hombre mono.

—No sé de qué me habla —Garvey guarda sus papeles en el portafolios.

—A ver, sólo hay una manera de saber si eres periodista.

Garvey le muestra el artículo sobre los doscientos inmigrantes jamaiquinos, el director lo rechaza enseguida.

—No es noticia y ya pasó mucho tiempo.

—¿Cómo que no es noticia? Viajan como mercancía, como arenques enlatados. Reciben un trato inmundo. Yo fui testigo.

—Aquí es cosa de todos los días.

—Pues será cosa de todos los días, pero su diario no le dedica una sola línea.

—¿Vienes a pedir trabajo o a imponer un criterio editorial?

Garvey advierte que se está cerrando las puertas de antemano y opta por mostrarle otros trabajos suyos más neutros. Don Salomón los abandona a un lado del escritorio.

—¿Cuándo me da una respuesta?

—Cuando los lea.

—¿Y cuándo es eso?

—¡Qué impaciente!

Garvey deja pasar unos días y vuelve muy decidido.

—Tengo un reportaje exclusivo, una bomba local, le aseguro.

Don Salomón se está afeitando frente a un espejito de mano con una navaja oxidada, encima de un desastre de papeles.

—¿Se afeita en seco? ¿Así, sin espuma, sin loción?

Don Salomón se limpia con un esparadrapo que debe usar también para la imprenta y a tientas comprueba si no quedan restos de barba en el mentón.

"Vías clandestinas, cicatrices de una feroz lucha entre competidores. El negocio del banano desata las más bajas pasiones."

—¿Qué le parece?

—Exagerado, pero tienes pasta.

Don Salomón le asigna un rincón húmedo y mal iluminado de la redacción, con una máquina de teclas estrábicas que debe turnarse con otro redactor.

En esa redacción arcaica, se siente en su mundo, rodeado de diarios: *Jamaica Telegraph*, *Guardian*, *Jamaica Advocate*.

—¡Al fin, algo decente que leer!

Ser reportero tiene sus ventajas: meter las narices en todos los asuntos y desplazarse a todos los rincones con licencia de preguntón. Se da sus escapadas al muelle en busca de noticias, pero también a doblarse el cuello mirando la quilla plateada de los barcos. Los domingos por la tarde suele haber un gran movimiento por la llegada de los gigantescos vapores *Elders Fyffes* o de la Hamburg American Line, procedentes de Bristol y Nueva York. Vienen con turistas y parten con sacos de café, cacao y fruta.

Los cargadores entran a las cabinas refrigeradas con su racimo al hombro y salen tiritando como pingüinos en época de deshielo. Muchos se rehúsan a cumplir labores de embarque por miedo a la constipación y al hospital de la compañía, donde ingresan con un inocente dolor de garganta y salen con tuberculosis en fase terminal. Las cámaras frigoríficas son un salto tecnológico que multiplica las ganancias de la compañía bananera hasta límites insospechados.

—¿Cuánto dinero extra se echará al bolsillo míster Keith con ese adelanto? —pregunta el reportero a un dirigente de los estibadores en el bar donde organizan sus torneos de dominó.

—Piense una cifra, añádale todos los ceros que quiera y lo tendrá.

—Estoy hablando en serio.

—Difícil saberlo. Podría hacer un cálculo indirecto. Por ejemplo, se sabe que la United Fruit obtiene aproximadamente cien mil dólares de ganancia al año por concepto de flete.

—¡Cien mil dólares! *Just here?*

"Cabinas refrigeradas, trozos de polo norte incrustados en la panza de los barcos, el gran invento que adormece los bananos durante el viaje y los despierta en la boca del cliente. La United Fruit incrementó sus ganancias en miles y miles de dólares con la reinvención del hielo. Sin embargo pretende que los trabajadores vivan del aire."

—Muy bien, tienes estilo, imaginación, originalidad —don Salomón tacha la segunda oración—. Esto sobra, es retórica.

Garvey hace lo posible por no contrariarse. Se da vuelta y, hurgando entre los papeles, descubre dos fotograbados que lo dejan fascinado: un comediante negro vestido de avestruz, cejas depiladas, ojos delineados de blanco, labios entalcados y unas patas con escamas cosidas como holanes.

—¿Quién es?

—Berth Williams. Ha conquistado Broadway con su humor.

—¿Y esta otra?

—Son los fundadores del Niagara Movement.

En el fotomontaje hay una docena de negros y mulatos de corbatín y traje agrupados en tres filas, atrás rizos de agua y un contorno de árboles. Tempestades detenidas en los sombreros, los bigotes tiesos, los relojes marcando la hora en los bolsillos, muy compuesto el grupo contra una muralla de agua. Un niño vestido de marinerito en medio de los adultos y una barca a punto de ser tragada por el torrente. Original manera de poner a circular un movimiento: la Asociación Nacional para el Avance de la Gente de Color y una revista, *The Crisis, A Record of the Darker Races*. En el centro, el artífice, el fundador principal, el único que mira en dirección opuesta: William Edward Burghart DuBois.

—¿Por qué no reproducimos algunos artículos?

—No tenemos autorización.

—Es un pueblo. ¿Quién se va a enterar?

—No, he dicho, y ya deja de interrumpirme, ¿no ves que estoy ocupado?

Garvey aprovecha los momentos de distracción para recortar artículos que le interesan: inventos prácticos, celebridades negras que nunca ingresan al salón de la fama; otros que se convierten en faro de luz como Booker T. Washington, un profesor muy activo que construyó con sus alumnos una escuela en Alabama: el Tuskegee Institute, la principal fábrica de profesores para alfabetizar a los negros del sur. Se dice que las clases de historia en ese instituto son simple y sencillamente magistrales.

El poder en rebelión. Moisés y una terrible crisis de conciencia. ¿Hay o no un pueblo elegido? Y si lo hay, ¿por qué los demás no son válidos? ¿Dios tiene favoritos?

—Reverendo Pitt, ¿por qué no ha vuelto a mencionar nada en la iglesia?

—Creo que un sacerdote no es el más indicado para plantear problemas étnicos a los creyentes. Cada quien tiene su idea de Dios. Y debemos respetarla. Lo que está mal, en todo caso, es que nuestra gente acepte la imagen de Dios que nos pretenden imponer.

Es sábado, los niños corren por los patios de la Iglesia Metodista, la maestra que les enseña inglés y religión pide permiso de entrar y deja un plato con tartas de banano. Garvey da un mordisco y se queda viendo la consistencia de la pasta teñida con achiote.

—Mmmm. Deliciosos, casi igual a los que preparaba mi madre. *Thanks*.

—Bueno, ¿qué quieres saber?

—Me asaltan todo tipo de preguntas y algunas me producen pesadillas.

—Abre tu Biblia, empecemos por el Génesis.

El reverendo lo pone a leer en voz alta, *from the very beginning*. Garvey lee con desgano, la historia es más que conocida... En el principio, Dios creó los cielos... y el Espíritu de Dios se movía sobre la faz de las aguas. *What is that?* Garvey alza los hombros. La faz de las aguas, ¿qué significa para los antiguos egipcios? *Memory and emotion.* Bueno, todos los pueblos explican los elementos. El pastor avanza punto por punto, se detiene en el versículo 27. Y creó Dios al hombre a su imagen, a imagen de Dios lo creó; varón y hembra los creó. ¿En que día fue eso? Quinto, sexto. *Okey, go.* Y vio Dios lo que había hecho y dijo que era bueno en gran manera. O sea, perfecto. Pero ahora viene una segunda creación. El sacerdote ha adquirido un color púrpura como el de su camisa. Garvey lee sin saber a dónde quiere llevarlo. Aparece el Edén, Adán, Eva, la confusión, el mal. ¿Por qué ahora Dios se llama Jehová, y si ya había creado al hombre y la mujer, y eran perfectos, por qué repite la operación? ¿Tan olvidadizo es? Adán del polvo y luego Eva de su costilla. ¿Por qué se menciona a Etiopía como nación, si sólo hay dos personas en el mundo? Tú eres periodista. ¿Qué pasa si escribieras esto? ¿Tendría sentido, sonaría sensato a los demás? Moisés lo escribió. ¿Cuántas observaciones llevamos y apenas vamos por la segunda página? El Antiguo y el Nuevo Testamento. Los nombres africanos y luego los Peter, los John, los Mateo. ¿Qué refleja todo esto? Un robo, un plagio, una mala copia. Diste en el punto. ¿De qué? Del Libro de los Muertos.

—¿Qué pasa, hijo? Te ves preocupado —tío Richards lo observa de reojo, mientras aplaude a su equipo de críquet en el *ball ground*. El estadio está repleto de gente y vendedores que han venido de los pueblos de la línea a presenciar el duelo. En ocasiones como ésta, Richards se felicita a sí mismo de tener un puesto de observación privilegiado, sentado cómodamente en el corredor de la casa, lejos de la aglomeración y de los tumultos, aunque más de una vez, los espejos o la vajilla de la tía Sofía han sufrido los estragos causados por una que otra bola perdida.

Garvey da dos palmadas insulsas al combinado Eleven de Limón que se impone sobre un equipo de Santa Lucía. Alrededor de la plaza, los balcones atestados de gente se balancean con los saltos y los gritos de aliento a sus jugadores. Limón se mide con equipos de Barbados, Trinidad, Australia, como si fuese un miembro más de la Comunidad Británica de Naciones.

—Tengo serios problemas de conciencia.

Tío Richards frunce el ceño, sin apartar los ojos de la pelota y de los movimientos del *umpire* del equipo adversario.

—¿No estarás pensando en renunciar?

—Detesto hacer de vigilante —Garvey fija la vista en el lanzador, la bola sigue un impulso dado.

—No se trata de que te guste o no —tío Richards se vuelve hacia él con ojos de pistola—. Te conseguí el puesto más alto al que puede aspirar un negro aquí.

—Es uno de los motivos.

—*What do you mean?* —el tío frunce la nariz con tal disgusto que repercute en el hígado.

—No hay ninguna otra meta. No pienso pasarme la vida controlando si la gente trabaja y si tiene derecho o no a comer.

—Pues vas a tener que buscar cómo ganarte la vida. En mi casa no acepto vagos.

—Ya tengo otro trabajo.

—¡Otro! —Richards se lleva la mano a la cabeza y luego hace tamborilear los dedos en la frente—. ¿Cuánto te van a pagar?

—No sé. Pero hago lo que me gusta.

El Eleven de Limón anota una carrera, la ovación estalla y sube hacia la colina, donde también hay gente mirando desde las ventanas y corredores. Un grupo de aficionados trata de subir a la segunda planta de la casa del tío Richards para ver mejor. El tío trata de defender su territorio improvisando una empalizada en la escalera.

—Déjalos, tío. Tendrás más destrozos si no los haces pasar.

—Léelo y entenderás *tutti* —Fuscaldo le entrega una copia *testuale* de un documento que explica muchas cosas.

—¿De dónde lo sacaste? —pregunta Garvey.

—La regla de oro de un periodista es no revelar sus fuentes de información.

—Si escribo sobre esto, tendré que explicar cómo llegó a mis manos.

—Cita a algún diplomático, no serás el primero en inventarse un alto funcionario europeo, amante de las esposas de tres ministros y confidente del consejero presidencial que te procura valiosos secretos de Estado —le guiña un ojo en señal de complicidad y sugiere el encabezado—: Los delincuentes menores forman bandas, los criminales en serio fundan *trusts*. Puedes usarlo. No hay problema.

El papel le quema las manos.

—En la calle no —Fuscaldo le arrebata el documento y lo obliga a guardarlo—. Después lo lees.

"Los ochocientos mil acres de tierras nacionales no explotadas que elegirá la compañía con todas las riquezas naturales que contengan y la faja de territorio inherente al derecho de paso de la construcción del ferrocarril; más los edificios necesarios y el material de todas clases que pueda encontrarse en las tierras nacionales no explotadas a lo largo del ferrocarril; más dos lotes de propiedad nacional en el puerto de Limón para la construcción de muelles, almacenes y estaciones, todo ello sin reembolso de ninguna clase... El gobierno se compromete a no gravar con impuestos dichas tierras en el plazo de veinte años." El superintendente de la plantación sorprende al joven maroon leyendo los términos del contrato entre Minor Keith y el Supremo Gobierno. Garvey intenta esconder los papeles comprometedores bajo el mapa africano.

—¿Qué significa esto?

—Estaba estudiando.

—¡Estudiar! Aquí no se paga por estudiar, jovencito —un ojo se hinca en Garvey, el otro araña las paredes desquiciado. El joven ruega que el tipo no lea, trata incluso de distraerlo, sólo consigue ponerlo sobre aviso—. ¿De dónde sacaste estos documentos? ¿Eres un espía? ¡Contesta!

A partir del incidente, su vida sufre un giro inesperado. Garvey participa en mítines relámpago. Se nutre del estado de rebeldía de los trabajadores del muelle y de los ferrocarriles, que ese año se muestran muy activos.

Desde abril se suceden huelgas, arrestos, medidas de protesta y hasta movimientos de solidaridad de los peones hacia sus capataces despedidos sin razón. Se suman maquinistas, conductores, mecánicos y trabajadores del banano igualmente agobiados por míster Keith, quien insiste en mantener faenas de doce horas y condiciones equivalentes a las plantaciones algodoneras del sur de Estados Unidos.

La conspiración es permanente. Las deportaciones y los despidos también. La Northern y la United Fruit apelan a rivalidades étnicas para romper huelgas y crear enemistades. La Comandancia de Plaza acude cuantas veces lo requieren los apoderados de las empresas. Antes que nada, la fuerza pública está para custodiar los bienes del vicepresidente honorario de la United Fruit, que atiende sus asuntos desde un criadero de gallinas de raza en Long Island, donde últimamente le ha dado por divagar en torno a su sueño de senectud: una máquina colosal que cruce sin doblegarse valles, desiertos, serranías y toda inscripción de terreno que separa a Nueva Orleáns de Panamá. Una máquina que pase bufando sobre las depresiones humanas, sin detenerse hasta el tapón de Darién.

—¿Cuándo va a publicar mi reportaje de los trenes?

—Hay que manejarse con mucho tacto.

—*Listen*, yo trabajé para el gobierno de Jamaica, para la oficina de impresiones. No soy ningún principiante.

Don Salomón saca a relucir sus errores de ortografía, sus citas equivocadas de la Biblia y de autores de la literatura universal.

—Le adjudica frases de Shakespeare a Lord Byron, y las de Lord Byron a Abraham Lincoln.

—Mis libros se quedaron en Jamaica, si los tuviera conmigo...

—*Ragazzo!* ¿Qué te habías hecho? Te desapareciste —Bartoli lo invita a sumarse, la taberna está cerrada al público; adentro, un gran fiestón en honor a Fuscaldo, el cumpleañero.

—El periódico no me da tiempo ni de respirar.

—Llegaste *giusto, giusto.* Estamos preparando un *risotto con frutti di mare.*

Alguien ha desempolvado un acordeón y cantan *tarantellas* y canciones napolitanas. Fuscaldo se sube a una mesa y recita un fragmento de la *Eneida* de Virgilio en honor al recién llegado. Garvey ni lo escucha.

—¿Te gustó?

—No puse atención.

—Es el romance entre Europa y África, entre la reina de *Cartagine,* una negra bellísima, y el irresistible *Enea,* padre de Rómulo y Remo, el eslabón perdido entre Grecia y Roma. Pasé semanas buscando el dato creyendo que te conmovería —Fuscaldo traduce verso por verso impostando la voz y un poco empalagoso en sus gestos—. "Son éstas las lágrimas de las cosas…"

—No sigas —dice Garvey francamente incómodo.

—*É una storia pasionale, tragica.* La unión carnal entre África y Europa se consuma en una caverna, donde *Enea* y *Didone* se refugian de la tormenta. Termina en tragedia como todos los amores imposibles.

—Con ella embarazada.

—No, él la abandona para cumplir su misión de procrear a los fundadores de Roma y ella se suicida arrojándose a una pira.

—Linda metáfora. Los negros se inmolan para que los blancos cumplan su cometido.

Entre los invitados está Joseph Di Giorgio, el fundador de la Atlantic Fruit Company, se enterará más tarde cuando, entrado en copas, le cuente la historia de su frustración. En 1905, formó la Atlantic con varias compañías independientes. La presión de la United lo fue asfixiando poco a poco, Keith quería infiltrar su empresa, convertirse en accionista mayoritario, ponerlo contra las cuerdas.

—Aguanté hasta que no pude más. Vendí el cincuenta y uno por ciento de las acciones a un marqués, pensé que la mejor manera de conservar la virginidad era entregarse a un europeo, un aristócrata francés que detesta a los gringos y a los cazafortunas.

—¿De nombre? —Garvey toma notas disimuladamente, cifras, nombres, lo que teme olvidar.

—El marqués de Maury. Cultiva bananos en Cuba sin salir de París, odia el calor y los mosquitos. De nada me valió este complicado *e segreto* operativo. Apenas pudo, el marqués se deshizo de las acciones en una casa de corretaje en Nueva York —empina la copa hasta el fondo y se queda mirando la última gota púrpura aprisionada en la cavidad transparente—. ¿Sabe quién las compró? —junta las yemas y las sacude en su cara, el típico italianismo que los delata ante cualquier forastero.

—Míster Keith.

—Un testaferro de ellos. Preston salió con *tutto questo discorso, sai*, de que salvaron a la Atlantic de la bancarrota para cuidar la reputación de todo el negocio bananero.

—¿Quién es Preston?

—*Non lo sai?* —Di Giorgio lo ve con ojos de huevo duro y busca cómplices de su sorpresa alrededor—. Andrew Preston, *il capo dei capi,* por encima de Keith, por encima de todos.

No es el mejor sitio para conversar de estas cosas. La gente pasa con botellas descorchadas, platos rebosantes de frituras, moluscos y verduras embebidas en aceite.

—¿Qué ha hecho todo este tiempo?

—Trabajar para ellos. Cinco años de concubinato —el italiano sonríe para sus adentros, es obvio que trama algo.

—¿Qué se propone?

—*Io?* —posa la mano en el pecho como un figurín de aparador—. Preparo mi retorno. *Un grande successo.*

Vaglio sale de la cocina en bermudas, calcetines de vestir, el mantel de cocinero salpicado de moluscos y el cuchillo en mano chorreando un líquido viscoso. Por la expresión, parece que viniera de una cacería submarina.

—Faltan las ostras, alguien se comió las ostras del *risotto.*

—Comámoslo sin ostras.

—¡Noooo! —Vaglio revolea el cuchillo por los cielos. Nadie se atreve a contradecirlo.

—*Allora, che facemos!*

Fuscaldo suspende su recitación de Virgilio, se baja de la mesa y organiza una brigada nocturna que saldrá a pescar las ostras en la bahía.

—¡A esta hora!

—Las ostras le dan ese toque espiritual al *risotto.* Son la parte femenina del *frutti di mare* —Vaglio roza las yemas de los dedos en los labios y entrecierra los ojos preludiando el éxtasis—, te acarician el paladar. Sin ostras no me hago responsable del *risotto* —se quita el delantal y lo tira en una silla.

—Tiene razón.

En malla, un enterizo a rayas rojas que le llega a los muslos, con un lamparón de petróleo en mano, Fuscaldo parece un boceto de Da Vinci sacado del Códice Atlántico.

—Aquí la única ortodoxia que aceptamos es la del cocinero. *Andiamo!*

Don Salomón cada vez exige más y arriesga menos. Alegando falta de espacio, publica la milésima parte de lo que produce el joven reportero.

Garvey investiga por su cuenta. Al mito de las fortunas iniciadas con un puñado de dólares, hay que contraponer voces damnificadas, vidas arruinadas, las penurias de los excluidos, acciones de resistencia. Decenas de pequeñas acciones de sabotaje se producen diariamente en cada tramo de la vía, en cada buque que desembarca, en cada pedazo de tierra devastada para sembrar el fruto que Eva no conoció. En Suretka, en Old Harbour, en Valle de la Estrella aparecen brotes de inconformidad, cacicazgos descabezados o envenenados, hechos que no figuran en los periódicos ni en los panegíricos escritos para halagar a los "aventureros" engordados por el Estado.

—¿Qué pasó con mi reportaje?

—Es un tema delicado, toca muchos intereses, me pueden cerrar el diario.

—¿Y los editoriales? ¿Por qué tampoco me publica los editoriales?

—Los editoriales los escribe el director.

—Pretextos, se la pasa poniendo pretextos. Más vale que invente una manera de atrapar a los lectores porque la próxima semana sale a la calle un periódico para hacerle la competencia y parece que tiene mucho dinero. Están ofreciendo muy buenos salarios.

Garvey camina por la estrecha redacción señalando el hacinamiento de los redactores y la precariedad del mobiliario. Don Salomón lo sigue hasta su escritorio.

—¿Cómo se llama? ¿Quién lo saca? ¿Cómo te enteraste?

—En cualquier barbería saben más que el director de este periódico.

Garvey lo hace sufrir un poco y luego le da datos sueltos: dos páginas, en inglés, tamaño tabloide, los principales negocios de Limón se quieren anunciar ahí.

—¡Santo Dios! Nos robaron la idea.

Para don Salomón, la entrada en circulación de *The Times* se convierte en una verdadera tragedia. El jefe de imprenta se va, el reportero que se turnaba la máquina de escribir con Garvey también se va para escribir crónicas de variedad y para encargarse de la sección de viajeros distinguidos. Torres de periódicos se almacenan entre los escritorios, y las devoluciones de paquetes sin abrir van ahogando el despacho del director, que empieza a resentir los efectos de la claustrofobia y a pedir una solución desesperada.

—*I have some ideas.* Tenemos que mejorar la calidad y el contenido. Hagamos una sección sobre los conflictos con la bananera abierta a nuestros lectores, que sean ellos los que escriban y cuenten sus problemas directamente. Otra sobre África y su lucha contra el colonialismo, una más científica sobre excavaciones y hallazgos arqueológicos. En el reverso, una columna exaltando las glorias del deporte y otro espacio fijo dedicado a los inventos negros: la guitarra, la máquina de escribir, la pianola, la linterna, la pluma fuente...

—¿De dónde sacaste eso?

—De las revistas que usted no lee.

Garvey escribe un artículo en honor a Lewis Latimer, inventor de la lámpara incandescente, y se lanza a la calle a buscar voluntarios que ayuden a repartir el periódico en los puestos clave.

The Nation circula. A su modo se hace popular. Es tema de conversación en los mostradores, en las mesas de café, en los espejos del sastre, en los billares y la peluquería de Florencio Quirós. Se reparte a la entrada de los teatros, a la salida de misa, en los andenes del tren y en el muelle. Se lee en los partidos de críquet, beisbol y futbol, en el *ball ground*. Pasa sin pena ni gloria por el Banana Club y el Limon Sports Club, donde los administradores del enclave departen con el personal diplomático y sus honorables familias.

Sus editoriales, antiguo feudo de don Salomón, levantan polémica. *The Times* pronto lo identifica como el instigador de una rivalidad por conquistar lectores y descarga contra él una batería de ataques. Don Salomón es el lector más ávido de estas críticas firmadas por un tal Enid, al punto de que Garvey empieza a tener sus sospechas. ¿No será usted el que se oculta bajo ese seudónimo ridículo? Sus risotadas estruendosas festejando cada adjetivo, cada frase, cada sarcasmo, provocan un ventarrón en el que se traspapelan las noticias viejas y los artículos de la semana.

—Este tipo siempre da en el clavo —dice don Salomón sacudiendo el vientre como una gelatina y leyendo en voz alta los calificativos dedicados a Garvey—: "Este aspirante a la notoriedad", que "dice tener tantas y tan significativas profesiones", hace alarde de un récord de vida que parece sacado de "una historia de detectives" —el joven mira. Media página en primera plana dedicada a su persona. Es un honor.

Cuando los ataques van dirigidos a don Salomón, las risotadas desaparecen y todos los papeles de la redacción se asientan sobre una densa capa de polvo. "Qué bueno sería que el propietario de este largo sufrimiento llamado periódico, entendiera bien el idioma y la mentalidad británicas." "A excepción de los pensamientos prestados sobre progreso, el diario está lleno de basura."

—¿Qué pasa, perdió el sentido del humor?

—Lo que me critican es el equipo de redactores.

"Periodismo en Limón." La risa de don Salomón anuncia otra descarga contra Garvey, siempre firmada por el mismo sujeto.

"¿Hasta cuando los oídos de esta respetable comunidad serán ofendidos por advenedizos, que no saben nada del lugar donde están parados?" Garvey alimenta el debate. "No pido disculpas por profetizar que muy pronto se producirá un giro en la historia antillana."

The Times lo acusa de ser "un fraude", de incitar a emprender "aventuras riesgosas"; le reprocha "su personalidad agresiva", "su entrada fácil a las mentes ignorantes". ¿Pero quién se cree Garvey? ¿El príncipe de los periódicos, el propietario, o qué?

De protestas y desengaños

En noviembre, doscientos trabajadores de las islas Leeward se amotinan en las fincas. Marchan hacia Puerto Limón y ocupan el comisariato de la United Fruit Company. Piden comida en serio, que se respeten los compromisos pactados: empleo, comida y hospedaje garantizados, un dólar oro por día de salario con opción a trabajar su propia finca sin restricciones.

En lugar de resolver, el administrador de la United División Limón, E. J. Hitchcock, exige volver al trabajo por una paga menor. "La comida —les dice— es problema de ustedes."

"Naturalmente enfurecidos", aduce *The Times,* los isleños arrojan piedras contra los cristales del almacén. La policía interviene, el Comandante de Plaza interviene, los colaboradores del gobernador también. Hay nerviosismo, heridos, precipitación.

Arracimados en los balcones, en bata de dormir, los huéspedes del Hotel Siglo XX son testigos privilegiados. De los heridos nada se sabe. Desde los balcones del hotel se pudo ver la atropellada salida de dos grupos de uniformados: uno en dirección al cuartel, otro al hospital.

Cargados como arenques en la bodega del *Alderney,* una pequeña embarcación que zarpó de Basseterre, los leewardinos fueron introducidos a Limón como mercancía. Hubo amotinamientos en la travesía. En la capitanía del puerto quedaron registrados como setecientos veinticinco fardos sin marca ni número.

—¿Quién los embarcó?

—El señor Laws.

—Conozco ese nombre.

—Es un agente itinerante de la compañía bananera.

—Un yanqui del sur, detestable.

Una luz macilenta se proyecta sobre los rostros. Los reporteros recorren pasillos, confrontan versiones. El más grueso se mueve entre las sombras, por el área de los lamparones quemados. Sus zapatos relucientes, de corte italiano, apartan latas, botellas de licor, frasquitos caídos de los estantes. Recoge un cuadro destruido con un proyectil y se dirige al único lamparón sano que se columpia en un extremo del almacén: es la foto en sepia del gran benefactor de Costa Rica, cubierta por una masa de vidrio molido que le imprime un tinte dramático a la expresión, como si el retrato por sí mismo pudiera indignarse y enfadar a quienes le rinden algún tipo de admiración.

El edificio es una estructura metálica de varias toneladas, la más grande de Limón; fue traída en barco y montada frente a las instalaciones del puerto. En una de las oficinas que da a la calle, Garvey descubre una enorme caja fuerte. Es una pieza verdaderamente impresionante, que ocupa una pared entera, hecha al parecer en Inglaterra y concebida para guardar el tesoro de la Corona.

Un sujeto de físico imponente y piernas interminables trata de mantener bajo control a los autores de la protesta. Nada de vandalismo ni actos de pillaje. La nuestra es una acción política. Garvey lo reconoce de inmediato. *We meet again.* ¿Dónde están? Todos regados. Yo fui a dar a un campamento lleno de zancudos y culebras. Los lugareños le llaman África de Guácimo, responde el congo.

—Exigimos la intervención del cónsul británico.

—¡Todos, al consulado! Gran Bretaña tiene la obligación de defender a sus súbditos donde quiera que estén —Garvey guarda su libreta de apuntes y se pone al frente de la columna con...—: Nunca me dijiste tu nombre.

—Ramsey.

—Cuenta conmigo, Ramsey. Soy tu aliado.

El encargado de negocios en Limón se niega a atenderlos. La prensa responsabiliza moral y legalmente a la United Fruit. La ciudad amanece ocupada, el comercio cerrado. Nadie se anima a subir las persianas. Los leewardinos se pasean por el cuadrante de la ciudad investidos de un repentino heroísmo. La colonia se llena de un secreto agradecimiento. Llevan años de aguantar cosas peores, pero nunca la ira llegó a las piedras.

—Se les avisa que deben volver al trabajo de inmediato o serán despedidos y procesados por vagancia —advierte el gobernador de la provincia, Rogelio Pardo.

Alimentados por la población, que actúa de manera organizada, los leewardinos no tienen ningún interés en volver al bananal.

—Queremos al cónsul. Queremos la repatriación.

En el tren procedente de San José llegan refuerzos: cien integrantes de la fuerza pública que aportan su cuota de confusión. Hay malentendidos, dificultades de comunicación, cualquier alegato termina en la cárcel, donde van a parar miembros distinguidos de la comunidad. Viene una ola de arrestos y abusos de autoridad por parte de los policías josefinos.

El semanario se vende como pan caliente. En mangas de camisa, con la tinta hasta los codos, el joven Garvey apela a todo el arsenal de trucos y artimañas aprendidas en Kingston para aprovechar cada recorte de papel.

—Jefe, se agotaron los ejemplares. Necesitamos una edición extra.

—No se puede.

—Éste es el momento de ganar espacios. *The Times* nos lleva ventaja porque sale todos los días —Garvey intenta abrir la bodega con una plancha de plomo—. Candado, invento negro de gran utilidad para la protección de pertenencias. En determinadas circunstancias puede resultar contraproducente.

Don Salomón lo para en seco.

—No toques ese papel.

—*Paper, African invention.*

—Me estás colmando.

—A un lado, usted desconoce el sentido de la oportunidad.

—Soy el dueño, y por lo tanto el responsable de administrar los bienes de esta empresa.

En ese momento, la vieja imprenta hace un ruido de mandíbula atascada con un buche de clavos. Todos corren a ver qué sucede. El prensista trata de hacerla arrancar, un golpecito acá, una gotita de aceite por allá. Ajusta la faja. Trata de hacerla girar con la mano y nada.

—Vaya a la panadería del chino Wing y consiga una banda de repuesto.

—¿Sirve?

—Otras veces ha funcionado.

La faja de amasar pan no resulta. El operario los prepara psicológicamente.

—Parece que es la rueda.

—Si se descompone la rueda, estamos perdidos.

—Usted lo ha dicho.

Durante toda la noche se quedan revisando. Garvey en medio, ayudando a desmontarla. A primera hora, la llevan al taller de la Northern Railway.

—¿Es muy complicado? —pregunta don Salomón.

El jefe de taller analiza la pieza con ojo de relojero.

—Nada del otro mundo, pero le va a salir caro.

—¿Cuánto? —se desespera don Salomón.

—Es una pieza única, hay que elaborar el molde —la estudia de frente, de costado, en perspectiva, toda una pantomima para despacharse con el precio.

—Déme un estimado.

—Vea, este trabajito le sale arriba de los cien colones. Puede ser más, puede ser menos. Depende del material que ocupe, la urgencia que tenga.

—Pero es casi lo mismo que pague por la máquina nueva —miente tratando de conseguir una rebaja.

—Lo siento. Éste no es un taller privado —el jefe se da media vuelta.

—¡Hágala! —ordena Garvey. Don Salomón lo frena. Hay una discusión entre ellos.

—No tenemos esa plata.

—¡Hágala! Conseguiremos el dinero mientras fabrican la pieza —se lleva la mano al pecho e imprime un toque convincente—. *Trust me.* Yo me encargo.

—¿A nombre de quién hago la boletita? —pregunta el jefe de taller.

—A nombre del caballero —don Salomón hace un ademán y cede el honor a su reportero.

—Marcus Garvey Richards.

Por órdenes del gerente Hitchcock, el salario se reduce de un dólar a cincuenta centavos, los domingos ya no se pagan como jornada doble y los traslados en tren a las plantaciones han dejado de considerarse parte del tiempo trabajado. Muy pocos aceptan las nuevas condiciones. La caseta donde los jamaiquinos se reúnen de madrugada a esperar el tren del ramal sur está prácticamente vacía, hay dificultades para llenar los carros de ferrocarril.

Charles Bryant, recién electo secretario de la Sociedad de Artesanos y Trabajadores, moviliza a sus bases. Daniel Roberts, amigo de la barbería, organiza una colecta a lo largo de la línea para apoyar a los huelguistas.

La revuelta laboral es motivo para hacerse de una pequeña audiencia en la estación del Atlántico, en el quiosco del parque, poco antes de la retreta de la banda militar, los bolsillos llenos de apuntes y recortes de periódicos que el joven lee y comenta mientras los músicos afinan instrumentos, ensayan *La reina de Saba,* la *Polka para pistón* de Reynaud.

El cónsul no es digno representante de la Corona. No actúa de manera independiente. Está supeditado a los intereses de la United Fruit.

Las irrupciones callejeras de Garvey irritan a unos y entusiasman a otros, que saludan la aparición de abanderados en la colectividad con cartas al editor de *The Times*: "hay hombres aquí, nos alegra decirlo, que están dispuestos a asumir la solemne responsabilidad de convertirse en líderes de los súbditos británicos en Costa Rica".

—Esto lo mandaste tú —sostiene don Salomón, sorprendido de que la competencia deje pasar un elogio así.

—En ningún momento se citan nombres —responde Garvey con falsa modestia.

Subido a cajas de jabón, a barriles vacíos, Marcus Moziah incita a los negros a aglutinarse, a defender sus derechos. Ahora mismo, el gobierno de Costa Rica libra una batalla para cobrarle un centavo de dólar en impuesto por racimo. La compañía defiende su dinero miserablemente. Nosotros, los descubridores de la agricultura, no pedimos limosna, pedimos dignidad laboral, salario justo.

Para la United y su equipo de informantes, Garvey es uno más de los *outsiders*.

> Personas ajenas a la compañía, impostores, vividores,
> hacen de un barril vacío su plataforma. Andan por ahí
> sembrando la confusión, tramando cómo vivir del sa-
> lario ganado duramente por los trabajadores. Arengan
> a la multitud inyectando el unionismo en sus cabezas.
>
> Limon Division, United Fruit, 1910

Ex empleado de la bananera, periodista y ahora agitador laboral, Garvey saca a flote su experiencia en medidas de presión.

—¿En qué huelga? —pregunta Vaglio un tanto incrédulo.

—En una de tipógrafos.

La efervescencia estimula la veta intrigante de anarquistas en receso. Fuscaldo trama las formas más extravagantes para arrancar concesiones a la United Fruit. Secuestrar al gerente Hitchcock. Poner un cartucho de dinamita en la caja fuerte de la compañía, estudiar los movimientos de los *pay masters* desde una banca del parque que había sido sembrado por Bonifé. Se siente un conspirador profesional. Incluso le asegura a Garvey haber sido lugarteniente de Rimbaud, cuando el poeta francés renegó de la poesía y se dedicó a traficar armas durante la ocupación italiana de Abisinia.

—Nunca estuviste en Abisinia.

—Teníamos la base en Mogadiscio.

—Mmm. Para mí, fuiste a comprar dátiles.

—Ahí aprendí el swahili.

—¿Cuál es el verdadero nombre del lago Victoria? Fuscaldo murmura frases inaudibles.

—Nalubare. ¿Cómo se dice madre tierra en swahili?

—*Non mi ricordo piú.*

—Eres un mentiroso.

La presión conjunta surte efecto. El cónsul general de Gran Bretaña desembarca del tren para entrevistarse con una delegación de leewardinos, encabezada por Ramsey, líder del grupo, y por el reverendo Pitt.

—*Here you are,* firmado de puño y letra por el rey Eduardo VII —el cónsul despliega un documento sobre la mesa.

—¿Qué es esto? —pregunta Ramsey mascando una ramita de bambú, los huelguistas se apiñan como hormigas en torno a una gotita de jarabe.

—El poder que me acredita como legítimo representante del Reino Unido en Costa Rica.

—¿Y eso de qué diablos nos sirve? ¡Queremos regresar a casa! —Ramsey escupe la ramita y se le va encima, otros lo apartan y tratan de calmar los ánimos.

La mirada asqueada del diplomático se detiene en las uñas negras de los peones y en los pies agrietados y sucios. Envuelve su nombramiento, engarza el sello real y abandona la misión diplomática indignado.

El reverendo Pitt le pide interceder ante el gobernador de las islas, para que la administración colonial cubra los gastos del traslado. El diplomático responde con un portazo. Garvey se vuelve hacia los huelguistas y los exhorta a mantener el orgullo de raza.

—El orgullo es momentáneo. La ambición es para continuar.

La frase del reverendo Pitt los deja sin palabras.

Veintiún huelguistas son detenidos por la policía y enviados a una prisión de San José en el mismo tren en que regresa el cónsul inglés. "El cabecilla, atrapen al cabecilla." Ramsey logra escapar corriendo entre los vagones que vienen de los ramales del sur.

—¡Los británicos no son esclavos! —Garvey trata de ingresar al vagón de carga donde la policía encerró a los huelguistas maniatados—. Los británicos no somos la burla de ninguna compañía.

—*British? You are not British, you are niggers!* —sentencia el cónsul y ordena partir.

El tren se pone en marcha, Garvey corre con el índice en alto a la par del tren.

—Somos parte de su odioso imperio.

El tren se aleja, el joven queda en medio de la vía con los hombros abatidos.

—*No room for race* —un ciego sentado en las escalinatas de la estación ferroviaria se balancea sobre su cuerpo y repite la frase—: *No room for race.*

—El gobierno, veamos qué dice el gobierno de Costa Rica —secundado por los amotinados, Garvey se dirige a la gobernación. Rogelio Pardo, el gobernador de familia colombiana, les hace un pequeño recordatorio sobre la ley de vagancia: Cualquier inmigrante que sea encontrado en la calle será detenido.

Vía telegrama, el presidente de la República, Ricardo Jiménez, hace saber la posición oficial: "El gobierno no es responsable de los acuerdos entre la United Fruit y los trabajadores. Si quieren regresar a su país, tendrán que trabajar para ahorrar y pagarse el pasaje."

—Esto no puede quedarse así. Haremos un gran escándalo.

Don Salomón Aguilera se afeita en su rincón mugriento y persigue a Garvey con la navaja oxidada en la mano.

—¿Qué te propones?

—¿Podría bajar esa arma? —Garvey echa la cabeza hacia atrás—. ¿Qué me propongo? Enviar cartas a la prensa extranjera, denunciar las condiciones laborales, exigir regulaciones migratorias. No es posible que los inmigrantes queden registrados como fardos.

—No tengo tiempo de escribir cartas.

—Yo las hago.

—Tampoco pienso poner mi firma en tus escritos —advierte don Salomón.

—No se moleste.

Garvey encuentra el eco esperado. *Dominica Guardian, The Telegraph* y *The Guardian* de Jamaica denuncian situaciones similares en Venezuela, en las Guyanas, en Brasil, en la zona del Canal de Panamá, en Honduras, en Guatemala. "Los antillanos a merced de los cazadores de fortunas norteamericanos." Tampoco es un secreto —escriben— que el consulado británico no hace lo necesario, que la United viola sus propias leyes sobre todo en navegación. Los trabajadores son transportados en buques de la Gran Flota Blanca o en pequeñas embarcaciones que no cumplen ningún requisito de seguridad. Muchas salen sin la certeza de llegar a destino. "Todo esto no ocurriría si la administración británica protegiera a sus súbditos."

Con el correr de las semanas, la prensa de Limón se desentiende del asunto. *The Times* se desdice de sus ataques a la gerencia de la United y al cónsul británico. Ellos "han hecho lo posible por garantizar el bienestar de los trabajadores".

Los arrestos se vuelven selectivos. Ramsey, cabecilla del asalto al comisariato, es capturado en la casa de unos finqueros jamaiquinos que lo acogieron, llevado ante un juez con las manos atadas y sentenciado a sesenta días de cárcel. "Lo quiero fuera", reclama el cónsul británico. Declarado ciudadano indeseable, es subido al vapor *S.S. Ellis* de la United Fruit y deportado el 7 de diciembre. Garvey logra burlar el cerco y despedirse de él en la escalinata.

—¿Regresas al Congo?

—No estaría mal —le responde con una sonrisa lacónica—. Es una deportación a medias.

—Eres un líder innato. No pierdas el coraje. Hay tanto por hacer.

Ramsey es empujado por un guardia de la Comandancia de Plaza. Le entrega un puño de hojas de bambú amarillo, su único equipaje.

—Mastícalo. Te protege de la malaria.

—Gracias.

Ambos se despiden parafraseando al reverendo Pitt. "El orgullo es momentáneo, la ambición es para continuar."

Garvey se queda en el muelle mirando el barco zarpar. El desplazamiento de esos gigantescos navíos siempre tiene algo de misterio, de suave adiós, cada vez más lejos de los ojos, hasta perderse en el confín azul. Daniel Roberts y Charles Bryant, secretario de la Sociedad de Artesanos, vienen a su encuentro, desmoralizados.

—Vaya manera de sacarse los problemas.

—No sirvió de nada.

—Al menos, aceptaron pagarles un dólar oro la jornada —Garvey masca la ramita de bambú y les ofrece un poco a los dos—. Contra la malaria.

Bryant le pregunta qué pasó con la huelga de tipógrafos en Kingston.

—El tesorero huyó con el dinero enviado por unos colegas de Estados Unidos.

En el mes más lluvioso del trópico, a Fuscaldo le da por extrañar las tormentas de arena, los tuareg cruzando el Sahara con sus caravanas de camellos, las culturas errantes, sin mostradores, sin montañas de zapatos que apilar. Caravanas transitando entre dunas que cambian de lugar continuamente. Paisajes móviles que sólo ellos saben desentrañar.

—No es humana.

—¿Qué?

—Esta manera de llover. Me van a salir aletas.

—¿Acaso es más humano el calor, los cincuenta grados a la sombra?

—*Per me, sí.* Adoro las tormentas de arena. En Roma, llega a verse una nube roja transportada por el viento, *africo* le llaman. La gente del desierto se defiende con cuchillos de ese viento.

—Me parece que lo robaste de algún libro.

Fuscaldo enciende un cigarrillo y lanza una bocanada larga y melancólica, que se disipa en la neblina. Garvey se hunde en sus pensamientos, las manos en los bolsillos, el chapaleo de la lluvia bajo los zapatos.

Una columna de humo sale de un sótano, donde un grupo de asiáticos se introdujeron al oír ruidos en la calle.

—Algo se quema. Pronto, llamen a los bomberos.

El zapatero lo sujeta del brazo y aspira la niebla como catador experto.

—Tranquilo. Es un fumadero de opio.

—¿Opio? ¿Aquí? —gira sobre su cuerpo, atónito—. ¿Y lo fuman así, tan campantes?

—Todo esto fue introducido por míster Keith y autorizado por el gobierno. Diez onzas de opio a la semana, vendidas a crédito a cada peón chino los sábados por la tarde, al igual que los puros y el ron para los antillanos.

Garvey se pone en cuclillas, bruma y cristal forman una nebulosa impenetrable.

—¿Y usted cómo sabe que es opio?

Fuscaldo lanza el cigarrillo al desagüe con aire gangsteril.

—Con Rimbaud también traficamos hachís, drogas menores, todo lo que caía en nuestras manos.

—Trenes clandestinos y opio legalizado: Limón es un caso clínico.

Ambiciones sin cartel

Flamante y reparada, la rueda de imprenta es puesta en su sitio de honor. El tecleo de las máquinas, el papel masticado por las pruebas de impresión, son la cortina de fondo de una reunión editorial para la reapertura del semanario. *I love that music!*

—Ni duplicando la tarifa de los avisos personales, ni aumentando el precio del ejemplar, ni promoviendo suscripciones anuales cubrimos el importe de la reparación —dice un atribulado Salomón Aguilera. Garvey propone organizar una colecta pública y un relanzamiento en grande.

—Hay que aumentar el tiraje a cinco mil ejemplares.

—¿En un pueblo de ocho mil habitantes? Estás loco.

—Volcarnos afuera, vender suscripciones anuales. Repartirlo gratis en barberías, sastrerías, tiendas de cigarros. Tenemos que abarcar lo más posible, enviar paquetes por barco a Bluefields, Bocas del Toro, Almirante, a las Indias Occidentales. Pidamos seis meses de prueba.

Para tranquilidad de sus antiguos suscriptores, en interés de los nuevos, *The Nation* gana la calle. Esta vez con ánimos de proyectarse fronteras afuera. La gente de Antigua, Barbados, Santa Lucía, Trinidad y demás islas aceptan otorgar el periodo de prueba solicitado por el semanario. Garvey vende bonos de apoyo al semanario, bonificaciones en la suscripción. La gente responde de manera asombrosa para don Salomón, tanto, que convence a Garvey de aprovechar sus habilidades para organizar otra colecta pública y festejar en grande la próxima coronación de Jorge V, nieto de la reina Victoria, y así redimirse de los numerosos ataques al periódico por violentar la "mentalidad británica".

Dos sujetos se presentan con rostro grave a la redacción a denunciar un boicot, un acto de barbarie: vagones enteros de fruta destruidos a machetazos en los patios del ferrocarril, puré de banano escurre de los carros, se adhiere a las vías como un pegamento orgánico y vengativo que libera nubarrones de moscas, entorpece las operaciones del muelle y del ferrocarril, y arruina la pobre economía de los finqueros.

—¿Sospechosos?

—Peones, borrachines, desempleados pagados por la United. Quieren forzarnos a romper el trato con la Atlantic.

—¿Cuál trato?

—Di Giorgio paga mejor, ofrece compartir con nosotros ganancias y riesgos.

Un reportero de *The Times* sale en carrera a difundir la nota. Garvey hace un recorrido libreta en mano.

—Y aquellos vagones.

—Están embargados. Un inspector de la United vino a sellarlos con un abogado de tribunales.

—¿Cuándo? —Garvey trata de despegar las suelas del piso. El calor, las pisadas, el tránsito de trenes han hecho una mermelada pegajosa en la zona de embarque.

—Los bananos se están pudriendo.

—No se puede hacer nada. El barco aquel —un estibador espanta un zopilote que disputa a las moscas parte del festín y señala un buque de la Hamburg American Line— está retenido hasta que se resuelva el pleito.

Garvey frota las suelas entre los matorrales, cuesta sacarse esa pasta chiclosa. Se dirige a la taberna de Bartoli.

—*Ragazzo!* ¿Qué te trae por aquí?

—Me urge entrevistar a Di Giorgio, ¿me ayudas?

—*Aspetta. Devo andar in cantina.*

Bartoli se encamina muy parsimonioso a la trastienda.

—¡Apúrate! Me van a ganar la nota.

—Tranquilo. Nadie tiene tus contactos, *ragazzo.*

A los cinco minutos, Garvey está sentado en el despacho privado del gerente de la Atlantic Fruit Company. Di Giorgio sujeta el escritorio por los extremos.

—No sé si me recuerda. Hace unos días, en la taberna de Bartoli, usted habló de un gran suceso.

—*Sicuro!*—una sonrisa ramplona se refleja en la madera laqueada.

—Podría explicarme su arreglo con los productores. ¿A qué se deben los boicots, los embargos? ¿Qué relación tiene su empresa con la Hamburg American?

—Por partes.

Di Giorgio hace un gran esfuerzo para incorporarse, como si el cuerpo pesara más que una toalla mojada. La sonrisa se ha desvanecido y ahora mira por arriba del hombro hacia la zona portuaria.

—*Io parlo*, si promete no citarme.

—Puede confiar en mí.

—En la era de los *trusts,* si no controlas el transporte, no eres nadie. *Certo!* Esta lección me costó el cincuenta y uno por ciento de las acciones de la empresa. De cualquier manera resucitamos: ahora somos la Atlantic Fruit and Steamship Company.

—Adquirió una flota.

—¡No! —deja caer la mano con desdén y frota los dedos—. ¿Para qué? Se necesita mucho dinero. Me asocié con la Hamburg American Line. Me ofrecieron el espacio refrigerado de la Línea Atlas. Primero habían tratado de entenderse con la United, pero usted sabe cómo son, *brutta gente!* —hace todo tipo de muecas—. Ahora tenemos asegurado el transporte de los trópicos a Nueva York. *Una cosa bestiale!*

—Hay algo que no me queda claro. ¿La Atlantic aún pertenece a la United? ¿En qué términos fue pactada esa sociedad?

—Es información confidencial.

—Entonces, ¿los boicots, los embargos, la paralización de las operaciones de carga y descarga?

—Son actos de histeria. Tienen el síndrome del hijo único.

Garvey se incorpora, guarda su libreta de apuntes y agradece a Di Giorgio. Abre el picaporte y vuelve sobre sus pasos.

—*By the way*, ¿sabía que la refrigeración es un invento negro? Elkins inventó el aparato en 1879, Standard patentó el sistema en 1891.

—*Cosa dici?*

—No hace falta dar gracias. Aunque no estaría mal compartir ganancias con sus trabajadores como un gesto de altura.

The ship of the age

The Oceanic Steam Navigation Company, popularmente llamada White Star Line, está fabricando el objeto flotante más grande de la historia. Después de unas pruebas en los astilleros de Belfast y en aguas irlandesas, el barco insumergible estará listo para su *maiden voyage*.
The Telegraph, 1911

—¡Paren máquinas! *I have big news.*

Viene excitado, lleno de papeles y anotaciones. Vuelca todo sobre su escritorio y corre hacia el editor en jefe.

—Don Salomón, tengo un reportaje que hará sacudir las piedras —la respiración entrecortada lo obliga a tomar aire—. Llevo meses investigando. Esta vez no puede rehusarse a publicarlo. La United Fruit, escuche bien, la United Fruit opera ilegalmente el tren desde 1905. Cinco años controlando, manipulando a los productores, cobrando lo que se le antoja por los fletes, boicoteando a los barcos que no son de su flota, cargando y descargando pasaje y mercancías sin autorización del gobierno. Tenemos que denunciarlo.

—Muchacho, hay cosas que todo el mundo sabe, pero no se pueden publicar.

—No puede tapar el sol con un dedo. Las vías clandestinas fueron tendidas, según mis averiguaciones, cuando el Estado costarricense desconoció el traspaso de la Costa Rican Railway Company (creada por los ingleses) a la Northern (la compañía de Minor Keith). Vea, al fin logré desenredar esta madeja: 1905, se firma en Londres un contrato entre ambas compañías ferroviarias y la United Fruit, para arrendar el ferrocarril a la Northern por noventa y nueve años. Los ingleses pecaron de ingenuos. No se dieron cuenta dónde estaba el verdadero negocio.

Garvey le sacude en las narices documentos esclarecedores: "La posesión de ferrocarriles privados por parte del exportador evitó tener que pagar fletes a los ferrocarriles nacionales por el transporte de bananos con la consiguiente pérdida para éstos y ganancia para míster Keith…"

—Mil novecientos cinco es el año clave, cuando la United obtiene el monopolio virtual y desata toda esta locura de vías clandestinas, boicots, contra-boicots, ocupación de terrenos fértiles. Esta lógica absurda de tender veinte, treinta, cincuenta millas de vía para romper un contrato o una concesión exclusiva, se inició precisamente aquí, en Limón. Es como un tropel de elefantes en el dormitorio y nadie pestañea. ¿Sabe cuántos periódicos estarían interesados en este reportaje? ¿Cuánto pagarían por un artículo así de espectacular?

—¿Ya terminaste?

—No. Falta. El contrato de arrendamiento de trenes jamás fue aprobado por el gobierno de Costa Rica. Esto significa que la United lleva cinco años de operar ilegalmente el ferrocarril, por lo tanto, las ganancias generadas desde entonces (medio millón de dólares tan sólo en concepto de fletes), también son ilegales. Medio millón de dólares que son patrimonio del Estado.

—Muchacho —le palmea la espalda—. Si el Estado no movió un dedo para reclamar, ¿qué puede hacer un modesto diario de provincia?

—Informar, como corresponde.

—Ubícate. No somos el *Telegraph* de Londres —el director está más preocupado por las posibles filtraciones en las paredes que por la ansiedad de su reportero—. *Listen.* Ellos mataron al cacique de Talamanca, han eliminado a negros-problema, tienen cementerios clandestinos, nunca se les ha podido probar quiénes mueren de malaria y quiénes por orden superior.

—Se terminó. Si usted se niega a publicarlo, se lo ofrezco al *Times,* al *Panama Star,* cualquier periódico es menos timorato que éste —vacía su escritorio enfurecido, llevándose por delante cajones y botes de basura. Sale abrazado a sus papeles, sus libretas, sus diccionarios. A media cuadra se regresa y trata de llevar a don Salomón a los talleres de la *Northern* para traspasar a su nombre la deuda por la reparación de la rueda de imprenta—. Yo saqué la cara por usted, por un proyecto. No me iré de aquí hasta que no arreglemos las cosas.

—Por mí puedes llevarte la rueda. Yo no firmo nada.

—*What are you talking about?*

Don Salomón se muestra tan menesteroso con el tema dinero, que Garvey pierde los estribos y acaba arrojando en su escritorio los bonos de la coronación y cuanto papel encuentra.

El aventurero y sus créditos

Era un... llamémoslo un visionario, pero también
un gran vivo. De esos muchachos aventureros
que se valen del idealismo.
EL HIJO DE UN GOBERNADOR

Un dedo de luz gira lentamente en el cielo como un pájaro de plumas luminosas. Se contrae en el giro como el ojo de un animal tímido y luego reaparece proyectando su cola en el mar, espiando en el techo de nubes, perturbando el reposo de las aves.

Es el faro de isla Uvita.

Garvey trepa de un salto al tajamar. Se llena de oxígeno y emerge de su propio aire, relajado. El vapor ha robado las estrellas de la noche. Los barcos anclados en la bahía como una formación de naves piratas esperando atracar. A veces pasan tres días y la formación permanece invariable. Islas flotantes perdidas en la boca del mar con todo un bloque de luces en la proa, atravesando otro bloque de luces. Los movimientos nocturnos de las naves hacen más misterioso el rumor del mar, como un asedio prolongado a una ciudad que entrega su tributo a las rutas del comercio, un impuesto pueril que se pudre en el camino.

El vapor se condensa en otra parte y ahora las estrellas se traslucen justo arriba de su cabeza, pedradas rotundas contra la oscuridad. Las gaviotas en un rincón del sueño y una luz avanzando débil.

—¿Qué pasa, hijo?

—No podía dormir.

Tío Richards atravesó el cuadrante de la ciudad en bata de dormir y pantuflas, preocupado al ver la cama vacía y la puerta de calle entreabierta.

La ciudad se despereza. Los trabajadores del muelle cruzan las vías y las casetas del puerto en dirección al muelle.

—Estoy un poco cansado.

—Te involucras en demasiadas cosas. Deberías sosegarte un poco, ser un negro de bien.

—Mi tiempo aquí se acabó.

Tío Richards le entrega una carta.

Una sombra atraviesa su rostro al reconocer la firma temblorosa del padre. De tanto esculpir lápidas, el pulso ha comenzado a abandonarlo. Garvey hunde la carta en el bolsillo sin leerla.

La gente circula por las aceras, el pájaro de plumas luminosas se ha extinguido, el tránsito de la noche al día ha sido tan repentino que tío Richards se sorprende a sí mismo en pijama, al otro lado de la ciudad. Richards tironea a su sobrino para cruzar la calle parapetado en su cuerpo.

Good morning! God bless you!, dice la gente al pasar. Richards clava los ojos en las pantuflas y entiesa el cuello para no enterarse de quiénes lo ven en esa facha.

—No, por la calle del mercado no.

Richards vuelve sobre sus pasos y se pone de espaldas a la ciudad.

—Busca un taxi, haz algo.

El único taxi del pueblo tiene su base en los bajos del Hotel Siglo XX, así que hacen un gran rodeo por el tajamar para llegar hasta allá.

Los barcos aguardan. Grandes corazas de metal. Se imagina a bordo soltando amarras. El ansia de nuevos retos lo asusta, como lo asustó el secreto regocijo que sintió cuando su padre perdió su última batalla legal contra los acaparadores de tierras y con ello el vínculo que los condenaba a una vida apacible, sin sobresaltos, entre las cercas de piedra gris de Saint Ann's Bay. Rastros de nube se inclinan hacia la cabeza despeinada de las palmeras, sus largos troncos oxidados por la luz del amanecer.

Un Ford negro a pedal, propiedad del gobernador Rogelio Pardo, ingresa a la zona de embarque. De la puerta trasera descienden el mandatario provincial, el administrador de la United División Limón, E. J. Hitchcock, y emisarios del Supremo Gobierno.

El vapor *Turrialba* se aproxima, la quilla gris abrillantada por las olas. A una señal del Comandante de Plaza, un guardia echa un poco de pólvora y cáscaras de banano a un pequeño cañón de salvas donado por los carabineros chilenos. Enciende la mecha y la primer salva revienta en medio de los presentes.

—¿Por qué tanto alboroto? ¿Quién viene? —tío Richards se aterroriza, pero su curiosidad lo arrastra hacia el muelle.

—Algún funcionario de la compañía.

Los agentes del orden repiten la operación dos o tres veces antes de que el ancla se hunda en el lecho de coralinas. Entre las cabezas de la tripulación, la mirada envanecida de un hombre vestido de safari, todo de blanco; la frente ha ganado terreno en la curva platinada de la cabeza. El brazo al pecho, y al brazo, sujeta, una mujer de aspecto enfermizo, la cara oculta bajo un sombrero de ala ancha.

Garvey y Dick Richards quedan atrás del cordón policial.

Fiel a la expresión de su retrato, de rasgos insulsos y andar impetuoso, Minor Cooper Keith camina con una fusta en la mano. Hay algo en él que repele y atrae. La actitud retadora de los hombros, lo conservador del bigote, quizás. O la boca hecha de nervios. Keith golpea la fusta en la palma y sigue su camino por el tramado metálico, que él mismo hizo construir mediante una generosa concesión del Estado para el arribo de sus vapores.

—La vida de los negocios se activa, se agolpa, se arremolina apenas llega Minor Keith —bajito, indulgente,

Rogelio Pardo, gobernador de Limón y vendedor de neumáticos, da la bienvenida en nombre de las autoridades—. Y es que míster Keith es en los negocios un magnífico, un extraordinario. A lo largo de su camino va regando empresas de toda clase: tranvías, minas, ferrocarriles, transportes marítimos, fundiciones, luz eléctrica.

—¡Que flaquito! Me lo hacía más alto —comenta tío Richards.

—Diez millones de racimos de banano al año para engordar sus arcas. Si carga uno solo se muere.

Cada funcionario intenta superar en retórica a su predecesor. Con mayor razón ahora que el vicepresidente honorario de la United Fruit viene de comprar la deuda externa de Costa Rica, mediante una operación contable que traslada la carga financiera de los banqueros ingleses a los norteamericanos mediante una emisión de bonos. En su oportunidad, los bonos se utilizarán en hacer mejoras a las obras efectuadas por Keith.

Hija de don José María Castro, dos veces presidente de Costa Rica y doña Pacífica Fernández, diseñadora del escudo de armas y la bandera nacional, Cristina Castro susurra al oído de su marido una versión resumida. Keith se alisa el bigote y pone cara de entendido.

El ministro de Fomento propone levantar una estatua en honor de Keith por cancelar las deudas pendientes, por tornar productivos nuestros pantanos, sanear nuestras costas y puertos ayer tan mortíferos, por cruzar nuestro territorio con líneas de hierro bien hechas.

—¿Entiendes algo? —Garvey da codazos al tío tratando de recuperar alguna frase.

—No.

—Hombres de recio temple sucumbieron víctimas de la malaria, incluido su hermano, Henry; miles arrastran vida de inválidos —el emisario del gobierno se deshace en elogios—, y Minor Cooper Keith, de cuerpo endeble, de cara femenil, de mirar dulce, es siempre el más audaz, el más vigoroso...

—¿Qué está diciendo? —pregunta Keith al sentir las miradas sobre él, esperando su reacción.

—Nada, machito —Cristina Castro ahoga los ojos en un rincón del cielo y se desvanece sobre el pecho de su marido.

La comitiva dispone la retirada. El Ford coupé pasa frente al comisariato. El administrador Hitchcock muestra a Keith la cabeza de un murciélago fundido en oro con las garras ricamente ataviadas. Es obvio que trata de distraer su atención. Keith mira hacia afuera displicente. En otro momento, los rastros de las pedradas en el edificio de la United hubiesen herido su susceptibilidad. Ahora que vive rodeado de sesenta y dos mil pollitos y gallinas de raza en Long Island, un colchón de plumas se interpone entre él y las noticias de su imperio.

El Ford negro acelera. Un grupo de jóvenes lo intercepta a la altura del Hotel Siglo XX, lanza una bomba de pesticida al vehículo, el chofer esquiva la nube con una aparatosa maniobra. Minor Keith se golpea la sien contra la ventana. Su esposa trata de acariciarle el golpe, pero Keith aleja la cara furioso. Es entonces cuando sus miradas se cruzan entre brillos color ámbar, tenues, como el parpadeo de un metal atesorado por siglos al ser devuelto a la luz.

Garvey permanece en la esquina, en actitud retadora. Hay algo en él que atrae y repele. La vanidad de los labios. La suspicacia de las cejas. O quizás la mirada resuelta. Afrenta personal que uno de los dos confunde con un típico rencor de clase.

Alertados por los disparos de "algún policía ebrio de acontecimientos y el silbato de la Northern", los limonenses saltan de sus camas. En batas de dormir corren hacia el foco de incendio. Con cubetas y cacerolas intentan contener las llamas que los bomberos no consiguen sofocar. Las tomas de agua están secas. El incendio alcanza la taberna de Bartoli y la Vieja Gema de Quinto Vaglio.

Los italianos se afanan en salvar los arabescos de sus cajas registradoras, arriesgan la vida por una silla, una mesa, la etiqueta de un vino preciado. Las botellas de licor amamantan el fuego.

La brisa cambia el curso de las llamas, rápidamente consume los estantes de una librería y se dirige a las oficinas de vapores de la Hamburg American Line. Los bomberos no muestran ninguna voluntad de actuar.

Di Giorgio corre de un lado a otro con dos cubetas de arena tratando desesperadamente de salvar las oficinas navieras. El crepitar del fuego recorta su silueta contra un cielo sin nubes.

—*Merda secca! Perché non piove?* ¿Es un complot acaso? —se deja caer de rodillas en medio de la acera, deshecho. Los bomberos deambulan por ahí con un chorrito insignificante de agua en las mangueras. Bartoli saca billetes convertidos en lajas de carbón, todo su capital se esfumó con las botellas de licor y otras sustancias volátiles. Igual el *ristorante* de Quinto Vaglio, la oficina de Di Giorgio, los documentos de su acuerdo con la Hamburg American Line hechos humo.

El amanecer sorprende a Di Giorgio sentado en la acera, abrazado a Bartoli y a Quinto Vaglio. Marcus Garvey y Fuscaldo ofrecen algunos pesos para recomenzar.

Al despuntar el día, los pescadores destazan una docena de tortugas gigantes en Cieneguita y ofrecen su carne amoratada en el mercado municipal. Nunca se había sentido tan asqueado de ver las aletas inermes en los mostradores, los racimos de huevos arrancados de las entrañas, como un tumor de uvas anaranjadas y venosas, los caparazones tirados en la arena pudriéndose al sol, despojos de una aldea saqueada.

Los vagones con plátanos destruidos a machetazos siguen llegando al puerto y no hay trazas de que las intimidaciones vayan a cesar. Otro tren embargado. Otro cargamento perdido.

—¿Embargar bananos? ¿A quién se le ocurre?

—Ésa es la jugada. El famoso síndrome del hijo único —Di Giorgio deja caer los brazos.

Algunos trabajadores del muelle se detienen camino al puerto. Uno le pide a Garvey dos bonos para la coronación de Jorge V.

—Ya no tengo nada que ver con eso. Busquen a don Salomón.

—¿Tú recaudando fondos para el rey de Inglaterra?

Fuscaldo se lleva la mano a la cabeza muy circunspecto.

—El rey es el rey —sostiene Garvey.

—*E tutto questo discorso contra il colonialismo?*

—Ustedes son un país de anarquistas y tienen al Vaticano metido en todo, también tienen familia real.

—Es una monarquía constitucional —dice Vaglio.

En mayo, la comunidad antillana se dispone a celebrar la asunción al trono de Jorge V, nieto de la reina Victoria, con procesiones, conciertos, juegos de pólvora y desfiles en las escuelas y calles de Limón. De Gran Bretaña, los cablegramas anuncian un festejo sin tregua durante seis semanas. Al mediodía del viernes 19, cuatro días antes de la apertura de la Conferencia Imperial en Londres y "a petición de un caballero", el alcalde de Limón decreta el embargo de la rueda de imprenta de *The Nation* por deudas pendientes del propietario de la máquina. La redacción es allanada por la Guardia Rural.

Un operario pone sobre aviso a Garvey. El joven maroon se refugia en la zapatería de Fuscaldo, mientras decide qué hacer.

—No puedo huir como un vulgar delincuente —camina de un lado a otro, golpeándose los puños—. ¡Esto me pasa por querer resolver los problemas de todo el mundo! ¡Voy a entregarme!

—Si te encierran, puedes pasarte un año adentro mientras esclarecen el caso.

—Iré al cuartel a aclarar las cosas. *My name, my honour, my reputation…*

Los italianos lo obligan a tomar un tren a Suretka y desistir de esa idea peregrina.

—La justicia no aclara, busca cautivos. Te lo dice un anarquista. *Vai via!*

Los editores de *The Times* no pueden disimular su alegría y en la próxima edición a ocho columnas participan a sus lectores la forma poco heroica en que la competencia llegó a su fin:

A National Disaster, RIP

Por lo que pudimos saber, la rueda, sin la cual la imprenta es inservible, se rompió, y los propietarios de *The Nation* no pudieron obtener un repuesto hecho por la Northern Railway Company, pero apareció un caballero a nombre del cual se entregó el trabajo. *The Nation* retornó a la calle y distribuyó gratis su edición. Luego de varios intentos de cobrar 103 colones, importe de lo adeudado, y de recibir sólo promesas, la parte afectada presionó para que se tomara una acción, razón por la cual el alcalde se vio forzado a ejecutar la orden de embargo contra la rueda en cuestión. El resultado es que *The Nation* se ha retirado a la vida privada y, por un tiempo, la moral pública no será afectada con los escritos que hicieron famoso al periódico bajo su actual administración.

The Times, mayo, 1911

Los ocho mil habitantes de Limón vibran al aullido de las sirenas. Es el amanecer del 22 de julio de 1911. Para quienes se sienten ingleses en cuerpo y alma, es la oportunidad de manifestar su espíritu aristocrático, cantar himnos patrióticos, desfilar con uniformes de gala y rendir honores al rey emergente. Los promotores de las festividades imploran al cielo que todo salga bien.

En la iglesia San Marcos, el pastor anglicano preside una ceremonia de oración por la buena ventura de su majestad. En las calles luce la alta costura de los sastres que hicieron trasladar la pompa del Reino Unido a Puerto Limón.

A la hora en que los relojes sincronizados con el meridiano de Greenwich avisan que Jorge V recibe las insignias de mando, los pobladores lanzan tres vivas al rey. En el redondel de toros, el presidente de la República, Ricardo Jiménez, ministros del Supremo Gobierno y la colectividad antillana vitorean al remoto monarca.

El festejo se continúa en el *ball ground* con procesión de antorchas y concierto de bandas. La lluvia se hace aguacero y el aguacero tormenta. Las capas son lienzos ensopados. Anegados, los instrumentos no dejan de tocar.

El programa prosigue de acuerdo a lo previsto: la tea enciende el castillo de juegos pirotécnicos, fiel réplica del Palacio de Buckingham, da unos cuantos giros y se apaga vencido por la pólvora mojada.

La aventura naviera

Harlem, 1919

Un golpe publicitario

La corporación Black Star Line presenta
a cada hombre, mujer o niño negro la oportunidad
de ingresar al gran mundo del progreso comercial
e industrial.

Las colas serpentean en Harlem, descienden por Lennox Avenue, siguen su cauce por la 135 Oeste y convergen en las oficinas de la corporación naviera. Cientos de personas con sus ahorros en la mano aguardan con impaciencia su turno de invertir en la Black Star Line alentados por hombres-sandwich que recorren el barrio de las pianolas regalando panfletos, distribuyendo periódicos o atrayendo posibles accionistas. Los vendedores ambulantes hormiguean en la fila ofreciendo castañas asadas, rosetas de maíz y cucuruchos de maní.

Destemplada por un viento otoñal que entra por Harlem River y se filtra por todos los resquicios de la verbena popular, la gente se frota las manos, se acerca a los fogones y a las lámparas de petróleo de los puestos ambulantes para calentarse un poco y volver a sus puestos. Un hombre de impermeable oscuro y gorra de lana compra una bolsa de castañas y se instala en la vereda de enfrente a estudiar los movimientos del Universal Building, disimuladamente para no despertar sospechas.

El hombre muerde una castaña, cuenta y hace un plano mental. Once escalones externos, dos edificios iguales, dos entradas independientes. Lanza la castaña al aire, la atrapa con la boca y echa un vistazo al segundo piso. Varias siluetas se apiñan en las dos primeras ventanas, la última tiene las luces encendidas, pero no registra mayor actividad. El hombre camina hacia Lennox Avenue y en sentido inverso para estudiar las salidas de emergencia y el traspatio, obstruido por sacos de verduras, botellas vacías y cajas de provisiones.

La música de un gramófono escapa del UNIA-restaurant, en el desnivel del edificio, donde artistas y comediantes se refugian del frío. Algunas personas que ya cumplieron el trámite arriba entran al restaurante a celebrar su nuevo estatus de accionistas.

El hombre arroja la bolsa de las castañas a la banquina, vuelve a mirar hacia arriba. Por un instante duda entre la redacción del *Negro World* y las oficinas navieras. Hunde las manos en los bolsillos del impermeable, sube a zancadas y entra a la gerencia de la corporación, donde dos atractivas secretarias atienden a la gente con paciencia infinita:

—¿Cuántas acciones?

—*Only one.*

—Su nombre por favor.

—Coward.

El tipo del impermeable se adelanta y empuja al señor que pone moneda sobre moneda en torrecitas iguales.

—¿Qué desea?

El hombre titubea, acaso perturbado por esos ojos de adormecido mirar que repiten la pregunta.

Hosco, sin responder, el sujeto aparta a la secretaria con el cuerpo y se encamina al despacho del *president general*, las manos entre los pliegues del impermeable ocultando algo.

—¡Alto! ¡No puede entrar sin anunciarse!

La puerta se abre sin mayor obstáculo y el tipo intenta apropiarse de la situación.

—Exijo mi dinero.

—¿Cuál dinero?

—Mi contribución.

Marcus Garvey levanta la vista con fastidio.

—¿Su contribución? Hay cientos de personas allá afuera deseando entregar su contribución.

—Los veinticinco dólares que presté para el restaurante.

—Hable con mi asistente —Garvey sigue firmando acciones y luego lo mira intrigado—¿A quién se los dio?

El tipo se pone muy nervioso, como si de pronto tomara conciencia de que no puede volver atrás.

Asaltada por un mal presentimiento, Amy Ashwood corre de una punta a la otra de la oficina. El vestido se atora en el picaporte, ella tironea y se interpone entre el hombre y su jefe, justo en el momento en que estalla el primer disparo.

La bala pasa silbando muy cerca del ojo derecho, rasguña la sien de Garvey y se pierde en los decorados de la habitación. Un segundo disparo roza su pierna derecha y tiñe de rojo el pantalón.

Garvey se tambalea y cae con pesadez en la silla. George Tyler, el tipo del impermeable, aprovecha el momento de confusión para correr hacia el fondo del edificio y huir por las escaleras de emergencia.

Los oídos de Garvey se oscurecen, entran en una zona umbría, en una cripta a medio hacer donde las voces, los pasos, los golpes de mazo martillan en círculo. Un olor a cemento fresco penetra por las fosas nasales y perfora la base del cerebro. Un desfile de bestias adentro de los párpados. Entre más se frota, más monstruosas y brillantes se vuelven. Las bestias avanzan con ojos inflamados y tenazas amenazantes. "¡Mose!" El llamado de Sarah Jane se escucha lejos. La mezcla cae en su garganta y apaga el último rayo de luz. El gruñido del hambre da paso a bestias de otro tipo. Una pesada lápida corta la conexión con el mundo.

—¡Reacciona, por Dios, reacciona!

Amy Ashwood le golpea las mejillas. Garvey parpadea, los objetos son un vidrio mojado que escurre lentamente. Un terror infantil, un terror que creía superado aparece incrustado en la retina.

—¿Estás bien?

—Amy, *you saved my life!*

En los ojos nublados aún por el zumbido de las balas se instala la ingenua turbación del amor, como si ésa fuese la prueba que faltaba para demostrar que la entrega de la mujer es incondicional.

—¿Te lastimaron, *moony face?*

—¿Quién era?

—No sé, nunca lo había visto. ¡Detengan a ese hombre! —Amy corre de una ventana a la otra—. *Stop him, please!*

La fila se deshace. Las castañas ruedan por la calle con algunas lámparas de petróleo. El agresor escapa hacia el lado este de la isla y se pierde entre los bodegones de Harlem River. Algunos tratan de alcanzarlo. Otros llaman a la comisaría o chocan entre sí como hormigas dislocadas.

Por unos minutos todo queda en suspenso, la barriada negra, el bullicio callejero, todo sumido en el estupor de los disparos. Una ventisca se alza trayendo rosetas de maíz y un par de sombreros que ruedan por la vereda.

—¡Amy, me salvaste!

—Ya, hombre, no es para tanto —ella corre al baño por una toalla.

—¿Qué puedo hacer para, para...? —un agudo dolor de cabeza lo dobla en dos, Garvey se lleva la mano a la sien y se tambalea. Una manchita de sangre cae en la agenda de mesa y marca el día 14 de octubre de 1919.

Amy lo ayuda a sentarse, le sostiene la cabeza, lo recuesta contra su pecho, lo besuquea.

—No te desmayes. No cierres los ojos. Ya viene el doctor.

—Mmm. *Life is coming over me!*

Un ramalazo le trae a Amy Ashwood la escena del barco. Rápidamente le mira la palma de la mano, la línea de la vida cae en un vacío y el surco que la continuaba está ilegible.

—Mantente despierto, es todo lo que te pido.

—¡Casémonos, Amy, antes de que un loco nos mate!

—Se necesita más de un loco para acabar contigo.

Después de una persecución policial por las calles de Harlem, el agresor es llevado ante el juez de distrito. Antes de iniciar las averiguaciones del caso, George Tyler se arroja de un balcón de la comisaría.

—¡Tyler se suicidó!

—¿Cómo?

—Bueno, eso dice la policía.

—Se fracturó el cráneo cuando intentaba escapar.

—¡Qué casualidad!

—Le aplicaron la ley fuga.

En Limón, la noticia se riega como aguacero en los bananales.

Dick Richards llega a la zapatería de Horace Fowler con la cara desencajada al recibir dos versiones igualmente graves: que Garvey está preso y que le dispararon.

—¿Qué le pasó a mi sobrino?

—Tranquilo, Richards. *He is fine!* —responde Fowler, agente del *Negro World* y de la *Black Star Line* en Limón.

—¿Cómo sabes? ¿Has podido comunicarte con él?

—Enviaron un telegrama general.

Afuera de la zapatería, en la esquina oeste del mercado municipal, se hacen grupitos. Vienen de hacer compras o se dirigen al muelle a levantar carga:

—*Garvey is in jail!*

—No. Salió bajo fianza.

—Un tipo le disparó —dice un viejito agitando un bastón.

—¿Cómo es, le disparan y luego lo meten a la cárcel?

—Para mí, fue gente del mismo gobierno.

—O de la compañía bananera.

—Míster Fowler, ¿y el periódico?

—No sé. Algo pasa. Ya van dos semanas de retraso.

La sirena de un barco se escucha a lo lejos. Debe ser el vapor que viene de Nueva York. Horace Fowler toma su sombrero color humo y un paraguas de mango de madera, y se encamina hacia el puerto.

El *Calamares* no ha tocado puerto cuando dos miembros de la Comandancia de Plaza se apersonan en el muelle y proceden a decomisar la correspondencia dirigida a Horace Fowler. Cinco mil copias del *Negro World*. El zapatero exige una explicación.

—Órdenes de arriba.

—*Show me the order.*

—A mí, hábleme en español —el guardia rural echa al hombro de su ayudante dos bolsos, llama a un par de estibadores para que carguen el resto y desaparecen en los patios del ferrocarril.

Richards opta por ir al Tropical Radio a enviar un telegrama: "Preocupado por ti. Escribe."

> Lea el *Negro World*, la voz del despertar negro. Un periódico devoto únicamente de los intereses de la raza negra.

En Nueva York también se barajan todo tipo de conjeturas.

—¿Quién puede estar interesado en matar a alguien por veinticinco dólares y después suicidarse? —saco cruzado y pisacorbatas de oro, el guyanés Edward Smith Green, secretario de la Black Star Line, se acicala en el espejo de entrada e inspecciona cada centímetro del apartamento de Amy y Marcus Garvey.

—Tyler era un pistolero a sueldo. El problema es saber a sueldo de quién.

—Pues tienen que haberle ofrecido un buen fajo. Nadie arriesga la vida así porque sí —otra vez Smith Green. Funcionario del gobierno colonial inglés en su tierra natal, Smith Green abandonó su puesto para emplearse en una fábrica de municiones en Estados Unidos durante la Primera Guerra.

Garvey está ansioso por volver a la oficina.

—El doctor dijo que debes guardar reposo —Amy despega la gasa de la sien para pasar un algodón con alcohol. Smith Green husmea en la herida.

—Es un rasguño de 22.

—Habló el experto —ironiza el vicepresidente de la corporación, Jeremiah Certain, un armador de cigarrillos retirado temporalmente del negocio.

Al apartamento llegan algunos dirigentes de la Universal Negro Improvement Association, rama política del movimiento encabezado por Garvey.

—Acomódense donde puedan. No hay muchos muebles porque recién nos estamos instalando —dice Amy Ashwood tratando de disculparse por las incomodidades.

—Lindo. Muy bien ubicado. Es la Lennox Avenue, claro. Si no es indiscreción ¿cuánto pagan de alquiler?

—En la fisgonería, Smith Green es insuperable —Jeremiah Certain aprovecha la pausa para armarse un cigarrillo, sella el papel de un lengüetazo y acerca la llama de un encendedor enchapado en oro.

—Aquí no, por favor. *He is not well.*

Adolphus Domingo lo lleva a la mesa del comedor y le muestra algunos cablegramas llegados a la redacción del *Negro World* condenando el atentado. Garvey revisa rápidamente los lugares donde están fechados: Kingston, La

Habana, Dominicana, Colón, Belice, Limón. "Debo responder. ¿Dónde está mi máquina de escribir?" Los colaboradores del periódico y de la compañía naviera lo obligan a sentarse y analizar primero lo sucedido.

Amigo de infancia y editor en jefe del *Negro World*, Domingo sospecha ante todo del sistema y su aparato de espionaje.

Garvey pasa las manos sobre los brazos aterciopelados del sillón y mantiene la sonrisa quieta mientras piensa.

—Me pregunto qué tendrá que ver en todo esto nuestro gran amigo Robert Abott.

—Está furioso porque le desarmamos su operativo de arresto.

Abott, editor del *Chicago Defender* y agente de la Keystone National Detective Agency, una compañía de investigadores privados negros especializada en delincuentes comunes y dirigentes raciales, es el centro de las sospechas. Quince días antes del atentado, Abott instigó la detención de Garvey en un mitin en Chicago, al acusarlo de vender títulos de una compañía de barcos sin barcos.

—Abott es un gángster, pero fuera de Chicago no es nadie.

—Yo aconsejaría no perderlo de vista —opina Domingo—. Es un colaborador del gobierno.

El doctor Ferris, la figura tutelar del grupo, el mejor conectado con congresistas, jueces y gente de gobierno, promete investigar esta posibilidad.

—¿El reverendo James Eason? —Domingo sigue buscando sospechosos. Garvey lo descarta enseguida.

—Es un religioso y no creo que sea partidario de la violencia.

—Tenemos bastantes problemas en Filadelfia. Sus prédicas no permiten que la Universal Negro prospere mucho ahí —argumenta uno de los directivos de la organización.

—Pues daremos la batalla de frente, como debe ser. Organízame una gira lo más pronto posible a Filadelfia. Amy, *do me a favor, please!* Manda un telegrama a tío Richards y tranquilízalo. Caballeros, nos vemos en la oficina.

Garvey va hacia el armario y comienza a vestirse. Domingo viene tras él.

—No quiero alarmarte, pero esto parece una campaña orquestada. Tenemos reportes de que el periódico fue prohibido en Costa Rica, Barbados, Saint Vincent y la Guyana Inglesa. En Panamá, las autoridades estudian la posibilidad de restringir la circulación de "publicaciones subversivas".

—¿Qué hicieron los maroons cuando los ingleses comenzaron a cercarlos? —Garvey elige una corbata y se hace el nudo frente al espejo—. Atomizarse.

—¿Qué tiene que ver eso con el periódico?

—Hay que usar el sistema puerta a puerta. Si las fuerzas del orden quieren prohibirnos, tendrán que trabajar.

¿Tiene problemas para asegurarse una copia del *Negro World* cada semana? Suscríbase y el cartero le entregará el ejemplar directamente en su casa.

Horace Fowler reclama las cinco mil copias del *Negro World* en la Comandancia de Plaza. En el cuartel alegan no saber nada del operativo. Fowler se dirige hacia el edificio de la gobernación.

—¿Cuántos?

—*Five thousand.*

—¿Quinientos?

—*No, five* —se ayuda con los dedos— *thousand!*

—Sean los que sean, aquí no están.

Decidido a agotar instancias, el zapatero se traslada a San José. Pide audiencia con el presidente de la República. Motivo: unos periódicos retenidos en Puerto Limón.

Después de horas de antesala y movimientos muy nerviosos en la casa presidencial:

—*Excuse me, the president?*

—¿Cuál presidente?

La ciudad está ocupada por fuerzas de a caballo, columnas de humo, transeúntes enloquecidos. En la estación del Atlántico y hablando con el valet, al fin logra entender. Asesinaron al general Joaquín Tinoco y quemaron *La Información*, el periódico oficialista.

¿Y el presidente?

Federico Tinoco huyó en el vapor *Zacapa*.

Certain dreams

Cuando los años pasaron,
supe que Marcus Garvey tuvo un sueño,
uno de los mejores sueños como negro.
STANFORD BARTON

—Cuando uno viaja por el mundo, encuentra personas *with certain dreams, with certain ideas,* que tienen en mente y tratan de poner en práctica, como Garvey; él tuvo un sueño; o como Martin Luther, que también tenía un sueño.

Sastre y jugador de críquet, Stanford Barton es una de las figuras distinguidas de la comunidad limonense no sólo por su oficio (ha vestido a medio Limón), sino por su apego a los libros, en especial aquellos que rescatan la herencia negra en la historia universal.

Su voz se pierde entre sacos, pantalones colgando por todas partes y cortes de casimir apilados junto a la máquina como expedientes por abrir. Miembro honorario de la Universal Negro Improvement Association, titular del Jamaica Burial Scheme, una de las tantas logias creadas por la migración antillana para asistir a los muertos y velar por los vivos, Barton nació en 1917, cinco años después de que su padre se asentara en Costa Rica, siguiendo el rastro del abuelo paterno, ambos empleados de la United Fruit.

Desde pequeño, en conversaciones de familia, en sobremesas, Stanford Barton escuchaba de Garvey:

—Se hablaba mucho de él en ese tiempo, pero como yo era niño no ponía atención. Y cuando los años pasaron, supe que Marcus Garvey tuvo un sueño, uno de los mejores sueños como negro. Su intención era llevar de regreso a toda la gente negra a África, de donde descienden.

Una tierra donde se aboliera la esclavitud. Pero a la vez, los blancos no querían que tuviese éxito. Le impusieron toda clase de obstáculos, con la ley y con el gobierno.

—¡Lo encontramos!

—*It's just what we need.*

—Un barco escocés de mil cuatrocientas cincuenta y dos toneladas. Pertenece a un corredor de bolsa llamado W. L. Harris, de la North American Steamship Corporation.

—¿Cuánto cuesta?

—Ciento sesenta y cinco mil dólares —informa Smith Green.

Garvey contempla largo rato un cuadro del *Titanic* colgado en una de las paredes de su despacho, el inmenso casco con todas las escotillas iluminadas, los respiraderos en cubierta apuntando en todas direcciones, como si fuese una orquesta de trombones celebrando al más ambicioso de los inventos marinos, las cuatro chimeneas tiñendo las nubes de un mal presagio. Las manos atrás, pensativo, absorto. Un mito quebrado por cuchillos de hielo.

—Transportaba algodón a Europa durante la guerra. Lo vende porque cambió de rubro —agrega Smith Green.

—Es de 1887.

—El año en que nací. ¡Buena señal! —Garvey da una palmada resuelta en el escritorio—. Llame ahora mismo a ese Harris y cierre el trato. ¿Cómo se llama el barco?

—*Yarmouth.*

—Se lo cambiaremos. Todos los barcos de la Black Star Line llevarán nombres de figuras importantes.

—La Black Star Line Steamship Corporation está autorizada a adquirir, tripular y operar barcos de navegación en cualquier parte del mundo. *All over the world.*

Subido en una caja de jabón en el Mount Morris Park, una pequeña elevación de terreno cerca del mercado, Garvey arenga a los habitantes de la barriada negra más famosa del mundo.

—Hace dos meses nuestro único capital era la confianza que ustedes depositaron en un nombre. Hoy somos una corporación formalmente establecida.

—*Who is that guy?*

—*A west indian negro.*

—Fue atacado por un pistolero en pleno centro de Harlem.

—¿Cuándo?

—Hace unos días.

—Mentira, fue autoatentado.

Entre los observadores casuales, se encuentra el doctor William Edward DuBois, fundador del Niagara Movement, el de las tempestades detenidas en los sombreros, y líder de la Asociación Nacional para el Avance de la Gente de Color (NAACP), estudioso de la historia, de las leyes, de la política, la erudición en persona.

—Hace una semana, el tipo era un ilustre desconocido.

—Ahora cobra un dólar oro para que lo escuchen.

—Es el morbo.

—¿Cuál morbo? Ni un rasguño se hizo.

—¿Qué vende? —pregunta el profesor DuBois ajustándose los espejuelos.

—Vapores.

—¿Vapores?

—En Harlem, todo es posible.

¿Ya compró usted sus acciones en la Black Star Line? *If not, why not?*

—No sé si tienen millones. Pero consiguen dinero fácilmente.

El asesor legal de la North American Steamship Corporation convence al corredor de bolsa W. L. Harris de vender el barco escocés a la línea de vapores Black Star Line.

—¿Hicieron alguna objeción?

—No tienen la más mínima idea de lo que ocurre en el mercado. Se los presenté como una ganga y están ansiosos de concretar la operación.

El corredor de bolsa felicita a su apoderado legal.

—*Well, if this fellow* consigue lo que quiere, y lo que quiere es un barco, lo tendrá. Trata de sacarle lo que puedas en seguros y expensas.

En el Universal Building, Garvey se pasea nervioso en su oficina, el viento del otoño ha hecho una pausa y es posible sentir el sol contra el vidrio entibiando el traje.

—*Moony face,* Kilroe al teléfono.

Apenas Garvey levanta el aparato:

—Es la última vez que me tomo el trabajo de advertirle, ustedes están vendiendo acciones de una empresa sin bienes reales —el asistente del fiscal de distrito de Nueva York imprime un tono amenazante—. Eso está penado por la ley aquí y en China.

—Recién nos establecimos, Kilroe. Queremos hacer todo como corresponde.

—Usted ha vendido ochenta y tres mil dólares en títulos que no tienen ningún respaldo material. Una empresa de barcos sin barcos, ¡qué absurdo!

—Actuamos de buena fe, Kilroe. Son muchos trámites, siempre falta algo.

—Usted está jugando con vapor y el vapor quema más que el fuego.

—El vapor mueve al mundo, Kilroe.

Garvey sale de su oficina intempestivamente y sorprende a Smith Green coqueteando con Wendolyn Campbell, la segunda secretaria de la corporación y asistente de Amy Ashwood.

—Deja de molestar al personal y convoca a una reunión urgente.

—¿Para cuándo, *big boss*?

—Ya —Garvey aguarda con los puños apoyados sobre la mesa de juntas—. Quiero ese barco en el muelle del North River cuanto antes.

—¿Por qué tanto apuro?

—No tenemos alternativa. La fiscalía de distrito nos pisa los talones.

—Parece que el *Yarmouth* ya agotó su vida útil —advierte Jeremiah Certain, y esta vez pide permiso de fumar antes de armar el cigarrillo—. Se usó para transportar algodón y combustible de América a Europa. Ponerlo a punto requiere una fuerte inversión adicional.

—Harris, el dueño del barco, nos plantea un principio de acuerdo: dieciséis mil quinientos dólares de adelanto y el barco es nuestro —Smith Green mira de reojo el trasero de Wendolyn, que entra a buscar tinta roja para numerar las acciones.

—¿Cuánto hemos recaudado, se puede saber?

—¿Tesorero?

George Tobías, un granadino de naturaleza impenetrable, revisa sus libros de contabilidad. Todos esperan que diga algo, pero el granadino se limita a mostrar la carretera ancha y lustrosa del pelo sometida a medio tarro de vaselina, seguramente una prolongación de sus tiempos de ferrocarrilero en la zona del canal y luego en la compañía de trenes de Pensilvania.

—¿Cuánto?

George Tobías se acomoda las papirolas del cuello, abre sus libros de contabilidad y recita la última cifra:

—Ochenta y tres mil dólares.

—Ofrezcan un anticipo. Nos pondremos en campaña.

> Muchos casos de insolencia se reportan diariamente.
> Hay un estado de insubordinación nunca visto. Los
> hombres se rehúsan a hacer su trabajo. Sus mentes es-
> tán dirigidas por el *Negro World*.
> Correspondencia Banana Divisions, United Fruit

—No me pida detallar caso por caso. Desde que ese perio-
dicucho circula en esta provincia, los peones se han vuelto
reacios al trabajo, prácticamente sólo quieren venir a cobrar —G. P. Chittenden, gerente de la United Fruit en
Limón, se escarba los dientes con un palillo y lanza el resi-
duo al cesto de la basura.

—¿Me va a decir que un simple periódico es el cau-
sante de los problemas? —al otro lado de la línea, en Boston, Massachussetts, Cutter, responsable de la compañía
bananera para las divisiones del sur, antepone otras razones—. ¿No será culpa de los capataces y de usted, que es
demasiado permisivo?

—Ese periódico modifica la conducta de los trabajadores, infunde insatisfacción. Cuando dos negros hablan
entre ellos, usualmente es acerca de algún artículo del *Negro World*.

—Haga algo ya, Chittenden. O la compañía podría
prescindir de sus servicios.

Apenas cuelga, el gerente pide a la operadora comunicarse con el titular del gobierno provisional.

—Señor presidente, ¿pudo leer el dossier que le pre-
paramos?

—Ay, míster Chittenden, figúrese que todavía no hemos podido sacar el rato.

Alto, flaco, un tanto neurótico, el gerente general de
la United en Costa Rica lleva tres años remando contra
ese tiempo laxo del país que le tocó en suerte.

—Escúcheme, con leer los titulares y el tono en que
están escritos es suficiente para formarse un criterio y to-

mar una decisión ya. Tenemos cinco mil copias retenidas aquí. No tarda en llegar el siguiente envío.

—El gobierno se quedó sin cabeza y casi sin instituciones. ¿Le parece que podemos pensar en un pasquín extranjero?

—Pues también podrían quedarse sin divisas y sin compañía bananera si los trabajadores hacen lo que ese pasquín propone —Chittenden lee algunos titulares por teléfono.

"Cuando África despierte..." "las razas blancas en peligro..." "África para la gente negra del mundo..." "Las llamadas razas inferiores no permanecerán un minuto más bajo la insultante discriminación..." "Peleando por un lugar para los hombres y mujeres negros en un mundo racialmente dividido…"

—¡Uuuyyyuy! ¡Es dinamita pura! Tiene razón, míster Chittenden, es una bomba de tiempo. Ya mismo giro instrucciones a la oficina postal. No podemos permitir que ningún empleado lea esto. ¡Dios guarde!

—Estamos hablando de cinco mil copias semanales.

—¿Y qué quiere, que vaya a Nueva York a detener los barcos? Eso les corresponde a ustedes.

—El correo es un servicio público. No podemos hacer nada, a menos que haya una disposición expresa de las autoridades —como al pasar, sugiere—: ¿Por qué no solicita al gobierno de Estados Unidos que impida el despacho de ejemplares destinados a Costa Rica?

—¿No será muy engorroso?

—Hable con el embajador, con su representante en Washington. Utilice los canales diplomáticos —cuelga molesto—. No se les ocurre nada. Todo hay que decírselos.

Horace Fowler aborda el tren de la Northern rumbo a Suretka para entrevistarse con Sanders, agente del *Negro World* en la provincia de Almirante, Panamá.

—¿Se supo algo del intento de asesinato?

—Derivó en propuesta matrimonial.

—Estoy hablando en serio.

—Usted sabe cómo son estas cosas, Fowler. Carpetazo y a otra cosa.

—Todo está muy confuso. La gente no sabe qué pensar.

—Hay muchos intereses en juego. Lo único claro es que se trataba de un pistolero a sueldo —Sanders mete la mano en el bolsillo del chaleco y estira las piernas—. Sea quien sea, el tiro le salió por la culata: lo del atentado fue un golpe publicitario.

—¡No diga tonterías! —el zapatero se asoma discretamente a la ventana y le pide bajar el tono.

—No son tonterías. Es habilidad. Una gran habilidad en invertir los tantos. En Filadelfia reunió más gente que nunca —Sanders escucha un ruido en el patio. Una sombra gruesa y poco ágil corre y alcanza el doblez de la calle—. Estos espías tienen la discreción de un chancho de monte.

—Nuestro *parent body* debería averiguar más —Fowler se restriega la nuca preocupado.

—Debería, pero ahora todos están con la fiebre del barco.

—¿Cuál barco?

—El *Yarmouth*, el primer barco de la Black Star Line. Nuestro directorio cerró trato con una compañía —le entrega un bolso con algunos ejemplares de la edición incautada en Limón y el primer juego de acciones de la Black Star Line impresas en Nueva York—. Tenga mucho cuidado porque ya están firmadas. Es como dinero en efectivo.

Fowler abre el bolso, ve la firma de Marcus Garvey y su tesorero George Tobías en la parte inferior, vuelve a guardar los papeles y se despide.

—¿Dónde estabas?

—Trataba de ordenar mis pensamientos. Todo es tan vertiginoso que no logro estar conmigo.

—Bueno, no toquemos el tema, porque yo también podría reclamarte —Amy Ashwood recuesta la cabeza en el pecho de su novio.

Los reflejos del agua en el casco de un barco anclado en North River lo abstraen por un momento; ese muro de metal que exhibe sus viajes, sus veinte viajes atlánticos o más, es un mascarón de fierro simple y llano; decenas de barcos como ése llegan, se van, nadie ve el esfuerzo que llevan dentro, por qué cuesta tanto tener uno, uno solo.

Un hombre pasa cepillando el casco con agua dulce y jabón para quitar la sal. Al otro extremo, otro pasa pintura negra. La pareja da un paso atrás para no salpicarse.

—He esperado tanto tiempo, Amy, he esperado que el mundo acepte que existimos.

—Todo va a salir bien. Tendremos el barco y verás que esa nave será el golpe de suerte que necesitamos —ella se da vuelta y lo besa aprensivamente.

—A veces pronuncio mi nombre y su sonido me da una estúpida seguridad. A veces lo escucho y me parece un idioma irreconocible. Y todas esas noticias del atentado, del pistolero, de los balazos, las leo con gran extrañeza. Como si hablaran de otro tipo al otro lado del mar.

—También se habla de ti al otro lado del mar.

El ángel exterminador

Ser negro en Estados Unidos
es casi un problema existencial.

RALPH ELLISON, escritor

Coordinador de la división especial creada para investigar la
sedición y el radicalismo negro, el asistente del fiscal general
de los Estados Unidos, Edgar J. Hoover, recurre a los archivos del Departamento de Justicia y al apoyo logístico de los
Departamentos de Guerra y de Estado, del Congreso, y a la
eventual colaboración de la inteligencia británica. Por distintos motivos, cada uno indaga al mismo sujeto nativo de
las Indias Occidentales, *very dark complexion*, treinta y dos
años, hombros redondos, ojos pequeños y orientales.

—Necesito más precisiones.

El empleado del Bureau of Investigation echa un vistazo al expediente.

—Veamos. ¿Le sirve de algo saber que se afeita todos
los días?

—Por favor. Tengo prisa.

—Temperamental, sufre cambios de humor repenti-
nos. Supongo que eso tampoco interesa, si no se propone
entablar relaciones directas con el susodicho.

Hoover se mordisquea los labios, el labio superior es
una línea informe.

—Pesa ciento setenta libras y mide cinco pies, siete
pulgadas y media. O sea, estamos frente a un gordito vo-
luble y veleidoso.

—¿A usted le pagan por decir tantas estupideces?

Nariz hundida, cabello lacio y escaso, trazos ampulo-
sos, lo más fino en Hoover es el nudo de la corbata. El

nacimiento del cabello a considerable distancia de la cara no esconde ningún secreto de la caja ósea y de las dimensiones físicas de su memoria, que hace alarde de almacenar prácticamente todo el sistema de clasificación de documentos de la Biblioteca del Congreso, su primer trabajo.

El empleado opta por cederle el último reporte del Bureau of Investigation fechado en Nueva York el 14 de octubre de 1919.

—El mismo día del atentado.

—¿Vio qué eficiencia?

Hoover lee rápidamente salteando líneas: "Desde muy joven en Jamaica buscó la forma de gozar de una buena posición, sin tener que trabajar... Prestó servicios por un corto periodo en la imprenta del gobierno, donde contrajo la fiebre de los periódicos... Más o menos por esa época se enamoró de una joven negra, Amy Ashwood, quien le ayudó en su búsqueda de cómo fabricar dinero rápido. Rentaba salones y pequeños espacios en las iglesias de la isla para celebrar el día de la flor, el día de la promesa, cualquier pretexto era bueno para cobrar entradas..."

—¿Quién hizo este reporte?

—Ya le llamo al coordinador.

"...Su centro de operaciones era Kingston, donde inició su campaña del color y se hizo de un capital propiciando el antagonismo entre negros y mulatos... Organizaba actos de caridad, funciones a beneficio, conciertos, disertaciones, el dinero nunca se usaba para los fines propuestos."

—Un segundo. Ya viene.

—Okey, okey.

"Adquirió el hábito de contraer deudas que luego se rehusaba a pagar..."

—A sus órdenes —de anteojos y aspecto frágil, las clavículas levantadas, como si llevara un puñal en las vértebras, el coordinador de agentes se presenta.

—Necesito formularle unas preguntas —para algunos empleados del Departamento de Justicia que lidian diariamente con él, el modo imperativo de Hoover esconde un desorden hormonal de pronóstico reservado, una dureza intencional para evitar suspicacias en un ambiente propenso a las estigmatizaciones. Para otros, es un tirano en potencia, un ser ávido de influencia y poder que está pergeñando formas astutas de emplear los fondos especiales otorgados por el Congreso para una campaña de promoción personal.

Profesional de la intriga, Hoover sueña con un país de convictos y con el día en que las comisarías ingresen a la era digital. Criminalista con ansias de modernidad, propone el salto de la cachiporra a la maquinación legal para enfrentar lo mismo al crimen organizado que a los asaltantes de caminos. Su afán clasificatorio, adquirido en su época de bibliotecario del Congreso, no lo dejará tranquilo hasta no conseguir que los criterios para archivar documentos y secretos de Estado se apliquen también contra trabajadores del sexo, extranjeros de ideas perturbadoras y rufianes de todo tipo.

—Vamos a mi oficina.

Apenas traspasa el umbral, la cabeza de Hoover se infla como un pez globo.

—El nivel de este informe es vergonzoso. Es lamentable que la administración de justicia de Estados Unidos de América dependa de una inteligencia tan pobre.

—No lo hicimos nosotros.

"En una ocasión fue arrestado y liberado bajo fianza en Jamaica por un servicio de taxi que se negó a cancelar e incluso insultó al chofer del taxi por cobrarle."

—¿A esto le llaman antecedentes delictivos? ¿Usted se presentaría ante la Corte con estos argumentos? ¿Es así como vamos a justificar medio millón de dólares aprobados por el Congreso?

—Esa información es responsabilidad de los funcionarios consulares.

—Hay que investigar más a fondo, en qué circunstancias salió de Jamaica, qué pasó en el ínterin, ¿está anotando? Su periódico defiende el dominio soviético. Es muy posible que haya estado en Rusia adoctrinándose.

—Es imprescindible para el negro ganar poder en todos los niveles. Poder en la educación, en la ciencia, en la industria, en la política y en el alto gobierno.

—Escriba: "en el alto gobierno."

A las órdenes de Andrew Battle, jefe del servicio secreto en Harlem, el agente 800 toma nota y recaba impresiones entre los seguidores del jamaiquino y los hombres-sandwich que recorren las calles a la caza de potenciales accionistas. El agente 800 es parte de un equipo de espías formado por el Bureau of Investigation para investigar la sedición en tiempos de paz.

—Que esa clase de poder sea una señal clara para que las otras razas y naciones puedan verla. *And if they can't see it, then they'll feel it!*

Los periodistas se acercan a Marcus Garvey, en la esquina de los oradores callejeros. El equinoccio de otoño ha quedado atrás y los días se acortan y enfrían.

—¿Es verdad que usted se propone acabar con la supremacía blanca en los mares?

Garvey medita la frase, parece que le ha gustado y no sería raro que la adopte.

—¿Y luego qué sigue? ¿Los cielos, la tierra, la confrontación generalizada?

—Es curioso, cuando un blanco se propone hacer negocios, le llaman mercadotecnia. Cuando un negro lo intenta, lo consideran una intromisión.

—¿Qué opina de un mundo regido por valores monetarios?

—Lo único que admiro del dinero es su capacidad de deprimir a tantos seres humanos y hacerlos sentir miserables.

Uno de los reporteros no soporta la suficiencia con que habla y lanza un ataque más personal.

—Usted se sobrevalora, míster Garvey.

—No le otorgo a nadie el gusto de hacerme sentir menos. El mundo se empeña en hacernos las cosas difíciles. No quiero atribuirlo a un pigmento, sería admitir un fatalismo. Ser negro no es un fatalismo. *Put that*, con esas palabras.

Es domingo, el pastor de Filadelfia, James Eason, predica en Harlem. Garvey y Amy Ashwood asisten a misa para conocer al hombre que se considera el legítimo representante de los afroamericanos. Un coro impresionante realza la ceremonia apostado contra unos enormes vitrales. En el momento del sermón, el reverendo Eason exalta pasajes de la historia en que los negros estuvieron arriba: no fuimos los únicos esclavos en la historia de la humanidad, fuimos los últimos y parece que eso nos señala. Los judíos estuvieron bajo el látigo de los negros. Los árabes también tuvieron esclavos. Los moros sometieron a España por ocho siglos y los moros son de piel oscura.

Amy observa las reacciones en el templo y hace un intento por salir.

—¿Qué pasa?

—Me parece vergonzoso fomentar orgullo así, como si ser esclavistas fuera una gran cosa.

—*Stay here*.

—Te espero afuera.

—Tenemos que estudiar a mis oponentes, Amy.

—Estúdialos tú. Yo no tengo tanta curiosidad.

—Dios nos hizo para vivir juntos, trabajar juntos, dormir juntos —se escuchan risas que la acústica del templo eleva hacia un techo gótico— y amarse el uno al otro. Ya que un sector de la humanidad no está dispuesto a acatar el mandato divino e insiste en ponernos aparte, lo que proponemos es crear un poder paralelo. Si existe una Casa Blanca, ¿por qué no fundar una Casa Negra en Washington?

El pastor Eason concluye su prédica hablando de Moisés. Moisés y el poder en rebelión.

Esa noche reaparecen los sueños de Moisés. Garvey se escucha bajo tierra, en la oscuridad más densa, la voz de su madre llamándolo por el nombre que eligió como una conjura contra la muerte. ¡Mose! La oscuridad es tan profunda y temible que se ve frotando dos piedras tratando de encender una fogata y aplacar las bestias del hambre, hasta ser vencido por el sueño. De pronto, escucha una respiración agitada encima suyo, una bestia que resopla en cuatro patas, trata de abrir los ojos y no puede, los oídos están claros en lo que escuchan. Un perro, un lobo, algún coyote del monte que encontró una entrada a esa cripta en construcción y podría indicarle. Su cuerpo se agita, él mismo percibe su desesperación al otro lado del sueño. No logra regresar a su cuerpo y moverlo, identificar esa respiración que tal vez es suya. Y luego, aquel canal en seco, una hondura profunda, los acantilados crecen a ambos lados de su cabeza, dos pulmones de piedra que bufan, se contraen, revientan raíces, hacen sentir una opresión enorme. Toda su fuerza se concentra en abrir los ojos y cuando al fin lo logra, despierta dentro del sueño.

—Elder Ferris, ¿puedo hablar con usted?

—Prometí dar una conferencia a los muchachos, ¿quieres participar?

—Es urgente. Una consulta personal.

—¿Pasaste mala noche? —el doctor Ferris lo toma del cuello paternalmente y le pide acompañarlo a entregar los materiales a imprenta—. Ahora sí, dime.

—Toda esta historia de Moisés y el poder en rebelión, ¿qué significa?

—¿En qué sentido?

—¿Contra quién va dirigida la rebelión?

—*Moses is not a true character.* La Biblia no es un libro histórico. El éxodo no es un hecho comprobable y nadie ha podido probar que Moisés realmente existió.

—Ése no es el tema que me preocupa.

—¿Qué quieres saber entonces? ¿Si Moisés era negro? Claro que era negro, y los judíos que debía liberar también y los egipcios también eran negros. Y si no eran negros, tampoco eran blancos.

—Decir que todos los pueblos que aparecen en los episodios bíblicos son negros me parece un poquito exagerado.

—*Wait a minute, don't go for the exception.* Tienes que entender la secuencia de la historia. Si estamos ciertos de que el hombre nació en África, que por seiscientos mil años fuimos los únicos habitantes de la Tierra, Adán, Eva, David, Salomón, la Virgen María, todos eran de piel oscura. Si nos ponemos técnicos, podríamos decirlo así: *pronounced degree of blackness.*

—Leo y releo la Biblia, las doce tribus de Israel, la Tabla de las Naciones de Abraham, pero no explica el origen de las razas.

—¿Quiénes escribieron la Biblia? ¿Qué versión estás leyendo? Naturalmente la "versión autorizada", o sea una colección de lecturas escritas, inventadas, creadas por los obispos del cristianismo en Nicea, siglo IV después de Cristo, traducida al alemán por Gutenberg y vertida al inglés por el rey Jaime en el 1600. El rey Jaime era un —el doctor busca una palabra decente— fornicador bastante alegre, corruptor de doncellas y mancebos, que para ganarse el cielo prometió a la iglesia anglicana una buena versión de la Biblia. Por supuesto, pagó para que alguien hiciera el trabajo. Ese alguien fue Shakespeare.

—*The Holy Bible?*

—Ajá. La misma que se usa en todas las iglesias. No venden zapatos, están vendiendo la historia de Dios. La mente africana y todas las demás fueron capturadas por un texto que no es étnicamente honesto —el doctor Ferris hace una mueca y se acerca lentamente—. En todo caso, ningún africano necesita que le digan que Jesús es negro. En su corazón lo sabe.

Todo comienza en un restaurante

> Mi padre describía Harlem con gran orgullo y nos
> mostraba fotos de enormes desfiles organizados
> por los seguidores de Marcus Garvey.
>
> MALCOLM X

Instalado en el desnivel de la 135 Oeste, entre decenas de bares, salones de baile, clubes de música, teatros de revista y cafés, el UNIA-restaurant es un imán para muchos de los inmigrantes del Caribe y los estados del sur. Al amparo de sus tenues globos de luz, se dan cita los paladares nostálgicos, los amantes del ron, la poesía y las comidas preparadas con leche de coco, ingrediente básico de la transición entre el Caribe añorado y los destellos cosmopolitas de Harlem, la ciudad insomne, la que nunca duerme, la que ofrece un culto en cada esquina y veinte espectáculos por noche.

Claude McKay pide un Corsario Negro. El *bartender* se dispone a servirle. Con sólo mirarlo, Amy Ashwood reconoce que es un jamaiquino.

—Yo lo atiendo —toma la botella y se acerca balanceando el cuerpo—. ¿Trabajas por aquí?

—Una parte de mí, sí. La otra hace de portero en el ferrocarril.

Saco de lana moteado, ternura en los gestos y un colchón de cabello del que descuelgan algunos tirabuzones, McKay tiene aspecto de oso bonachón.

—*Show me*. Te sirvo doble.

McKay tapa el manuscrito con las manos en una reacción impensada. Ella juguetea con la botella, insiste, echa un ojo.

—Preferiría enseñarte algo ya publicado, esto me da un poco de vergüenza.

—¿Es algo muy erótico?

—No, no.

—Bueno, está bien, recítame de memoria.

—¿Por qué tanta insistencia?

—Si no oyes tocar a un músico no sabes si es bueno, con un escritor lo mismo.

—A los escritores los leen.

—Tú eres poeta.

McKay balbucea *If we must die.*

—¿No tienes algo un poco más romántico o más atrevido? Algo como lo que escribe Scott Fitzgerald.

—Me temo que no soy tan desinhibido como él —McKay mira la curva que dibujan las caderas de la mujer en la luna del bar—. Mis paraísos son menos carnales.

Amy toma el manuscrito muerta de curiosidad: "Diez años desde tu muerte, madre/ *Just ten dark years of pain/* sólo diez oscuros años de dolor…"

—No sabía que era algo tan… tan privado y doloroso para ti. Disculpa.

Garvey entra discutiendo con Domingo. Vienen de la imprenta de recoger los primeros ejemplares de la edición semanal y es inevitable que la cena se transforme en reunión de consejo editorial.

Garvey contempla los encabezados de lejos, de cerca: su editorial a ocho columnas repetido en cincuenta mil copias, *Fellow men of the negro race,* aquí Garvey *your obedient servant,* Horus, el mítico centinela de la gran pirámide con un cintillo salpicado de estrellas y una frase convertida en *slogan*: *one God, one aim, one destiny.*

—Nuestra prioridad es unificar a los descendientes africanos dondequiera que estén. Si nos ponemos muy radicales, los vamos a asustar —Garvey fulmina a Amy Ashwood con la mirada—. Nos están prohibiendo en el Caribe, Domingo. En algunas colonias de África tener un ejemplar del *Negro World* es peor que apuñalar a alguien. Tenemos miles de periódicos confiscados en los correos.

—¿Y usted cree, míster Garvey, que censurándonos las administraciones coloniales van a dar el beneplácito?

Unidos por una imprenta a pedal, separados por las ideas, Garvey y Domingo deshacen en los cafés la amistad que arman en los linotipos. Son los que llevan más tiempo juntos y los que menos se conocen.

Responsable de la sección dedicada a las Indias Occidentales, Hubert Harrison ha cultivado una larga militancia y amistad personal con Max Eastman y John Reed, corresponsal en la Revolución mexicana y la Revolución de Octubre. Pelo trigueño, labios claros, Hubert Harrison parece un miembro distinguido de la Academia, con la cabeza aprisionada por unos anteojos redondos.

—Estoy de acuerdo con Domingo.

—Harrison, éste es el *Negro World*, no *The Masses*. Usted pretende organizar África en soviets cuando todavía no nos sacamos de encima el colonialismo.

Se crea una discusión más grande. Claude McKay hace causa común con Harrison y Domingo. Las botellas de ron llegan como una brisa escarchada y se van humeando. El bolchevismo es un invento de los blancos, sostiene Garvey. De los rusos, aclara alguien.

Amy Ashwood corre a recibir a Ethel Waters y a varias parejas elegantísimas que llegan envueltas en abrigos de mapache hasta los tobillos. *Welcome. Good night. Glad to meet you. Come in,* repite mientras busca dónde poner la montaña de abrigos y accesorios que todos van depositando en ella. La puerta ha quedado abierta y se cuela una ráfaga fría, anticipo del invierno.

—Te presento a mi amigo James van der Zee —Ethel Waters descubre los dientes—, pianista y fotógrafo, saca fotos divinas.

—¿Dónde toca?

—En la Harlem Orchestra —responde el recién llegado—. No soy James Reese Europe, pero hago el ridículo de vez en cuando.

—*Come on!* —Ethel lo despeina cariñosamente—. Es muy bueno en el piano y con la cámara. Acabamos de hacer una sesión de fotos en plena función.

—La fotografía me produce menos frustraciones que la música.

La supuesta inferioridad de las razas oscuras, sin fundamento
Frank Boas, profesor de antropología de la Universidad de Columbia, afirma que blancos y negros no difieren fundamentalmente como razas.

Negro World

En la mesa de los editores, la discusión no tiene para cuándo.

—¿Por qué están tan belicosos?

—Los viernes siempre son así.

—El socialismo viene del comunismo primitivo y el comunismo primitivo nació en África. ¿Quiere algo más auténtico que eso?

—No estamos interesados en ese tipo de revoluciones, ¿verdad, muchachos? —Garvey gira el cuello en busca de adhesiones—. Dejemos que Lenin y Trotsky tengan su experiencia. Si Rusia puede hacer algún bien por África y por los negros del mundo, nos sentiremos obligados y agradecidos. Antes no.

—Que otros se maten para traer un poco de equidad a los que esperan sentados —Domingo se empina el ron, furioso.

—No estamos cruzados de brazos.

—La lucha de clases y la equidad racial deben ser simultáneas, si no pasarán otros trescientos años antes de lograr un sitio justo —un latido en las sienes de Hubert Harrison produce un parpadeo involuntario.

—¿Por qué no cambias de lentes, querido? —Amy Ashwood trata de mostrarle el surco cavado a los lados—. Esto produce mareos.

—Usted está muy influenciado por sus amigos comunistas —Garvey vuelve a la carga—, y los comunistas de este país sólo se acuerdan de los negros a la hora de votar.

Harrison se limpia los anteojos con el faldón de la camisa y baja la cabeza. Está dolido. Él, uno de los primeros en abrir puertas, brindar apoyo y presentar a Garvey ante una multitud reunida en la Iglesia Episcopal Metodista Africana; él, que debió afrontar la silbatina de los afroamericanos con la corbata en su sitio y la sonrisa incólume ante los excesos del jamaiquino, no puede soportar una cosa así.

—Pues nosotras nos pronunciamos por el matriarcado —Amy y Ethel Waters se enlazan del brazo y se dirigen al gramófono canturreando y pronunciando el movimiento de las caderas.

El vicepresidente de la compañía naviera interrumpe para compartir las buenas nuevas. En Louisiana, los estudiantes recolectaron siete mil dólares en los colegios para la compra del *Yarmouth*. ¡Siete mil dólares solamente en los colegios! Smith Green lanza un silbido de sorpresa. Desde un rincón, McKay propone un brindis por la poesía y las futuras generaciones. Levanta el vaso y espera que todo el mundo haga lo propio. Alguien le cede su trago a Garvey.

—Yo tengo hambre. Esta discusión me dio hambre —alza el vaso por mero trámite y luego se mete a la cocina relamiéndose y sobándose la panza—. ¿Qué prepararon de rico hoy? ¿Rondón?

—Tengo algo especial para ti —la jefa de cocineras destapa un platón con verduras de todo tipo.

—Gracias. Me leyó el pensamiento.

Negroes, awake! Inviertan en la Black Star Line!

El primer lote de acciones de la Black Star Line Steamship Corporation puesto a la venta en Limón ha provocado una curiosidad inusitada, pero la cifra está fuera de alcance para los trabajadores bananeros y cargadores del muelle que, por ahora, se limitan a intercambiar ejemplares del periódico, suscribirse, recoger panfletos y mirar el título que Horace Fowler puso en exhibición en el escaparate de la zapatería.

—¿Quién garantiza que ese buque es mío?

—Tanto como suyo, no. Es un barco con muchos dueños.

—¿Se divide en parcelas, como la tierra?

Fowler da unos golpecitos a la suela de un zapato para que el pegamento adhiera bien y luego cose a mano. No es fácil convencer a una colonia de inmigrantes y cargadores de banano que se puede comprar un barco de mil ochocientas cincuenta toneladas con cinco dólares por cabeza, un barco comprado por correspondencia, y que toda la prueba de esa lejana inversión sea un papel que se cuelga en la pared o se guarda en un ropero. Lindo, el mundo al centro apoyado en un colchón de nubes, detenido en África, *the land of opportunity,* a la izquierda un agricultor cosechando plantas de su estatura y a la derecha un vapor con dos chimeneas igual a los que suelen ser enfrascados en las botellas.

Por favor, si no vienen por algo en concreto, les agradecería conversar afuera, éste es un taller de zapatos y los operarios necesitan espacio. Cinco dólares. Mucha plata, qué va. ¿Quién será el pendejo que se anime? La gente se corre un poco, pero sigue ahí parloteando, comprando chances, lotería panameña, paga mejor y cuesta menos. No estorben por favor, dejen trabajar. Y suponiendo que ese vapor realmente sea de los negros, ¿dónde lo vamos a meter? El muelle de la United no deja ni que se paren las moscas en su propiedad, el muelle nacional es otro caso. Fowler martilla y escucha a la gente, los zapatos quedan impecablemente terminados.

—Quiero comprar un título —un hombre bajito se abre paso con el humo de su habano, saluda con el sombrero estilo galleta, da una larga pitada y pone cinco dólares oro en el mostrador.

—Déme un segundo —Fowler echa a los operarios de la trastienda para que nadie vea dónde guarda el lote de acciones. Un grupo de curiosos se apelotona dentro y fuera de la zapatería para presenciar la escena.

¿Cuántas? Una por el momento. *This certifies that.* Su nombre por favor. Daniel Roberts... *is the owner of one shares of the capital stock of Black Star Line, Inc.* Roberts se envuelve en una bocanada de humo y mira el número de serie impreso en el margen izquierdo: 18,404. *Congratulations,* usted es el primer accionista en Limón. Roberts verifica la firma de Marcus Garvey, dobla la acción en tres partes, la guarda en el bolsillo del saco y con el habano entre los dientes sale a buscar el mismo número para jugarlo en los chances.

Fowler lo alcanza en la calle con una libreta. Perdón, necesito sus datos para llevar un registro de accionistas, por mi cuenta. Ocupación: arquitecto, graduado en Jamaica. Domicilio: Hotel Siglo XX. Empleo: contratista de la United Fruit.

The darkest one

Un *negro man* que luchó por nosotros.
Acostumbraba tener barcos que la gente
una vez compró.

EL ABANDERADO DE LOS MÍTINES

—Amy, *this is the place!* Aquí vamos a levantar el Liberty Hall.

—Es una iglesia, ¿cómo se te ocurre?

—Si la consigo, ¿te casas conmigo?

—No sé —Amy camina por el templo inconcluso de la Iglesia Bautista Metropolitana de Nueva York con las manos en la espalda—. Me da un poco de miedo. A veces me asustas. Eres tan celoso, tan posesivo...

—Busqué tus párpados por todo Jamaica, Amy, los busqué en los barcos, en los muelles, en los amaneceres rojos —le besa las manos, las uñas, las mejillas, ella dobla el cuello hacia los lados dejándose querer—. Nos casamos aquí mismo con todos los honores.

—Estás loco. ¿Tienes idea de lo que cuesta?

Garvey la toma de la mano y echa a correr entre los cimientos del templo, un esqueleto con grandes columnas y una plataforma de cemento semiabandonada donde encuentran albergue los gatos y perros callejeros del Black Manhattan.

—¿Logras ver?

—¿Qué cosa?

—El cielo.

Amy echa un vistazo a las estrellas enredadas en la maraña seca de los árboles.

—Son nudos cósmicos.

—Pues a mí me parecen luciérnagas. Cuánto hace que no veo una luciérnaga —deja escapar un suspiro con toda su carga de nostalgia.

—¿Extrañas Jamaica?

—¿Tú no?

Las ventanas proyectan un cubo de luz en cada piso de la noche. La música de una pianola desciende como un manto suave.

Hay unos indios que construyen el techo de la casa pensando en la armazón del cielo. Cada nudo una estrella. Cada estrella un soporte, una columna del techo estelar. El techo no se derrumba mientras haya amarres de luz que lo sostengan.

—¡Qué poético! ¿Qué indios son ésos?

—Los bri-bri.

—Te regalo una, escoge —Amy sujeta el sombrero con la mano, un bombín de mujer con un lazo de seda, y echa la cabeza hacia atrás.

—*The darkest one!*

—Tú y tus espectáculos astronómicos.

Garvey deja caer los párpados y sonríe divertido.

—No me mires así, que me vuelves loca.

—¿De verdad?

——Esa mirada me trastorna, tu boca también me trastorna —ella repasa el dibujo de esa boca temeraria para los grandes actos, vacilante y un tanto insegura para el amor.

Garvey da un golpe en la plataforma del templo.

—Mañana mismo hablo con el doctor Ferris. Aquí ordenaremos a nuestros caballeros del Nilo, de Uganda, de Etiopía.

—¿Cómo vas a conseguirlo, *moony face?*

—Tengo mis artilugios —la atrae hacía sí con fuerza.

—*Your mouth is your kingdom.*

"El poder es el único argumento que satisface al hombre... Los que estamos determinados a no considerar al negro como una criatura del pasado, sino como un hombre combativo del presente y un poder reconocible en el futuro…"

—Un orador excepcional. Me atrevería a decir, sin miedo a equivocarme, que es uno de los agitadores más prominentes de Nueva York. Su periódico de filiación ruso-soviética tiene una abierta inclinación hacia el bolchevismo —Edgar J. Hoover organiza un poco sus papeles ante los congresistas del Lusk Committee, comisión legislativa encargada de investigar la sedición en el estado de Nueva York—. Hubiera querido tener más tiempo para presentar un informe bien documentado.

—Al grano.

—Estamos ante un manipulador de conciencias. Un individuo con aversión al trabajo y a cualquier actividad ordinaria de la vida. El único empleo formal del que se tiene noticia fue en la oficina de impresiones de Kingston. A Estados Unidos ingresó como supuesto tipógrafo. Tenemos registros de su presencia en treinta y ocho estados de la Unión. En menos de tres años pasó de ser un don nadie a dirigir una empresa que declara un millón de dólares de capital. ¿Llamativo, no?

—¿Cifras reales o ficticias?

—En Delaware nadie verifica la existencia del capital declarado.

¿Movimiento político? ¿Aventura comercial? ¿Doctrina de superación? Los congresistas quieren explicarse el fenómeno para saber a quién combatir y contra qué legislar.

—La Negro Improvement es el brazo político de una ambición naviera y el jamaiquino bien puede ser un marinero frustrado. Se apoya en académicos graduados en Harvard, en Yale, en el paraguas abierto por organizaciones sindicales y extremistas con numerosos seguidores en Estados Unidos. Esto le ha permitido aumentar su influencia rápidamente.

Un congresista republicano trae consigo propaganda callejera incautada cerca del Teatro Apolo.

—Lo de "confraternidad universal" es una pantalla. El restaurante es una madriguera de filósofos de barbería, comunistas de café, pseudoescritores que pronuncian su frase célebre del día y comen gratis.

A la reunión asiste el oficial negro Emmett Scott, asistente de la División de Inteligencia Militar del Departamento de Guerra, cuya clasificación de negros problemáticos difiere del Departamento de Justicia.

—El jamaiquino está clasificado en la lista del *agitator type:* ruidoso e inofensivo —dice el oficial negro, Hoover lo desautoriza sin más preámbulos—. En mi modesta opinión, no hay bases para la acción contra el señor Marcus Garvey. Habría que montarlas, y en este momento las figuras peligrosas para el sistema son otras.

—Se equivoca, el *west indian negro* es un incendiario con mucho poder de arrastre y podría ser utilizado por los sectores radicales de su propio movimiento. Por lo tanto, yo aconsejaría una salida menos honorable para él y más definitiva para nosotros.

—¿Cuál? —pregunta el jefe del Lusk Committee.

—Bueno, estuve estudiando el expediente, si es que a eso puede llamársele expediente —Hoover se introduce dos dedos a la boca y pasa los folios con las yemas ensalivadas—. Con base en sus antecedentes y *modus operandi*, se me ocurre que podríamos procesarlo por fraude en relación con su propuesta de vapores. Desafortunadamente aún no ha violado ninguna ley federal.

—¿Qué entiende por federal? —inquiere el jefe del Bureau of Investigation, también presente—. Porque en Chicago fue detenido.

—Y liberado bajo caución. Cien dólares y asunto arreglado.

—Robert Abott es un buen elemento, habría que apoyarlo —insiste el oficial Scott. Hoover responde con un gruñido.

—No me fío mucho de ese tipo de colaboradores.

—Porque es negro, igual que yo. Sus prejuicios no lo dejan ver los problemas en su dimensión real.

Hoover le dirige una mirada arpía y reúne sus papeles en el escritorio.

—¿Puedo continuar? Varios de sus allegados tienen estrecha relación con la Internacional Comunista y la Industrial Workers of the World —Hoover individualiza algunas figuras: Hubert Harrison, militante de la Liga Antibelicista por la Libertad de los Afroamericanos, marxista declarado, catalogado por la Inteligencia británica como propagador de las ideas más extremas del radicalismo negro; Adolphus Domingo, *negro alien,* socialista confeso, probablemente el más influyente en el área de propaganda; Fred Powell, líder de las Juventudes Negras con capacidad para movilizar diez mil activistas y armar disturbios callejeros.

—¿Quién le suministró esa información? —pregunta el jefe del Bureau of Investigation.

—No se olvide de que trabajé en la Biblioteca del Congreso. Todos los archivos existentes en este país los tengo aquí —Hoover se lleva el índice a las sienes e inevitablemente dirige la atención de todos a la cavidad craneal—. Tengo memoria de elefante.

—Se nota.

—¿Fisuras?

—Dos deserciones sin repercusión interna. Edgar Grey y un reportero de apellido Wagner. Fueron echados por reclamar orden en las finanzas, un dato a tomar en cuenta.

—¿Qué cargo ocupaba?

—Secretario general de la Black Star Line. Presentó una demanda por malversación de fondos y difamación. Kilroe lleva el caso.

El oficial del Departamento de Defensa encuentra un resquicio en la avasallante exposición de Hoover para aportar una cápsula sobre administración catastrófica: el *Daily Negro Times,* la primera experiencia fallida de Garvey en territorio estadounidense. Compró a la United Press un equipo de rotativas, pagó treinta y cinco mil dólares, contrató a los mejores correctores de pruebas de Nueva York, ofreció buenos salarios. Cerró por caos financiero.

—Bueno, ya tenemos una guía a seguir.

Antes de que los tratados lo echaran todo a perder, cuenta el doctor Ferris en las horas muertas de la redacción, antes de que llegaran los portugueses con sus ataúdes flotantes a construir fortalezas y centros de almacenamiento de esclavos, en el legendario imperio de Mali la riqueza se medía por la cantidad de manuscritos atesorados en las bibliotecas, y el comercio de libros tenía prioridad entre los mercaderes que cruzaban el Sahara Occidental de Tombuctú y Djené. El trigo cultivado en las márgenes del Nilo se canjeaba por oro en polvo y los intelectuales eran atraídos por el sultán Kankan Musa para dar clases en la universidad de Tombuctú, la más prestigiosa de África. En ese tiempo, los griegos y los romanos enviaban a sus hijos a estudiar a África, porque ahí estaban las mejores universidades.

El *Negro World* incluye una sección de inventos negros, donde aparecen el gran McCoy, autor del sistema de lubricación y cincuenta y cuatro patentes más; Latimer, el inventor de la lámpara incandescente y los filamentos de carbono, diseñador del alumbrado público de París, Londres, Nueva York. Woods, otro genio de la inventiva, autor del transmisor para teléfono, el freno electromagnético, el telégrafo ferroviario, la batería galvanizada. Las máquinas de escribir tienen un pequeño recordatorio que dice:

agradezca a Burridge y Marshman cada vez que utilice este instrumento.

—*Mister president*, unos reporteros lo buscan.

—Estoy ocupado.

—Sería bueno que los atienda —sugiere Harrison—. Son Phillip Randolph de *Crisis* y Cyril Briggs, del *Crusader*. Todo el espectro ideológico de Harlem lee sus artículos con mucho detenimiento.

La pequeña conferencia se desarrolla en la sala de juntas de la naviera.

—¿Cómo y cuándo se formó la Negro Improvement?

—Bueno, acababa de regresar de un exitoso viaje por Europa. Los diarios me dedicaron grandes titulares y...

—¿Europa? Tengo entendido que sólo estuvo en Londres. Viviendo en casa de una camarera —señala Randolph.

—Mi hermana, Indiana.

Los periodistas piden regresar a la pregunta inicial.

—Realmente no sabía hasta dónde había prejuicio por el color en Jamaica, hasta que empecé a trabajar con la Universal Negro Improvement. Los diarios me dedicaron grandes titulares y hablaron de mi movimiento. Gran despliegue. Buena prensa. Pero nadie en la isla quería ser negro. Algunos incluso más negros que yo —se mira el dorso de la mano y suelta una carcajada estruendosa— se consideraban a sí mismos blancos en el sistema social de las Indias Occidentales. Se molestaron conmigo porque no querían ser clasificados como negros.

—¿Y el nombre? ¿Es verdad que fue producto de una revelación en mitad del Atlántico? —inquiere Cyril Briggs. Se escuchan risitas.

—De regreso a Jamaica coincidí con un pasajero de Basutolandia y su esposa; me relataron cosas tan horribles sobre las condiciones de vida de los africanos, que me encerré todo día y noche en mi camarote, desmoralizado, sin saber qué hacer, cuando vino a mí como una visión, *yes*, *like a vision:* Universal Negro Improvement Association and African Communities (Imperial) League. Ése era el nombre que debía proponer a toda la humanidad negra.

—Muy pretensioso, ¿no le parece? —otra vez Briggs, deliberadamente incisivo.

—¿Qué?

—Lo de "universal". ¿Realmente cree que hay negros en todas las galaxias?

—Shakespeare, Cervantes, Homero, Da Vinci son considerados valores universales. ¿Cuántos negros figuran en la lista?

Briggs observa el cuadro del *Titanic* e inevitablemente lanza la pregunta.

—¿Lo de la Black Star Line tiene algo que ver con la White Star Line, la tristemente célebre operadora del *Titanic?*

Un reportero del *Negro World* toma notas y sigue los pormenores de la conferencia.

—El *Titanic* se hundió. El mito sigue flotando en la memoria de todos nosotros.

—¿Por qué imperial y por qué el paréntesis? —Randolph lanza otro dardo—. ¿Se avergüenza de sus inclinaciones imperiales? ¿O acaso tenemos un emperador oculto tras un signo de puntuación?

Garvey considera que ya acumuló suficiente y se descarga contra Randolph, ya no como reportero sino como representante de la NAACP.

—Usted trata de provocarme porque pertenece a una organización que lleva nueve años viviendo del favor de los liberales blancos.

—Se llama interacción racial.

—No creo que lleguen muy lejos con sus eufemismos.

Alguien pregunta a Garvey cuál es la diferencia entre su organización y la NAACP.

—La misma diferencia que hay entre un negro y un coloreado.

—¿Quién lo invitó a este país?

—*It's a free country.* No se necesita invitación.

—Usted presume de haber sido invitado por Booker T. Washington.

—Así es. Manteníamos correspondencia —Garvey levanta la vista, el doctor Ferris ha llegado y le hace un guiño como para que no pierda la ecuanimidad.

—*Best wishes* y una invitación para estudiar en el Tuskegee Institute. Lamento decirle que enviaba la misma carta a cientos de jóvenes. Yo las ponía en el correo —agrega Randolph.

—Bueno, señores, permiso. *Puff!* Parecen sabuesos.

Amy le trae una toalla húmeda y le cubre la cara.

—Ellos tratan de sacarte de tus casillas. No tienes que caer en su juego —aconseja el doctor Ferris.

—Vamos a dar una vuelta por Harlem para despejarme un poco.

Garvey se detiene en el templo inconcluso de la Iglesia Bautista Metropolitana.

—¿Con quién hay que hablar para conseguir este sitio?

—Prestado, no hay problema.

—No, Elder Ferris. Comprarlo. Para nuestras reuniones de masas.

—¿Quieres un barco o un templo?

—Las dos cosas—Garvey hace una pausa y lo mira muy determinado—. Le prometí a Amy casarnos aquí y aquí empezará la africanización de Harlem. ¿Entonces qué?

—No prometo nada. Pero veré qué puedo hacer —el doctor Ferris lo aleja de sí, sacudiendo las manos escandalizado—. No me parece que vivan juntos sin casarse.

Every sea, all waters

> Prendió porque era algo magnífico,
> algo como el acercamiento de la raza.
>
> ALFRED KING, el barbero

La recepción en el Palace Casino está en su mejor momento. Cerca del escenario donde se representa una epopeya africana, Marcus Garvey y Jeremiah Certain ríen y departen con negros de alta sociedad.

—Hemos resumido años de grandeza y sufrimiento en una hora de presentación —dice la maestra de ceremonias.

Se descorre el telón y aparece una multitud con trajes fastuosos: Zimbabwe, Tombuctú, Benin, los buenos tiempos, un cambio de luces y surgen las cadenas, los verdugos, historias conocidas montadas sobre voces sorprendentes, que pueden acorralar a un capataz. Y la que fue reina ahora luce sojuzgada por toneladas de algodón. *Stand in the middle of a prayer.* El público sabe las canciones y las canta.

De pronto, las luces se apagan. Se escucha una marcha lenta y milenaria, procesión de elefantes en el desierto, tambores hundidos en el eco de las pisadas. La música avanza con su caravana de camellos y sus alforjas secas. Oleajes de arena sobre el paraguas diminuto de una muñeca de trapo.

La muñeca tararea una canción de cuna, sonidos de una lengua inventada por seres puestos a recolectar borrajas de algodón.

Garvey busca la voz en los encortinados. La fuerza evocativa de esa voz no necesita idioma alguno. Por ella desfilan las mezquitas, los soles de fin de era, las míticas civilizaciones del África negra, aves sedientas, vendedores de sal en el desierto, manadas de antílopes con sus hembras preñadas.

Negra como la muñeca, la voz hace girar el paraguas con su arrullo, despacio, muy despacio, trepando el techo de un carrusel antiguo. Su registro es único. Unos dientes perfectos se iluminan, el cuello largo y elegante, el paladar abierto a la canción. La mujer es réplica exacta de la muñeca: la misma estética, las mismas gasas envuelven sus cuerpos. Parecen como cortadas por la misma tijera.

—¿Quién es esa mujer?

Jeremiah Certain conversa animadamente con Bishop, un *merchant* negro, presidente de la West Indian Trading Association of Canada.

—¿Quién es?

Certain mira a todos lados, menos al escenario.

—*The lady.*

—¡Ah!, Henrietta —Garvey le dirige una de esas miradas que obliga a ser más preciso—. Henrietta Vinton Davis. Es de Baltimore.

—¿Y la muñeca?

—Ella las fabrica.

Trata de sacarle más información. Cantante, actriz y declamadora profesional, accionista de la empresa Beth and Ross, fundada con el objeto de inculcar orgullo a las hijas de los soldados negros enviados a la Gran Guerra. Una mujer guapa, distinguida, de familia adinerada y soltera ¿Qué más se puede pedir?

Garvey la contempla. Esa atractiva combinación de militancia racial y sensibilidad artística, dotes ejecutivas y declamatorias reunidas en una sola mujer, resulta inquietante. Ella se aboca al movimiento escénico de las manos, por los brazos le sube un encaje bordado, un guante enlazado al dedo medio que adorna los versos de un poema: *But life is more than fruit or grain/* la vida es más que un grano o un fruto/ *And so I sing, and all is well*/ Por eso canto y todo va bien.

Cuando se dan cuenta, ambos están juntos. Ella refiriéndose al profundo sentido humano de rellenar cuerpos de trapo, él del barco comprado por negros, tripulado por negros, que pronto habrá de surcar los mares.

—Noble propósito el suyo.

—No tan noble como el suyo —Garvey se lleva la mano a la altura de la tetilla—. Su voz me transporta, sus poemas.

—No son míos. Son de Lawrence Dunbar, mi poeta favorito. Joven promesa truncada por la tuberculosis.

—La voz es suya, me consta. Dunbar nunca lograría el mismo efecto.

Henrietta Vinton Davis ofrece una sonrisa sin edad, la juventud en los ojos. Se limpia los pompones de las mejillas y el *rouge* de los labios en un espejito de mano.

Garvey le habla de la belleza en abstracto, de las personas que ejercen esa belleza sin mucha conciencia y por eso cautivan.

Una señora mayor vestida con un despampanante sombrero de plumas felicita a Henrietta efusivamente.

—Luces preciosa, tu cabello es un sueño.

—Gracias a usted y a sus fórmulas milagrosas.

—Declamaste como nunca.

Henrietta la presenta a Garvey:

—Madame Walker, probablemente la mujer más rica de Harlem. Se hizo millonaria con sus cosméticos especiales para la mujer africana.

—He oído su nombre. Usted estuvo en la Casa Blanca —ella asiente con la cabeza—. Con el Presidente Woodrow Wilson. Para exigir que el linchamiento fuera declarado delito federal.

—Está muy bien informado —la pluma del sombrero se inclina en una reverencia—. *See you later, my dear!*

El acto en el Palace Casino se transforma en mitin político-cultural. Alguien envía un papelito a la maestra de ceremonias.

—Esta noche nos honra con su presencia un jamaiquino que ha causado un revuelo sólo comparable a los Charleston Blacks. Un jamaiquino que quiere revivir la excitación africana alrededor de los muelles y los barcos expedicionarios.

Garvey camina hacia el estrado pavoneándose y estudiando al público. Habla del barco escocés, del poder sin límites obtenido por la flota de Delaware.

—Buscamos una nueva inspiración como raza. Nuestra corporación está autorizada a emprender cualquier tipo de iniciativa en cualquier parte del globo —localiza a Henrietta Vinton Davis entre el público—. Podríamos enviar vapores cargados de muñecas a África, a las Indias Occidentales, a Centro y Sudamérica, alegrar el corazón de las niñas negras, traer los productos que sus padres cultivan, venderlos a los obreros de las fábricas y dar empleo a millones de personas en todo el mundo.

La declamadora de Baltimore se cohíbe y aplaude tibiamente.

—Podríamos hacer que la poesía se disemine por la línea del Ecuador, por el contorno de la costa africana, por las fuentes míticas del Nilo. Nuestra corporación está facultada para operar en todos los mares y en todas las aguas. *Every sea and all waters!*

—¿Siempre es así?

—¿Así de qué?

—De exagerado.

—Sólo cuando me dan cuerda —se muerde la esquina del bigote y sube la vista por los pliegues del vestido de Henrietta.

—No producimos tantas muñecas.

—Tampoco tenemos tantos vapores.

—No sé si su corporación será tan poderosa como dice. Pero usted es un hombre muy, muy... —pasea los ojos en busca de un adjetivo neutro— muy convincente.

—Con convencerla a usted me basta. ¿Tiene idea de lo que podríamos hacer con su voz y mi convencimiento?

—Fundar un club de elogios mutuos. O terminar de pagar ese barco. ¿Cuánto dinero falta? —ella se pone tensa al advertir las orejas de Jeremiah Certain zumbando cerca.

—¿Vicepresidente?

—Setenta mil dólares, más o menos.

—Cuente conmigo —Henrietta Vinton le extiende la mano. Las cerdas del bigote azuladas, brillosas, cosquillean en el encaje del guante—. *Every sea and all waters!*

León Daudet predice la guerra de razas
El distinguido escritor León Daudet ha publicado en *La action française:* no es remoto que se produzca una guerra de razas, la más grande que consigna la historia del mundo. Asevera que ochenta millones de amarillos y veinte millones de negros están listos para disputar a los blancos de Norteamérica la posesión de dicho país y acaso de toda América.
Diario de Costa Rica, 1919

El *Yarmouth* es un misterio que todavía nadie conoce, pero el Universal Building está más concurrido que el Teatro Apolo.

Los intentos de establecer un control en las arcas y en la estructura organizativa de la corporación son fuente de roces internos.

—Nuestro presupuesto no llega a los ochenta mil dólares.

—No puede ser. Hemos reunido más del doble.

—*Your girlfriend* lo usó en el restaurante, sir.

—Se compra mucho licor. Los clientes mantienen la garganta húmeda toda la noche y tienen un cocodrilo en el bolsillo.

Domingo y Harrison son partidarios de aplicar una economía de guerra.

—Su prometida usa el dinero de la flota en sus noches de barra libre y cena tropical. Una bohemia costosa para el movimiento. Ese local no reporta ningún rédito político ni económico. Debería cerrarlo.

—Nuestra clientela es muy distinguida. El restaurante está recuperando ganancias y devolverá el monto íntegro a la corporación —Amy se retira de la mesa de juntas en acto de protesta. Al abrir, se tropieza con la declamadora de Baltimore, una crisálida envuelta en encajes. Los rostros funerarios de la mesa la hacen retroceder.

—Perdón. Vine en mal momento.

—¿Y esa encopetada, quién es?

—Yo que sé —Wendolyn se alza de hombros.

Garvey rodea a la declamadora de la cintura.

—Señores, permítanme presentarles a esta hermosa mujer, miss Henrietta Vinton Davis, nuestra promotora internacional.

De relatores y espías

Ese señor era pacífico
y entusiasmaba con su
línea independiente de vapores.

ROGELIO PARDO, ingeniero

Papelería enviada de Nueva York se exhibe en los escaparates de fabricación belga del mercado municipal de Limón, en los bares de marineros, en el Oasis —el prostíbulo del momento— y en uno que otro negocio levantado por la nueva oleada de italianos desembarcados por error.

La gente se detiene, lee o pide que le lean. Los de vista cansada restriegan los anteojos ante los cartelones, sin dar crédito a lo que venía zumbando en las colas del cinematógrafo entre un aplauso y otro al *Príncipe de lo imposible*.

Nuestros accionistas pueden dormir tranquilos. La corporación *Black Star Line* trabaja día y noche en su interés.

Entre los que parlotean incrédulos, un forastero se delata en el esfuerzo de querer pasar inadvertido. Su interés está centrado en indagar el pasado de un individuo que anduvo por este puerto de inmigrantes seis o siete años atrás. A veces se auxilia con una fotografía de periódico mal impresa, un manchón de tinta en el que apenas se distingue la cara redonda. Otras veces, proporciona la filiación: negro, robusto, *very dark complexion*, veintitantos años en aquel entonces, jamaiquino de nacimiento, aunque ahora debe ser naturalizado norteamericano.

En las mesas de dominó se corren apuestas. Lo dan por doble agente del Bureau of Investigation y Scotland Yard. Nadie ha visto un espía en persona, nadie con un disfraz tan impropio para estos calores. Los barberos le ponen toallas calientes en la cara y husmean en los bolsillos de su gabardina. Salvo el recorte del diario y un par de fotos pornográficas, no hay nada digno de un detective.

—Según mis datos, el *west indian negro* trabajó en los muelles. ¿Saben algo? —pregunta el forastero embutido en los paños calientes.

—Ese negro no levantaba un bulto ni por casualidad. Era íntimo de los italianos anarquistas.

—¿Anarquistas? —el agente se incorpora, el barbero le estampa otra toalla hirviendo en la cabeza.

Interesante información referida al llamado líder del Negro World

A Limón llegó, dejando tras de sí un gran escándalo, a vivir de la cuestión del color, a gastar su tiempo en barberías y sastrerías, debatiendo grandes ideas sobre cómo conseguir dinero sin trabajar. Ahí inició un periódico semanal de dos páginas, en inglés, titulado *The Nation*. De cualquier manera, no duró mucho antes de que fuera arrestado en un vapor a punto de zarpar de Puerto Limón por deudas que había contraído y por intentar huir con los fondos de una colecta pública...
Bureau of Investigation, octubre, 1919

—¿Qué tipo de colecta? —pregunta el agente 800.

El gerente de la United revisa sus expedientes. A pesar de las prevenciones, la fecunda vida microscópica limonense ha causado estragos en los archivos. Los hongos arrasaron con buena parte de los legajos dedicados a los anarquistas de Mantova, huelguistas pioneros en ese y otros males tan difíciles de erradicar como el paludismo y las mordeduras de terciopelo.

—Yo vine aquí cuando la United puso sus buques al servicio de los aliados. Parte de los archivos fueron trasladados a Bocas del Toro, parte a Boston.

Chittenden coteja con el agente 800 fotos igual de borrosas, datos igual de imprecisos: vivió en Limón en algún momento entre 1910 y 1912.

—He visto el retrato del tal Marcus Garvey varias veces en el *Negro World* —Chittenden se hace pantalla con la mano y baja la voz—. Es una foto trucada.

—¿Por qué? —el agente asoma las narices al archivero. Su placa bacteriana reseña el menú completo del día, de la semana, del barco en que viajó.

—Lo deben subir a un banquito. Aparenta ser más alto de lo que en realidad es —un olor a pescado frito se atora en la mucosa nasal de Chittenden—. El único retrato confiable lo tiene el cónsul británico —Chittenden cierra de un portazo el archivero, el tufo a pescado desciende vengativo.

—Podría recomendarme un lugar de comidas decente, los puestos del mercado me tienen un poco descompuesto. No veo la hora de regresar a Nueva York.

—No hace falta que lo diga —Chittenden le firma unos vales de comida del Banana Club y apura la despedida.

—Tenedor libre, gracias.

Fuscaldo, el zapatero italiano, pone en aprietos a Horace Fowler con su intención de adquirir un lote completo de bonos y acciones.

—Es que...

—Es una empresa de…

—La condición es ser de raza negra.

—Racismo al revés. ¿Discriminan mi dinero? —escandaloso y teatrero como buen italiano, Fuscaldo toma un billete y lo embebe en un frasco de tinta china—. *Va bene cosi?*

Los transeúntes se detienen, Horace Fowler se pasea nervioso atrás del mostrador sin saber qué hacer. Charles Bryant, gremialista y otro pionero en la compra de acciones, cuenta el dinero y decide cortar por lo sano: esto le alcanza para siete bonos. De la trastienda y otra vez tomando todas las prevenciones del caso, para que nadie descubra su caja fuerte, Fowler trae los títulos. Cuando sale Fuscaldo, Daniel Roberts y Charles Bryant se encuentran en gran tertulia, rememorando y trayendo a cuento algunas anécdotas.

—¿Ustedes ya se conocían? —pregunta Fowler con el ceño fruncido.

—*Anni fa* —Fuscaldo atrae hacia sí los títulos, curioso de la confección y de algunos detalles que parecen darle seriedad al asunto: sujeto a las leyes del estado de Delaware... *capital stock:* un millón de dólares—. Si hubiera sabido que se cotizaría tanto el nombre de este tipo, le habría hecho firmarme todas las paredes.

Atrás de un alambrado tejido por su recelo, Fowler aún no sabe qué actitud tomar ante esta camaradería que no lo excluye, pero tampoco lo incorpora.

—Sería mejor que consulte a Nueva York. No quiero tener problemas —embolsa las acciones y da marcha atrás.

—No creo que los tenga, se trata de un caso especial —dice Bryant.

—Cada quien es libre de gastar su dinero en lo que le plazca —Fuscaldo apoya la mano en el mostrador y cruza un pie con gesto de gran *padrone*. A Fowler le resulta todavía más pesado de digerir.

—Vamos a hacer una excepción con usted —concuerda Roberts.

—Ser accionistas no les da absolutamente ninguna atribución. El representante de la compañía soy yo.

—Señor Fowler, tratábamos de resolver esto con sentido práctico —Roberts enciende su habano y convida uno al italiano—. El compañero Fuscaldo tiene un excedente de treinta y cinco dólares que desea invertir y a la compañía no le hacen mal. ¿Está de acuerdo?

Fowler asoma los dientes. Fuscaldo mete sus acciones en un libro de mapas antiguos, lo coloca bajo el brazo y le da una palmada brusca, aunque afectuosa.

—*Salutami al capo della barca.*

Domingo. Garvey decide recorrer todas las iglesias que puede; una de ellas, la Abyssinian Baptist Church.

—Venimos del reino más antiguo en este mundo. El reino de Etiopía, que además era negro y cristiano —señala el reverendo Clayton Powell. Pedimos compasión a Dios. Compasión es lo que el hombre debe tener, no Dios.

Tiene carisma, piensa Garvey, y suficiente grado de sensatez. Sale de ahí y corre hacia la African Methodist Church, el servicio acaba de terminar, pero uno de los miembros de la congregación le informa que un clérigo de Boston dará un servicio especial en un templo vecino. Se trata del reverendo George McGuire, un hombre bajo, delgado, de cejas espigadas, con tez levemente clara y un aire de noble. El sacerdote muestra una imagen de la Virgen María, la madre de Jesús con el Mesías sentado en las piernas, y luego muestra una representación de la *black Madonna* en la misma posición. ¿Quién creen que es? ¿De dónde viene? Del antiguo Egipto. Isis, la madre de Horus. ¿Es una mera coincidencia? ¿Por qué el cristianismo, en su afán de unificación, expulsó a la iglesia africana de Nicea? ¿Por qué creen que aparecen *black Madonnas* y Cristos negros por todos lados? ¿Creen que es una concesión de los esclavistas y colonizadores a los siervos buenos?

El agente 800 echa un vistazo a su escrito antes de entregarlo al telegrafista del Tropical Radio, un viejo de manos lánguidas y algo encorvado y parsimonioso. "Fue a través de las columnas de ese pasquín que el sujeto en cuestión organizó una colecta pública. Los jamaiquinos contribuyeron libremente. El *West indian negro* desapareció de estas playas llevándose los fondos. Después de su partida, la imprenta fue embargada por un *Costa Rican gentleman*. Más tarde, se oyó decir que estaba en Guatemala, donde procedió de manera similar. De Guatemala se fue a Jamaica, su tierra natal. Ahí empezó su Negro Improvement Society. Miles de negros unidos. Se autonombró presidente, secretario, tesorero, y nuevamente desapareció con todos los fondos. Fue localizado después en Inglaterra."

Al salir del Tropical Radio, un muchachito se le acerca. Por un dólar oro le ofrece llevarlo donde un médico homeópata que tiene buenos contactos. Un viejito de noventa años con bata blanca, cabecita de bebé, cuello corto y cabellos alocados se prende a la mirada del forastero intrigado por unas manchas oscuras que salpican el iris de los ojos.

—Usted padece de estreñimiento —el muchachito se ríe—. Veo serios trastornos de metabolismo.

—Busco informes de este sujeto, no de mis enfermedades.

La foto es ilegible pero el doctor es meticuloso. Analiza los manchones de tinta como si fuesen agentes patógenos.

—¿Lo conoce, sí o no?

—Nunca vino a consulta —el viejito alza la cabeza. Tiene la piel casi transparente y la expresión de un niño caído de la cuna—. Vea, a usted le conviene hablar con el dueño del Hotel California, ése sí es un hombre de historia.

—¿Cómo dice que se llama?

—Universal Negro Improvement Association —no la pronuncia así nomás el hombrecito del sombrero café. Están de espaldas al mar, lejos del follaje y los osos perezosos que han ido poblando el parque sembrado por Bonifé.

—¿Dónde se fundó? —el agente 800 se entretiene en ver a las mujeres que salen del comisariato con las canastas llenas de lonjas de pescado y mercadería traída de las Indias Occidentales.

—*Jamaica town*, el barrio de nosotros, pasando la vía del tren.

—La versión que tengo es otra, que la Negro Improvement empezó en Jamaica, la isla.

—No, no, no. Fundó aquí en Limón.

El sol anticipa un día severo. Menudito, nariz respingada, cejas canosas y despeinadas, al hombre no parece afectarle. Usa un sombrero café heredado de su abuelo, masticado por las polillas que nada saben de herencias y se ensañan con las cosas más queridas.

—Mi madre, Evelyn Hall, Marcus Garvey y la esposa de él después...

—¿Amy Ashwood?

—Ellos, formó en Limón, en un lugar: se llama *Jamaica town*.

—¿Qué formaron ahí?

—La más formidable organización en todo el mundo desde la historia. Ninguna tan poderosa como ésa.

—De modo que su madre conoce a Marcus Garvey —le brillan los ojos al 800, al fin una fuente directa.

—Estaba en Jamaica, estudiando, yo no sé en cuál colegio. Una compañera de mi madre iba al Saint Lourdes College y cuando mi madre terminó su curso, ella simplemente era oyente.

—No se quede en detalles. Siga.

—Mi madre vino con Marcus Garvey; él estaba enamorado de una mujer que era mulata y fue a Inglaterra a estudiar, y cuando volvió —otra vez pausa, suspenso abismal—, los padres: no casar con ese hombre, porque es un negro y mandó la mujer a Cuba y Garvey enojó y vino con mi señora madre a hacer, a formar o crear la 'sociación.

El agente 800 se lleva un pedacito de goma de mascar a la boca y anota. Entrar a la política por la puerta del despecho es una hipótesis digna de tomar en cuenta.

—Todavía no entiendo la relación de Garvey y su madre.

—Fueron compañeros de colegio —alarga la frase como para recalcar que eso ya se dijo—, de ahí el contacto.

—¿Cuándo?

—1912, 1913, esa época. No podían organizarse allá, porque los mulatos dominan 'amaica hasta hoy día y maltratan los negros como los ingleses —aspira las jotas, las deja suspendidas.

—¿Y cuándo vinieron juntos?

—No vinieron juntos. Mi madre nació aquí. Garvey vino después. Ella fue a Jamaica a estudiar, ¿comprende?

—Está bien, está bien —al detective se le deforma la cara nomás de pensar en su próximo informe—. ¿Qué más hizo en Limón?

—Él no hizo nada en Limón. Simplemente formó la 'sociación. Nada más. Luego, cuando no tenía plata fue a Estados Unidos a comprar más barcos.

La conversación en el parque termina mal. El agente 800 lo conmima a firmar una declaración jurada sobre la supuesta huida de Garvey con los fondos recaudados para la coronación del nieto de la reina Victoria.

No se levanta así nomás el hombrecito del sombrero café. Las cejas despeinadas van de la paciencia a la indignación. Haber desperdiciado toda la mañana con un tipo que sólo estaba interesado en incriminar al compañero de escuela de su señora madre.

En su siguiente y último reporte desde el lugar, el agente del Bureau of Investigation da por terminadas sus averiguaciones: imposible conseguir información fehaciente y personas dispuestas a firmar declaraciones. Favor enviar viáticos y pasaje de regreso.

Start a branch
Siete o más personas de color deben unirse ya e iniciar una rama de la Universal Negro Improvement Association.

Vender acciones, representar los intereses de un periódico prohibido y sentar las bases de un movimiento político que quiere expandirse en todas direcciones, son demasiadas tareas para un hombre solo. Fowler se hace de un equipo:

Fumador de altura, propagandista innato, Daniel Roberts viaja por los pueblos de la línea edificando residencias y estaciones de tren para la United Fruit y la Northern. Su don de gente y la amplitud de sus relaciones sociales son el complemento perfecto para una figura tan respetable y distante como la de Fowler.

Charles Bryant, secretario de la Sociedad de Artesanos y Trabajadores en los tiempos de orador callejero de Marcus Garvey, ofrece su experiencia de gremialista. Su conexión con tenderos, comerciantes y estanquillos es fundamental en la creación de redes alternas para distribuir el *Negro World*, realizar trabajo político y abrir brecha en un Limón controlado por el sistema de escucha de la compañía bananera.

James Augustus Franklin Sutton, farmacéutico y boticario, reparte medicamentos y panfletos por la línea, burla como puede a los informantes de la United, para la cual trabaja visitando comisariatos y dispensarios. Examina el estado de salud de los plantadores de banano y les ofrece activos en un barco como el mejor remedio a sus males. Beatriz Franklin, maestra y esposa del boticario, organiza el Ladies Department, promueve actividades culturales, concursos de oratoria, disertaciones sobre la raíz negra.

Si la memoria sobreviviente y los registros notariales no se equivocan, ellos, en un lugar llamado *Jamaica town*, pasando la vía del tren y los talleres de la Northern, formaron la división número 110 de la Universal Negro Improvement Association, conocida popularmente como el Yuenaei.

En los cimientos de la Iglesia Bautista Metropolitana, rodeado de encortinados y emblemas del movimiento, Marcus Garvey se dispone a presidir una solemne ceremonia.

Sentado en un sillón de madera labrada, bajo una telaraña de luz que se filtra entre los andamios del templo inconcluso, entrega la Orden del Nilo y ordena caballeros de Uganda, del Níger, en presencia de cientos de espectadores que aplauden a viva voz el ascenso de una pretendida nobleza en pleno centro de Harlem.

¿Qué es eso, una comedia de Bert Williams? ¿Un simulacro de regreso a las arenosas playas de Dahomey? El doctor DuBois se quita los lentes y presiona los lagrimales con dos dedos. ¿Estoy viendo bien? ¿Ése no es Wilfred Smith?

Garvey pasa revista a su séquito, todos vestidos con uniformes victorianos, capas negras a los tobillos y la banda de música atrás. En ese momento, el *president general* hace pasar al secretario y abogado personal de Booker T. Washington, el distinguido Wilfred Smith, uno de los hombres más respetados en la comunidad negra norteamericana. Con una rodilla en el piso y la barbilla hundida en el pecho, Wilfred Smith se suma a los afortunados receptores de cargos y títulos que confiere el jamaiquino.

—Parece que a nuestro buen amigo Wilfred Smith le lavaron el cerebro y ese otro loco se creerá el heredero del trono de oro de los ashanti —comenta DuBois.

—Cuando la raza blanca no tenía civilización propia, cuando los hombres blancos vivían en cavernas como salvajes, esta raza nuestra se vanagloriaba de su maravillosa civilización en los bancos del Nilo.

En su casa, Edgar J. Hoover se atraganta con el cereal al leer el reporte de la división Harlem. Ahora resulta que los salvajes somos nosotros.

—No quiero que me envíen más reportes a mi casa. ¿Entendido?

Un viejo barco algodonero

Alfred Henry King se convirtió sin querer en el depositario de una historia que se ha ido desdibujando entre los limonenses. Nació un día de junio de 1917 en Parísmina, un paraje sombreado por enormes brazos de palma real, ahí donde se mezclan el mar, el estuario de los ríos y los canales de Tortuguero.

Graduado del Colegio de Barberos de Brooklyn, Alfred King usa filipina de cuello alto abotonada al costado, como corresponde a un barbero con cartas credenciales.

Promotor deportivo, instigador de carnavales y presidente de la División Limón desde 1948, King lleva medio siglo sosteniendo la estructura de la Negro Improvement en este puerto de inmigrantes y expedicionarios. De joven pasaba de largo por el edificio de dos pisos donde hoy se afinca su barbería. Nadie sabe a ciencia cierta si ese galerón de madera anclado en el centro de Limón, conocido por todos como el Black's, es un barco encallado, el recuerdo de un gran salón de baile o los vestigios de un pasado venturoso. "Yo era uno de los que no sabía que era la cosa: cantando ahí dentro y tener reunión. Mi único interés era bailar, goozzar de la vida, andar p'arriba y p'abajo."

El episodio de los barcos lo supo por los libros y por relatos que alguna vez estuvieron en boca de todos.

—Unos se hundieron. Tenían que estar reparándolos, y la verdad es que no sólo el blanco le hicieron mal a la 'sociación sino el mismo negro, esos que no saben si son blanco o negro. Había un barco que tenía que parar y después andar. ¿Cómo se llama?

—¿El *Yarmouth*?

Asiente con la cabeza, con los ojos, con gestos corporales que sólo los negros saben emplear.

—¡Ése es el barco!

El *Yarmouth* era escocés. No valía más de 25 mil dólares, la Black Star Line lo compró en 165 mil.
                    Memorias de un capitán del Black's

El duermevela de una fragata picoteada por los pelícanos cubre la embarcación. Horas antes de la presentación en sociedad del primer barco comprado por accionistas negros, el directorio de la corporación y el consejo editorial del *Negro World* tienen el privilegio de levantar la capucha de lona que recubre al barco.

¡Es una reliquia! Está bueno para donarlo a un acuario. Parece un ballenero en desgracia. Las caras de decepción no pueden ser más elocuentes.

Jeremiah Certain frota las yemas de los dedos, arma un cigarrillo y sonríe mordaz.

—Se los dije. Nadie me hizo caso.

—Los accionistas se van a reír.

Edna, la jefa de cocineras del UNIA-restaurant, manda traer escobas, plumeros, frascos de trementina. Nubes de polvo quedan suspendidas por un rato en la lona picoteada por los pelícanos y luego vuelven a ocupar sus posiciones fijas desde la guerra del catorce. Alguien abre la bodega y un olor a combustible rancio apaga el cigarrillo de Jeremiah Certain, consume el oxígeno de cinco millas a la redonda.

Mensaje para míster Chittenden:
El editor del *Central American Express*, el agente del *Negro World* en Almirante y otros jamaiquinos problemáticos se dirigen a Limón, probablemente en el vapor *Alva*, por asuntos relacionados con la Black Star Line. Confidencialmente suyo, Blair.
Panama Division, United Fruit, 1920

Sanders y su acompañante, el director del *Central American Express*, se hospedan en el Hotel Siglo XX y hacen llegar un mensaje a la zapatería de Horace Fowler.

El encuentro se realiza en Milla Uno, en la pagoda construida por la colonia china en el cementerio para cercar a sus muertos. Escalonadas en terrazas, las tumbas van trepando la colina con la esperanza de algún día contemplar el mar.

Fowler, Sanders y su acompañante panameño aguardan la salida de los últimos visitantes que cambian el agua de los floreros, dialogan con sus parientes muertos y descienden de la colina con extraordinaria lentitud. Las nubes borreguean en el cielo y una brisa crepuscular mece los penachos de las palmeras.

—¿No piensan irse?

—Esperan al maquinista. Está tomando café con el sepulturero.

Cada uno salta el muro de la pagoda por separado y permanece en cuclillas, hasta que el silbato de la Northern les permite estirar las piernas y gozar de cierta privacidad.

—Estos chinos sí que son segregacionistas. ¡Hacer *apartheid* en el cementerio! —Sanders y el panameño se ríen.

—Dicen que es para despistar —Fowler seca el sudor de la frente sin quitarse el sombrero—. Nadie en Limón ha presenciado el entierro de un chino.

—¿Estarán vacías? —Sanders golpea una lápida. Una acústica de cuarto de baño le rebota en el oído.

Un sombrero se desplaza sobre el muro. El sombrero vacila entre franquear la cerca o ingresar por la pagoda de enfrente. Es Daniel Roberts.

—No se preocupen, es parte del movimiento.

Sanders abre un portafolio lleno de acciones de la compañía naviera.

—Tenemos que incrementar la venta de títulos, preparar el terreno, solicitar permisos de atracar.

—¿Atracar?

—El *Yarmouth* realizará su primera gira promocional a las Indias Occidentales.

Al declinar el día, los sepulcros cobran un tono azulado.

—¿De cuánto tiempo disponemos? —Fowler sufre taquicardia.

—Lo que tarden en designar a la tripulación.

—¿Días? ¿Semanas?

—Supongo que es cuestión de días.

—No es el mejor momento —Fowler se afloja el nudo de la corbata, preocupado—. En las plantaciones han lanzado una campaña de intimidación, los trabajadores temen perder su trabajo.

—Hay formas de transitar por la presión, míster Fowler.

Un cielo náutico, cargado de lluvia, se vuelca sobre las tumbas como un manto de cal. Sanders saca su reloj de bolsillo y estima la diferencia horaria.

—Si los cálculos no me fallan, a esta hora, todos los integrantes del directorio deben estar celebrando.

—Por siglos se nos ha dicho que los negros somos incapaces. Por siglos el mar ha sido dominado por seres que se consideran superiores.

Marcus Moziah Garvey brilla eclipsado en su propia luz. En lo más íntimo de su ser flota una certeza, un témpano de hielo en viaje a una hoguera.

—A partir de hoy, el océano nos pertenece.

Esa tarde, en la metrópoli negra, en las frías aguas del río Hudson, una parábola se cierra. Una parábola que comenzó probablemente en la plácida sonrisa de Sarah Jane, las piernas abiertas al milagro de la vida repetido por enésima vez, el cordón cortado de un cuchillazo y el terror de madre en los ojos, de terca ceremonia y bebés perdidos. Un terror decidido a defender ese pez anfibio que navega, sobre un vientre desinflado, hacia la aureola oscura de los senos. Lágrima espesa del pezón que le está entregando la memoria de un mar perdido para siempre en las sábanas, imposible de reconstruir, imposible de olvidar.

—Hemos conquistado el derecho a la navegación. La Black Star Line es la mayor aventura comercial de los negros en América, nuestra oportunidad de efectuar negocios en gran escala. *Up you, mighty race!* —los tablones del muelle se estremecen con los aplausos.

—*Up you!* —responden ahogados en la febrilidad de un salto incierto, pero compartido.

En ese momento, los acordes de la Estrella Negra brotan de un tulipán dorado, serpentean entre las columnas de accionistas que esperan turno de abordaje y se pierden en las fachadas del North River.

—Habrá quienes consideren al *Yarmouth* indigno de la Black Star Line —la voz de lady Henrietta queda embolsada en una masa de aire que complica la labor del agente 800—. Cuando los mares se encontraban infestados de tiburones artillados y arsenales flotantes, cuando los demás transportaban instrumentos de muerte, este barco que ustedes ven maltrecho, herrumbroso, se ocupaba de dar abrigo a los niños de Europa.

Garvey escucha a su promotora internacional con ojos embelesados y remata con algunas frases como las parejas de canto en el *opera-house*.

—Están eufóricos, como niños con juguete nuevo —comenta el responsable del servicio secreto en Harlem, Andrew Battle, atrás de unos prismáticos.

—Lo tratan como un veterano de guerra. Falta que le estampen una condecoración al bendito barco —el agente 800 engulle maníes que saca del bolsillo de la gabardina.

Con un traje color pistacho y corbatín de moño, Smith Green invita a bailar a Henrietta Vinton. La declamadora de Baltimore lo rechaza. El secretario rectifica sobre la marcha, sin empañar la sonrisa.

—¿Bailamos, *sleepy eyes?*

Amy Ashwood acepta. Garvey hace lo propio con Henrietta Vinton. La promotora internacional se deja llevar por el influjo del jamaiquino, por el arte figurativo de sus palabras. Pase lo que pase, se sabe unida a él, a lo que suceda con ese barco, con esa flota. Tal vez esa nave carcomida por el óxido y la sal sea la elegida, la llamada a representar la epopeya africana.

La orquesta toca apostada en un bote salvavidas colocado en un sitio de honor a fin de rendir tributo a James Wormley, su inventor. Las parejas bailan sorteando otros botes esparcidos en cubierta.

La música termina y un río de gente toma por asalto el *Yarmouth,* accionistas ansiosos de abordar, tocar el hollín de su única chimenea, sentir el vaivén del río sobre cubierta.

—Un aplauso para los músicos de la *overseas band* por favor —pide Amy Ashwood—. Son gente muy ocupada e hicieron todo lo posible para estar con nosotros.

Garvey se instala en la proa y se queda un rato pensando, tratando de tomar distancia con respecto a sí mismo. La gente trabaja para sus ideas. Y sus ideas están saliendo a flote, están cobrando la dimensión que había intuido desde hace tanto tiempo.

—¿En qué piensas? —pregunta Henrietta.

—Todos los pronósticos que he hecho sobre mi persona tal vez no estén tan errados.

—¡Qué modesto!

—El orgullo no sirve de nada, pero ayuda a no desviarse, acabo de descubrirlo ahora.

—Quizás lo que te sobra es pasión —Henrietta apoya los codos en la baranda y mira al cielo.

—¿Pasión?

Garvey empina el cuerpo para mirar el hormigueo de gente en el muelle. Abajo, una madre le muestra a su hija esa coraza que se yergue sobre ellas, la niña trae un abriguito de otoño y medias de lana rojas. ¡Ey! ¿Cómo te llamas? Zingha. Si fueras el comandante de esta nave, ¿qué harías, Zingha? Rescatar a Margot. ¿A quién? A Margot, la ballena, quedó atrapada en una tormenta de nieve. No tenemos capitán todavía, Zingha.

Más tarde, en el UNIA-restaurant se ofrece una cena caribeña para celebrar. McKay y un montón de poetas y amigos se han posesionado de la barra y no dejan respirar al tabernero que les arma cigarrillos y sirve ron importado. La bohemia de Harlem se impone como tema. Amy Ashwood tiene una inevitable preferencia por esos núcleos de conversación.

—No hagamos un mito de la miseria creativa —dice McKay.

—No hagamos un culto del fracaso tampoco —le responde un jovencito de pelo ensortijado que usa un anillo de mujer en el meñique, un toque de feminidad un tanto ambiguo.

—¡Qué lindo! ¿Es de tu novia?

—¿Por qué todo el mundo me pregunta lo mismo? Es mío.

—Está bien. No te enojes.

—Nueva York es un espejismo. Harlem es un espejismo —otra vez McKay—. Los músicos reciben buen dinero por entretener a la gente blanca. Tienen el bolsillo lleno y piensan que son libres.

Un africano de rasgos redondeados, la calva oculta por una gorra de marinero, camina entre las mesas y se presenta ante el *president general.*

—Joshua Cockburn. Vengo a poner mi modesta experiencia a disposición de la Black Star Line.

Smith Green le pide su hoja de servicio: guardafaros de la Royal Navy en Nassau, diez años de experiencia circunnavegando las costas africanas. Garvey no lo piensa dos veces.

—*I like your name.* Josué fue el sucesor de Moisés, *right?* —le estrecha la mano—. El puesto es suyo, Cockburn. Usted será el comandante de una gran flota, la más grande, la más veloz que haya existido.

El resto del directorio exige más pruebas. Cockburn muestra su licencia de navegación emitida por el gobierno británico.

—¿Cuándo partimos?
—*As soon as possible!*

Trapos sucios, negocios limpios

> Tenía mucho importe Marcus Garvey.
> IRIS BRUCE, la declamadora

—Es un negociazo, *big boss*.

—No veo por qué la Negro Factories Corporation tiene que empezar con una lavandería

Garvey se muestra reticente a incursionar en un terreno desconocido.

—Así empezaron Rockefeller, Cecyl Rodhes, Jesse Binga —el guyanés Smith Green trata de convencer a Garvey—. ¿Ha oído las teorías de concentración horizontal y vertical? ¿De los *trusts* que crecen y acumulan capital interviniendo en áreas sin aparente relación entre sí?

Otros directivos señalan posibles ventajas. Una lavandería puede abaratar costos de limpieza en mantelería del restaurante, los uniformes de la tripulación negra, en los uniformes de nuestras enfermeras, en mantenimiento de indumentaria, ornamentos. Garvey levanta una ceja, luego la otra, los ojos van de un asesor a otro.

—Podemos dar empleo a cincuenta personas, *big boss*.

—La gente está ávida de sueños realizables —camina taciturno. Los músculos le duelen por la tensión acumulada. Sale al balcón. Desde ahí se ven las colas de gente que llegan al Saint Nicholas Park y se pierden en la colina que desciende al embarcadero del North River.

—Cancela mis citas, voy al muelle.

La impaciencia por el *maiden voyage* es tal que abandona plenarios, interrumpe reuniones de consejo editorial, atrasa el cierre de edición del *Negro World* por no terminar a tiempo sus editoriales. *Fellow men of the negro race, greetings,* y de ahí no pasa. Amy Ashwood es la única que sabe dónde localizarlo.

—*Moony face,* han llegado cablegramas de Kingston, La Habana, Bocas del Toro, están desesperados por saber cuándo zarpa.

En un par de semanas, estima Joshua Cockburn, supervisor de reparaciones. ¿Tanto? El barco no está en condiciones de emprender un viaje tan largo. Necesita una rehabilitación completa. No quiero poner en riesgo la vida de nadie. El capitán realiza una nueva inspección acompañado del *president general.* Hay que trabajar a conciencia. Se ve que estuvo abandonado un buen tiempo y eso deteriora muy rápido el metal y los materiales. ¿Dos semanas son suficientes? Creo que sí.

Garvey regresa al Universal Building con Amy del brazo. Harlem luce extraño, desierto, como si un tornado se aproximara y hubiesen sido evacuados los transeúntes y los vendedores callejeros. La redacción del *Negro World,* el UNIA-restaurant, la oficina naviera, se encuentran desolados. Sólo Smith Green permanece en labores de contaduría. Al ver a su jefe guarda los papeles precipitadamente bajo llave.

—¿Qué haces?

—*I'm trying to make one dollar and fifty cents* —su sonrisa es de un particular cinismo.

—¿Dónde están todos?

—Se fueron a las manifestaciones.

—¿Cuáles?

—Hoy se cumplen dos años de la revolución bolchevique.

Domingo, Hubert Harrison, McKay, el profesor Ferris, hasta los meseros del UNIA-restaurant se plegaron a las marchas.

Smith Green aprovecha para interesarlo en la lavandería. Debe estar cerrada. No cierran, son asiáticos. Vamos, es aquí, en *low* Harlem, en diez minutos estamos de vuelta. Smith Green los invita a subir a un auto descapotado. El guyanés se despliega sobre el volante como si acabara de aprobar con honores el examen de manejo. Amy acaricia el tapiz color carmín del asiento trasero. Smith Green sigue el recorrido de los dedos por el retrovisor, le guiña un ojo cuando ella hunde las uñas en el acolchado.

—Debería comprarse uno, *big boss*. Una persona de su nivel no puede andar a pie por las calles de Harlem.

—No necesito nada —Garvey se arrellana en el asiento y pega el cuerpo a la ventanilla, molesto.

—Si quiere se lo presto para la boda.

—Nos encantaría, gracias —se adelanta Amy.

Arrinconados en el último tramo de la isla, un grupo de niños juega futbol entre aguas jabonosas y arroyuelos de blanqueadores de ropa. La pulcritud de los operarios, la sección de lavado en seco tan eficiente y bien organizada, causa buena impresión en Garvey, y en Smith Green la posibilidad de cerrar trato enseguida.

—¿Cuánto piden por el traspaso?

Un ayudante de redacción entra con gesto desencajado.

—Hay redadas.

—¿Dónde?

—Por todas partes.

Setecientos policías a la orden del fiscal Mitchell y de su fiel escudero, Edgar J. Hoover, irrumpen en las celebraciones conmemorativas del asalto al palacio de invierno, cargan con negros, sindicalistas, simpatizantes de la revolución de octubre y revoltosos en general. Los activistas de la Industrial Workers of the World, conocidos popularmente como los *Wooblies*, los miembros de la Hermandad de Sangre Africana, dirigidos por Cyril Briggs, entidades embrionarias del Partido Comunista estadounidense, y hasta los vendedores de rosetas de maíz van a parar a la cárcel.

Amy Ashwood y Garvey pasan la noche recorriendo las comisarías colmadas, tratando de averiguar la suerte corrida por los miembros de la Negro Improvement arrestados. *Red aliens* y *black agitators* es la clasificación simplificada entre calles limpias y cárceles revueltas.

El operativo arroja cientos de detenidos, las patrullas van y vienen por las arterias de Harlem. Las prerrogativas obtenidas por Hoover en la batida anticomunista: comisarías abiertas de par en par, dispositivos, unidades móviles, todo el aparato de seguridad de Nueva York puesto a su servicio suscita airadas reacciones en los responsables de la seguridad y la Inteligencia del Estado.

—Con encarcelar a medio Harlem no resuelve nada. En dos meses, la situación se hará incontrolable —advierte Emmett Scott, del Departamento de Guerra.

—Sus opiniones me tienen sin cuidado.

—Usted está utilizando la *red scar* como un barniz. Ese operativo era claramente discriminatorio.

—Vaya, los sediciosos estarán felices de tener un ángel protector en el Departamento de Guerra —Hoover hace un buche y escupe sobre el emblema del cenicero institucional. Un amargor va afirmándose en las líneas de expresión—. ¿Por qué no se dedica a terminar sus memorias? A contar el gran heroísmo de los negros tocando mariconadas en lugar de pelear. No aprendieron a disparar un cañón, pero enloquecieron a los franceses con su musiquita.

—¡Cállese! No tiene derecho a hablar así de nuestro batallón. ¿Dónde estaba usted, mientras caían las bombas y cavábamos trincheras? ¿Clasificando informes? ¿Arriesgando su vida en una escalerilla de biblioteca?

Hoover aprieta las mandíbulas, la tensión se refleja en las placas óseas que sobresalen en la frente.

—El mayor error de la Inteligencia Militar es confiar la vigilancia de los negros a un…

—Dígalo, no se reprima. Ya sabemos que le cuesta mucho disimular sus fobias.

—Usted es un pobre diablo, Scott.

A su regreso a Washington, el fiscal Mitchell lanza una reprimenda a su asistente por las numerosas denuncias de atropellos, prepotencia, abuso de poder, y por la utilización de agentes de seguridad en misiones personales. ¿Para cuidar a su madre? No puedo dejarla sola. ¿Qué edad tiene, Hoover? ¿Ella o yo? Usted. Veinticuatro. Ya es tiempo que se vaya despegando, ¿no le parece? Es inválida. Hoover da media vuelta y sale con la ofensa enredada en los pies. El fiscal aún tiene un reproche que hacerle.

—Los reportes de Nueva York afirman que en los momentos cruciales, el coordinador del operativo no era localizable. ¿Me puede decir qué hacía paseándose por las vitrinas de Madison Avenue y comprando boas de plumas?

Un par de agentes se turnan frente a la Universal Steam Laundry and Universal Tailoring and Dressmaking Department, primer establecimiento de la recién creada Negro Factories Corporation.

Inscrita en el estado de Delaware con un millón de dólares de capital nominal, la Negro Factories Corporation declara como parte de sus activos una lavandería y el UNIA-restaurant. Se sumará una cadena de tiendas cooperativas, una sastrería, una tienda de sombreros y una imprenta.

—Que dos de sus hombres investiguen esta nueva sociedad —ordena Hoover al jefe de agentes en Harlem—. Esta gente está cometiendo una estafa millonaria, no pueden sacar un millón de dólares para formar un consorcio diferente cada mes.

—Ya lo tenía previsto —afirma Andrew Battle.

—O perpetraron un asalto bancario, o hicieron una falsa declaración de bienes, o se dedican a extorsionar millonarios. Debe establecer claramente cuál es la fuente de ingresos.

Hoover le reprocha haber descuidado la vigilancia de la Negro Improvement. El funcionario se escuda en órdenes contradictorias y en los informes de Inteligencia Militar.

—¡Al diablo con la Inteligencia Militar! Usted trabaja para el Departamento de Justicia.

A progressive program for
Negro Factories Corporation
Dear sir or madam,
Compre sus acciones y contribuya a abrir y operar fábricas en los grandes centros industriales de Estados Unidos, Centroamérica, las Indias Occidentales y África. Negro Factories Corporation anuncia la puesta en venta de 200 mil dólares en acciones.

"Compre la suya antes de que se agoten. Cinco dólares cinco, y pase a formar parte de este impresionante esfuerzo por unir el triángulo negro, un circuito de tiendas para el autoabastecimiento.» Atraídos por los anuncios publicitarios del *Negro World,* por los volantes y la publicidad callejera, pequeños propietarios de almacenes, tiendas de abarrotes y talleres solicitan su inscripción a la Negro Factories Corporation. El paisaje visual de Harlem cambia paulatinamente con la nueva extensión del movimiento: UNIA Millinery Shop, UNIA Grocery Store, The Universal Negro Improvement Association Publishing and Printing House. La tintorería ha desarrollado un área de lavandería comunitaria donde acuden las amas de casa a lavar ejércitos de ropa que no hallan cómo secar en esos apartamentos sin sol. El área de planchado tiene una placa en honor a la mujer que concibió la tabla de planchar: Sarah Boone, 1892.

—Lindo detalle —comenta madame Walker, la millonaria vendedora de belleza.

—Usted debería hacer lo mismo en su salón de belleza, madame. Poner, por ejemplo, un letrero en homenaje a Bailiff, el diseñador del aparato para lavar la cabellera de sus clientes.

—¿Es un invento negro? No sabía.

—¿Qué le parece nuestra ala de negocios? —pregunta Garvey, una columna de humo seco lo envuelve en la acera.

—No está mal, aunque industria es otra cosa —madame Walker sube a su vehículo, un flamante coupé negro convertible, en la parte de atrás se acomodan para continuar el *tour* Henrietta y Leila, la hija de la millonaria.

—Somos una cadena, nuestra área industrial está en pañales. En pocos meses…

—Cuando quieran conocer una fábrica, los invito a mi planta en Indianápolis.

Garvey está a punto de perder la paciencia. Henrietta lo contiene con un discreto pellizquito para que no eche a perder su labor de relaciones públicas.

El pecho de madame Walker, bastante alejado de su cuerpo, es una masa temblorosa que se acomoda a las vibraciones del auto.

—Usted vende belleza, yo filosofía empresarial.

—Vendo orgullo —reafirma madame Walker.

—Apariencia.

—La apariencia opera en el inconsciente, es un feudo en el cual ningún líder político o racial puede penetrar. Yo lo hago. Yo les ayudo a sentirse complacidos con su imagen y ellos se complacen en verme aquí, triunfando. Bueno, esa palabra no me gusta, digamos ganando posiciones en un mundo de hombres y en un país de blancos

—la millonaria detiene el auto y lo mira fijamente. Toda ella es un campo de pruebas de sus productos cosméticos.

—Lo que yo pretendo, madame, es abrir oportunidades económicas e interesar a nuestra gente en ellas. Los negros no hacen negocios porque piensan como trabajadores, no como empresarios.

—Odio las generalizaciones.

Madame Walker desciende del vehículo, los zapatos de tacón se le van de un lado a otro, una elegancia rigurosa en un cuerpo que reclama otras comodidades, su calzado dificulta la tarea de dar cuerda a la manivela para reanudar la marcha. De nuevo al volante punza el esternón de Garvey con su uña nacarada.

—El derecho a lucir bien no es más importante que el derecho a caminar tranquilo por la calle.

—Nos vamos entendiendo.

—De más está decirle que detesto la beneficencia. Me gustan los proyectos fuertes, transformadores, con futuro. Creo que podemos llegar a un acuerdo.

—*Thanks, madame* —Henrietta sonríe rebosante. La ven alejarse entre los estornudos de su convertible y el toldo que va elevándose para cubrirlas del viento al caer la tarde—. La tocaste.

Se abrazan, se felicitan mutuamente. Garvey la rodea por la cintura.

—Tengo un regalo para ti antes de que te vayas.

—¿Para mí? —luces internas iluminan la cara de Henrietta—. ¿Se puede saber de qué se trata?

—Lo sabrás en la ceremonia.

—¡Ah! Una condecoración.

—¿Quién te dijo?

—¿Qué otra cosa puede necesitar una ceremonia?

Le besa la mano, más que un beso, un pretexto para posar sus labios.

—¿Ya decidiste qué nombre poner al barco?

—Tenemos varios, ¿por qué?

—Masculinos todos, seguro. Yo quería sugerir una poeta de Senegal.

—¿Quién?

—Phillis Wheatley. Una mujer deslumbrante.

—¿Más que tú?

—*Please!* —basta una frase colocada donde menos lo espera—. Su nombre original no se sabe. Fue comprada por un hombre influyente de Boston, John Wheatley, cuando tenía siete años. A los dieciséis meses de haber llegado ya dominaba el inglés a la perfección, leía textos sagrados en latín y escribía versos maravillosos. Fue la primera escritora con...

—Declama para mí.

—Consecuencias en América. Los abolicionistas hacían circular sus poemas en hojas impresas.

—Recítame al oído.

Ella se perturba tanto que sólo puede recordar imágenes muy potentes... Nosotros que maniatados podemos sobrepasar al viento/ y dejar el universo girando atrás/ de estrella a estrella, vagando,/ tomando la medida de los cielos...

—*Our mother ship* llevará su nombre. Ése será mi homenaje, mi secreto homenaje a tus encantos.

A diecisiete nudos

El *Yarmouth* no era precisamente una
embarcación que hinchara el corazón de un marino.

HUGH MULZAC, el capitán de las memorias

Para hablar con Vernon Sinclair, es necesario que no haya
crímenes pasionales, ni infartos al miocardio.

—Stanley Grant me enseñó esto —dice, la boca llena de clavos—. Mejor haga ataúd. Con ataúd, la gente
viene llorando, pero con plata en la mano.

Ganarse la vida encajonando muertos fue una variante de la ebanistería, en la cual Vernon Sinclair encontró su
vocación escondida. Es el *baby sitter* de los muertos, la voz
cantante en los entierros, el primero en entonar salmos, re-
confortar deudos, correr al aserradero a traer maderas que
forra con peluche para no astillar los cuerpos inertes.

—El mío es otro tipo de arte.

A sus setenta años, conserva un aspecto de pandillero
infantil que algunos atribuyen a la picardía de los ojos y
otros a la gorra de beisbolista con la visera hacia atrás, que
reemplaza por una boina seria en los cortejos. Es el chofer
de la carroza fúnebre, el acompañante de los difuntos hasta su última morada, el que pone las coronas y sella los
nichos.

—Cuando los demás fallan, ahí entro yo. Canto hasta quedar ronco. Uno se pone sentimental.

Su libreta está llena de saldos por cobrar. Muertos que
ya olvidó, parientes que no gastarán un centavo más en
una vida perdida.

En la funeraria reina un ambiente de taller mecánico
y barra brava. Amigos y pensionados se reúnen todas las

tardes de Bong a jugar chances, piropear muchachas o seguir las peleas de box por televisión.

—Después de estar desmantelando, después de que mamá murió, en el cofre de la ropa encontramos bonos de cinco dólares cada uno. Y es que la Black Star Line era una compañía en cuestión de barcos. Se vendía ahí mismo —señala el edificio del Black's a media cuadra de la funeraria—. Yo creo que llegó uno o dos barcos de esos, a 'trracar aquí en Limón, en el muelle de Limón.

La calle es un hervidero el 23 de noviembre de 1919. Las vendedoras de golosinas regalan tajadas de *pan bom* y fresco de jengibre a todo el que pasa bajo el techo abovedado de los laureles de la India.

Esa tarde el *Yarmouth,* rebautizado como *S.S. Frederick Douglass,* primer barco comprado por negros, tripulado por negros, se hizo a la mar.

Una rara sensación se apodera de la colonia antillana.

De pronto, los acordes de la Estrella Negra se desprenden de un fonógrafo prestado, se enroscan en las ramas más altas de los laureles de la India, pasan de largo por los bares de marineros y terminan por arrullar a los osos perezosos que cuelgan de cabeza en el parque sembrado por Bonifé.

El *Yarmouth-Douglass* es el *Mayflower* de los antillanos, el barco de la refundación, del retorno a los mitos truncados.

A decir verdad, no es el primero. Ya otros surcaron en sentido inverso el océano, construyeron embarcaciones o se organizaron para comprarlas. Marinos como Paul Cuffe promovieron expediciones financiadas con comercio marítimo cien años antes de la Black Star Line. Otros tendieron puentes entre dos continentes, planificaron el éxodo, crearon sociedades de colonos y hasta fundaron navieras a fines del siglo XIX para repatriar a los convencidos de que la libertad, la verdadera, estaba al otro lado del Atlántico.

Pero el *Yarmouth* es de los negros antillanos, de los negros de posguerra, de los dos millones que se alistaron como voluntarios para defender una bandera que ahora los cuelga de los postes.

Se trata del primer barco que, sin pertenecer a la Gran Flota Blanca o a la Hamburg American Line, se dirige hacia el muelle de Puerto Limón.

Mientras dure el *maiden voyage* por las Indias Occidentales no se hablará de otra cosa en las pulperías y en los partidos de críquet.

Antes de zarpar, cinco mil hermanos de euforia brindan con la tripulación por este salto comercial en la historia de la raza.

—¡Momento! —un representante de la firma propietaria del *Yarmouth* trata de impedir la salida del barco por no haber cancelado los seguros correspondientes.

—¿Cuáles seguros?

—No han terminado de pagar la nave. Si pasa algo, tiene que haber un respaldo —alegan los todavía propietarios del *Yarmouth*.

El guyanés Smith Green firma todos los papeles que le presenta el agente de la North American Steamship Corporation: seguro contra hundimiento, seguro contra incendio, daños y perjuicios.

Vestido de legionario, el *president general* encabeza el viaje inaugural del *S.S. Frederick Douglass*. Un paseo corto por el Hudson antes de dirigirse a destino. Amy Ashwood despega el brazo del cuerpo, los flequillos del uniforme ceremonial de su futuro esposo cosquillean en su hombro desnudo. La música de las pianolas llega en oleadas, ahí donde el Hudson se confunde con el Atlántico.

En ese momento, la realidad no los necesita. Se miran, se aman, un amor lleno de aplausos, de ojos, de puños de gente.

—*Close your eyes*, Amy. África está al otro lado de esa línea de fuego.

Harlem, su piel de ladrillo, sus edificios de piedra, se van despegando de la nave. Lentejuelas de sol navegan en el agua verdosa del río. El puente de Brooklyn y las cúpulas doradas de la *city* se contemplan mejor desde cubierta.

—Hoy manejamos barcos, mañana serán naciones.

—¿A qué debo el honor de su visita, míster Fowler?

Fred Gordon, vicecónsul de Gran Bretaña en Limón, lo invita a tomar asiento y le ofrece un cigarro que Teófilo Horace Fowler rechaza con amabilidad. El diplomático apoya discretamente la caja de habanos en el último reporte sobre Agitación Negra en Nueva York, elaborado por la Inteligencia Militar británica. Una fotografía queda al descubierto, el bigote inconfundible de Marcus Garvey.

Fowler finge no haber visto.

—Debe estar enterado de que nuestra corporación ha iniciado una gira promocional por las Indias Occidentales. Se trata de una misión puramente comercial.

—¿Desde dónde?

—Nueva York.

—Se equivocó de consulado, Fowler.

—En la tripulación hay varios ciudadanos británicos, tal vez pueda interceder.

—Son residentes norteamericanos. No podemos hacer nada.

Como usted debe saber, se trata del viejo *Yarmouth*, construido para trechos cortos y pocos pasajeros. Es

bueno si no se le exigen más de 17 nudos. En grandes
distancias consume tanto combustible que sus bodegas prácticamente no admiten otra carga. Dudo que
pueda ser un gran productor de dinero.

Verdaderamente suyo, Blair
Panama Division, United Fruit, 1919

A diecisiete nudos por hora, la nave va. Por momentos
bordea la orilla, se hace ver. Las calderas no resisten más
de sesenta y cinco libras de presión. Las familias negras de
la costa este lo interpretan como un acto de cortesía, agitan la blanca palma de sus manos al paso del barco algodonero fabricado en Escocia, el casco corroído ya por las
sales marinas. Una hilera de banderines negros, rojos y verdes atada a sus mástiles, menea la cabellera de medio cen-
tenar de pasajeros. Pagaron sesenta dólares por ir a Cuba,
sesenta y cinco a Jamaica, ochenta a Colón, más cinco dólares de impuesto por viajar en primera clase. Pasajeros que
no aspiran llegar a puerto alguno. Sólo navegar y responder
al saludo como lo están haciendo con aire de pioneros, de
ser ellos también parte de algo que promete ir muy lejos,
mientras Henrietta Vinton Davis les recita poemas abra-
zada a una enorme muñeca de trapo.

Desplazándose así, lento y frágil sobre las aguas revueltas del océano, el *Yarmouth-Douglass* despierta los sentimientos más nobles. La agilidad, si alguna vez la tuvo,
no está entre sus atributos presentes. El viaje va imprimien-
do huellas imborrables en la memoria. Un derrumbe de
estrellas sobre una pequeña casa de campo, el sol en las
ventanas de un pueblo lejano.

"Apacible y venturoso viaje", reporta Cockburn. Tur-
bulento y peligroso para las divisiones del sur. Las Banana
Divisions en Panamá, en Limón, en las Antillas Inglesas,
confunden entusiasmo con agitación. Lanzan advertencias
a los empleados que compran acciones. "La situación asu-
me caracteres verdaderamente alarmantes, si no se toman

medidas para cortar el mal tiempo." Cualquier extranjero de color que desembarca sin motivos claros se convierte en sospechoso. Todo aquel que es sorprendido en tareas ajenas a su trabajo, distribuyendo volantes o en transacciones comerciales, corre el riesgo de ser despedido o sancionado por los capataces.

La zapatería de Fowler, en la esquina oeste del mercado, funciona como cuartel de operaciones y periódico mural. Ahí se enteran de las contingencias del viaje, puertos que va tocando, puertos que tocará. A la altura de Florida, casi se desfonda en los cayos de Salt Bank. El *Yarmouth* o *Frederick Douglass* llega a Panamá el 17 de diciembre y promete estar en Costa Rica como presente de Navidad.

Con la expectativa del inminente arribo, los antillanos gastan su aguinaldo en comprar constancias de una ilusión colectiva: Black Star Line Inc.

Tres escritorios públicos instalados en el parque de Bonifé tratan de atender una marea que de pronto ha captado los ahorros de la comunidad, ofreciendo propiedad sobre un barco. Navegación colectiva. Buques multitudinarios. *Black presence on the seas.* Los colchones guardan cada vez más sueños y menos valores.

Primer intento

Tenía cinco barcos, los compró en Alemania.
SIDNEY COX, relator

Yo creo que tres, uno se hundió.
SINCLAIR

Convencido de que los jamaiquinos están esperando el arribo del *Yarmouth* para iniciar una huelga, tres días antes de la Navidad, G. P. Chittenden reúne al personal de confianza en su oficina. Lo primero que hace es leerles los reportes enviados de Bocas del Toro, Colón, Almirante, que sugieren recibir a los emisarios de la Black Star Line con "espíritu amistoso" y ofrecer servicio especial de trenes e instalaciones portuarias.

—No entiendo, pasamos de considerarlos agitadores y revoltosos a servirles en bandeja de plata y recibirlos como dignatarios —afirma Chittenden.

—A mí no me parece tan descabellado. Ofrecer facilidades a cambio de no crear problemas a la compañía bananera —opina el apoderado legal.

—Blair puede darse ese tipo de lujos porque tiene veinte mil marines estacionados a su disposición.

La secretaria interrumpe. El señor Blair quiere hablar con usted. El gerente de la División Panamá detalla sus planes de cómo neutralizar la visita de la flota negra.

—El principal objetivo del viaje es vender acciones, *right?* Las acciones sólo pueden ser vendidas a gente que gana dinero. Los emisarios de la Black Star Line deben tener el suficiente grado de inteligencia para saber que no pueden lanzarse contra la gallina de los huevos de oro.

—De todas formas, ellos podrían incitar a la huelga.

—No, si trabajamos para mostrar una actitud de neutral a amistosa —Blair percibe síntomas de desconfianza en la respiración de Chittenden—. La única forma de brindar oposición efectiva es a través del gobierno y el gobierno no hará nada.

—El de Costa Rica menos.

—Sanders, el agente de la Black Star Line aquí, se comprometió a traer a miss Henrietta Davis ante mí, apenas el barco llegue a Almirante. Podría hablar con ellos, sondear sus intenciones, en fin.

—Parece que estás ansioso por conocer a la emisaria negra.

—Es muy guapa, según dicen. Pero no es mi tipo —se ríe Blair.

—Haz lo que quieras en tu distrito. Aquí mando yo.

Vestido de frac, la chistera en el brazo izquierdo, guantes blancos y abotonados, Marcus Garvey parece un ilusionista erguido en su propio espejismo.

Amy Ashwood entorna los párpados. De pronto viene a su cabeza aquel amanecer en la cubierta de un barco y el palco de un teatro en Kingston donde solían ver comedias francesas de alcoba. Aquel palco en penumbras, donde no existía otra cosa que dos bocas deseándose, remite a una intimidad trastocada por la vorágine redentora de su enamorado y de ella misma alquilando locales, organizando colectas, ayudándole a moldear su pasta de dirigente y a montar los escenarios de su designio. ¿Dónde comienza el amor y dónde termina la entrega a la causa? ¿Dónde quedaron ellos en esa crónica de emociones multitudinarias? Hace rato que él renunció a su propia persona para dedicarse en cuerpo y alma al personaje que escribe cartas de amor siguiendo una misma estructura: las dos primeras frases dedicadas a ella; luego de la segunda coma, tribus enteras ingresan al papel convocadas por él sin razón. "Tu Napoleón está ansioso de verte, ansioso de contemplarse en la profundidad de tus hermosos ojos, no dejar que ninguna madre, ningún padre, ninguna hermana, ningún hermano, abandonen el camino de la redención de África. Te adoraré siempre en tu santuario." ¿Se lo decía a ella o a África? Prefería no entrar en conflicto. Quedarse con el enternecedor remate final: *your devoted Napoleon*.

Las columnas del templo inconcluso de la Iglesia Bautista Metropolitana que hace tres meses recorrían a cielo abierto, hoy están adornadas para una boda, la suya. Quizás este enlace matrimonial sea el escalón de un personalismo que los llevará a festejar cumpleaños, nacimientos y muertes como actos políticos.

—La realidad me desborda, tú me desbordas, *moony face* —lo contempla a través del velo, con ojos colmados por la emoción, la desmesura, la multitud.

El arzobispo McGuire, capellán general de la Universal Negro Improvement y fundador de la Iglesia Ortodoxa Africana, rama espiritual del movimiento, repite la pregunta de rigor. Atrás, recién llegada de Jamaica, su madrina de bodas, su confidente, su amiga, Amy Jacques, le da un discreto codazo.

—Tan embobada estás que no escuchas.

—Sí, acepto —responde ella apretando la mano de su *devoted Napoleon*. Posiblemente, lo que ella admira en él no son sus despliegues palaciegos, una vida tumultuosa, sino la fe ciega que ese hombre se profesa a sí mismo.

—*Welcome to my life, misses Garvey.*

De espaldas, Amy arroja el ramo de novia hacia el puñado de mujeres que se empujan en las puertas del Liberty Hall, el ramo se estampa en la cabeza de Amy Jacques, su amiga y madrina.

—Felicidades, eres la próxima.

Ambas se abrazan. Las miradas de la madrina y el novio chocan accidentalmente, un escalofrío recorre la espina dorsal de la joven.

—¿No me vas a felicitar? Tú eres mi nueva secretaria, ¿no es así? —Garvey la estrecha de la cintura con fuerza.

—Perdón. Estoy un poco mareada por el viaje. Le deseo lo mejor —la madrina se ruboriza y arregla el tocado.

—Dios bendiga esta hermosa pareja —gritan dos viejitas de sombrero.

Más tarde, en el gran banquete en su honor, con la corbata aflojada y la pechera del frac algo movida por los valses bailados, Garvey descorcha una botella de champaña.

—¿No que no bebías? —hace notar el doctor Ferris.

—Bueno, es mi boda. ¿Me da permiso, Elder Ferris?

Los novios enlazan sus copas para un brindis cruzado.

—No te he dedicado el tiempo que mereces. Tendremos un par de semanas para nosotros dos solos. Quiero besarte sin interrupciones, sin miradas indiscretas. ¿Te gustan las cataratas? —Amy asiente dando dos sorbitos de champaña—. Iremos al Niágara y a Canadá de luna de miel. Mi amigo T. Bishop nos invitó a su casa.

—¿No podríamos ir a un hotel? Es nuestra luna de miel.

—Amy, ya preparó todo, no podemos dejarlo plantado.

Ella trata de disimular su enfado yéndose a conversar con los invitados.

Las bebidas espirituosas se ingieren como si fuesen a desaparecer de los expendios.

De pronto, las miradas se dirigen al portón gótico por donde acaba de ingresar el oficial Emmett Scott.

—No podía dejar pasar la ocasión de presentarle mis respetos.

—*Thanks* —Garvey le estrecha la mano gratificado, la presencia del asistente especial del Departamento de Guerra podría significar un aval público, un guiño del Servicio de Inteligencia Militar.

—¿Dónde está la bella afortunada? —pregunta el militar.

Garvey la presenta con todos los honores del caso.

—*Misses* Garvey, mi esposa, mi copiloto, *my business manager* y mi guardaespaldas oficial —aparta el velo de novia y la rodea del cuello.

El oficial exalta la valerosa actitud de Amy en el atentado. Ella hunde el dedo en los festones de merengue del pastel, insensible a elogios de este tipo.

—¿Qué toma, oficial?

—Mi regalo de bodas —el oficial les entrega sus memorias: *History of American Negro in the World War*—, acaba de salir.

El secretario y el vicepresidente de la naviera se acercan a la mesa de los novios con la sonrisa impostada.

—¿Me lo presta un minuto, Amy? Prometo devolvérselo entero.

Amplio conocedor de clubes donde el mundo del hampa y los negocios se confunden en una densa nube de tabaco, Jeremiah Certain le comunica que unos hombres de la Pan Union Company se presentaron en su fábrica de cigarrillos.

—Pagan lo que sea por situar ochocientas toneladas de whisky en Cuba.

A Garvey le brillan los ojos y lo asaltan las dudas.

—Si concretamos este negocio, la línea se va para arriba, *big boss* —el guyanés Smith Green se ajusta las mancuernillas y murmura algo al oído de Wendolyn, la segunda secretaria.

—¿Cuáles son las condiciones?

—Confidencialidad absoluta y garantizar que el cargamento salga ya.

—No podemos. El *Frederick Douglass* está en Panamá.

En las plantaciones de Limón, en las estaciones de tren, en los ferrocarriles de la Northern, se redoblan la vigilancia y las medidas disciplinarias. La campaña a favor de la Black Star Line se continúa de manera subterránea. La Limon Branch recibe aliento telegráfico de Nueva York.

Todo va viento en popa. La venta de acciones trepó a ciento ochenta y ocho mil dólares. Háganlo saber. El *Frederick Douglass* está embarcando cuatrocientas toneladas de madera y algunos pasajeros con destino a Nueva York. Siguiente destino Limón.

La voz se corre. Los accionistas intentan entrar al muelle. Se instalan en el parque sembrado por Bonifé y empapelan el tajamar con propaganda naviera. Un destacamento de la guardia rural arrasa con los carteles y escritorios públicos. La capitanía de puerto intercepta la nave.

> Estamos haciendo lo posible por detenerla. Apenas ella mueva un dedo se iniciarán problemas que tomará meses arreglar. En el momento decisivo el gobierno de Costa Rica hará, eso dice, lo que pueda mediante la ley y el orden.
>
> Limon Division, United Fruit, enero, 1920

Hay un pequeño parlamento entre los funcionarios de la capitanía y el personal de a bordo. De abajo exigen la presencia del jefe de oficiales. "Yo soy el comandante de la nave", replica el capitán Joshua Cockburn. Las autoridades de tierra no autorizan el desembarco. Según ellos, no se gestionaron debidamente los permisos. Incompetencia, falta de previsión de los oficiales locales, maniobras de la compañía, los tripulantes hacen todo tipo de conjeturas.

Para cuando el gobierno actúe los problemas ya habrán empezado, probablemente después de que muchos de ambas razas, africanos y blancos, hayan muerto.

Truly yours, G. P. Chittenden.
Limon Division, United Fruit, enero, 1920

Los oficiales de la Limon Branch tratan de acceder al barco por el otro extremo para presentar sus disculpas por la escena de pánico de la United Fruit y entregar el producto de las ventas a los emisarios de la flota negra.

El bote cae en un pozo, una depresión profunda del agua, como si el mar suspirase y ellos quedaran en medio de ese suspiro, entre correntadas que amenazan volcar la barca en cualquier momento. Horace Fowler, Daniel Roberts y Charles Bryant se agarran con uñas y dientes. Los suspiros vienen uno tras otro. La masa de agua se agita. Es un viento localizado, una turbulencia insignificante para el *Yarmouth-Douglass*, envuelto en una tenue bruma.

Semioculta en la niebla que ha comenzado a espesar, Henrietta realiza un solitario recital marino. *There are no ears to hear my lays/* No hay oídos para mis plegarias./ *No lips to lift a word of praise /* No hay labios para elevar una palabra de alabanza.

El bote avanza a tumbos, los asientos, dos maderas endebles, se vienen abajo. Al piso todos. Tendríamos que haber bordeado la isla por el otro lado, aquí nos pega toda la resaca. Por algo las tortugas se aparean allá y no acá, babosos. La corriente los arrastra a la plataforma rocosa de Uvita, un zumbido devora la madera. Un zumbido que penetra la niebla con su carga de insectos.

¡Cuidado, son polillas! El botero da palos de ciego tratando de alejarse de las rocas. ¿Serán las polillas que se almorzaron una de las naves de Colón? El faro cepilla sus cabezas con una luz amarillenta y brumosa. Nuevamente hacen el intento de llegar rodeando el santuario de aves marinas.

Del *Yarmouth-Douglass* arrojan sogas y un par de salvavidas.

—¡Capitán, capitán! ¡Mensaje urgente!

Henrietta interrumpe su recital marino. Joshua Cockburn entra a la cabina de mando. Los pasajeros se impacientan.

—Por causas de fuerza mayor, nos vemos obligados a suspender la escala en Limón. Se requiere nuestra presencia urgente en Nueva York. Tan pronto cumpla su misión, el *Yarmouth-Douglass* estará con ustedes.

—¿Y las recaudaciones? Horace Fowler levanta el maletín en sus brazos. Realizan algunas maniobras en ambos lados para hacer llegar el maletín.

¡Leven anclas! Los oficiales de la Limon Branch tratan en vano de llamar la atención de los tripulantes. El *Yarmouth* aparece y desaparece en la niebla, se insinúa por pedazos, a veces una ristra de banderines, un mástil, velas enroscadas en lo alto como andamios de un circo en retirada.

La proa vira en dirección norte y lo que se insinúa ahora es una gran pared de óxido. Entre bancos de niebla, la nave se aleja con sus cuatrocientas toneladas de madera a rastras y sus banderines de circo.

Henrietta reanuda el recital marino, una capa de cielo desciende sobre ella, parece un mascarón de proa desvanecido por la bruma. *Now here, now there, the roving Fancy flies*/ ahora aquí, ahora allá, la errante Fancy vuela/ hasta que los objetos amados golpean la vaguedad de sus ojos.

Dry country

Nada pudo nunca lograr que nos rebelásemos a favor
de alguna noble aventura desesperada.

AIMÉ CÉSAIRE

Extenuado, a punto de desarmarse, una fría mañana de
invierno el *Yarmouth-Douglass* desembarca a sus pasajeros en el muelle del North River. Se ahorraron un veinticinco por ciento en la tarifa, pero invirtieron el triple de
tiempo en llegar a Nueva York.

¿Qué tal el servicio? Pésimo. ¿La comida? Escasa.
El agente 800 entrevista a los que desembarcan e inspecciona los camarotes y las bodegas. Hasta el momento, no hay rastros de ningún contrabando, reporta a sus
superiores.

Ocultas en los muelles de Manhattan, a buen recau-
do, las ochocientas toneladas de whisky Green River aguardan el momento del embarque. Valuadas en cuatro millones
de dólares, son granos de oro destilado.

Smith Green apura al capitán Joshua Cockburn a limpiar las bodegas y recargar combustible.

—¿Qué hacemos con estos troncos?

—Póngalos por ahí, después vemos.

Cyril Henry, el ingeniero agrónomo, se opone a dejar el cargamento a la intemperie. Las maderas del trópico
se cotizan bien en los aserraderos. Una helada y adiós lote.
Hay una discusión sobre transporte y rentabilidad. Al secretario de la naviera lo único que le interesa es embarcar
esas botellas ya.

—El *Yarmouth-Douglass* necesita un chequeo.

—En Cuba lo revisas.

—Después de un viaje tan largo, no creo que resista. Déme veinticuatro horas —exige Cockburn.

—Negativo. Perderemos el contrato.

—¿Por qué tanta prisa?

—Limítese a obedecer.

—Soy el capitán, exijo saber —Garvey y Smith Green se miran entre sí, preocupados—. Al menos se puede saber cuánto cobraron por el flete.

—Nueve dólares cincuenta centavos la tonelada.

Cockburn, que algo sabe del negocio, se frota la calva y da vueltas en redondo.

—¿Alguno de ustedes averiguó costos, tarifas, mercado, cuánto cobran las demás compañías? ¿Por qué no me consultaron, *mister president*?

—¿Nos quedamos cortos? —el guyanés intenta dar marcha atrás.

—Esa tarifa no cubre costos, no cubre reparaciones, no cubre combustible, no cubre prácticamente nada.

Garvey gira lentamente el cuello hacia Smith Green.

—Estoy esperando una respuesta.

—Me dieron esa cotización—tartamudea el guyanés.

—¿Dónde?

—En la oficina de tráfico marítimo —el secretario de la naviera observa dos hogueras flameando en las pupilas de Garvey, anticipo de una erupción.

—Hago mi trabajo y espero que los demás hagan el suyo. ¿Por qué los demás no hacen el suyo? —estira el corbatín de Smith Green y lo suelta furioso—. En lugar de gastar tanto tiempo en su arreglo personal y en seducir jovencitas, hubiera tenido el cuidado de averiguar bien los precios de los fletes. Se agarró del primer dato que le dieron.

—Ahora mismo llamo a la Pan Union para cancelar el contrato, *big boss*. Operadora…

Garvey cuelga el auricular y explota.

—¿Cómo es posible que un ferroviario, un ascensorista, entiendan más lo que significa la Black Star Line, que la gente que trabaja aquí? ¿Cómo es posible que ellos capten el espíritu que mueve a esta flota mejor que mis colaboradores?

Smith Green se comporta como una cucaracha en un horno encendido.

—La Black Star Line no puede faltar a sus compromisos comerciales. Sería muy mal precedente, dañaría nuestra imagen, perderíamos clientes, no podemos debutar así en el mundo de la navegación. Sea como sea, vamos a cumplir. ¿Entendido?

El *president general* llama a su nueva secretaria, Amy Jacques.

—¿Aún está ahí el señor Hugh Mulzac?

—*Yes, sir.*

—Hágalo pasar.

—Joshua Cockburn, Hugh Mulzac. Hugh Mulzac, Joshua Cockburn. He nombrado a Mulzac capitán de la Black Star Line.

Se hace un silencio abismal. Cada uno en su orilla, se estudian, se miden, se distancian, una distancia sólo franqueable por un jefe.

—¿Capitán de qué, si no hay barcos? —Cockburn se siente desplazado y Mulzac una imposición.

Marino de profesión, atraído como tantos otros por la personalidad "rotunda y magnética" del jamaiquino, Mulzac recibió la promesa de comandar un gran navío, una vasta flota que pronto inundará los mares del mundo.

—Mulzac será tu asistente mientras conseguimos más unidades.

Es una batida en todo el país. Redadas y operativos simultáneos en setenta ciudades.

Se desconoce el paradero de Domingo, editor en jefe del *Negro World*, Hubert Harrison, responsable de la sección de las Indias Occidentales, y todos los que medianamente simpatizan con el movimiento obrero y la izquierda.

Los directivos de la naviera, del periódico y de la organización se acuartelan en el UNIA-restaurant. La zozobra se apodera de Harlem, Detroit, Filadelfia, Baltimore, Atlanta, de las barriadas negras y obreras. Las unidades de detención van y vienen con el pie hundido en el acelerador, practican allanamientos, arrestan, fichan e interrogan sin contemplaciones. Un operativo planificado, instrumentado y llevado hasta sus últimas consecuencias por el procurador general de Justicia, Mitchell Palmer, y su fiel escudero, Edgar J. Hoover, para quien los arrestos de noviembre fueron un pequeño ensayo en su campaña antisedición repetida setenta veces en setenta sitios distintos.

Los pulgares entintados con distintas sustancias (violeta de genciana, mercurio, tinta de pulpos y calamares, esencia de petróleo, tinta de periódicos) en la mayoría de los detenidos son el sello inconfundible de un criminalista que desarrolla relaciones simbióticas con instituciones. Se clasifica a sí mismo como un *G man,* un hombre de gobierno, un fiel representante de las corrientes más conservadoras del ser nacional.

Hoover, quien ahora coordina la expulsión de radicales extranjeros con el Bureau of Immigration, brinda un informe pormenorizado al fiscal Palmer, a William Flynn, jefe del Bureau of Investigation, y a Charles Evans Hughes, secretario del Departamento de Estado.

—Se acabaron los desmanes. Logramos neutralizarlos aun en los lugares donde se reportó una tibia presencia de *red aliens* y *black agitators.* Las policías locales acataron las órdenes, se subordinaron al mando conjunto y operaron sincronizadas, todo funcionó como una máquina de precisión.

—Para ser la primera vez, no está mal —señala el fiscal Mitchell.

—Debemos mantener esa mecánica con dos objetivos: uno, evitar rebrotes, y dos, prepararnos para una prolongada y vigorosa campaña de prevención. Falta un operativo contra la delincuencia organizada y el país podrá respirar tranquilo.

El 17 de enero de 1920, bajo un cielo plomizo y con ochocientas toneladas de whisky Green River en bodega, el *Frederick Douglass* navega al sur. Por alguna extraña razón, unos botes secundan al barco desde su salida de Nueva York.

Su presencia resulta inquietante. Parecen fragatas planeando alrededor de un buque atunero. Cockburn pide al Universal Building averiguar. A ochenta millas de Sandy Hook Light, las agujas levantan la temperatura. El agua se cuela a los camarotes. Henrietta Vinton Davis pone en alto sus muñecas y equipajes. Sus libros de poesía flotan en una piscina interna que va marcando cada centímetro de ascenso en el barniz de las maderas, como las rocas que llevan el registro de las sequías.

—¡Nos estamos hundiendo!

Una bengala al cielo y una llamada de auxilio.

—Solicito permiso de atracar.

Las millas que separan al *Yarmouth-Douglass* de tierra firme son tan angustiantes que Cockburn ordena arrojar parte del cargamento.

—¡Nuestro primer contrato tirado por la borda!

—¡El whisky o el barco, escojan!

Los botes revolotean alrededor esperando atrapar las botellas doradas.

—¡Suelten lastre!

Varias cajas de Green River son arrojadas al mar. La tripulación se bebe otra parte con el noble propósito de aligerar la carga.

El telégrafo repica en la cabina de mando. Del Universal Building reciben la notificación:

—Fue decretada la ley seca en Estados Unidos.

—¿Cómo, cuándo?

—Si inspeccionan las bodegas, el cargamento será confiscado y ustedes irán a la cárcel.

De un momento a otro, el *Frederick Douglass,* el barco de la refundación, del retorno a los mitos truncados, se ha convertido en sujeto delictivo, en actor involuntario de una guerra de bandas e inspectores de licor, un viejo barco algodonero puesto al servicio del crimen organizado como mula de carga. ¿Quiénes sabían el trasfondo de la cuestión? ¿Quiénes aceptaron el trato? ¿Y nosotros por qué hemos sido tan ingenuos?

Henrietta camina furiosa por cubierta. Se arranca la condecoración de la Orden Sublime del Nilo que la nombra *lady commander*. Está a punto de arrojarla al mar para aligerar la carga. El viento se clava en las uñas, en sus dedos crispados que no logran reunir la voluntad suficiente para tirar la medalla al mar. Señora, va a pescar una pulmonía. Henrietta ha dejado de sentir las partes expuestas de su cuerpo. Está tan enojada que la sangre se licúa y mantiene el calor interno. La nariz puntea la nave, ella permanece inmóvil como una escultura de hielo. El agua va buscando sus lugares. Los marinos la sacan con las manos, con cubetas y peroles de cocina.

Los faroles de un embarcadero emergen de la bruma como gajos de luz apuntalados en el mar. Apenas tocan puerto, Henrietta busca una central telefónica. Los encabezados de la prensa dan la sensación de haber realizado un viaje en el tiempo. *Welcome to dry country.*

Welcome to prohibition era. Beber es un delito. Say no to alcohol!

—Su llamada está lista.

—Gracias.

Turbada, afónica, Henrietta descarga toda su cólera con Garvey:

—Podías haber tenido la delicadeza de avisarme. No me asusta ir a la cárcel, no me asusta llevar contrabando, lo que me molesta ¡y mucho! es que no se me tome en cuenta. Creo que merezco un mínimo de consideración.

—*I'm sorry. I'm really sorry.* ¿Dónde están?

—No lo sé —Henrietta deja caer la cabeza, agobiada—. No muy lejos de Nueva York. Nos siguen, perdí mis libros de poemas, toda mi ropa está mojada. ¿Cuánto te tomaba? ¿Cinco, diez minutos?

—No sabía lo de la prohibición, créeme, no sabía que se trataba de algo ilegal. Regresa. No quiero exponerte. No me perdonaría si te pasa algo.

—¿De verdad lo dices? —la voz de Henrietta se hace tersa nuevamente—. Pensé que mi persona no te interesaba en lo más mínimo.

—Sabes que no es así —hay un silencio en el cable. Ella siempre tiene reservada una forma muy privada de hablarle, una soga con la cual intenta unirlo a su idea de pasión, que por supuesto no funciona.

—El matrimonio te confunde.

—Un poco, sí. ¿Cómo estás vestida?

—Ya hiciste tu elección, ¿por qué me haces ese tipo de preguntas? —se mira de todos modos, quisiera responderle.

—Te respeto, *my lady commander.*

—No quiero tu respeto, sino saber que te importo de alguna manera.

—Reclamas como una mujer enamorada.

—No volverás a oír este reclamo —la señal se debilita, problemas con el generador, avisa la operadora—. Voy a continuar el viaje. Pero si vuelves a hacerme algo así, provoco una renuncia en masa.

—¿Aún me quieres?

—No.

—Dime que me quieres —pide él.

—No.

El *Yarmouth-Douglass* se ve obligado a buscar las reparaciones que le fueron negadas en Nueva York. Joshua Cockburn es contactado por el secretario de la naviera, Smith Green, quien se comporta de una manera sospechosa.

—¿Está jugando al detective?

—Estoy en proceso de hacer fortuna. Necesito socios —Smith Green siempre se las ingenia para combinar la procacidad con un supuesto sentido del humor—. Los dueños del cargamento ofrecen una comisión de dos mil dólares por concretar la entrega.

—Pueden ofrecernos dos mil o veinte mil dólares. Si esto no camina, no hay nada que hacer.

—Dos mil dólares para usted y para mí. Consiga un buen mecánico ¡ya! —Smith Green le mete unos billetes en la chaqueta y regresa a Nueva York—. Confío en su discreción.

Mensaje confidencial para míster Chittenden:
Sería oportuno que la compañía sancione la recolección de dinero entre los trabajadores. Tolerar la venta de títulos en nuestras plantaciones y oficinas puede afectar nuestra imagen e incluso perjudicarnos. Verdaderamente suyo, Blair.
                              Panama Division, United Fruit, 1920

El frustrado desembarco del *Yarmouth-Douglass* y el anuncio de su próximo retorno en misión comercial y de negocios estimula la fiebre de estrellas negras.

La Limon Branch y las otras ramas que han ido floreciendo en los pueblos de la línea recaudan un promedio de dos mil dólares al mes en favor del movimiento, según datos recabados por los informantes de míster Chittenden.

—¡Dos mil dólares! Duplicamos las recaudaciones en tiempo récord.

—Alguien tiene que hacerse cargo de la contabilidad. Si no ponemos orden se nos va a ir de las manos —exige el gremialista Charles Bryant.

Los miembros de la Limon Branch abogan por instaurar un criterio más profesional que los métodos artesanales del zapatero Fowler, quien lleva las cuentas en la misma libreta donde anota los gastos domésticos y del taller, el sueldo de los operarios se le confunde con la venta de acciones y guarda enormes sumas de dinero en zuecos de madera, floreros y cajones de lustrar zapatos.

—El *parent body* me eligió a mí como su representante. Si tienen alguna objeción, vayan a Nueva York.

—No se ofenda, nadie duda de su honestidad —Roberts mordisquea su habano. Sobre la mesa, tiene varias montañitas de monedas. Veinticinco centavos para la Limon Branch, diez para el *parent body*, veinticinco centavos para la Limon Branch, diez para el *parent body*.

—Cuente en voz baja, que nos hace equivocar a todos.

—Está bien. ¿Quién es este donador anónimo que entrega la misma cifra puntualmente el último día de cada mes?

—Por algo es anónimo —replica Fowler, hosco.

—Me intriga —Roberts se rasca la cabeza y revisa las listas donde consta la misma cifra, anotada con el mismo tipo de letra—. ¿Quién es que no reclama acciones, títulos, ni tampoco quiere la papelería del movimiento?

—Tenemos varios casos así —hace notar Charles Bryant—. Deben ser capataces, gente influyente en la bananera que simpatizan con la causa y cuidan su puesto. O algún reverendo, ¿por qué no?

En ese momento, un hombre toca a la zapatería. Arruga la nariz para ver a través del ventanal y luego hacia ambos lados de la calle. Los oficiales retiran la documentación de la mesa y esconden el dinero. Fowler lo atiende. El hombre se identifica como un emisario del *parent body*, les muestra su certificado de miembro de la UNIA en Nueva York y afirma que su misión es portar las recaudaciones que la tripulación del *Yarmouth* no pudo llevar consigo.

—¿Dónde se hospeda?

—Pensaba quedarme en el hotel frente a la estación del ferrocarril.

—No, usted no puede ir a un hotel como un vulgar turista. Nosotros le buscamos alojamiento.

El hombre es atendido a cuerpo de rey en los días que permanece en Limón y hasta el próximo vapor con destino a Nueva York. Al pie del barco, Fowler le entrega el maletín que el capitán Joshua Cockburn y lady Henrietta no recogieron en aquel accidentado encuentro en isla Uvita.

Las redadas, el hostigamiento policial, la confusión de roles por parte de los cuerpos policiales y los aparatos de información norteamericanos, que tratan como delincuentes comunes a los activistas políticos y como subvertidores del orden a los capos del crimen organizado, la combinación de métodos de represión y contrainteligencia propician la radicalización de muchas agrupaciones que operan en Harlem.

Cada vez más beligerantes en sus artículos del *Negro World*, a la luz de las circunstancias, Harrison y Domingo profundizan sus diferencias con Garvey y su obsesión por el éxito y la superación racial.

—El negro necesita espíritu comercial, afirmarse en los negocios, crear símbolos.

—¿Por qué símbolos de poder capitalista? —Harrison, el compañero de causa de John Reed y Max Eastman, muerde un camarón empanizado, se queda unos instantes mascando e identificando ingredientes: harina y coco rallado.

—El capitalismo no es tan malo, si le ponen ciertos límites.

—Por ejemplo...

—Una fortuna personal no debería sobrepasar el millón de dólares. Una corporación no más de cinco millones de capital —Garvey descascara su camarón y lo come sin fritura.

—Una máquina podadora de fortunas y ¡adiós injusticia social! ¿Cómo no se nos ocurrió antes? *Mister president*, usted habla como si la explotación tuviese una moral.

—No gastes saliva. No quiere enterarse de lo que pasa —Domingo lee los encabezados de la prensa y examina los platos—. Se me antojan esos camarones.

—Una bomba, no te los recomiendo —Garvey se soba la panza y deja escapar un suspiro profundo. Amy regresa con dos copas de nieve adornadas con una flor de bugambilia y ramitas de menta. Domingo quiere ordenar, pero ella ya está cansada de atender pedidos y se sienta a conversar con unas amigas del Lafayette que acaban de terminar la función. La risa desfachatada de esas mujeres, sus escotes, sus provocativos cruces de piernas, perturban al sector masculino. Entre todas convencen a Van der Zee de tocar el piano e improvisar una audición.

—Éste es un ambiente familiar, dile a tus amiguitas que guarden compostura, por favor.

—Un moralista más en este país que está tan falto de valores —Domingo subraya algunos titulares: el ochenta por ciento del Congreso y el noventa por ciento de los estados aprobaron la enmienda a favor de la prohibición. Algunos médicos han comenzado a recetar whisky como medicamento. El multimillonario Henry Ford dispuso inspeccionar los hogares de sus trabajadores para asegurarse de que llevan una vida limpia. La medida podría ser imitada por otros consorcios.

Rápidamente el ambiente restaurantero se silencia para dar paso a otro de *music hall*. Puertas afuera se libra la batalla de secos contra húmedos, nativos contra inmigrantes, consumidores contra represores, the *dry country* inaugura una era de hipocresía y delincuencia mayor. Los secos afirman que la violencia doméstica y los delitos se redujeron desde que el país se encuentra sobrio. Los húmedos advierten que poderosas bandas luchan encarnizadamente por controlar la distribución ilegal y han tendido redes de abastecimiento desde Canadá. Comedidos policías y funcionarios de gobierno aparecen muy sonrientes en las primeras planas rompiendo toneles de ron a martillazos y vaciando botellas en las alcantarillas.

—Las ratas deben estar felices —comenta Domingo a las risotadas.

Harlem parece un sepulcro, la Liga Anti-Saloon va señalando bares, cantinas, recovecos donde solían reunirse los artistas y trabajadores del teatro de revista. Los toneles y las copas, garrafas y botellas, son destruidos con pico y pala, pisoteados como si fuesen la más vergonzosa prueba del delito. El paisaje visual, los letreros luminosos también destruidos a pedradas. Cada tanto, algún cartel de protesta: *What kind of country is this? Beber es un crimen y linchar no. No soy camello. Quiero una cerveza.*

El whisky y los paradójicos pasajeros

> A Limón llegó un barco que nunca despegó.
> UN PSIQUIATRA

Transportar bebidas espirituosas en tiempos de ley seca no parece negocio recomendable para debutar en la navegación marítima. Después de varias semanas en reparaciones y escondites en dársenas y bodegones sorteando a los inspectores de licor, el *Frederick Douglass* se hace a la mar. En el camino hay episodios de insubordinación. Las constantes incursiones de los marineros en bodegas que nadie supervisa, los vuelve cada vez más aficionados al fondo verde de las botellas y más reacios al trabajo.

Con dos meses de retraso, la nave por fin descarga en Cuba las botellas de whisky que logran sobrevivir al hundimiento, a la prohibición, a dos semanas de huelga de estibadores cubanos y a las gargantas de la tripulación. La Pan Union pedirá indemnización a la Black Star Line por vía judicial, pero eso no interesa ahora porque Cockburn, Mulzac, Henrietta Vinton y demás tripulantes andan de recepción en recepción. Treinta y dos días seguidos de fiestas, banquetes y bienvenidas organizadas por agentes de la UNIA, hombres de negocios y de gobierno. Hasta el ex jefe de la policía cubana durante la ocupación norteamericana, ex gerente de la Cuban American Sugar Company y ahora presidente de la isla, Mario García Menocal, contagiado de la fiebre de estrellas negras, los recibe con toda pompa en el Palacio Presidencial, entusiasmado con la idea de obtener un rédito personal. Prendado a los ojos y a la voz de Henrietta Vinton Davis, antes de que la noche termine promete el apoyo del gobierno cubano a las aventuras de la Black Star Line. Al calor de las copas, un hacendado cañero asegura que dejará de utilizar el servicio de carga de la United Fruit para enviar su producción de azúcar a través de los vapores negros.

—¿Qué le parece, lady Henrietta? —pregunta el capitán Mulzac.

—Está totalmente borracho. Dudo que mañana se acuerde. Es un dictadorzuelo, no conviene hacer tratos con él.

—Es un hombre poderoso, controla ministerios, todos los recursos de un país estratégico para nosotros, no podemos darnos el lujo de despreciarlo.

—No sé quién se beneficiaría de quién.

El *Yarmouth-Douglass* sigue el viaje, en Kingston embarca unos cocos y realiza las reparaciones de rigor. Su adición a los mecánicos va dejando una estela de cheques y cuentas por pagar, que se giran a Nueva York para que el tesorero granadino de naturaleza impenetrable, George Tobías, los cancele. En dos años de operaciones el *Yarmouth* se tragará doscientos mil dólares en expensas, salarios y mantenimiento, pero eso tampoco importa ahora porque el *president general* dio instrucciones de dirigirse a la costa centroamericana, con la expresa recomendación de detenerse en Bocas del Toro, Almirante y Puerto Limón, sobre todo Limón: por tío Richards, por sus ex compañeros de trabajo, de periódico, iglesia y plantación, en fin, por la gente que acampa en la bahía.

La noticia se riega como pólvora e incluso se filtra por primera vez en los periódicos de la capital. Entre crónicas de París, intoxicados con sublimado corrosivo, el veneno de las decepciones amorosas y la entrega en capítulos

de *Pimpinela Escarlata*, el *Diario de Costa Rica* publica
un amplio artículo:

Vienen a Costa Rica representantes
de la flota negra

Está por llegar a este puerto, según lo anuncia un
aerograma que he visto en la zapatería del agente de
"La Estrella Negra" el vapor *Frederick Douglass* que
es de "la flota negra", el primero que arribará a nuestras costas. La Estrella Negra es una compañía de vapores constituida en Delaware, siendo negros los que
integran el personal administrativo y representativo
de la misma, así como el conjunto de sus trabajadores de mar y tierra y desde el director general hasta el
mandadero de cada oficina, y desde el capitán hasta
el último tripulante de cada barco.

Diario de Costa Rica, 26 febrero 1920

El corresponsal en Limón, Bonafox, encargado del movimiento diario de vapores y la sección de viajeros distinguidos, lo presenta como una supermisión de negocios, un
mano a mano entre "la flota negra de Delaware y la flota
blanca de Boston", entre Marcus Garvey y el magnate naviero Minor Keith. "Se trata pues de una millonada de
dólares africanos ante la otra de los yanquis. Pronto tendremos en Limón al *Frederick Douglass* y a sus paradójicos
pasajeros y tripulantes; y tendremos fiesta y gran jolgorio."

En su oficina, sin despegarse del teléfono, Chittenden sigue paso a paso la odisea del barco en Colón, Bocas del Toro, Almirante. Su asistente le trae café, habanos,
rumores callejeros, los boletines de último momento que
mandan los jefes de distrito, convertidos ahora en corres-
ponsales internos. Ellos realizan la cobertura de prensa:
"arribó a Bocas el 5 de abril a las once de la mañana.
Mucha gente lo visitó. Discursos se prolongaron hasta la
tarde." "El *Yarmouth* llegó a Almirante a las seis de la tarde. Enojos porque el barco permaneció en Bocas mien-

tras la gente esperaba aquí. Subieron a bordo, tuvieron una asamblea en la estación del tren donde hubo discursos y canciones hasta las once de la noche."

Hartos de la *silver roll* y de los métodos de expropiación de salario utilizados por la bananera en sus comisariatos y cantinas, unos quinientos trabajadores se amotinan en la zona del canal. Piden ser llevados no a África, ni a la tierra prometida, sino a un lugar donde la plata rinda. Cockburn, Mulzac, Henrietta aceptan. Después de todo, los camarotes están prácticamente vacíos.

—Nunca me divertí tanto escribiendo reportes —Blair explota el lado chusco de la situación y trata de compartirla con sus colegas—. Estos aprendices de marineros se llevaron por delante el muelle en Bocas. Rompieron varios postes del atracadero y dos o tres lámparas de alumbrado. Son más peligrosos que monos con revólver.

—¿Quién se hará cargo de las reparaciones?

—Ya aceptaron pagar daños y perjuicios —Blair echa un vistazo rápido a los reportes de sus espías caseros—. Parece que los miembros de la tripulación están haciendo un considerable negocio vendiendo whisky. Presumimos que ese licor era parte del cargamento llevado de Nueva York a La Habana. Entendemos que tienen quinientas cajas de bebida a bordo. Es ofrecido a dos dólares la botella, a un dólar si regateas un poco. Hay una buena cantidad de bebida y desorden en el barco.

—¿Subiste a bordo? —pregunta Chittenden.

—Ni loco. Envié a comprar un par de botellas de whisky.

—¿Qué tal?

—Te perfora la lengua. Sé que los oficiales son muy independientes unos de otros. Cada uno se rehúsa a hacer cualquier clase de trabajo fuera de su área particular.

Blair reconstruye el percance del *Yarmouth-Douglass* en el muelle, da golpes en el escritorio y se desternilla de risa a tal punto que termina contagiando a Chittenden y venciendo sus recelos. Ese barco tiene que venir a Limón. Que la gente se desengañe por sí misma. Cuando les ofrezcan whisky de contrabando, cuando vean la forma en que son invertidos sus salarios, dejarán de gastar en negocios dudosos.

De la noche a la mañana, los controles en las plantaciones, en las estaciones del tren y en todas las instalaciones de la compañía bananera desaparecen. Hasta los capataces, los checadores de horarios y alguno que otro supervisor sucumben a la tentación de sentirse dueños de una escotilla, una soga, un mástil del vapor negro.

En el Universal Building, Garvey y el directorio de la compañía escuchan la oferta de un agente naviero de Manhattan.

—Es un bote a excursión de cuatrocientas cuarenta y cuatro toneladas, construido en 1873.

Garvey escucha con la mano apoyada en el mentón, desinteresado. Su mente ronda mitos quebrados por cuchillos de hielo, ciudades flotantes sumergidas en los mares del norte.

—¿Qué utilidad puede tener un bote a excursión?

El agente León Swift muestra una fotografía del *Shadyside*. Si el *Yarmouth* deja mucho que desear sobre su aptitud de navegar todos los mares y todas las aguas, el *Shadyside* es un monumento a la añoranza, a la melancolía, al manso transitar por ríos anchos y apacibles. Un tímido surcador de aguas dulces. La más bucólica de las naves habidas.

—¡Es encantador! Ideal para viajes de placer. Podría realizar excursiones por el río Hudson en verano y a las Indias Occidentales en invierno. Diez mil dólares y es suyo.

—¿Nada más?

Swift ha encontrado un ladrillo hueco en el muro. Todo es cuestión de avanzar con el debido tacto. Jeremiah Certain no se muestra tan entusiasta. Otra chatarra.

—No todos los barcos tienen que servir para comercio —insiste el corredor—. Su flota puede desarrollar un área dedicada al recreo, al esparcimiento. Los negros llevan una vida muy dura y un poco de…

Smith Green hace cuentas en un papel. Vendiendo paty, cobrando entradas, armando un espectáculo…

—Lo siento, nuestra prioridad es otra. Las ganancias de nuestro primer contrato se destinarán a un fondo de ahorro para el *mother ship* —Garvey observa otra vez la fotografía, el molino de agua surcando un tiempo inmemorial.

—Tengo un par de amigas en el Teatro Apolo, *big boss*, tal vez ellas cooperen para montar un show… familiar, familiar, muy decente desde luego, con un pianista que amenice gratis —Smith Green sigue haciendo cuentas, a tanto por excursión, en quince meses se paga.

—¿Dijo diez mil?

—Bueno, treinta y cinco mil en total. Hablaré con los dueños para que acepten diez mil de adelanto, el resto se podría financiar.

—¿Qué opinas, Certain?

El armador de cigarrillos se lava las manos. Smith Green ya está en la otra orilla.

—Usted decide, usted es el *big boss*.

Usted trabaja duro por su dinero ¿Por qué no hacer que el dinero trabaje para usted? Ponga a trabajar su dinero en la Black Star Line comprando todas las acciones que pueda.

—Mi abuela las tenía como algo muy sagrado —recuerda Iris Bruce, declamadora y profesora de inglés ya pensionada. Desde niña *misses* Bruce estuvo vinculada a Garvey por las mujeres de la familia. Su abuela Johana Sterling horneaba *pan bom* en Valle de la Estrella, su tía Irene Dickson cantaba en el coro de la Universal Negro, su madre confeccionaba los uniformes ceremoniales.

—La organización tenía mucho protocolo y muchos departamentos. Lo traían del Caribe, de colonia inglesa. Eran una especie de 'ristocracia.

Amante de la poesía y los concursos de oratoria, a Iris Bruce siempre le ha gustado declamar y andar en actos públicos. Cuando las otras niñas trenzaban cintas de colores y jugaban al palo de mayo, Iris memorizaba con puntos y comas a Shakespeare y Longfellow, se devoraba los periódicos de Garvey, asistía a los debates de la UNIA con su tía la corista.

—Mi abuela me ponía a leer el *Negro World* en voz alta. De pequeña iba a las reuniones. Eran muy conglomeradas. Venían muchas figuras internacionales a motivar.

Apenas terminaba el mitin, Iris corría a su casa a practicar frente al espejo, engolar la voz, situar los énfasis. De ahí nació su gusto por la oratoria y por una coquetería intelectual que sigue ejerciendo.

Al igual que Sinclair, el fabricante de ataúdes, Iris Bruce se reencontró con los vestigios de la flota negra cuando su abuela murió. Los bonos habían permanecido en el baúl de los objetos entrañables protegidos por cápsulas de naftalina.

—Yo no sentía tanta veneración como para guardarlas. Muerto financieramente el Black's nada hacemos con las acciones, pero las teníamos. Eran como cualquier recibo.

Misses Bruce recuerda un barco que atracó en el muelle de Limón, ella fue a visitarlo con su abuela cuando tenía nueve o diez años. La gente corría, una loca carrera por alcanzar la embarcación y subir a cubierta. Ella tiene muy presente su edad, sus zapatitos de niña saltando los tablones desdentados del muelle, su miedo y los renglones de mar abajo.

—Venían de todas partes de la Línea a visitarlo. Era un barco pintado de negro y blanco con la bandera del movimiento. Era inmenso. A mi edad, me pareció inmenso.

Los trenes han estado escupiendo pasajeros durante todo el día. Es 7 u 8 de abril. Al cabo de varios días a sol y sombra, a sal y viento, la espera llega a su fin.

Los que tienen lancha o amistad con pescadores aguardan en la bahía, frente a la isla Uvita, donde las tortugas baula flotan apareadas a merced de las olas. A veces la sirena de algún barco cualquiera provoca movilizaciones en falso.

Un rumor lejano, diferente al rumor de las olas deshechas contra los arrecifes, avanza de sur a norte, va cobrando voz, magnitud, forma. El rumor —se distingue ahora— no es de motores, sino de coros, coros cantados por fibras intactas, vestigios de una lengua ancestral que ha olvidado las palabras, pero conserva el tono, reluce en el canto.

Los de tierra firme también cantan. Se reconocen en el canto. No importa que sean palabras inglesas. Atrás de ellas se advierte el gen, el sello indeleble de civilizaciones abatidas *where the Gods loved to be.* El casco va desalojando agua, óxido, costras de metal pintado. Lo más nuevo en él es el maquillaje.

Sentadas en la proa como mascarones de naves vikingas, las muñecas de trapo de Henrietta Vinton Davis encabezan el cortejo naval. La alineación en V del capitán Joshua Cockburn, Hugh Mulzac y demás tripulantes, entonando el himno que ya todos conocen: *where the Gods loved to be.* La bandera de la Estrella Negra revolotea al viento entre bocaditos de humo.

Las puertas de acceso al puerto están abiertas de par en par. La gente corre entre las vías del tren y los carretillos de embarcar banano. Iris Bruce llega al muelle, su abuela intenta subir con ella a cubierta. La niña está paralizada frente a los renglones de mar. El agua surte un poderoso efecto hipnótico. Levanta la cara, la bruma de la memoria no deja ver el nombre del barco, las letras están ahí inscritas en la proa, pero son ilegibles a los años que han pasado. Entonces se guía por otros datos igual de remotos y confusos, el color, el tamaño, la forma del casco. Éste no es el barco que yo vi. No puede ser tampoco. Porque yo nací en 1916 y el barco vino cuando yo tenía nueve años.

Los botes de pescadores se desprenden de la bahía. Los ramos de orquídeas, heliconias y bromelias son para lady Henrietta, seductora voz, excelente presencia, no pudieron elegir una coordinadora internacional con tantas cualidades y tan a la vista. Una lluvia de flores cae sobre cubierta. Henrietta Vinton Davis retribuye. Besos fuera de borda.

Condecorada con la Orden Sublime del Nilo y con el título de *lady commander,* Henrietta saca lo mejor de su repertorio. Recita fragmentos de Laurence Dunbar, su poeta favorito, muerto de tuberculosis en la flor de la vida. Después vendrán cantos, bailes, la fuerza expresiva de los cuerpos. Los hombres de la Comandancia de Plaza ejercen una discreta vigilancia. Chittenden lo mira todo desde la planta alta del comisariato:

> Hasta donde yo puedo apreciar, la visita del *Yarmouth* a este lugar no tuvo ningún efecto particular en la cuestión laboral. Todos los discursos de los visitantes estaban dirigidos a recolectar dinero. Los incitan a contribuir y comprar acciones. Primero les hablan de una república negra en África. Henrietta Davis es, de lejos, la oradora más clara de todos. Hay un pequeño énfasis en la cuestión racial, no demasiado, mucho menos de lo que aparece con frecuencia en el *Negro World.*

Los emisarios realizan mítines en el muelle, en la estación del ferrocarril, en el quiosco del parque. Mulzac, segundo capitán de a bordo, se encierra unos minutos en su camarote. "Todavía no estaba clara para mí la razón por la cual estábamos en esos puertos. Sin cargo que embarcar o desembarcar, con quinientos pasajeros a bordo a los que teníamos que alimentar y cuidar, el *Yarmouth* estaba simplemente siendo utilizado como propaganda para reclutar nuevos miembros."

Sobre botellones de vidrio se celebra hasta el amanecer. Los fogoneros preparan la retirada. El *Yarmouth* lanza un bostezo que se pierde en la calzada trazada por el sol al despuntar el día.

Entonces, cientos de cuerpos tumbados por el cansancio se incorporan lentamente. Lo que ven no es el ya entrañable barco algodonero, sus banderines de circo flameando en el iris de los ojos, sino la silueta de una casona de grandes aleros remolcada por una enorme rueda de madera. Molino de agua que gira empujando las ventanitas, las sombrillas, los vaporosos cuerpos de los excursionistas, salpicados por gotitas de sal. Va enturbiando las aguas, atrapando peces de colores que suben, caen y vuelven a subir, caballitos de mar mordidos por la rueda giratoria.

Un bote a excursión remolcando el mar de las prohibiciones. Bucólica respuesta a una era de restricción.

El máximo anhelo

Limón, 1921

El regreso

Nos enteramos que *the head of blackmen coming*
y que venía en un barco comprado
por la gente negra. Eso era excitante.

VERA DE SUTTON

El sol se desploma rojo y salvaje sobre montañas de selva. Es jueves 14 de abril de 1921.

Por alguna razón, el líder de la Universal Negro Improvement Association y de la Liga (Imperial) de Comunidades Africanas no llega —como todos esperaban y como era su intención— en el yate a vapor *Kanawha*, última adquisición de la Black Star Line.

Un vendaval de rumores cobra fuerza al ver atracar al vapor *Coronado* de la United Fruit. La multitud titubea, intenta retroceder. Una oleada impaciente presiona desde atrás.

—¿Qué hacemos *mister* Fowler? ¿Está seguro que venía en este vapor? —pregunta Charles Bryant.

—Sí, aquí lo dice claramente —responde Roberts con el telegrama en la mano.

Horace Fowler se acalora bajo el sombrero color humo.

—Nos estamos metiendo en cuatro zapatos. Así no se hacen las cosas.

Plantaciones enteras se trasladaron al muelle, los rostros de la migración, del trabajo bananero, del puesto marítimo y las fincas aguardan a que el barco toque puerto.

Procedentes de Kingston y Colón, los pasajeros tratan de rescatar sus equipajes y salir de la aglomeración.

Por largos minutos, la tripulación queda inmóvil. Pareciera que el vapor se dispone a continuar viaje a Bristol. Abajo se experimenta una sensación de alivio. Por más apuros que tenga la flota negra, el redentor de la raza, el editor en jefe del *Negro World,* no puede venir en un buque de la United.

Los antillanos dan media vuelta, se disponen a salir, cuando en lo alto del vapor *Coronado*, una hilera de sombreros de copa saludan a un mismo tiempo.

Entre las casacas de los legionarios y las botas de cuero, entre los cascos de pluma y los expedicionarios en vías de ser enviados a Liberia, aparece la figura inconfundible de Marcus Garvey, traje entero color crema, sombrero panamá, el brillo de los ojos se confunde con los zapatos.

La multitud parpadea.

—No es él, es un impostor —alega Fowler. Roberts se para de puntitas, busca un claro en la muchedumbre y con los pulgares en los tirantes del pantalón certifica.

—Es él, no cabe duda.

Bryant siente un escalofrío que le eriza la piel.

Sentimentalmente unidos a los banderines de circo del *Yarmouth*, a sus tripulantes negros recitando poemas en cubierta, los antillanos de Limón tratan de sobreponerse al impacto de ver al gerente general de la Estrella Negra descender de un barco de la gran flota blanca.

El inesperado cambio de buques se prestará a confusiones en la prensa nacional. Al día siguiente, *La Tribuna* reporta la llegada de "una alta personalidad del mundo de color" que entre sus múltiples cargos "también es jefe de la Black Star Line, compañía de vapores correspondiente a la White Star Line para servicio de negros".

Digerida la fugaz decepción, deslumbrada por ese despliegue de pompa y oropeles, la colonia estalla en júbilo. Garvey responde. La sonrisa plateada en la redondez de la cara. Con una mano saluda, con la otra se afirma al pasamanos. Quiere elevar la mirada hacia el penacho de palmeras. Un leve desvanecimiento sólo perceptible a los ojos de un buen clínico se lo impide. Amy Jacques, su secretaria, lo sostiene discretamente con su cuerpo.

En las colinas que circundan el puerto, entre los últimos resplandores del día y el alumbrar de las farolas, las siluetas a contraluz de pobladores, campesinos y finqueros agitan trapos y banderas con los colores distintivos.

Hay que bordear una hilera de ancianos que aguardan pacientemente turno con el peluquero, saludar a todos y cada uno de los habitantes del asilo para, finalmente, dar con el sastre Amos Hall.

Han pasado más de setenta años desde aquel entonces.

Nacido en Jamaica en 1908, acento británico, dicción translúcida, Amos Hall es uno de los pocos sobrevivientes del garveyismo en este puerto de inmigrantes.

Sus ojos fueron consumidos por el glaucoma y las ingratitudes del oficio, pero su mente está intacta.

Lo primero que recuerda es una torcedura de pie, un accidente, algo que le impedía ir donde todos iban, correr donde todos corrían: hacia el muelle donde ahora desembarca el presidente provisional de África.

En la estación, los antillanos continúan descendiendo de los vagones.

—Cientos de ellos, *completely colored, yes. I didn't see him. I was a child. And I couldn't walk, couldn't walk* —ese hablar admirándose, preguntándose, sienta bien a la memoria—. Corrían trenes desde Guácimo, Cahuita, Estrella, incluso de San José. *All the colored people in Costa Rica came to see him.*

Amos se ve envuelto en el tropel que desciende de las colinas al puerto. Una algarabía cuesta abajo de *Jamaica town*, pueblo nuevo y los asentamientos que pululan alrededor. Sus ojos, apoyados sin vida en el jardín del asilo, han recuperado su luz interior. Los colores del Yuenaei flamean por todas partes: negro significa raza, rojo es la sangre, y el verde, la idealizada lujuria de la vegetación africana.

—Era un camino de tablones apoyado sobre dos o tres postes, que entraba al mar. No era demasiado fuerte y recuerdo que la gente hizo ¡boom! —operadora de la Radiográfica, profesora de inglés, *misses* Vera de Sutton tiene un recuerdo diáfano—. La plataforma se fue al suelo. Nadie resultó herido. Se cayó porque estaba repleta de gente. Eso fue muy excitante para mí de chica.

Sus pómulos sonríen todo el tiempo, aunque ahora encuentran un motivo. Vera nació en 1910. Tenía once años cuando Garvey visitó Costa Rica. A partir de ese dato que no estaba claro en su recuerdo, las imágenes vuelven sin secuencia, sin orden, sin hilación precisa, como cuadros impresionistas.

—No sé si era de día, si era de noche —*misses* Sutton hurga un poco en su mente, las tonalidades anaranjadas del cielo resurgen para ella—. Era el atardecer, *yes, late in the afternoon,* cuando él salió del barco y se dirigió a la aduana. *And I saw his face, saw his face!* Creo que usaba un traje crema y un sombrero panamá.

Hay que insistir para que recupere otros detalles.

—Era de un negro encendido, ni muy alto, ni muy bajo. *A stocky man.* Su figura entre la gente no impresionaba, muy similar a lo que uno ve aquí. Tome en cuenta que a los once años no podía evaluar a las personas, no tenía *compare sense. And I don't remember what happened when he came out.*

Llega al país un alto personaje del mundo de color
Arribó a nuestras playas el notable señor Marcus Garvey. Aun cuando su llegada se anticipó, dos mil

negritos concurrieron a presentarle sus respetos. Desde ese momento, la colonia se desbordó de entusiasmo recorriendo las principales calles de la ciudad.
Diario de Costa Rica 19 abril, 1921

En el edificio de la aduana, Fowler, Roberts y Bryant deliberan entre ellos mientras sale la comitiva.

—Yo mantengo mi tesis y no voy a recibirlo —dice el zapatero—. Si ese señor es nuestro *president general* debió enviar un documento y una foto.

—Cómo quiere que envíe documentos si lleva varias semanas viajando —Roberts le echa el humo en la cara.

—Nosotros estamos trabajando con estatutos, con una Constitución, si él pertenece a nosotros debe saber las leyes.

—Esta discusión me parece ociosa —Bryant mira hacia el despacho de aduana y luego se limpia sus zapatos blancos en la botamanga del pantalón.

—¿Por qué no pensar que es un impostor? Esta asociación ya recibió a tres ladrones —Horace Fowler se mordisquea el bigote—. Acuérdese de aquel que vino el año pasado, se presentó como miembro del *parent body*. Nos dejó limpios.

—Si fuera un impostor, no vendría pagando una millonada en pasajes sólo para engañarlo a usted —replica Roberts.

—Nosotros podemos decir que Dios es Dios. Y puede venir aquí y la gente reunirse a mirarlo y decir: sí es Dios, se parece a Dios porque tiene barba, pero nadie puede asegurarlo.

—¡Qué porfiado que es usted Fowler!

Fowler da un paso atrás y advierte:

—Si el verdadero Garvey está en el yate, varado en medio del mar y de repente aparece aquí y nadie lo toma en cuenta, ustedes son los responsables.

—Okey. Okey. Nadie le va a quitar lo cabezón.

La comitiva se libera al fin del engorroso trámite en aduana. El primero en salir es el que todos, menos Fowler, coinciden en identificar como el máximo jefe de la organización.

—¿Roberts? ¡Daniel Roberts! ¡Todavía aquí! —Garvey lo estruja hasta dejarlo sin aliento—. ¿Cuántos habanos te has fumado desde la última vez que nos vimos?

Roberts se saca el puro de la boca, juguetea con él como un pistolero poco habilidoso.

—Cuatro o cinco…

—Toneladas —otra vez lo comprime con un efusivo abrazo. Roberts tose y elogia el sombrero de Garvey.

—Lindo ¿verdad? Es de nuestra fábrica en Harlem. Tenemos muy buenos diseñadores —Charles Bryant se acerca tímidamente. También con él brota una cordialidad con recuerdos muy firmes—. Habría que condecorarlos por su perseverancia.

Fowler se queda arrinconado mascullando la escena. Amy Jacques se acerca y lo toma del brazo.

—¿Qué pasa?

—No fuimos presentados.

—Venga. Yo lo presento.

Horace Fowler se quita el sombrero y menciona sus tres cargos: representante del *Negro World,* agente de la Black Star Line y titular de la Limon Branch. Garvey lo saluda.

—¿Su esposa?

Amy Jacques y Marcus Garvey niegan de una manera llamativa y se instala una sospecha.

—Mi esposa está en Nueva York. Esta joven es mi secretaria, Amy Jacques, maneja mis asuntos mejor que yo —ella se lleva la mano a la boca y luego inclina la cabeza en un saludo genérico. Garvey presenta al resto de su comitiva, siempre atento a las reservas de Fowler—. Emmett Gaines, mi lugarteniente y jefe de la Legión Africana, mis oficiales, el cuerpo de estenógrafos, el grupo vocal.

El zapatero lo analiza a conciencia, especialmente atrás de las orejas y abajo del mentón.

—¿Está seguro de que usted es Marcus Garvey?

—Mi madre siempre sostuvo que sí.

Roberts y Bryant se ríen.

—Él piensa que usted es un impostor.

—¿Y si los impostores fuéramos nosotros? —contrargumenta el zapatero—. ¿Cómo sabe que no nos estamos haciendo pasar por los dirigentes de la Limon Branch?

Roberts y Bryant se apresuran a salir de la situación embarazosa refiriéndose a los pormenores de la visita.

—Hemos tenido un par de entrevistas con el gerente de la United. Míster Chittenden dio a entender que la compañía no obstaculizará las actividades del movimiento, pero nos solicitó aplazar las concentraciones previstas para este fin de semana.

—Piden tiempo para despachar esa fruta —Roberts llama la atención hacia el muelle atestado de racimos.

—¿Cuántos días?

—Tres.

—Dudo que podamos quedarnos más de lo previsto. Ha habido muchos retrasos ya. Y, además, quisiera limitar mis intervenciones públicas —se masajea la garganta y mira al techo—. No ando bien de salud.

—La United pone un tren especial a su disposición para viajar a San José a entrevistarse con el presidente de la República.

—Tomando en cuenta las restricciones impuestas contra el *Negro World* —sugiere Fowler—, un encuentro al más alto nivel podría obtener un cambio de actitud de Costa Rica.

Afuera, la multitud se reúne en un grito.

"¡Garvey! ¡Garvey!"

—Así que la United Fruit Company nos pide tiempo, nuestro tiempo —se frota la barba pensativo.

"¡Garvey! ¡Garvey!"

Se asoma y mira a través de una persiana, las banderas y los puños en alto reclaman su presencia.

—Dígale a míster Chittenden que aplazamos el mitin si garantizan la movilización de nuestra gente y decretan descanso obligatorio. Ese día nadie puede quedarse en casa.

Apenas traspasa la puerta, tío Richards y familia se precipitan sobre el pariente ilustre. *Mose!* Primo y otra voz más pequeña, Ruth, la hermana menor de Edith.

Tío y sobrino se abrazan, se estudian. Ven lo que el tiempo ha hecho en cada uno de ellos. La vejez avanza sutilmente en Richards, unos pincelazos blancos en el pelo y una piel más curtida y despegada de la carne, que no han menguado su fortaleza en lo más mínimo. A tía Sofía, su segunda maternidad le ha endulzado los rasgos.

—*So now you are provisional president of Africa* —tío Richards hace patente su asombro.

—¿Qué tal te suena?

—*Big and dangerous!*

La multitud es incontenible.

"Garvey! Garvey!"

La niña Vera es arrastrada por el tumulto, sus pies no tocan suelo, es una mariposa internada en el mar de los aplausos.

—Fuimos a oír su discurso —Vera de Sutton se detiene intrigada a pensar con quién iba—. No me pregunte qué dijo. Sólo recuerdo que hablaba con una voz poderosa, *a very commanding voice.*

El probable presidente de África

Atrás del mesianismo,
había una organización trabajando.
QUINCE DUNCAN, escritor

La penumbra de las siete de la noche encubre los signos de fatiga bajo el sombrero panamá.

Salvo tío Richards, nadie lo advierte. Detrás del cansancio de la gira, de las molestias de garganta y ciertos rasgos acentuados por la edad, se encuentra el hombre que está pagando el precio de su ambición. Ya no es el mismo. Ha aprendido a lidiar con la intriga de alto vuelo, la envidia de amigos y enemigos, más perdurable que su rencor.

Desde agosto de 1920, cuando veinticinco mil delegados de la Gran Convención lo proclamaron presidente de un continente que ama y desconoce, todas sus acciones apuntan a consumar su máximo anhelo: sacar a los intrusos de África y volver al continente prometido. "Ustedes nos trajeron. *Be manly and let us go back!* "

"El orador de multitudes" está en el apogeo de su carrera. Nunca como ahora se encuentra tan expuesto a sus contradicciones y al empuje imbatible de su sangre maroon.

Acaudalado financista de color visita a los cubanos
Marcus Garvey, Moisés de la raza negra, expone sus planes sobre la futura República del África. Independencia económica, mejoramiento social y personalidad política es lo que trata de obtener para los negros.
El Heraldo de Cuba, marzo, 1921

En febrero de 1921, la unidad ligera de la Black Star Line, el yate a vapor *Kanawha* zarpa rumbo a Cuba llevando al líder de la Negro Improvement. Juguete caro del magnate petrolero de la Standard Oil, Henry Rogers, el *Kanawha* fue adquirido por consejo del mismo agente que los convenció de los encantos del *Shadyside*.

A las pocas horas de haber iniciado el viaje a las Indias Occidentales una válvula de seguridad explota y el yate debe regresar a Nueva York. Garvey renuncia momentáneamente al *Kanawha*, aborda un vapor comercial y da instrucciones al capitán Adrián Richardson, un marinero negro de Boston, de arreglar el desperfecto y alcanzarlo en Cuba.

El jamaiquino lleva dos semanas en entrevistas de prensa, recepciones y actos oficiales exhibiendo "su arte oratorio" en rings, cines, teatros y plazas de La Habana, Matanzas, Camagüey y Santiago de Cuba. Los reporteros de *La Prensa* y *El Heraldo de Cuba* que lo entrevistan se admiran del efecto que produce en sus oyentes con oraciones "repetidas hasta la saciedad". "Tiene la rara habilidad de hacer parecer que contesta categóricamente preguntas cuyas respuestas él no hace más que evadir de una manera magistral."

En su estadía traba amistad con el presidente de la isla, Mario García Menocal, líder del partido conservador, ex jefe de policía al servicio de los Estados Unidos. Un financista norteamericano se encarga de presentarlos. Garvey le obsequia una pianola, *black invention*: Dickinson, 1899.

—¿Qué se hizo lady Henrietta? —García Menocal le da un trago de ron añejo—. Tome, con confianza, aquí somos borrachos declarados, no bebedores clandestinos.

—No me considero uno de los damnificados por la ley seca —un tanto displicente, Garvey derrama el contenido de su copa en una maceta.

—De cualquier manera, la medida no habla muy bien de los campeones de la libertad —Menocal desparrama los labios en la copa y pregunta otra vez por Henrietta.

—Tenía otros compromisos. Levantar capitales para nuestros proyectos de este año.

—Lástima. La hubiera traído. Emisarias así levantan algo más que capitales.

—Le agradecería expresarse con más propiedad. Lady Henrietta es una dama.

Mr. Labaudy soñó con llegar a ser
emperador del Sahara
Marcus Garvey es el apóstol de la idea africanista y se hace llamar presidente provisional de África. Los sueños del millonario francés tuvieron un despertar más ridículo que trágico, las aspiraciones del jamaiquino nos tememos queden reducidas al desarrollo de la parte comercial, únicamente.

El Heraldo de Cuba, marzo, 1921

Cuando al fin el yate a vapor llega a Santiago de Cuba, Garvey sube irritado.

—Exijo una explicación, Richardson.

—Problemas técnicos, señor.

—Quince días en problemas técnicos. Creo que usted no ha entendido el concepto. La gente espera vernos llegar y partir en este barco. ¿Cómo vamos a inspirar confianza en esta flota, si ni siquiera el gerente general puede contar con ella?

—Si hubiese hecho caso a mi veredicto, no estaríamos pagando las consecuencias de haber comprado esta basura. Las calderas del *Kanawha* están defectuosas.

—Richardson, me está haciendo quedar en ridículo. Más vale que me diga qué ocurrió antes de causar un perjuicio mayor a la compañía.

Afuera, los representantes del gobierno cubano se impacientan.

—Aliste a la tripulación, zarpamos a Jamaica cuanto antes —Garvey sale a cubierta y trata de poner su mejor cara—. *Hello, fellowmen of the negro race.* Queremos hacer patente nuestro reconocimiento al pueblo cubano. A partir de hoy esta embarcación llevará el nombre de Antonio Maceo, el Dessalines de Cuba, el Titán de Bronce, el hombre de las veintisiete balas en el pecho.

El trayecto a la isla natal es insufrible. Al salir de Kingston, el *Antonio Maceo* vuelve a romperse. Garvey manda a llamar al capitán y al ingeniero de máquinas:

—Alguien está tratando de sabotear el viaje. No es posible que el yate se descomponga cada vez que lo reparan. O me dicen de una vez qué pasó o quedan despedidos.

Richardson y el ingeniero de máquinas, George Harris, se encubren mutuamente.

—Mi paciencia tiene un límite, Richardson.

—No me vean como Marcus Garvey, sino como el representante de los negros del mundo. La organización que tengo el honor de dirigir tiene la ambición de unir a cuatrocientos millones de negros. Establecer un gobierno como nunca lo tuvimos, proteger a los negros donde quiera que estén.

Los patios del ferrocarril se han cubierto de seguidores que lo aclaman. Los oficiales de la Limon Branch improvisan una tarima donde toma la palabra.

—No hay duda de que la UNIA es la fuerza viva más poderosa entre los negros. Es la causa que provoca miedo en hombres, razas, gobiernos. Ellos no necesitan temer, no necesitan temblar. No queremos perjudicar a nadie.

Como dirigente y como periodista, habla y toma nota de lo que dice. Va armando su biografía, que es discurso y es crónica. Hace de protagonista y narrador. "En Cuba nos recibieron como verdaderos estadistas. En Jamaica fue una cosa apoteósica."

La audiencia lo festeja con "vivas", "aplausos y risas", "gran aplauso", recogidos por el cuerpo de estenógrafos que copia al pie de la letra todo cuanto se dice.

Elegante y sobria, Amy Jacques juguetea con las cuentas del collar de perlas, mientras recupera frases que le suenan proféticas, incitativas o definitorias de una filosofía.

Vera, la niña, gira sobre sus talones. Donde quiera que mira, puños de gente, el entusiasmo se descompone en murmullos.

—Vinieron de todas las secciones especialmente a reunirse con él. Una multitud tremenda. Y hay un detalle interesante: su acento era americano, muy diferente al de nuestra gente aquí, porque él vivía en Estados Unidos. A veces —una carcajada la devuelve a los once años— no entendía lo que estaba diciendo. No sé dónde estaba mi madre, si me perdí o algo así. *That was the first and the last time I saw him.*

Camuflados entre la multitud, se encuentran los enviados especiales del servicio de información norteamericano, de la Inteligencia Naval, y los escuchas habituales de la compañía bananera.

El viaje genera una intensa movilización diplomática y policial: "A las representaciones del imperio británico en el Caribe: Marcus Garvey, el conocido agitador negro, viaja con pasaporte restringido", "le fue negada la visa para ingresar a la zona del Canal", "por sus actividades en Kingston, podría provocar un considerable antagonismo entre los negros del Canal". "Sugiero negarle visa de entrada. Charles Latham, cónsul de Estados Unidos en Jamaica."

Un leve desvanecimiento obliga a efectuar una pausa. Inclinado sobre su torso, Garvey trata de oxigenar su sangre y sus palabras. En eso, cree reconocer un rostro que ha visto en el Liberty Hall en la esquina de los oradores callejeros, en Madison Square Garden. Un gesto mordaz asoma a la boca y le devuelve energía:

—Este Marcus Garvey que hace cuatro años pasaba inadvertido frente a los ojos de un policía ordinario, está causando que los gobiernos gasten cientos de dólares cada día en cables preguntando dónde está Garvey. Garvey *is still here!* —la gente reacciona de inmediato. Hay una rápida introspección colectiva.

—Espera, no sé qué se propone —Chittenden se mantiene en línea abierta con Blair, su contraparte en Bocas, y sigue los pormenores desde el edificio de la United. Un sujeto voltea hacia el ventanal esperando una señal que no llega. Abajo hay signos de nerviosismo, Garvey los detecta, ha llegado a desarrollar una aguda percepción de los movimientos más finos de la multitud.

—Permítanme decirles por qué tenemos tantos enemigos. Porque hemos adquirido un significado, una importancia, ya no pueden ignorarnos más. Estamos en el punto más fuerte.

—Aquí hay algo raro —Bryant se frota el mentón—. Está cambiado.

—Lógico —Roberts no hila tan fino—. Imagínese todo lo que ha vivido ese hombre, las presiones que tiene, las envidias que se mueven ahí arriba.

—Demasiado triunfalismo. Es como si tratara de ocultar un elefante atrás de un biombo.

—¿Dónde está su barco? —exigen saber los manifestantes.

Por un momento, parece que va a referirse al asunto. Que va a dar una explicación de por qué la flota de Delaware se pasó al estado de New Jersey. Las versiones señalan que el *Shadyside* se hundió, el *Kanawha* fue víctima de sabotaje. Que Marcus Garvey está vendiendo un cielo de estrellas negras y sueños vacíos.

Algunas voces se despegan del aplauso, preguntan qué respaldo tienen esos papeles que alzan en la mano.

—Al fin entramos en materia. Luego te llamo —Chittenden cuelga el teléfono y abre la ventana para escuchar mejor.

—Por votación mayoritaria en cualquier mitin, podemos vender los bienes de la corporación y devolver cada níquel invertido en ella —de perfil, el bigote sobresale bajo una nariz respingada y brillante—. Ahora controlamos tres cuartos de millón de dólares. Tres cuartos de millón en bienes que pueden convertirse en dinero en efectivo en veinticuatro horas.

—-*Where is your ship?* ¿Hubo sabotaje? Queremos saber.

Garvey carraspea, mira de reojo a su secretaria y a sus oficiales, pide un sorbo de agua. Amy Jacques lo consigue y al dárselo le estrecha el brazo como para tranquilizarlo.

—Al igual que todos ustedes, mi deseo era llegar a Limón a bordo de la embarcación más moderna y ágil de la Black Star Line —Garvey baja la cabeza y medita un segundo—. Ordené una investigación interna. Si se comprueba que hubo mano criminal en el percance, no me temblará el pulso, como no me tembló cuando destituimos al secretario general Smith Green y al capitán Joshua Cockburn.

Roberts, Bryant y Fowler aplauden despacio para escuchar los comentarios alrededor.

—África, con sus millones de personas, está extendiendo sus brazos a nosotros. Todo lo que tenemos que hacer ahora es movilizar la fuerza financiera, moral y física de la gente para liberar África.

"En lugar de referirse a la Black Star Line, como esperaba la mayoría, introdujo una nueva idea de reunir un préstamo de dos millones de dólares." "Una y otra vez —reportan los informantes de la United— la gente le preguntó qué sucede con la Black Star Line, él ignoró todas las preguntas y concentró su discurso en África hasta el fin."

—Hemos despachado una misión de expertos a negociar la compra de tierras en Liberia. La idea es fundar una colonia de la Universal Negro, sentar las bases de la gran nación negra.

Soles negros devoran pedazos de firmamento. Nadie necesita alzar la cabeza para certificar que los astros realizan su trabajo.

—Nosotros no deseamos lo que pertenece a otros. Pero los otros siempre nos han privado de lo que nos pertenece. Es tiempo de reclamar África para cuatrocientos millones de negros. *We want to go back!*

Reporte de inteligencia, distrito naval de Colón
Todos los mítines son conducidos con gran pompa y dignidad necesaria para impresionar la mente negra, pero cada discurso termina con el acostumbrado pedido de comprar acciones de la compañía naviera.
Zona del Canal, Panamá, abril, 1921

De pronto, el "orador de multitudes" se repliega en sí mismo. Por primera vez, no necesita valerse de palabras. Una ráfaga de aire salobre inunda los patios del ferrocarril. Trae granos de arena, patas de cangrejos, osamentas de peces. Antes de mencionarlo por su nombre, antes de que los estenógrafos impriman la palabra como una invocación, toneladas de metal se abren paso en la multitud. Atraviesan la noche de un tiempo vivido en tierra ajena. Las cabezas son su oleaje.

Ahora todos pueden contemplarlo bajo el cielo de la boca. Apreciarlo en su cabal dimensión, deslizándose sobre una lengua de plata, ahuyentando los rumores, los malos presagios. La quilla enterrada en el surco de una ola rosada. Trae caracoles y estrellas de mar adheridas al casco.

—El trasatlántico, el *mother ship*, está a nuestro alcance. Estamos a punto de concretar la transacción. Tenemos que hacer un esfuerzo adicional.

Los persuade con la fuerza del África profunda que brota de esas venas. Las pulsaciones en una sola dirección, como si en ese momento entregase un globo al corazón de un niño.

—De ustedes depende que el trasatlántico ingrese al universo de lo posible —les está diciendo—. De ustedes y de nadie más.

Hay emoción creciendo en las gargantas una noche de abril. Una emoción que nunca se reflejará en las crónicas, en los diarios, en la historia oral.

No hay razas derrotadas ni elegidas, proclama el niño precoz de Saint Ann's Bay, el que cultivó un récord de talentos bajo el signo de Leo, el agitador más prominente de Harlem. Yo soy el ilusionista, el Moziah, el que los hará cruzar un océano de frustraciones.

Back to Liberia

¿Y por qué volver si nunca hemos estado?
JACK, el vendedor de cocos

Lentamente, los manifestantes se dispersan hacia Cieneguita, *Jamaica town*, la estación del ferrocarril. El trasatlántico queda zumbando en sus oídos, colonia de abejas en una pecera de cristal.

Caminan aturdidos, como si emergieran de una alucinación en masa, de un golpe de nitrógeno, la sangre convertida en una botella de champaña.

Algunos permanecen en la plaza entonando himnos en honor a Abisinia. Viejos conocidos del muelle, de la época de *time-keeper*, se acercan a la casa acondicionada por tío Richards para hospedar al sobrino ilustre y a parte de la comitiva, la casona de madera frente al estadio donde solían ver las partidas de críquet.

Mujeres envueltas en vivos estampados esperan turno para expresar su admiración al líder, pero sobre todo al hombre que sólo ellas saben apreciar. *I'm yours for the race*, le dicen. *I'm yours*, entre otras cosas más sentidas. Los saludos de Garvey son breves y rotundos. *To my beloved race*.

Muchos le preguntan por lady Henrietta, por el capitán Cockburn, por la tripulación negra. Cockburn no está más con nosotros, repite. Tuvimos algunas diferencias.

África para los africanos

Persigue el honorable Marcus Garvey la materialización de una doctrina panafricanista, que es algo así como un monroísmo aplicado al África. *The man of the hour*. Busca el engrandecimiento de Liberia y la creación de nuevas nacionalidades en el continente africano.

El Heraldo de Cuba, marzo, 1921

—¡Dos millones de dólares y un trasatlántico! ¡Demencial! O tiene el tesoro de los zares bajo el colchón o cree que los negros cosechan bananas de oro.

El escritorio de Chittenden está lleno de cáscaras de maní, restos de café y un desorden de papeles que no intenta remediar cuando Edgar J. Hoover se deja venir sobre el asiento.

—Caerá. En cuestión de meses. Gastan a manos llenas y no recuperan. ¿Vio el tamaño de la comitiva? A la única que dejó en casa es a la *sweetheart,* ni tan *sweet,* ni tan *heart* —Hoover esboza un gesto amorfo que se desplaza por toda la cara y se aquieta en ese gran centro de almacenaje que es la frente, el rasgo físico de una personalidad exhaustiva y sistemática—. La banda de músicos, el grupo vocal y el cuerpo de estenógrafos consumen el sesenta por ciento de los ingresos de la Negro Improvement.

Hoover hace un examen veloz de conducta y aficiones a partir de los retratos de familia y objetos en la oficina de Chittenden, la manera en que posa la cabeza en su mujer, la placidez de ambos, el baño de magnesio. Una violación de la intimidad que irrita a Chittenden cuando lo ve husmeando en sus papeles.

—¿Usted es masón?

—¡Ah! Era eso. Tratan de convencerme. No me entusiasma mucho lo que ofrece la filial local. Construyeron un edificio mar adentro, una construcción muy extraña con ventanas amarillas y una cúpula abombada. Sería cien veces más atractivo si hicieran un club de pesca o un restaurante.

—¿Ahí hacen sus ceremonias? —se indigna Hoover—. ¿A la vista de todo el mundo? ¿Qué clase de masones son?

—No sé si usted es una fuente fidedigna, pero sí la que tengo más a mano, así que aprovecho para preguntarle, ¿qué sabe del trasatlántico?

—No mucho. Llevan dos intentos: el *Tennyson* y el *Orión*. La desesperación los ha hecho contratar los servicios de un intermediario judío de nombre Anthony Rudolph Silverstone, que los va a pasear por los siete mares con el cuento de buscar el barco adecuado. Además, ya van por la tercera reestructuración de directorio. Nuevas caras, mismos problemas.

—¿Y del *Kanawha?*

—Juguete caro del magnate petrolero de la Standard Oil, Henry Rogers. Era la compra más acertada aunque también la más absurda. ¿Para qué un yate? Excentricidades de rico.

—¿Y lo del sabotaje, se tiene algún indicio?

Hoover revuelve en los bolsillos hasta encontrar una goma de mascar.

—No espere sacarme todo a mí. Averigüe por su cuenta.

—Me estaba hablando del proyecto de Liberia —Chittenden no lo libera.

—El año pasado el *west indian negro* envió un emisario a Monrovia: Elie García, un tendero haitiano que llegó a tener un puesto alto en la naviera. Obtuvimos copia del informe confidencial enviado por García a su jefe.

—¿Y?

—Entre otras cosas, decía que la clase gobernante de Liberia es una elite de moral baja, antipopular y pervertida. En resumen: unos parásitos acostumbrados a vivir de la filantropía estadounidense.

—¿Pervertida, en qué sentido?

—No haga preguntas obvias.

—La perversión se manifiesta de muchas formas —Chittenden se queda observando ese semblante trabajado con cera depilatoria y loción de bebé.

—Bueno, practican la poligamia con los aborígenes. También decía que la influencia de Washington en el gobierno liberiano era el principal inconveniente para los planes de la Negro Improvement.

—¿Qué hay de cierto?

—García es un hombre muy perceptivo. En efecto, el gobierno liberiano goza de la antipatía general, la población se rebela continuamente. Allá, todo el que sabe leer y escribir aspira a un puesto administrativo donde robar.

—¿Por qué sigue adelante con el plan?

—La ilusión de poder, míster Chittenden —masca el chicle y lo traslada al ala contraria con ruidos de mandíbula flotante—. No se pueden repartir títulos nobiliarios indefinidamente. Se necesita completar el teatro.

—¿Cuál es la actitud de los liberianos? ¿Qué pasa si acaban entendiéndose?

—Nos encargaremos de que eso no suceda —Hoover pide permiso de usar el teléfono para reportarse con su madre en Washington—. La pobre se preocupa cuando no llego a dormir.

El abogado criminalista se transforma al teléfono. Cuando se relaja, cuando aflora la parte moldeada por la figura materna, se comprende ese desfase en la personalidad, esa ambivalencia que le cuesta tanto asumir y que encubre bajo un orden extremo. Escupe la goma de mascar en un cenicero y se despide de Chittenden con una advertencia.

—Independientemente de las razones que lo llevan a rebajarse de esa manera ante el jamaiquino, le agradecería evitar un encuentro público. Es un estafador, no lo trate como estadista.

Hay marineros que no se alejan de la costa, necesitan ver una lengua de tierra, un referente terrestre para sentirse seguros y protegidos. Hay otros que prefieren las aguas profundas, porque ahí no tienen riesgo de chocar con rocas y desfondar sus barcas. Yo estoy en un punto intermedio. La embarcación es endeble, el equipaje excesivo. Quiero pensar que el mar no es mi enemigo. Quiero llevar esta certeza a mi interior, el inconsciente es como el agua, toma sus propios cauces. Mis pulmones han sido ganados por miedos básicos. Y lo básico, aquí, tiene un peso terrible. El agua golpea en la coraza, el viento también golpea, obligan a elegir el rumbo, adentrarse, el abismo promete otra orilla. Hay que entregarse a él para alcanzar la orilla extraviada.

—Hola, hijo. Has hecho una gran labor.

—Reverendo Pitt, tanto tiempo.

El tajamar vuelve a reunirlos. Garvey se alejó unos minutos del tumulto que divaga por la ciudad.

—Parece que te tomaste muy en serio lo del Moisés.

—¿Le parece? —Garvey mira al pastor de costado con un bosquejo cómplice en la sonrisa.

—El trasatlántico, el retorno a la tierra prometida. Has puesto a África en nuestras mentes —el pastor trae su camisa de cruces bordadas y el pañito con que retira el sudor.

—Hace diez años, África me parecía tan cercana, tan accesible. Ahora que hago de todo para acercarme a ella, la veo cada vez más lejos, es como el horizonte. Y la comparación con el Moisés no me parece tan acertada. Fuimos los primeros, no sé si somos los elegidos.

—Espera un poco. Sácate de la cabeza lo de las razas elegidas. En la historia es común que la gente adopte otro Dios, pero nunca vas a ver un Dios cambiando de pueblo y eligiendo a sus favoritos. Ésa es una invención judía —el reverendo Pitt acentúa la frase.

Garvey recarga el cuerpo en el tajamar. Los barcos anclados en la bahía son una flota en acecho, les entregan la ofrenda diaria, el fruto dorado de esta tierra, y nadie los combate.

—Logré involucrar a miles de personas en esta historia, pero no puedo garantizar que todo salga bien. Conquistar el mundo de la navegación atrae a los tiburones. Me siento más expuesto que nunca. No sé qué es peor, si los tiburones o el descrédito.

—El mar nunca será tu enemigo si lo ves con los ojos de los ancestros. ¿De dónde crees que sale esa imagen de Dios caminando sobre las aguas? —el reverendo Pitt cambia de brazo sus himnarios y se seca la mano en el pantalón—. ¿Qué quiere decir? No son milagros. El que lo considera un milagro no entendió nada. Dios camina sobre la emoción y la memoria. Creó un lugar donde la oscuridad y la luz pudieran entenderse. La oposición y la oposición de la oposición. Si aprendes a manejarte en esos términos, no te librarás de los tiburones, pero tendrás la sabiduría necesaria para enfrentarlos.

"Para algunos, África es el rostro del hambre y el atraso. Para otros, África es el lugar donde las tribus se matan entre sí, los rinocerontes se aparean y galopan a su antojo las jirafas. Muy pocos le dan el sitio que le corresponde como tierra de origen, principio de la humanidad…"

—¿Por qué no publicas más seguido, Amy? —el doctor Ferris subraya frases del reportaje que Amy Ashwood le acaba de entregar. Un poco profesor, un poco paternal, Ferris la estimula a profundizar en los temas que le interesan, guía sus investigaciones y le ayuda a depurar el estilo.

"La filosofía, la medicina, la matemática, la astronomía tienen mucho que agradecer a los africanos. Un continente que no ha gozado de buena prensa, ni del debido reconocimiento a la propiedad intelectual…"

—No te atormentes por la originalidad, busca una manera de decir, una interpretación tuya. Tienes fuerza en lo que escribes. Te falta constancia.

—La vida me distrae.

Sin la sombra de su marido, sin su presencia dirigiendo todo, condicionando su vida y sus movimientos, Amy Ashwood es un astro errante del *Negro Heaven* emitiendo luz propia, se siente suelta, increíblemente lúcida, vital, libre de controles y prejuicios. Dos meses de ausencia de Marcus Garvey han sido toda una revelación para ella.

—*Read to me!*

—*I have a rendez vous with life.*

Countee Cullen lee otras cosas que acaba de publicarle la revista literaria de su colegio secundario, *The Magpie*. Están en la mansión de Leila Walker, la hija de madame Walker. La millonaria vendedora de belleza murió poco después del *tour* por la lavandería y otras sucursales de la Negro Factories. Leila ha heredado la fortuna y la costumbre filantrópica de su madre. Se perfila como una mecenas de la cultura que por ahora provee a los jóvenes poetas las bebidas prohibidas. En Villa Lewaro no hay ley seca, no hay horarios, no hay preocupaciones laborales. La bohemia exige dedicación absoluta.

Amy husmea en los cientos de objetos acumulados en mesas, repisas y estantes. La foto de un hombre de físico imponente y muy apuesto la deja boquiabierta.

—¿Quién es?

—Booker T. Washington.

—No te puedo creer. ¡Tan guapo! Siempre me imaginé a un viejito caduco y de anteojos.

—¡Mose! Ésta será tu habitación —tío Richards lo sitúa en la alcoba contigua a la escalera, en el segundo piso. Garvey entra y sale enseguida, la comunicación interna ha sido clausurada, y la casa azul se encuentra fraccionada en apartamentos de alquiler—. La finca y los cocos no son suficientes para vivir. La familia creció, así que...

—¿Dónde viven ustedes?

—Al otro lado de la escalera. Todavía hay algunos cuartos desocupados que acondicionamos para ti. No sé cuántos logren acomodarse.

La prima Edith ha crecido lo suficiente para pensar en amor y matrimonio. Le presenta a su futuro esposo, un mulato nacido en Jamaica, bastante atractivo.

—¿Sigues haciendo experimentos con la piel? —pregunta Garvey. Ella se queda helada y no atina a responder.

Amy Jacques saluda a un niño de seis años que juega en el corredor de abajo y mira excitado todo ese movimiento de gente en la casa y el *ball ground*.

—¿Por qué no estás durmiendo?

—Mi madre está en reunión —responde el niño—, debo esperar que regrese.

—¿Cómo te llamas?

—Silvester. *I'm living in the end room.*

—*See you*, Silvester.

Amy Jacques sube y se detiene al pie de la escalera con su ajuar y su caja de sombreros.

—¿Dónde me acomodo yo?

Tío Richards se rasca la cabeza.

—Tal vez ella podría dormir con tus primas.

Los tres se miran un poco abochornados.

—Bueno, ponga su equipaje aquí y ahora vemos.

Ella recarga las manos en la baranda y contempla las fogatas y los núcleos de gente que se han apostado en el estadio. Las mujeres cantan rondas infantiles y evocan juegos de las escuelas parroquiales. Los hombres ensayan himnos y se enrolan en una milicia organizada por los legionarios que acompañan a Garvey.

¿Quién es Marcus Garvey?

Aquí vivió mucho tiempo dedicado a la agricultura y luego al periodismo. En estas últimas labores fue compañero del extinto Salomón Aguilera. A los dos años se vio solicitado por irresistible vocación apostólica racial. De ahí su verbo inflamado, la audacia de sus planes, el magnetismo de su persona.

Diario de Costa Rica, 19 abril, 1921

—*Dov'é il capo della barca? Dov'é?* —abriéndose paso entre la gente, Fuscaldo, el zapatero italiano, agita un manojo de acciones compradas en la Limon Branch.

—¿Qué parte del barco me corresponde?

—El ancla —responde Garvey.

—¿Más ancla que este lugar? *No grazie.*

—¿No que eras un amante de los nómadas, de los paisajes móviles y las estepas en transición?

—Soy un nómada bastante estacionario.

Se ríen. Se le ha encogido la cara o la nariz prosperó a su antojo. Enganchada a un sobrehueso parece un perchero, una sombrilla abierta en un bolso. La columna también desarrolló un montículo donde se encaraman las cervicales, dándole ese aspecto de camello amansado.

Fuscaldo trae un paquete con un gran moño de regalo. Unos zapatos *fatti a mano,* Garvey se los cambia enseguida y pregunta por Vaglio, Bartoli, por La Vieja Gema. Algunos regresaron a Italia. Por extrañar el vino, los sorprendió la guerra. La colonia se ha llenado de aviadores, doblemente frustrados *per l'Italia perduta* y por la América inalcanzable.

—¿Fuiste por fin a Buganda?

—Primero habría que echar a los ingleses.

—¿Aprendiste a hablar swahili, bantú, serere, bambará, creole?

—No.

—*Ma*, qué clase de presidente *sei?* —junta las yemas en un puño—. Un presidente de África que *non parla nessuna lingua africana?* Napoleón es un nene de pecho al lado tuyo —Garvey le aguanta los chistes e incluso se ríe, algo totalmente insólito para la comitiva—. Y yo que estoy por la disolución de los poderes que oprimen al género humano, me hago amigo de un loco que se proclama *imperatore.*

—Presidente provisional.

—*Di tutta l'Africa?...*

—No fui yo. Me proclamaron en un *mass meeting*, veinticinco mil delegados de África, de América Central, de América del Sur, de las Indias Occidentales. Hasta los masai enviaron representante.

—Son pastores, sólo creen en vacas.

—No es un nombramiento en el sentido estricto —los labios cosquillean buscando a Amy Jacques—, es una reparación histórica.

—*Il popolo é con te? Africa é con te? Tutti quanti, con te?*

—¡Qué descaro! Cómo se atreve a hablarle así a su excelencia —el jefe de legionarios se levanta ofendido. Fuscaldo observa a los agraviados con sonrisa ramplona.

—Ahora entiendo por qué tanto interés en mi colección de mapas —se cruza de brazos, los desanuda y los cruza al revés—. Venías muy inocentemente a estudiar tu malévolo plan.

—¿Dónde aprendiste a hablar italiano? —pregunta Amy Jacques.

—En la ópera —Garvey engrosa la voz y se pone la mano en el pecho para cantar un pequeño parlamento de *Otelo*—. *Impura ti credo, di'che sei casta...*

Fuscaldo se agarra del vozarrón y le hace segunda:

—*Casta lo son... Giura!*

—Esa faceta no te la conocía —Amy baja la vista al piso sonriendo.

—Mose, la cena está lista —tío Richards dirige una mirada de pocos amigos al intruso. Fuscaldo no tiene para cuándo irse.

—¿Todavía tienes los mapas?

—Bajo llave.

—Préstamelos. Quiero ver una cosa.

—¿Qué otra locura estás tramando?

—Mose, se enfría.

—La comuna italiana ha preparado una cena en tu *onore*.

—Hicimos cazar un tepezcuintle para agasajar a toda la comitiva —tío Richards va perdiendo los estribos.

—Lo guardan para mañana. *Andiamo, andiamo.*

La Vieja Gema de Vaglio sobrevive como un reducto de la *Italia perduta*, con candelas en cada mesa, un letrerito impreso en los ventanales *tavola calda* y un ambiente evocativo de las repúblicas marineras. Apenas se dibuja el cuerpo bajito y regordete de Garvey en el cuadro abierto en la pared, una especie de buzón de comidas entre la cocina y el comedor, Vaglio toma el cuchillo, lleva la hoja al cuello y pone cara de maniático degollador. Amy Jacques, la tía Sofía y la prima Edith se sobresaltan.

—*Come stai!* Tanto tiempo —palmea al recién llegado hasta sacarle humo.

—¿Te vas a eternizar en la cocina?

—Cuando encuentre alguien que cocine mejor que yo, me jubilo. *La tua ragazza?* —Vaglio besa la mano y obsequia una alcachofa cruda a Amy Jacques—. *Camariere!* Sirva el vino —Vaglio aparece en el buzón de las comidas con un enorme fuentón—. *Spaghetti con le vongole.*

Garvey se retrotrae diez años con sabores que había olvidado. Chupa sus dedos y las conchas de las almejas hasta dejarlas limpias.

—¿Hay otro poco? —se desabrocha los dos últimos botones del chaleco y agota el segundo plato, elogiando las habilidades del cocinero.

—*Ti son piaciute le vongole?* Las mandé traer de Bocas del Toro, especialmente para ti.

—Delicioso. Te vamos a contratar como jefe de cocineros del trasatlántico —Garvey se frota la panza complacido—. ¿Sigues en tu veta anarquista?

—Eso es incurable. Somos disidentes de por vida —Fuscaldo se queja de que el mundo ha perdido audacia—. Aquí falta un poco de locura. Salvo este *piccolo uragano che hai fatto qui,* no pasa *niente.* Es un país bueno para los niños. Los demás nos aburrimos mucho.

—Vente a Harlem.

Los ojos brillan momentáneamente, después se acuerda de que hay ley seca.

—¿Cómo se puede vivir en un país que prohíbe el vino? ¡Ni a la Acción Católica se le ocurriría semejante sacrilegio!

—Querían un país de abstemios y forjaron uno de delincuentes y desquiciados —Vaglio se suma a la indignación y a la crítica—. Yo estoy con Vincenzo Capone.

—Un buen vino y uno se reconcilia con la vida.

—¡Salud! —responde el jefe de legionarios.

El resto de la comitiva come en silencio. Fuscaldo saca a relucir su supuesta convivencia con los masai.

—Matas un león y te conviertes en guerrero. Como han escaseado los leones, ahora un león vale para veinte.

—Estos europeos. La idea del safari no se la quitan de la cabeza —dice Amy Jacques, algo asqueada.

—*E brava la ragazza,* ¿de dónde la sacaste?

—Es mi secretaria.

—Vamos, vamos —Fuscaldo y Vaglio lo codean, ella se ruboriza sobre todo por la presencia de los Richards. Fuscaldo vuelve al tema—: Los guerreros cortan la yugular de la vaca, mezclan la sangre caliente con leche y se la beben. Es el alimento para la guerra, liviano, les da mucha energía, sin gastar fuerzas en la digestión. No matan la vaca, porque la vaca es símbolo de riqueza, sólo la desangran un poco, cubren la yugular con tierra, pastito, algunas yerbas para cortar la hemorragia.

—¿No podrían hablar de otra cosa, por favor? Estamos comiendo —suplican las mujeres.

Mientras los demás toman el café y los postres, Garvey y Fuscaldo se dan una escapada a la zapatería a ver la colección de mapas.

Ahora sí puedes tener una visión cronológica, desde la concepción grecolatina de Tolomeo hasta donde llega mi modesto bolsillo. He logrado reunir rarezas históricas. Por ejemplo, esta *Carta del Mar Océano Gallipoli,* el original se encuentra en Estambul, es la versión otomana de América. Corresponde a 1513. A los turcos les ha servido para fanfarronear sobre sus audacias navieras. En realidad, se trata de un mapa robado por la flota turca a una nave española en una de sus campañas contra Venecia. Uno de los hombres hechos prisioneros había acompañado a Cristóforo Colombo en sus tres primeras expediciones a las Indias Occidentales y llevaba consigo una carta náutica hecha por el *genovese.* Garvey observa muy interesado la caligrafía turca impresa como un oleaje sobre el territorio imaginario de América, junto a fauna fantástica y barcos que circundan una muralla interminable de tierra. Permaneció cuatro siglos oculto en el palacio de *Solimano el Magnífico.*

—Te habrá costado una fortuna.

—Dos viajes a Italia, ¡*ma* qué importa! Algún gusto hay que darse en este puerto de mierda —ambos se detienen en la pared de los mapas ovales—. *Cosa vuoi vedere?*

—Me interesa saber cómo era África en la mente de los circunnavegantes.

Para Henricus Martellus, en 1480, era un marañón, una nuez con la costa occidental perfectamente explorada y *conosciuta*. Madagascar y el contorno oriental sólo pudieron ser trazados con precisión al retorno de Vasco de Gama del *suo viaggio* a la India. En los mapas preservados por las repúblicas marineras, el Mar Rojo es un tornado apresado entre el canal de Suez y el cuerno de África.

En el mapa ampliado del mundo conocido con base en el reciente descubrimiento, elaborado por Johannes Ruysch en 1507, la representación física de África es casi perfecta, aunque reducida a cuatro, cinco categorías: Egipto, Etiopía y Subegipto para el área de influencia del Nilo; Libia interior es todo aquello que sobrevive más allá de las tormentas de arena y las caravanas de sal; Desierto Libre es ese inmenso mar disecado donde alguna vez pastaron jirafas y avestruces; y Etiopía interior es todo aquello que florece abajo del Sahara.

—Esto es lo que andaba buscando, aquí está la explicación —Garvey golpea el puño contra la palma feliz del hallazgo—. Esta geografía ayuda a entender por qué Liberia. No hay ninguna contradicción en nuestros postulados. Liberia es parte de Etiopía.

—En la acepción griega.

—¿Cómo hago para conseguir una copia? —Fuscaldo hace más muecas que un caballo en un máquina de tormentos—. Sin afectar tu valiosa colección, por supuesto.

—¿Cuándo te vas?

—Lunes o martes.

All of me

Le llamaban el presidente de los negros.
UN CORO INFANTIL

De noche, cuando Limón duerme, los zapatos de raso blanco de Amy Jacques iluminan calles que Marcus Garvey alguna vez recorrió en soledad.

Tomados de la mano, mirándose a los ojos, atraviesan los laureles de la India buscando la complicidad del tajamar. Por sus troncos cavernarios circula el agua de las cañerías. Con el follaje erizado, se apuntalan unos a otros como lanzas de una tribu en retirada.

En el estadio, al calor de las fogatas, tocan y bailan los que velan el sueño del visitante. Los ralladores de coco, las tinas de lavar, los utensilios de cocina y de trabajo acompañan la celebración, transformados en escala musical.

Las banderas negras, verdes y rojas se estremecen con la brisa. Un grupo de jóvenes practica algunos cánticos con marchas. *Advance, advance to meet the foe...*

Otros tratan de acercarse, las brigadistas de la Cruz Negra, más sabias e intuitivas, los detienen en aras de brindar intimidad a la pareja.

—Debemos detener esto. Amy es mi mejor amiga.

—No te sientas culpable —Garvey intenta reconfortarla. Amy Jacques lo rechaza débilmente.

—¿Qué se hace en estos casos, míster Garvey? ¿Qué es más importante: el amor o la amistad?

—La amistad no es menos misteriosa que el amor.

—¿Qué insinúas? ¿Que recupere a mi amiga y me olvide de ti?

—Ella nos reunió, ella hizo posible que te conociera.

—No me lo recuerdes.

—No te sientas culpable —repite él—. De todos modos...

—¿De todos modos qué?

—Amy no quiere ser esposa, sino líder. Líder o actriz. A veces pienso que yo soy su pasaporte a la fama. Y su mayor estorbo también.

—Estás ofuscado.

Lo toma del mentón suavemente. En ese instante, él abre un resquicio. Un paraje lunar se dibuja en el iris de sus ojos. Una aureola con dunas, cristales de roca y enormes dépositos de sal llevados de un lado a otro por un viento desolador.

—Tienes arena en los ojos.

Es un resquicio en la corteza de un hombre que se sabe emotivamente frágil, vulnerable. Raro privilegio que le concede a ella. Y ella lo suscribe como si fuera un voto de confianza. La certeza de estar creándose un espacio de confidente, más que de amante.

—Soy un analfabeto en materia sentimental.

—*Don't say that* —le tapa la boca con su dedo, con su aliento, con el murmullo de su voz—, *don't say, don't.*

Sus bocas se atraen, vacilan. Ella lo besa apasionadamente bajo la llamarada oscura del follaje, al final del paseo.

—*Amy, it's a public place!*

Se detienen en el último negocito de la calle del Comercio, una casa de fotos de la Film Developing Views. De los balconcitos de hierro forjado del Park Hotel escapa el ronquido de algún huésped.

—Será mejor que busques otra secretaria. No quiero que rompas tu matrimonio por mí.

El faro de isla Uvita araña las nubes, él se entretiene en ver cómo viaja la luz en busca de navegantes.

—Lo digo en serio, búscate otra asistente. Creo que volveré a Jamaica.

Un nudo lo deja sin habla, sin armas, sin retórica. No tiene el valor ni el atrevimiento de sellar un amor a costa de otro y tampoco ignora el tipo de dependencia que crea esta otra mujer.

—Tengo miedo a necesitarte, a lo que pueda pasar.

Él no escucha. Está abstraído tratando de descifrar el árido terreno de sus pasiones. Los párpados de Amy Ashwood, su temperamento imprevisible lo seducen y lo desestabilizan a la vez. Hay una zona de su esposa que no pertenece a hombre alguno. Una zona en permanente coqueteo con la vida, imposible de reprimir, ignorar, hacer a un lado. Esa forma de prodigarse en los otros, celebrar cada nota acústica, cada poema, cada garabateo como si fuera un chispazo de genialidad. Un tipo de disfrute que siempre lo deja fuera.

—¿Y ese edificio tan raro? —Amy Jacques observa el edificio de cúpula abombada levantado sobre los arrecifes de coral.

—Es la Logia Masónica.

El guarda que custodia la entrada dormita al lado del puente. Ellos caminan por el muellecito de madera hasta el edificio construido sobre la marejada. Adentro, un grupo de masones habla sobre la trayectoria iniciática de Limón a un miembro de la logia venido del extranjero. Un hombre de frente amplia y semblante trabajado con cera depilatoria y loción de bebé, que escucha la carta natal del puerto con poca paciencia: Limón atravesado por el paralelo 10, Arcano en transformación. Es altamente significativo que el nombre de nuestro puerto tenga por origen un árbol cuyo simbolismo aparece por todas partes empezando por el Génesis... Se hablan diversas lenguas, se adora a Dios en más de treinta iglesias de diferentes cultos, la maestría universal...

—¡Fuera! ¡Está prohibido! —el guarda se sobresalta y sobresalta a todos con su grito—. No se puede estar ahí. Es una sociedad secreta.

—¿Secreta esa pecera?

—Vámonos —pide él—. Estoy cansado.

En los teatros y cabarets de la metrópoli insomne, Amy Ashwood ha encontrado el ambiente ideal para bloquear su mente a ciertas manifestaciones del engaño. Agota todos los shows de variedad de Harlem, ha memorizado cada inflexión, cada escena, cada diálogo de *Suffle Along* mejor que Josephine Baker, se hace amiga de las cantantes de blues, de las bailarinas, de los músicos, permanece en los locales que se salvan de la Liga Anti-Saloon hasta que levantan las sillas sobre las mesas y los conserjes barren los restos de colillas, las copas rotas, los besos robados a las coupletistas. No tiene ningún apuro en volver a la oficina, al periódico o al apartamento donde la esperan las murmuraciones, las malas lenguas, las miradas de reojo.

Esa noche, en algún *music hall* del que se ha hecho *habitué,* una mujer de facciones duras y ojos de desconsuelo canta acompañada por un piano, mandolina y trompeta. La voz potente y rasposa es un desgarramiento, una ronquera que va arrastrando en su desdicha a los músicos, a los hombres de la barra, a los cantineros y a la propia Amy, que sostiene lánguidamente una copa entre los dedos.

La rudeza de su figura contrasta con la nobleza triste de la mirada. Su canto lacónico, de frases alargadas, posee un trasfondo de desesperación que sobrelleva con dignidad. Tiene una gran incisión al medio de los labios, como si hubiesen sido cortados a navaja, y una nariz imponente que absorbe las críticas más despiadadas y las pulveriza. La cantante se aferra a las letras para no derrumbarse. Amy sigue la música con suaves movimientos de cuello y con la punta del pie.

I woke up this morning... my man has gone away... Amy tararea las estrofas, suelta alguna lágrima que se bebe en el fondo cristalino de la copa... *Nobody knows my name, nobody knows what I've done...* Cada canción tiene algo que ver con su estado de ánimo: mujeres abandonadas por hombres que nunca las quisieron, otras que salen de un pueblo con un maletín y el corazón hecho pedazos, su voz también se va haciendo rasposa con el tarareo, con el humo de los cigarros. Un blanco intenta cortejarla, Amy lo rechaza con una mirada perforada por las lágrimas y pide que vuelvan a tocar *Young woman's blues*.

La cantante se cubre de los reflectores y busca en la barra sorprendida de que alguien haya puesto atención al nombre de la melodía. Amy levanta la mano y la deja caer entre sus piernas con desgano.

—*Okey, honey*. Con gusto te complacemos.

Los músicos hacen el *replay*, esta vez la melodía empieza más lenta, un lamento cadencioso que el trompetista acompaña con sordina y garabatos en el aire. Volcado sobre las teclas, el pianista parece dormitar en una columna de humo que flota sobre el escenario.

Al terminar, la *bluesinger* se sienta en la barra a platicar con Amy.

—¿Qué tomas?

—*Gin, please* —la cantante se empina la copa, aclara la voz y luego se restriega los labios en el dorso de la mano.

—¿De dónde eres?

—Tennessee, creo.

—¿Cómo llegaste a Nueva York?

—Cantando, si mal no recuerdo.

—Te noto confundida.

—Cuando creces en un orfanato, la confusión te dura toda la vida.

—*Excuse me.*

Amy Ashwood apoya la mano en ese enorme espaldón, la cantante se la quita de encima con un gesto de fastidio.

—La temporada de consolaciones ya pasó, querida.

El cantinero les sirve dos copas más, Amy intenta rechazarla, al otro extremo de la barra dos hombres hacen un guiño. Ambas agradecen con una leve inclinación de cabeza y conversan animadamente.

—Tus canciones me llegan muy adentro.

—*That's the blues, honey.* La vida me humilla, yo le canto. Ésa es mi pequeña venganza —se ríe y en su risa también hay un tinte de desesperación.

—Bessie, aquí te llaman.

El pianista se acerca con un vaso de gin y con uno de los hombres que antes enviaron un mensaje etílico. Se presenta como un crítico de música y se declara fascinado por el estilo, por su facilidad para los compases cortos, por la potencia de esa voz impregnada de tristeza. La cantante recoge los elogios sin ningún alarde de modestia.

—Mi voz es muy leal, no me engaña con otra, no me pide autos de lujo. Un poco de gin y está lista para la siguiente audición.

James Franklin, el boticario, entra al dormitorio convocado de urgencia. Agitado, Garvey se incorpora. Una película de agua se interpone entre él y los objetos del cuarto. Las fosas nasales jalan aire con dificultad, las contracciones del pecho amenazan reventar los botones de la pijama. Tío Richards, tía Sofía y la prima Edith ponen cara de espanto.

—No es nada, un resfrío mal curado —reniega el enfermo.

—Desde Cuba está así. Los médicos dicen que fue un enfriamiento, un cambio brusco de temperatura a la altura de Key West —explica Amy Jacques.

—Tiene unas líneas de fiebre —Franklin pone el oído en la espalda, primero en un pulmón, luego el otro—. Respire profundo. Retenga el aire.

—Soñé una travesía. Una travesía larga e interminable.

—En un barco de la Black Star Line, de seguro —el boticario hurga en su maletín y saca el estetoscopio.

—No. Una travesía a bordo de un barco espiritual.

—Siempre sueña lo mismo —Amy Jacques a los pies de la cama. El boticario le descubre la espalda para auscultarlo y lanza una mirada suspicaz a la secretaria—. No me mire así, toda la delegación lo sabe —los pómulos la traicionan—, él es muy comunicativo.

—Esta vez, las imágenes eran muy reales. Una gran confusión, la ansiedad de la gente, una montaña de equipajes. Y cuando todo estaba listo para partir, el mar había desaparecido.

—Tal vez no era un sueño, sino un aviso. Retenga el aire. Uno puede soñar que un león lo persigue, pero el león no es un león, es la representación del miedo. Bote despacio, más despacio. La mente crea actores, objetos, situaciones para poder distinguir una sensación de otra.

—¿Usted sabe interpretar los sueños, míster Franklin? —se interesa ella.

—No, lo leí en alguna parte —el boticario enrolla su aparato de auscultar el pecho.

—*Black invention* —dice Garvey antes de que lo guarde—. Los antiguos egipcios lo inventaron.

—¿De verdad? ¿Este mismo? —el boticario analiza intrigado la ventosa metálica.

—Seguramente era un modelo más rudimentario, pero la función es la misma. Bueno ¿qué hacemos con esta fiebre, doctor? Mañana tengo un día muy atareado.

—Vea. No soy un experto, ni nada por el estilo, pero me temo que usted tiene neumonía y principios de asma.

Tío Richards agacha la cabeza afligido, su mujer se muerde los labios.

—Sería mejor ver un especialista en Nueva York —recomienda Amy Jacques desconfiada.

—Créame, no me agrada ser yo quien da la noticia. Ese silbido en los pulmones, la fatiga al respirar, el espasmo de los bronquios, es un cuadro típicamente asmático —le cubre la espalda y le pide recostarse—. ¿A qué hora parten mañana?

—No sabemos —Amy Jacques se estruja las manos, acongojada.

—Bueno, estaré aquí a primera hora con los remedios que necesita. Ahora procure descansar.

En el corredor, Franklin se topa con Fowler, Roberts y Bryant, que vienen con las sábanas pegadas y algo asustados.

—¿Qué tiene? ¿Es grave?

Fowler llama a Franklin aparte, le hace preguntas misteriosas y luego le pide un favor:

—Revísele la pierna y la sien.

—¿Para qué?

—Sólo hay una manera de saber si ese señor es Marcus Garvey.

—Otra vez con esa historia, Fowler. Usted es un caso crónico.

—El verdadero Garvey sufrió un atentado, por lo tanto debe tener cicatrices en la sien y en la pierna.

—La sien se la puede revisar usted mismo, no necesita un doctor.

Cuando todos salen de la habitación, en la cara de Garvey asoma el niño que nunca dejó de ser.

—¿Quién cuidará de mí si te vas a Jamaica?

—Tu esposa, como Dios manda —Amy Jacques lo arropa con movimientos enérgicos.

—Tienes los ojos tristes.

—Ya se me va a pasar.

—¿Serías capaz de dejarme en estas condiciones? —tose a propósito.

—Usted está muy mal acostumbrado, míster Garvey. Soy su secretaria, no su enfermera.

—Sólo trato de satisfacer su instinto maternal, señorita Jacques.

Cavalla Colony

En Liberia, a 130 millas de la costa,
todavía existe una colonia fundada por la UNIA.
EL EGIPTÓLOGO

Nombre. Thomas Erskin. Edad. El joven no contesta. El miembro de la Legión Africana retira los ojos de la fórmula para llevarlos al muchacho. ¿Cuántos años tienes? ¿Cuántos se necesitan? Dieciséis. Ponga dieciséis. ¿Sabes manejar armas? El joven se cuadra ante el oficial y en la postura trata de elevar su rango a pesar del no. Es alto y tiene condiciones físicas. ¿Qué hacemos con él?, le pregunta al lugarteniente de Garvey. ¿Conoces un buen carpintero? Erskin piensa un poco y mueve los ojos por el vecindario. Toma, si consigues quien te haga uno igual, estás aceptado.

En otra esquina del estadio, Horace Fowler extiende títulos y certificados de afiliación, exasperado ante el menú de opciones: acciones de la naviera, acciones de la Corporación de Industrias Negras, certificados del Negro Improvement, bonos para el Fondo Liberiano o Colonization Fund, pasajes para el trasatlántico. Roberts viene con un fajo de acciones recién salidas de imprenta: The African Communities League, emitidas por la Limon Branch.

—¿Ésas cuánto cuestan?

—Un dólar.

—¿Y quién las firma?

—Usted, Fowler.

El zapatero moja la pluma y se queda tieso.

—¿Y si toda esta carambada se cumple? ¿Si de repente nos montan a todos en un barco y nos mandan a África?

—Entiendo que emigrar es algo voluntario. No pueden forzar a nadie —dice el gremialista.

—Somos oficiales, Bryant, si la organización lo pide, debemos acatar.

—Es un postulado. No hay que tomárselo tan a pecho.

Daniel Roberts coquetea con una mulata cubana que se agregó a la comitiva en La Habana. Al otro lado del estadio, su esposa, una mujer de rasgos asiáticos y aspecto de mariscal chino, lo amenaza con el paraguas en alto. Roberts se da media vuelta y sigue cortejándola hasta que un paraguazo en medio de la espalda lo deja sin aire.

—Si por mí fuera, me tomaría los vientos ya.

—Gracias por tus galanteos, querido.

—La china no se va hasta asegurarse de haber ahuyentado definitivamente a la mulata cubana.

—Una pregunta, si el certificado nos compromete a luchar por la "restauración del imperio y de la nación etíope", ¿por qué ahora nos quieren mandar a Liberia? —un maquinista del ferrocarril pone el dedo en la llaga.

—Liberia es el único estado independiente. Desde ahí se iniciará la marcha por la liberación africana —argumentan los futuros expedicionarios.

—¿Cómo va a ser independiente un país que copia la bandera de Estados Unidos, la Constitución se la redactan en Harvard y llama Monrovia a la capital para quedar bien con Monroe? —contraataca un grupito de estudiantes.

—Liberia es un invento de los gringos para sacarse a los negros de encima.

—Un lugar donde los niños fueron puestos a salvo de los tratados y los esclavistas —alegan los legionarios.

La discusión deriva hacia Etiopía.

—En la tierra prometida —agregan los estudiantes—, no hay lugar para los mortales: un tercio de la tierra pertenece al rey de reyes, otro tercio a los monasterios, otro poco a la nobleza. ¿Se puede saber dónde está el lado mítico de Etiopía?

—Es tierra santa.

—La tierra santa hoy es un enorme desierto.

—Posiblemente Liberia no sea el lugar —reflexiona Bryant—. Puede que tampoco sea Etiopía. Tal vez el retorno no sea físico, ni espiritual, sino psíquico. Un lado oscuro de la mente, de los sentidos, que debemos recobrar sin movernos de este sitio.

—Uy, Bryant ya se nos puso metafísico.

La misma discusión se da en Harlem, en Cuba, en Jamaica, en cada sitio donde Garvey lleva su consigna de retorno. Liberia es puesta en entredicho por los poetas e intelectuales de izquierda con la misma vehemencia con que atacan la figura de Abraham Lincoln como benefactor racial.

—Lincoln no era ninguna virgencita de la caridad. El decreto de abolición fue promulgado para debilitar a los estados del sur —Countee Cullen dosifica sus palabras al mirar los ojos somnolientos de Amy Ashwood—. Lincoln estaba enfrascado en una lucha por el poder. No nos hizo ningún favor.

—Sea como sea, estamos libres —replica Langston Hughes.

—Si a esto se le puede llamar libertad.

—Por favor les agradecería no mencionar esclavos, muertos y humillados en esta casa. Estoy cansada de tragedias.

—Tu cansancio no conjura la desgracia, *sleepy eyes* —Langston enciende un cigarrillo con las manos en cueva, el fogonazo proyecta un brillo dorado sobre la tez ligeramente clara del portorriqueño.

—Ya lo sé —Amy deposita una bandeja con bocadillos en el centro de la mesa, el rojo sangre de su vestido resalta la textura mineral de su piel—. ¿Hay que remitirse al esclavismo cada vez que hablamos de nosotros? ¿Por qué empezar siempre con el recuento de desgracias? No podemos lamer heridas a perpetuidad.

—Okey, señorita amnesia.

—Perdón, pero no me identifico con los que se lamentan por veinte generaciones seguidas —sus ojos relampaguean y la boca parece más carnosa mordiendo las palabras.

—Me gusta hacerte enojar.

Langston la baña con el humo de su cigarrillo. Ella se da media vuelta, furiosa, y va hacia la ventana para ver quién toca. Claude McKay, que viene agotado del trabajo.

—Conseguí este ron de contrabando, cien por ciento jamaiquino.

Están en el apartamento de Amy, en Lennox Avenue, en una de las tantas veladas literarias organizadas desde que el UNIA-restaurant fue cerrado por problemas administrativos, por la ley seca y por las reglamentaciones absurdas de la Liga Anti-Saloon. En la reunión se encuentra Leila Walker.

—¿Por qué no leen poemas?

—*If we must die,* si debemos morir, que no sea como cerdos…

—¡Oh, no! Claude!

McKay se ríe.

—Escribí esto para complacerte, se llama *I shall return,* no tiene sangre, muertos, nada repugnante… *I shall return again. I shall return/* Debería regresar otra vez/ a la risa, al amor, a mirar con ojos de asombro/ El bosque incendiado por la luz del mediodía.

Amy garabatea en una libreta y luego descansa la barbilla en la mano.

—¿Qué escribes?

—Nada, sigue leyendo.

—Este otro lo he llamado *Heritage,* con dedicatoria especial a los prohibicionistas —dice McKay—: …la canción que me llena en mis horas lúcidas/ el espíritu del vino que estremece mi cuerpo/ y me emborracha de música, es tuya, toda tuya… *The best of me is but the least of you.*

—Eso es lo que yo llamo venerar a alguien —Amy sonríe con los párpados bajos.

Langston ahuyenta los pajaritos leyendo algo suyo.

—Fue hace mucho tiempo/ casi había olvidado mi sueño/ pero ahí estaba/ frente a mí/ brillante como un sol/ mi sueño.

—¿Y cuál es ese sueño?

—Se trasmite de almohada a almohada.

—Las o los interesados tienen que dormir con él.

Amy anota ideas compulsivamente.

—¿Qué haces?

—Lo que siempre quise hacer.

—¿Una escritora en ciernes?

—Voy a hacer una obra de teatro. ¿Quieres ser uno de mis personajes?

Langston se queda un poco desconcertado. Luego mira la piedra del anillo en el meñique.

—¿Puedo elegir?

—Serás un espíritu africano.

—Richardson, tengo en mis manos un informe interno. Las calderas del *Kanawha* fueron dañadas con agua de mar.

—Pero, señor...

—Ningún pero. Lo voy a demandar. Su negligencia le ha costado miles de dólares a la compañía. Usted, su ingeniero de máquinas y los tripulantes que resulten responsables tendrán que indemnizar a la Black Star Line por administración destructiva.

El capitán intenta defenderse. Garvey repasa en voz alta el texto del informe con todos los pormenores de lo ocurrido desde el momento en que explota la válvula de seguridad y la unidad ligera de la Black Star Line retorna a Nueva York para arreglar el desperfecto.

Ajeno a las prisas del *president general*, el capitán Adrián Richardson hace un alto en Norfolk para abastecerse o quizás, como asegura la investigación interna, a pasar la noche con su mujer y embarcar un amigo. Al atracar choca con el malecón y el casco se daña. En Jacksonville, Florida, el capitán sube a otro amigo para reparar los daños. En el trayecto, el jefe de máquinas, Charles Harris, se emborracha y vierte agua salada a las calderas en lugar de emplear la máquina desalinizadora de a bordo.

—Seis semanas, seis semanas estuvo ocultando lo ocurrido. ¿Tiene idea de lo que eso significa? —la voz de Garvey retumba en las paredes del Tropical Radio Telegraph Company—. Queda despedido. Punto. Operadora, comuníqueme con el Universal Building.

La telefonista demora minutos en establecer la conexión. Garvey revisa cables de La Habana, Kingston, Nueva York, Bocas del Toro. Un hombre con las botas ensopadas, gorro de aviador, pantalones y chaqueta de cuero negro, pide una comunicación urgente a Managua y San José.

—El señor está primero.

Bastante maltrecho, con la vestimenta endurecida por costras de barro, el sujeto insiste.

—Debo hacer una llamada urgentísima.

Con un guiño, Garvey da a entender que será breve.

—*Il governo, tutta Nicaragua mi aspetta!*

—Thompson, acabo de cesar a Richardson y a la tripulación del *Maceo*. Encárgate de que sus licencias sean revocadas. Y, de ser posible, que nunca más en su vida operen un barco. La Black Star Line no va a financiar las bacanales de nadie.

Contador californiano, nombrado vicepresidente en la última reestructuración de la compañía naviera, Orlando Thompson aleja el auricular de la oreja y, cuando termina la descarga, pregunta:

—¿Qué hacemos con el yate, señor? No podemos dejarlo botado en Jamaica.

—Después hablamos de eso, Thompson. Ahora siento que la cabeza me va a explotar. ¿Qué novedades tenemos de Liberia?

—Solicito autorización de girar setecientos treinta dólares a Monrovia en concepto de salarios.

—Autorizado. ¿Qué más?

—*Allora!* —el italiano echa chispas, parece un hombre bala desviado de trayectoria—. Tuve un accidente. Estoy vivo de milagro. Ninguno lo sabe.

—Por favor, podría gritar menos —Garvey se da vuelta y se cubre la oreja para poder escuchar.

—*Cretino!*

—*Silence, please!*

El italiano parlotea. Garvey lo hace callar y muy circunspecto le dice:

—Este aparatito lo inventamos nosotros; sin el ingenio de Latimer y Granville Woods, Graham Bell todavía estaría tratando de hacer funcionar esta cosa, de manera que yo tengo más derechos que usted. Así que guarde silencio y déjeme terminar mi llamada. Thompson.

—Tenemos un ofrecimiento: un mercante británico a vapor de treinta y dos años, el *S.S. Hong Kheng,* presta servicio regular por la costa china.

—¿Cuánto cuesta?

—Trescientos mil dólares.

—Muy caro. Pide rebaja.

—Es último precio.

—Haga una contraoferta, Thompson. El mercado está deprimido. Debemos ser los únicos que compramos barcos en este momento. Ese buque está al otro lado del mundo.

—Silverstone promete situarlo en Nueva York en mayo, previo depósito de veinte mil dólares.

—¿Está en buen estado?

—Silverstone asegura que sí.

—*Go ahead!*

—Señor —la voz del vicepresidente se adelgaza—, no hay fondos líquidos.

—¿Cómo? ¿Y el monto que teníamos reservado para esta operación?

—Se ha gastado en el *Maceo*. Ese yate nos está des-financiando.

Garvey da un puñetazo contra la caja de madera del teléfono. La operadora y los clientes del Tropical Radio se sobresaltan.

—Movilicen a todas las filiales. Necesitamos redoblar esfuerzos. Localice a Hugh Mulzac, a Henrietta Vinton, que ayuden a reunir capitales.

—Su esposa no autoriza partidas extraordinarias hasta no hablar con usted, sir.

Exasperado por la tardanza, el italiano opta por dictar su mensaje al telegrafista, que a duras penas traduce sus gritos y aspavientos en algo coherente: "después de 600 kilómetros extraviado en cielo nublado, aterricé en Limón, salvándome dichosamente. Aparato destrozado. Firmado Venditti".

Mr. Garvey Líder de la raza negra
Ha sido nuestro huésped durante varios días el señor Marcus Garvey, quien de paso para los Estados Unidos decidió visitar San José. La United Fruit, al tener conocimiento, le ofreció un tren especial que lo condujo a la capital.

Diario de Costa Rica, 17 abril, 1921

De un momento a otro, los balcones del Hotel Siglo XX y el andén se llenan de gente que acude a dar un breve adiós a la comitiva.

En el descanso del vagón, expedicionarios en vías de ser enviados a Liberia y oficiales de la Limon Branch escoltan a Marcus Garvey en su viaje a San José. Un enviado de Chittenden finiquita con Horace Fowler los detalles del acuerdo con la United Fruit, la agenda alternativa, la entrevista con el presidente de la República. Los cargadores trabajan sábado y domingo tiempo completo, el lunes es todo suyo. ¿Usted se hace responsable de los destrozos? ¿Cuáles destrozos? Los que pueda haber, puntualiza el apoderado de la compañía, les estamos cediendo el *manager's couch*. Fowler echa un vistazo a los encortinados de terciopelo rojo, a los tapices abotonados, al bar y a las mesas del tren especial. ¿De dónde vamos a sacar para pagar esto? Es demasiado lujoso. La gente puede ofenderse. Lo toman o lo dejan.

—¿Qué pasa? —interviene Garvey.

—Este caballero pretende deshacer el trato.

—Usted pretende deshacerlo —replica el apoderado.

En la estación del Atlántico se agolpan pasajeros y funcionarios de gobierno que tratan de viajar a San José. Hoy no hay tren, se cancelaron las corridas. ¿Así, sin previo aviso? Ni un anuncio en las pizarras, en la boletería, en los andenes. Es un atropello, una falta de respeto. Los cobradores, checadores de horarios y empleados de taquilla se van a tomar café tranquilos. El servicio regular está suspendido por orden superior. Un grupo de pasajeros acude a la oficina del superintendente a presentar su queja. No hay nadie. Los vapores también están suspendidos. ¿Por qué?

Un ferroviario señala al hombre parado en el pescante del vagón, traje oscuro de tres piezas, corbata al tono, sombrero panamá.

¿Desde cuándo se paraliza todo por un negro? ¿Quién se cree ese hombre? El presidente de África. ¡Vaya! ¿Y toda esa gentuza? ¿Por qué no están en las plantaciones?

Convocado por el Ladies Department, el hijo del reverendo Pitt, un aficionado a la fotografía que está montando un estudio fotográfico frente al tajamar, instala el tripié a un costado de la vía. Un pedazo de la estación semivacía en el encuadre. Los preparativos del muchacho demoran tanto que el lugarteniente de Garvey ha perdido interés.

Amy Jacques asoma la cabeza.

—¡Míster Franklin! ¿Alguien ha visto a míster Franklin?

En ese momento llega Fuscaldo con un pergamino bajo el brazo.

—Toma.

Garvey no cabe en su asombro. La carta circular atribuida por Charles de La Ronciere a Cristóforo y Bartolomeo Colombo, la representación antigua más parecida al continente único.

—*E una donazione.*

—No puedo aceptar esto.

—Si no la aceptas, le prendo fuego.

Teddy Pitt, el fotógrafo, pide a Fuscaldo despejar la plataforma. Todos se acomodan para la foto. Daniel Roberts adopta pose de conductor, el mentón airoso, el sombrero de *biscuit* echado atrás. De punta en blanco, Horace Fowler pone una mano en el volante como para apoyarse en algo. Montada en el hombro del zapatero, la sonrisa postrera de un expedicionario. Charles Bryant, el hombre que conmocionará a Limón no por sus actos, sino por la forma en que habrá de morir, levanta el pie al estilo de los bailarines de salón. El maquinista retira el freno.

Garvey se distrae momentáneamente en el sistema de enganche del vagón. *Black invention.* Byrd, 1874. Esta-

mos rodeados de inventos negros: el vagón, la chimenea de la locomotora, el *switch,* la alarma del tren, el
parachoques, el sistema telegráfico por vía férrea. ¡Quie-
tos! Tres niños corretean alrededor del *manager's couch.*
El fogonazo los congela en una escena que irá de mano
en mano.

El tren se despereza. Dos hombres y una mujer tra-
tan de alcanzar el convoy. Uno es el boticario James
Franklin. De un estirón, le alcanza una caja de cigarros a
Garvey.

—Son para el asma. Fúmese uno cada vez que sienta ahogo.

—No sé fumar.

Roberts le enseña.

Amy Jacques saca medio cuerpo por la ventanilla.

—Míster Franklin, por favor, acompáñenos.

—No puedo. La compañía me manda a Matina.

Sin aliento, pero servicial, el operador del Tropical
Radio le entrega dos telegramas: uno, de su esposa Amy
Ashwood, lo deja frío.

—¿Malas noticias?

—No, no.

A gritos, la mujer logra llamar la atención del maquinista y detener el tren.

—Soy del *Bluefield's Messanger.* Me pidieron una entrevista exclusiva.

—Estaremos muy atareados en el viaje, pero seguramente habrá un rato para usted.

—Por favor, suba míster Franklin —suplica Amy Jacques—, necesitamos alguien que sepa de medicina, por
seguridad. Garvey prefiere encomendarle los preparativos
del mitin. No puede faltar nadie. Haremos un anuncio
muy, muy importante.

—¿Blair? —el gerente de la United en Limón se hunde de espaldas en el asiento—. Nuestro visitante no dará problemas. Acabamos de despacharlo a San José y no regresará hasta que hayamos terminado las tareas de embarque.

Una empleada de la oficina de personal entra con un folio de cheques y notas por firmar. Chittenden le hace señas de que se lleve todas las tazas de café.

—Por supuesto que le haremos pagar por el servicio de tren aquí y una tarifa especial que cubra el costo de llevarlo y recogerlo.

Se escucha la risa del gerente en Bocas.

—Me pregunto quién será la fuente de información de la prensa "…dedicado a la agricultura… se vio solicitado por irresistible vocación apostólica racial…" —las carcajadas de Blair salpican el teléfono—. No saben qué carajos hizo, pero le inventan un pasado decoroso. Y luego toda esta confusión que han creado diciendo que la Black Star Line es una filial del *Titanic*.

De pie en la baranda del *manager's couch*, Garvey saluda a los finqueros, a las mujeres lavando ropa en la ribera de los ríos, a los niños que corren al paso del convoy, a los que vuelven con un tepezcuintle al hombro, a las ancianas que visitan a sus maridos enterrados boca arriba en Milla Uno. Las tumbas van trepando la colina con sus angelitos de yeso, entre palmeras que sacuden alocadas sus colas de avestruz.

—Dentro de poco, las tumbas van a ser con vista al mar —bromea Bryant.

—No haga chistes. Es de mala suerte —recrimina supersticioso Fowler.

En el trayecto entre pueblo y pueblo, Garvey les explica su plan de colonización con mapas y planos desplegados sobre la mesa del coche-comedor, las mangas de la camisa arremangadas:

—Tenemos pensados de cinco a seis asentamientos en diferentes puntos cercanos a Cavalla River. A los habitantes de Cavalla Colony no les faltará nada. Aquí la estación de bomberos, la planta eléctrica, la planta de agua potable. Construiremos escuelas públicas, un colegio de artes y ciencias, otro de ingenieros y técnicos. Ahí se formará la nueva generación de dirigentes y artistas que sacará a África del atraso.

—¿Y de qué van a vivir? —Fowler trata de hacerse la composición del lugar. Garvey levanta las manos a los brocados color carmín.

—*Enterprises! Industrial ventures!* Cinco mil acres de tierra para incursionar en el área que más nos convenga. ¿Cuántos colonos? De veinte a veinticinco mil. Viajarán en grupos de quinientos desde Nueva York. ¿Qué pasa si se rompe el barco? Compramos uno nuevo. ¿Si quiebra la naviera? Fundamos otra. Ningún obstáculo es insalvable.

La entrevista

No puedo pensar nada acerca de él.
Está muerto. *Marcus Garvey is not alive.*
<small>UNA COCINERA DEL BLACK'S</small>

—¿De cuánto tiempo dispongo? —la periodista apoya la libreta en sus muslos, mientras busca en su cartera algo con qué anotar.

Garvey saca una pluma fuente y la centra en medio de sus ojos: Purvis, 1890.

—¿Es el modelo?

—El inventor, *a blackman.* Un invento menor de Purvis, gracias a él firmamos diplomas y tenemos trenes eléctricos —le cede la pluma y reclina la cabeza en la ventanilla—. Le agradecería fuese breve.

La mujer sacude la pluma. Un chorro de tinta sale disparado y le hace un manchón en la falda. Garvey sonríe lejano, navegando en el paisaje.

—¿Cómo y cuándo se formó la Universal Improvement?

—¿Por qué los periodistas siempre preguntan lo mismo?

—Algunos creen que se formó en *Jamaica town.*

Cansado, deprimido tal vez, mira hacia los cacaotales, hacia algún punto perdido.

—*Try again!*

—Los estudiosos de la conciencia africana afirman que usted se ha vuelto intolerante con los negros claros. —le sostiene la mirada sin parpadear.

—¿Intolerante?

—A raíz de uno que otro ataque a "los híbridos de la raza negra". Tal vez si explicara en pocas palabras su concepto de pureza racial.

—He dedicado toda mi vida a estudiar la condición racial y usted pretende que le resuma, en pocas palabras, en un viaje en tren, *my race concept*. Mi pluma —la guarda y se levanta indignado—. ¿Intolerante? Yo, que abogué por que negro se escriba con mayúscula.

—Un formalismo.

—¿Formalismo? ¿Tiene idea lo que costó que el mundo acepte ese formalismo? Cuánta gente murió por enseñar a leer, por empuñar un lápiz, por insignificancias. Le digo más, fui uno de los primeros en usar abiertamente el término *negro*.

—A los antropólogos les suena ofensivo. Una antigüedad. Un nombre friso dado por los italianos.

—No puede ser.

—Ahora todo es afro o *black. Black is beautiful.*

—Ustedes los blancos nunca saben cómo llamarnos.

—Perdón, pero no me considero blanca.

Frunce las cejas y analiza a su entrevistadora con más detenimiento. La sangre española e india han logrado una mezcla interesante y propensa a las emboscadas.

—¿Y entonces qué es?

—Un híbrido.

—Ah, ya entiendo. Se sintió aludida.

—Otro tipo de híbrido.

Vuelve a sentarse y se golpea las rodillas.

—¿Por qué les resulta tan ofensiva la palabra *negro*?

—Será porque es una palabra castellana. En inglés tiene más clase: *black, black culture, black power,* aunque un poeta de Martinica encontró una todavía más elegante: *negritud.*

—Todo depende de cómo queremos llamarnos: etíopes, negros, *blacks,* africanos, es una discusión inagotable.

La locomotora disminuye la marcha. Cientos de corazones púrpuras, carnosos, suspendidos entre las matas de banano, se mecen al paso del tren, la luz del sol se filtra en ellos con la misma cautela con que traspasa los vitrales e ilumina los santos de las iglesias.

—¿Le gusta Limón?

—Mucho, me recuerda mi infancia.

—Se afirma que su salida de Costa Rica, en 1911, fue un poco accidentada.

—¿Eso dicen?

—¿Es verdad que fue arrestado en un barco a punto de zarpar?

—¿Me está preguntando o afirmando?

—Preguntando. ¿Fue antes o después del embargo de la rueda de imprenta de *The Nation*?

—¿Para dónde dijo que trabaja?

—Para el *Bluefield's Messanger*. Según el doctor Du-Bois, usted colaboró ahí…

—El doctor DuBois, ¿qué puede saber el doctor Du-Bois de mí? —tuerce la boca hacia un costado y escudriña con el rabillo del ojo—. ¿Está segura de que es periodista?

—¿Por qué?

—Sus preguntas: apuntan a otra parte.

—Hay una laguna en ese tramo que otros se han encargado de llenar: la United Fruit, el Bureau of Investigation, Edgar J. Hoover.

—¿Y usted les da crédito?

—Bueno, por eso…

Manchones de selva pasan raudamente a través de sus ojos con fiebre.

—Mucha gente lo confunde con un pastor, un profeta.

—Todo líder político de color tiene algo de predicador.

Hay un rasgo de vanidad que la reportera no deja pasar.

—Entonces, le debe gustar que lo llamen el Moisés Negro. ¿Fomenta esa visión mesiánica de su movimiento?

—Yo no fomento. Organizo.

—Míster Garvey promueve un liderazgo casi religio-so, si partimos de los conceptos que utiliza: redención, re-surrección de la raza.

—Tenemos mucho que aprender de la fuerza espiri-tual del cristianismo. Cristo fue el primer reformador. El más grande. Veinte siglos después de su muerte, sigue sien-do una fuerza en movimiento. Eso nos muestra el poder de la causa correcta.

Enciende un cigarro en una operación que demora varios segundos, tose, se atraganta con el humo, sacude con las manos esas nubes tempestuosas. Cuando la nube se disipa, el entrevistado aparece mordiendo el puro con los molares y una sonrisa gangsteril.

—¿Le molesta el humo?

—Solamente el de mariguana.

—No me diga que... —examina el cigarro y lo arroja por la ventanilla como si fuese un explosivo. Ella se ríe a carcajada limpia—. ¿Qué me recetó ese boticario?

—La mariguana es broncodilatadora. Si usted la fuma, no será por falta de imaginación.

Una guacamaya pasa a lo lejos, su plumaje rojo es una provocación en medio de tanto verde.

—¿Qué pasaría si su sueño de la gran nación negra termina, por ejemplo, en un paradero de comidas o en un salón de baile? ¿Se sentiría defraudado, traicionado?

—No entiendo la comparación y no me gusta res-ponder a conjeturas.

—La imaginería popular lo ha casado con una mujer blanca, lo ha hecho predicador, apóstol, profeta, potenta-do, vecino de la Casa Blanca.

—Deben referirse al reverendo James Eason, quiere establecer una Casa Negra en Washington.

—También le han inventado propiedades en Jamai-ca y Limón. Este viaje, este tren seguirá recorriendo los pueblos de la línea con el presidente provisional de África al pie de la baranda, cuando no haya más tren, ni pueblos en la línea.

Afuera, los cambios en la vegetación indican que las llanuras del Atlántico han quedado atrás para dar paso al vaho espeso y húmedo de la montaña.

—La ficción suele ser más poderosa que la realidad.

—La ficción tiene debilidad por los finales trágicos. La gente cree que usted será envenenado, boicoteado, acusado de provocar alucinaciones en masa, encarcelado por violador.

—¿Violador?

—De cartas, sólo de cartas.

—Gracias por darme ánimos.

—Será tan famoso que se enterará de su muerte por los diarios.

—¿Está jugando al clarividente?

La locomotora entra silbando en otro puente metálico. El ruido de fierros despedazados ahoga las voces. Ambos se sorprenden mirándose en el reflejo de la ventanilla, simulando ver las raíces sedientas de los árboles, el cauce agrietado de un río sin agua, ella arrepentida de haber dicho lo que dijo, él replegado en ese malestar que vuelve por oleadas.

—¿Se siente mal?

—Debe ser la altura —se frota el pecho.

—O la humedad de la montaña. Aparte de Sarah Jane, Amy Ashwood, Amy Jacques y Henrietta Vinton Davis, ¿qué otras mujeres han sido importantes para usted?

—¿Por qué tanto interés en mi vida privada? —la observa con un ojo cerrado tratando de enfocar un objetivo difícil.

—No soy lo que está pensando.

—¿Y qué es lo que estoy pensando?

—No soy una espía, ni nada por el estilo.

—Y entonces, ¿qué clase de periodista es, que no anota?

De estadísticas y aeroplanos

Era como un dios para mucha gente.
Un hombre grande. Del mundo.

VERA DE SUTTON

—¿Conocía San José, míster Garvey?

—No. Primera vez.

Daniel Roberts oficia de guía turístico. Allá la Catedral, el Teatro Nacional, el Colegio de Señoritas, acá el Paseo de las Damas, la Casa de Gobierno, anteriormente eran las oficinas de la United Fruit, míster Keith se las traspasó al Supremo Gobierno.

La capital está conmocionada por la proeza sin consumar del aviador italiano Luigi Venditti y del primer correo aéreo de Centroamérica. Desde el domingo pasado, el intento del audaz aeronavegante de surcar por primera vez el "oceáno aéreo" entre Costa Rica y Nicaragua ocupa la primera plana de los diarios y las conversaciones giran en torno a la experiencia de ver "la carne humana que se eleva por encima de emociones indecibles".

—Descubrieron el cielo —comenta el lugarteniente.

—¿Dónde está la embajada de Estados Unidos?

—A cuatro cuadras de aquí, sir.

Después de una breve disputa con los empleados de vigilancia, Garvey logra que el encargado de negocios Walter Thurston lo atienda fuera de horas de oficina.

—¿Impedimento de entrada? ¿Cuáles son las razones que aduce su gobierno, vicecónsul? ¿Se me imputa algún delito para recibir este trato de delincuente?

—Usted sabrá mejor que yo.

—No me plantee un examen de conciencia. ¿Pesa algún cargo en mi contra, sí o no?

—Lo ignoro. Mi área es la diplomacia, no la justicia.

—En ese caso podría indicarme por qué su gobierno está obstaculizando mi ingreso a Panamá.

—Supongo que por la misma razón que no le permiten volver a Nueva York.

—Si no me muestra un documento oficial de impedimento de entrada, si no hay cargos en mi contra, entonces solicito me otorgue visa de retorno.

—Yo no estoy autorizado a hacerlo —el vicecónsul abre el picaporte y lo invita a salir—. Si no se apresura, llegará tarde a su cita con el presidente de la República.

—Gracias por tener tan presente mi agenda. Su eficiencia me conmueve.

Corren rumores de que el gobierno americano tal vez prohíba el regreso del señor M. Garvey a los Estados Unidos por ser extranjero *non grato* que causa agitaciones entre la raza negra de Norteamérica.

La Tribuna, 26, abril, 1921

Líder de la revolución de Sapoa, electo para restaurar la institucionalidad luego del trágico episodio de los hermanos Tinoco y del enfrentamiento entre Costa Rica y Panamá por la provincia de Chiriquí, el mandatario Julio Acosta recibe al visitante con cortés indiferencia.

Ambos tienen la sensación de estar ahí por compromisos ajenos a su voluntad. Garvey se presenta a sí mismo. Lo que es y lo que cree representar. En el curso de la charla se despoja de los trazos grandes de la política para entrar en cuestiones de utilidad práctica: la prohibición que aún pesa sobre el *Negro World* y sobre la organización.

—Se han incrementado las protestas instigadas por publicaciones perniciosas, entre las cuales se encuentra, según entiendo, su periódico. La compañía solicita contingentes de fuerza pública continuamente —el presidente Julio Acosta no aparta los ojos de un tarjetero donde aparecen las fechas de las últimas huelgas en el puerto. Huelga y Limón se consideran sinónimos.

—La organización que represento y que respaldan cuatro millones de miembros tiene metas más ambiciosas. No estoy aquí para interferir con su gobierno.

Un miembro de la delegación muestra crónicas de prensa de sus contactos con otros estadistas, Mario García Menocal, de Cuba, Álvaro Obregón, de México.

—¿Estuvo con el general Obregón?

—Mantenemos correspondencia. Es un hombre bastante adelantado y sensible a la cuestión racial, a pesar de ser militar.

Acosta promete revisar la orden de confiscación, previa consulta con la oficina de censura. Un gesto de acercamiento que Garvey corresponde interesándose en el último incidente fronterizo con Panamá, un pleito que se arrastra desde 1900, cuando Panamá todavía era provincia colombiana. Se pidió el arbitraje de Francia. El presidente Loubet trazó una línea encima del mapa, así sin ver, sobre la cordillera de Talamanca arriba del río Sixaola.

—¿Que hay ahí? —preguntó.

—Tierras incultas, montaña, unos pocos indios, es decir, nada.

—¿Todavía operan los trenes clandestinos?

—¿Cuáles?

—Trabajé un tiempo en la zona, me imagino que algunas cosas habrán cambiado en diez años, otras no tanto —Garvey saca a relucir su conocimiento de Limón—. El acceso a esa región sólo es posible con el tren de la Northern o en barco. ¿Cómo hicieron?

—La compañía transportó y alimentó a nuestras tropas. —Acosta le ofrece una copa de un licor dulce de señoras. Garvey rehúsa amablemente—. Fueron unas cuantas escaramuzas. No tenía mucho sentido pelear por esa gente. Son separatistas, hasta bandera propia tienen. Negra, morada y verde. O verde, morada y roja, algo así.

—¿Es esta bandera a la que se refiere? —el jefe de legionarios le entrega una escarapela con los colores distintivos de la UNIA—. Quizás era la única que les brindaba protección.

La entrevista se desarrolla en medio de las continuas interrupciones de secretarias y asistentes por el percance del aviador italiano Luigi Venditti, el fracaso del primer correo aéreo de Centroamérica y la urgencia de reparar el avión antes de que otro país tome la delantera.

—¿Dónde cayó el avión?

—En unos bananales, a veintitrés kilómetros al sur de Limón. El domingo se ofrecerá una función a beneficio. Quedan cordialmente invitados —el mandatario extiende la mano—. Una duda: ¿qué significa maroon?

Garvey lo observa intrigado.

—Nunca mencioné tal palabra en esta conversación.

—¿Ah, no? Entonces la leí de alguna parte —finge haberse confundido.

—Es una mentalidad, un modo de vida. Creo que en español existe una palabra —Garvey mira hacia las esquinas del despacho—. Cimarrón.

—¿Blair? Garvey me hizo una larga llamada desde San José. Me dio la impresión de ser una persona con la cual no se puede discutir. No tiene reglas de ningún tipo. De manera que tu sugerencia de no entrar en debate con él me parece acertada —Chittenden se pasea en la planta alta del comisariato. Desde la ventana checa el avance de las maniobras de carga—. Ojalá así trabajaran siempre.

Al otro lado de la línea, el gerente de la División Panamá observa el correr de las manecillas en un reloj de pared.

—Si mantiene su palabra no habrá ningún problema. Se mostró muy consecuente con la compañía. Dijo que él también es un empleador, que entiende nuestra posición, que está en contra de los sindicatos y que ha puesto todo su empeño en lograr que la raza negra se supere a través del trabajo.

—Trata de establecer una paridad, de hablar contigo al tú por tú, de empresario a empresario.

—Creo entender su psicología. Si halagas su vanidad un poco y hablas con él en buenos términos, no hay conflicto.

—Intenta salvar los negocios del movimiento a toda costa. Parece que no les va muy bien —Blair se truena las falanges de una mano, luego la otra—. Tienen el agua hasta el cuello. Están en ceros. Llenos de deudas. El 20 de octubre de 1920 trasladaron su registro del estado de Delaware a Nueva Jersey. Ingenuamente creen, o alguien los ha hecho creer, que un simple cambio de domicilio los libra de los errores cometidos y del pesado lastre.

—Perdóname, pero el asunto no cuadra desde ningún ángulo —Chittenden se rasca la cabeza con el anular y camina de un lado a otro como león atado a un cable telefónico.

—¿Qué pasaría si pones a un checador de horarios, un armador de cigarrillos y un fabricante de municiones a dirigir las cuentas de tu distrito?

—Si están en ceros, ¿por qué proponer un trasatlántico?

—¿Nunca oíste hablar de la megalomanía? Está apostando al objetivo de máxima. La fuga hacia adelante —una película de saliva abrillanta los dientes de Blair.

A Chittenden lo único que le interesa es sacarse de encima las visitas incómodas.

—No sé cómo se las ingeniará. Pero está resuelto a viajar a Panamá el martes, de modo que necesitará transportación por mar. ¿Crees que sea posible facilitarle la lancha *Preston* de Limón a Bocas del Toro?

—Mientras pague por adelantado, no hay problema.

Lemon tears

—Amy, *honey,* no puedo hablar ahora. Toma las cosas con calma. No ha pasado nada.

—¿No ha pasado nada? Todavía tienes el descaro de negarlo. Sólo falta que lo publique el *Negro World.*

Garvey voltea a los costados. La clientela del Tropical Radio *operating in connection with* tiene los ojos encima de él.

—Amy, si pudiera, abandonaría todo para estar contigo. La gira, el *african ship,* Liberia, nada tiene sentido, si tu estás infeliz o triste por mi culpa.

—No mientas, *please, don't lie to me* —la voz de Amy Ashwood se hace inaudible.

—Resolvamos esto como gente grande. Tu Napoleón te lo pide.

—No seas rídiculo.

—Por favor, Amy, dame tiempo a volver, es lo único que te pido.

—¡Qué rápido se te fue el amor! Eso me gano por salvarte la vida.

—Tenemos que hablar. *Wait for me.* Me han cerrado las puertas. No puedo volver. Estoy moviendo cielo y tierra. Quisiera abrazarte, quisiera perderme en tu mirada, en tus ojos mansos —su respiración al teléfono suena como un acordeón enmohecido.

—¿Estás enfermo?

—Un poquito —carraspea, se pone mimoso, la conversación se encauza por ese rumbo—. El doctor dice que es asma.

—*Poor moony face.* Cuídate. Descansa. No has parado en años. Podría agarrarte una descompensación.

—Te preocupas por mí, quiere decir que tan detestable no soy.

—¿Por qué tardas tanto? Prometiste que estarías de vuelta en cinco semanas.

—Todo se complica. Habla con el profesor Ferris, con Wilfred Smith, que muevan sus influencias, necesito visa de retorno —suaviza la voz anticipándose a las reacciones de su esposa—. ¿Podría hablar un segundo con mi *business manager?*

—No.

—Sólo un segundo Amy, por favor. ¿Es mucho pedirte?

—Lo único que te preocupa es el movimiento. Tú no necesitas una esposa, sino una secretaria. Por suerte, ya te conseguiste otra —una lágrima cae en el auricular, él la escucha viajar a través de los cables submarinos, del magneto, la escucha cayendo en su oído.

—Amy, *sweetheart,* no me hagas sentir peor.

—*Keep your empty words!*

—No hay que mezclar el melodrama con los negocios. La Black Star Line no tiene nada que ver en esto. Eres mi representante.

—*Not any more.* Renuncio.

Garvey abandona el tono culposo.

—Está paralizada una operación por un capricho tuyo, Amy. Te pido un poco de sensatez. Deja que Wendolyn firme los papeles a Thompson.

—Wendolyn hará tooodo lo que le pida Thompson. No te preocupes, no voy a interferir más.

—¿Qué quieres decir?

—Puedes quedarte con tu Estrella Negra, con tus *black affairs*. No voy a seguir cuidando tus intereses. Es hora de pensar un poco en mí.

—Amy, Amy.

Una procesión por Lennox Avenue deja sin habla a Amy Ashwood, una fila de autos coupé negros detrás de un pequeño ataúd blanco.

En el lobby del hotel, Marcus Garvey y los miembros de la Limon Branch echan un vistazo a los diarios y a las pocas crónicas que dan cuenta de su presencia, antes de asistir a la función de gala en honor del aviador y cartero italiano. "Limón alegre y tranquilo. Falta de carros ocupados en transportar negritos a Limón con motivo de la llegada de Marcus Garvey… Se espera una formidable manifestación, pues de todas partes de la línea vendrán simpatizantes."

Roberts, ¿qué quiere decir "negritos"? *Little blacks. Little blacks!* ¿Es una forma cariñosa o compasiva? Ambas. Peor es que nos digan morenos, dice Bryant.

De rigurosa etiqueta, todos están listos menos la secretaria del *president general*.

—¿Cómo van los preparativos para el mitin?

—Viento en popa. La compañía puso a nuestro servicio todos los trenes disponibles, las ramales de San José, Línea Vieja y Talamanca harán corridas especiales. El gobernador amenazó con renunciar si la compañía no restablece el servicio.

Garvey muerde el puro de costado y sacude la ceniza cavilando, agarrando cancha con ese nuevo pasatiempo.

No trague el humo. Sólo entreténgalo aquí. Roberts levanta el cuello y hace una demostración. No puede ser que nunca haya fumado, ¿ni siquiera de chico, a escondidas? Mi padre me quitó las ganas. El día que estrené pantalones largos, me envió a comprar dos puros y una cuarta de ron. Había fiesta en el pueblo. Nadie me veía, así que me dio por probar. ¿Y? Me agarré tal borrachera que me quitó las ganas.

Vestida con traje y zapatos de raso blanco y una diadema de perlas, Amy Jacques deslumbra a quien le interesa deslumbrar.

—¿Sería tan amable de alcanzarme la cola del vestido, míster Garvey? —extiende el brazo y sonríe al constatar la turbación de su jefe.

—*It's a pleasure.*

Daniel Roberts no pierde detalle del romance. Se llaman igual. Las dos han sido sus secretarias privadas. ¡Qué artista! Así no hay modo de equivocarse.

—Usted es muy pispireto, Roberts.

—Y usted muy timorato, Fowler.

Con antiparras, chaqueta y pantalones de cuero ceñidos al cuerpo, mirada azul e impetuosa como el Adriático, el navegante italiano Luigi Venditti recibe efusivas muestras de admiración. Las recibe como una ventisca que sube desde la platea y peina las tiras de su gorro estilo barón rojo.

—Nunca vi a alguien recibir tantos honores por venirse a pique.

—Cierto.

—Roberts, ¿y si montamos una línea área? La Black Star Airlines —Garvey fantasea—. ¿Cuánto costará un avión a hélice?

El piloto es invitado al escenario a relatar su aventura con un traductor simultáneo que en vez de hacer su trabajo, lee las crónicas ya publicadas: "Despegué a la peor hora. La impaciencia del público me obligó doblemente a levantar vuelo... Una nube gigante se dilató ante mis ojos..."

—Tanto aparato para transportar una sola persona, no debe ser muy rentable.

—Muy individualista, tiene razón.

—Shhh!

—Arriba el cielo, abajo la niebla interminable. La topografía no me ofreció por aquellos sitios nada aceptable. Buscaba un campo de apariencia, un desmontado cualquiera, algo que me permitiese la salvación a costa de mi fiel aparato.

Fascinadas con el porte del italiano, ofendidas con el intérprete que no traduce al pie de la letra sus "arriesgados y muy gigantescos vuelos", algunas mujeres se desprenden de sus brazaletes y alhajas para donarlas al Comité Pro Venditti. Amy Jacques aplaude con desgano, mirando las poses engoladas del tenor Melico Salazar.

—¿No le agrada?

—Las zarzuelas no me cortan el aliento.

—¿Y qué cosas le cortan el aliento, señorita Jacques?

Ella gira la cabeza hacia Garvey como diciendo "eso no se pregunta" o "pensé que ya lo sabía".

—Señorita Jacques, no se deshaga de ese vestido. Podría necesitarlo pronto, no sé, en una cena de gala, en la recepción que ofrecerá nuestro amigo Isaiah Morter en Belice.

En Nueva York, el directorio de la Estrella Negra desembolsa veinte mil dólares en señal de trato por el mercante británico a vapor *S.S. Hong Kheng*. El operador, Anthony Rudolph Silverstone, se abanica con el fajo de billetes, mide al contador Orlando Thompson, al comisionado Elie García, a cada uno de los miembros del directorio con piadosa arrogancia.

—El barco está en Indochina. Calculo que en un mes podrán tenerlo en Nueva York.

—Nos urge saber el día.

—¿Tiene un calendario a mano? —Silverstone guarda en un portafolios el fajo de billetes con brusquedad, como si temiera un rapto de avaricia o de arrepentimiento—. El 20 de mayo, si el viento sopla a favor y todo marcha bien, el *Hong Kheng* estará con ustedes. Para entonces, tendrán que saldar la primer cuota. ¿Están en capacidad?

—Por supuesto. Tenemos el respaldo de cuarenta mil accionistas.

—Respaldo no significa solvencia. Hay trescientos mil dólares en juego —Silverstone descubre el cuadro del *Titanic* en la sala de juntas y sonríe indulgente—. Corro un gran riesgo al representar a una compañía que no goza de muy buena reputación en los muelles de Manhattan. Espero lo tomen en cuenta.

—Silverstone, usted va a cobrar sus honorarios en esta operación. No está haciendo ningún favor.

—De acuerdo. Pero mi intervención en este negocio les ofrece más ventajas a ustedes que a mí —exhibe una petulancia sin contrapesos—. Dudo que, como representantes de una flota negra, hubiesen podido negociar un precio mejor.

—Usted no será racista, pero le encanta lucir como tal.

—El mundo de los negocios no es de facilitar las cosas a su gente. Un operador blanco, nos guste o no, tiene más margen de maniobra.

Elie García, el tendero haitiano enviado a Liberia en la primera misión, plantea sus dudas de comprar un barco a ciegas.

—No tiene sentido ir a la China a conseguir un barco, cuando empresas norteamericanas están rematando unidades en muy buen estado.

—Ya hicimos el intento. No resultó.

—Señores, pónganse de acuerdo. Si van a estar cambiando de opinión…

Thompson ordena seguir adelante con las negociaciones.

El agente naviero le da una palmada al portafolios, otra a Thompson, y abandona la oficina del Universal Building saltando de dos en dos las escaleras gemelas.

—Este tipo no me da buena espina —señala el haitiano.

—Tomémoslo como lo que es. Un mal necesario.

África mía

Una metáfora que usaron no sé si
mi abuela o mi mamá
es que había más gente que arena en el mar.
JOYCE SAWERS

"Una vez más tengo la fortuna de estar entre ustedes, probablemente por última vez, *my beloved race.*"

La tarde cae sobre la plaza colmada de sombrillas multicolores, circunda el aro de los tambores, resbala por las botas de los veinticinco músicos hasta alcanzar los troncos de pasto pisoteado en el *ball ground*.

Es lunes 18 de abril, día de descanso ganado a pulso por los trabajadores de las plantaciones y del muelle. La bahía está despejada. Los buques de la gran flota blanca se han ido con las primeras vetas del amanecer y con la panza atiborrada de racimos.

En trenes que no se dan abasto, a remo o a caballo, en lancha o en goleta, vienen simpatizantes.

"El día que volvía de San José a Limón —se le oirá decir en teatros de Panamá y Nueva Orleáns— había miles de personas a la vera del camino esperando el paso del tren. Vagones repletos de gente que salía por las puertas, las ventanas, sobre los techos. No había suficientes vagones ni suficientes trenes para traer a todos los que querían. Tampoco había un lugar suficientemente grande en Limón para acomodarlos."

Los inmigrantes antillanos han venido "de ropas e insignias". Pantalones y faldas negras, corbatas verdes y la estrella negra en la solapa a manera de contraseña.

Muy cerca del estrado, el contingente de enfermeras de la Cruz Negra, en semicírculo como un coro de ángeles, con camillas y botiquines de primeros auxilios, realizan un simulacro de atención a heridos en contienda. Junto a ellas el contingente infantil con sus cofias almidonadas, sus zapatitos de pulsera y la cruz negra bordada en el tocado. Apenas saben caminar, pero mantienen la formación, atentas a las instrucciones de la esposa del boticario James Franklin.

"No me vean como Marcus Garvey, sino como el líder de las comunidades negras de tres continentes. Tres continentes que pronto estarán enlazados por nuestra línea de vapores y por un ambicioso tratado que nos permitirá comerciar entre nosotros mismos. *Our African trade, our African scheme, at last.*"

La ovación va de una punta a la otra del estadio donde suelen jugarse los partidos de críquet. La casa de tío Richards está adornada con enormes banderas que cuelgan de los balcones. Silvester Cunningham asoma la cabeza en el corredor de su casa, *the end room,* el muro de espaldas no lo deja ver a su madre, Mina Barnett, en el contingente de enfermeras de la Cruz Negra.

Miembro de la UNIA con medio siglo de trayectoria en las tareas educativas de la Limon Branch, Cunningham ha tocado en todas las iglesias de Limón. Junto a su piano descansan los himnarios de todas las congregaciones.

Vecino del estadio ahora cercado por tribunas y paredones, a Cunningham le tomó setenta años mudarse a media cuadra.

—La concentración era grandiosa. Hicieron un lugar alto para que Garvey pudiera dirigirse desde allá a la multitud —la expresión de los ojos se agranda con los lentes de aumento—. Y en esos días no había micrófono. Entonces tenía que tener una voz grrande para, en el centro de la plaza, hablar a toda esa 'ente.

—¿Su voz, recuerda su voz?

Lo más que logra recuperar es el movimiento de los labios.

—Sólo le oí hablando. Yo era muy 'oven, todavía no iba a la escuela, porque nací en 1915.

Sobrio, de traje oscuro y zapatos de corte italiano, Garvey luce repuesto. El aire de la capital le ha sentado bien.

—Quiero decirles que estuve enfermo. *Very sick*. Contraje un resfrío muy dañino en Florida. He tenido que hablar cada noche en este estado. La fiebre me ha hecho soñar en una larga jornada a bordo de un crucero. *Spiritual ship*.

Sábanas negras cuelgan de la tarima con el emblema de la corporación naviera, de la Black Cross y de la Negro Factories Corporation, banderas de Costa Rica y del movimiento.

—Hoy puedo afirmar que el trasatlántico, el que ha de transportar los colonos, los materiales, los implementos, todo lo que necesitamos para edificar la gran nación africana, es prácticamente nuestro.

Las manos grandes, expresivas, de venas gruesas, desentierran el casco de una ciudad flotante hundida hace nueve años. Remueven restos de un gran naufragio, el peor de todos. Hay candelabros, botellas de champaña, sueños de grandeza quebrados por un cuchillo de hielo.

La multitud parpadea.

—Tenemos tres barcos. Ahora tendremos el cuarto. *The biggest one*. Ésa es la clase de respuesta que damos a nuestros críticos.

Con los flashes de magnesio al cuello, tripié al hombro y varias placas en los bolsillos, el reverendo Pitt y su hijo intentan avanzar sobre una masa compacta que no muestra ninguna deferencia hacia el que podría ser el fotógrafo oficial del evento.

—Nuestros representantes en Nueva York acaban de cerrar trato con los propietarios del —saca un cablegrama del bolsillo del saco— *S.S. Hong Kheng*. El *Yarmouth* no es nada comparado con este mercante británico. Nuestro barco madre honrará la memoria de Phyllis Wheatley, una niña prodigio que aprendió la lengua de sus captores para devolvérselas cubierta de poesía. Ustedes ya conocen sus poemas por boca de nuestra *lady commander*. También, me complace decirlo, ya tenemos capitán: Hugh Mulzac.

—Se supone que ese barco, bueno, ésa es la historia, no sé si es cierto —el doctor Abel Pacheco reproduce lo que escuchaba de chico cuando viajaba a Limón a visitar a su padre, cobrador de tren de la Northern—. Trajeron un barco, no sé si cuando vino Marcus o después, trajeron un barco. Y ese barco nunca partió. Eso se lo contarán quizás los negros. Iban, lo visitaban, se ponían muy contentos, festejaban. El barco estaba con la bandera de Marcus ondeando y toda la cosa, y había una alfombra roja muy elegante por donde subían todos los negros y decían: aquí nos vamos a África. Más de uno me lo contó.

Psiquiatra metido a la política, compositor de calipsos y comentarista de televisión, quién sabe por qué el doctor Pacheco tiene una fijación con la alfombra.

—Mi papá me cuenta que muy bonita la alfombra. Juntaron mucho dinero. Pusieron a andar la Black Star Line, el edificio y toda la cosa, pero no hubo la idea aquella de Marcus de la unión de los negros, de la unión de los hombres, volver a África, hacer una gran nación. Todas esas cosas, si se supieron un día, se perdieron en los tiempos.

—Nuestro largo peregrinaje ha terminado. *Our place is waiting for us.*

Teddy Pitt, el fotógrafo, pide permiso de subir al balcón de tío Richards. Dos custodios de la legión africana le niegan el paso.

—Déjelo pasar, es el hijo del reverendo Pitt —pide tía Sofía. El sacerdote se ha extraviado en el gentío.

Teddy Pitt instala el tripié, su máquina obliga a un reacomodo en esa platea preferencial. Cunningham se escabulle entre las piernas de los legionarios y trepa a la baranda del segundo piso. El impacto visual es inevitable. El tendal de sombreros se agolpa en la mirada del niño.

—Los ingleses y los americanos se preguntan, ¿por qué esto de ser presidente provisional de África? Ellos quieren saber de qué parte de África. Ése es el asunto que les preocupa. Bueno —Garvey ríe sarcástico—. Vamos a dejarlos con la duda.

El rumor de los aplausos y exclamaciones llega en marejadas.

Pitt verifica el encuadre. Por un rato batalla tratando de definir los rostros alineados en la tarima.

—Muy lejos, no sirve.

—Sácala igual —suplica tía Sofía—, la gente sabrá. ¿Qué otra cosa puede juntar tantos negros? La cámara no mentirá.

¿Cuántos hay?

¿Los seis mil antillanos que esperaban los organizadores? ¿Los quince mil que Garvey calcula a vuelo de pájaro? ¿Menos de lo que se esperaba, según Chittenden? El imaginario ve más gente que arena en el mar. Ve una alfombra de musgo oxidado por la herrumbre de los barcos, tendida entre el estadio y el muelle como una incitación.

El testimonio gráfico es pobre. No refleja la pasión del momento puesto que esa pasión está de espaldas a la cámara, al sol, de espaldas a América, apuntando a esa otra tierra que alguna vez fue parte de un mismo cuerpo, como esta raza que busca su centro. Cientos, miles de espaldas mudas para el lente. Los sombreros saludan a las palmeras, viva expresión del viento, a los arroyos, a las cascadas de Cavalla Colony. Saludan a esa tierra adormecida por el canto de los grillos.

Qué importa si habrá trasatlántico o no. El formalismo comercial no es requisito indispensable. La nave está anclada en la bahía, esperando por todos y cada uno. Esperando que compren su derecho a la aventura. Muchos hacen fila, apartan sus boletos. Se aglomeran en torno a Amy Jacques, al zapatero Horace Fowler, al boticario James Franklin, en los puestos de recolección.

En ese momento, un avión a hélice, desdentado, las alas rotas, el fuselaje lleno de barro, se desliza sobre las vías del tren remolcado por dos negros con una grúa a tracción manual. El mecánico de aviones Antonutti los dirige a viva voz desde la cabina del piloto. La plaza entera contempla el paso del biplano *Costa Rica* estrellado en río Bananito, luego de haber sufrido el engaño del vacío.

De Chittenden a Cutter

Los mítines fueron largamente atendidos, pero no hubo tanta gente como se esperaba originalmente. Dos o tres jamaiquinos residentes en Costa Rica fueron acicateados para atacar a Garvey, demandando los balances financieros de sus varias empresas a fin de ponerlo en evidencia. Lo mejor fueron los últimos cinco minutos.

Limon Division, abril, 1921

Alertado por la Comandancia de Plaza, el gerente de la United Fruit se dispone a seguir los pormenores desde el cuartel. La imprevista llegada de Edgar J. Hoover lo demora:

—Ustedes sólo tienen cabeza para pensar en bananos.

—Es un enclave bananero. ¿En qué quiere que piense?

—Suspender el servicio regular de trenes y vapores, concertar una cita presidencial. Le ha dado una publicidad increíble al *west indian negro,* ni él se esperaba este apoyo logístico. Usted es un excelente anfitrión, míster Chittenden.

—No tengo por qué dar explicaciones —el funcionario intenta salir. Hoover se recuesta en el marco de la puerta.

—¿Tanto miedo le tiene a ese charlatán?

—Bastantes trastornos hemos tenido para que ustedes pretendan inmovilizarlo en Limón por sus enredos migratorios. Resuelvan con Jamaica directamente, depórtelo si ése es el objetivo, y no siga jugando al gato y al ratón.

—Ustedes son parte del problema —Hoover sabe exasperar a los otros y hoy está inspirado—. ¿Qué recomiendan los expertos de las Banana Divisions para cerrar este caso?

—Llévese su bomba de tiempo a otra parte y salga de mi oficina.

—¿Se está perdiendo algo importante? —saca un trozo de goma de mascar y se queda apostado en la entrada—. ¿Algo como un cuestionamiento público a su protegido?

Un hombre intenta subir a la plataforma, el lugarteniente de Garvey le cierra el paso.

—¿Quién es?

—El líder de la Federación de Trabajadores —responde Charles Bryant con un temblor de piernas—. Debimos advertirle que esto podía pasar.

En enero, para variar, los alzadores de banano entraron en huelga. La United Fruit cesó a varios empleados y metió presos a los dirigentes de la Federación de Trabajadores. A la protesta se sumaron los mecánicos del ferrocarril y las casas comerciales.

El sindicalista arremete contra Garvey. Le reprocha su idilio con la United y dar la espalda a los trabajadores.

—Usted fue peón de la compañía.

—Checador de horarios —aclaran los oficiales de la Limon Branch.

—Usted sabe las condiciones en que laboramos. No venga a quejarse por un resfrío cuando aquí la gente se muere de paludismo. Sea honesto, míster Garvey. Diga cuáles fueron sus acuerdos con la United.

—No pacté nada.

—¿Entonces, cómo explica las atenciones de la compañía? ¿Por que aceptó viajar en el tren de míster Keith?

—Acepté porque nunca en la historia de Costa Rica se le permitió a un negro viajar en ciertos carros del tren. Y cuando arribé a la capital fui el primer hombre negro que tuvo un tren especial a su disposición.

—¡La discriminación no acaba con su visita, *your excelency!*

Rechiflas y aplausos forman corrientes encontradas.

El Comandante de Plaza, los agentes del orden y algunos mestizos siguen los pormenores desde el rincón más seguro de la plaza.

Todos se miran: los oficiales de la Limon Branch con los sindicalistas, Amy Jacques con los veinticinco músicos y el grupo coral. Los miembros del coro con los manifestantes aguardando una directriz.

—Las huelgas son un recurso, úsenlo cuantas veces quieran. Siempre trabajarán para otros, siempre por una paga miserable. Yo les propongo trabajar para nosotros mismos. Fundar un poder propio en un sitio donde la bananera no existe, donde nosotros creamos la realidad.

Garvey saca la voz desde el abdomen, ha recuperado el dominio de sus latidos y de su respiración, escucha la resonancia de cada palabra en la caja del pecho, de la cabeza, en los laberintos del oído.

—No estamos aquí para ocuparnos de los problemas sindicales, estamos aquí para construir la gran nación negra.

Ninguna raza va a restituirnos lo que nos corresponde. *We have to fight for it.* La voluntad negra aún no se expresa. *The black will.* Tenemos que hacer sentir nuestra fuerza.

Los humos de la disidencia se ahogan en el clamor de los aplausos. De todas formas, él es el custodio de esa voluntad y se propone hacerla cumplir.

—Tenemos una historia maravillosa. Debemos crear otra que asombre al mundo. La visión de la tierra prometida no está tan lejos después de todo.

Los sombreros revolotean a un mismo tiempo en la plaza. Una estampida de elefantes en un santuario de mariposas. El pequeño Silvester Cunningham se columpia afuera del balcón. Quiere atrapar una. La mariposa escapa y el niño queda asido al polvo azul de las alas, librado a la suerte, las manos en cuevita. Abajo, su madre, Mina Barnett, se muerde los codos para no sobresaltarlo.

El estruendo no se hace esperar. Tampoco la reacción en masa hacia los escritorios del *mother ship* y el African Redemption Fund. Algunos sindicalistas intentan disuadir a los donantes, desarmar las colas en los puestos de recaudación. Es inútil. *The black will* está ahí. Ha quedado inscrita en un área intangible y resuelta.

La garganta de la multitud se abre en dos. Un desfiladero pedregoso y profundo, multiplicado en el eco de un lema:

—*One God, one aim, one destiny!*

¿Y si África fuera un acantilado hecho de voces? ¿Un clamor en lengua origen?

—*One God, one aim, one destiny!*

Lo repiten a coro. En segmentos. Una y otra vez, con tal vehemencia, que habrá de perdurar con la terquedad de las canciones mascadas en arcilla, de los refranes, de los proverbios. Patrimonio de una humanidad creada aparte por un pigmento, factor circunstancial para la biología, dramático para la historia, indispensable a la evolución.

Nombre. Robert Edmund Luke. No, mejor ponga el nombre de mi hija. Robertina Luke. Daniel Roberts se detiene sobre la marcha, el nombre ya está escrito y no se puede anular un certificado. ¿Cómo lo arreglamos? Póngalo arriba, sugiere Amy Jacques. Así estarán juntos. El comprador sonríe satisfecho. ¿Qué edad tiene la niña? Tres años. Roberts lo mira. ¿Usted trabaja en la Northern? Sí, soy hombre de la construcción. Yo también. ¿Y qué hace? Los vagones de carga. Usted compró otras dos acciones el jueves pasado. Sí, eran para Hilda, mi hija mayor. Está derrochando su sueldo en la Black Star Line. *Yes, man* y lo seguiré haciendo, tenemos que agrandar esta flota. El que sigue. Disculpe, luego hablamos con calma, se excusa Roberts. ¿Los boletos para el trasatlántico dónde se compran? Con la señorita Jacques. El que sigue. Silvester Cunningham, una acción a nombre de mi esposa, Mina Barnett, y otra para mi hijo mayor. Se acabaron las acciones firmadas, por favor traigan más.

Es un pirata. No le regalen su dinero. Los gritos desaforados del sindicalista caen en saco roto. En otro extremo de la plaza, el jefe de legionarios coordina todo lo correspondiente al African Redemption Fund, el fondo liberiano y Cavalla Colony. Oiga míster, ¿en África hay tren? Darking, un afilador de cuchillos y compositor de calipsos, hace sus propias averiguaciones. ¿Allá hay sucursal de la compañía? ¿Oficina de enganche? Bastantes plagas hay en África como para llevar esa también, le responde el boticario Franklin. ¿Hay *silver roll, wachimen?* Nunca estuve, cómo voy a saber. ¿Hay tren o no hay tren?

El jefe de legionarios responde. Nos proponemos construir cientos de caminos rurales, una pequeña línea de ferrocarril de treinta a cuarenta millas y montar una modesta línea de vapores, que conectaría varios puertos de

la costa occidental de África. Se necesitan albañiles, ingenieros, geólogos, médicos, enfermeros. Hay muchas formas de ayudar. Con materiales de construcción, ropas,
medicinas. Los interesados pueden enrolarse al contingente
de expertos o de milicianos. Los jóvenes se alinean en esta
última fila, la más interesante de todas y la que menos requisitos pide. A empujones van avanzando o defendiendo
su lugar. Sus nombres quedan inscritos en una lista, una
apuesta al futuro.

Los trenes regresan colmados como vinieron, las carretas, los *buro-car*, las columnas de a pie, la plaza va que-
dando desierta. Algunos sombreros y papeles dan vueltas
en el césped. Una bandera olvidada, una escarapela perdida, Silvester Cunningham recoge botones y los mete en
sus bolsillos. La casa de tío Richards registra un gran movimiento. Amy Jacques y un tesorero cierran cuentas con
los miembros de la Limon Branch antes de partir a Bocas
del Toro.

Treinta y cinco mil dólares

El señor M. Garvey, presidente de los Negroes
Improvements Association, llevó con él la respetable
suma de treinta y cinco mil dólares, recogida en el espacio de tres días que estuvo en Puerto Limón. Ése es
el rumor público.

La Tribuna, 26 abril, 1921

—Estás feliz, ¿cierto?

—Sí. Mucho. Lo que espero de mí, se está dando.

Garvey toma de la nuca a Amy Jacques y le da un
beso en la frente.

—Ese barco es tu obsesión.

Él asiente mirando la plaza semidesierta, saludando a
los que aún quedan desmontando la tribuna.

—Esta vez, nadie va a apartarme de mi objetivo.

—Las personas que se juegan por una idea me inspiran un profundo respeto.

—Desearía inspirarte algo más.

Ella deja caer la pluma sobre la mesa y deposita todo lo que siente en un gesto.

—Es muy seductora cuando sonríe, señorita Jacques.

—¡Bueno, vámonos!

Thomas Erskin llega al *ball ground* cuando ya no hay nadie. En el campo quedan los restos de una jornada memorable de la que no fue testigo. Trae un fusil de madera al hombro y un pañuelo verde atado al cuello. Da vuelta sobre su cuerpo, su cara es un registro de lo que aún vibra y se mueve, himnos mudos clavados en medio de la desolación. Solo, marchando con su fusil de madera, da una vuelta completa al estadio y de a poco, entre los troncos pisoteados del pasto, va recuperando el eco de las canciones y aprendiéndolas. *Advance, advance to victory, let Africa be free...*

La persecución

Harlem, 1921-24

El ciudadano indeseable

Su intención era más grande que África.
CORNELIUS WILSON, el obispo anglicano

Después de cinco meses de tocar las puertas de todos los consulados en el Caribe y sortear las restricciones impuestas por las autoridades británicas y estadounidenses, Garvey consigue poner un pie en territorio norteamericano. El jamaiquino besa la mejilla de Amy Jacques, murmura algunas palabras al oído y muy discretamente le entrega su maletín de mano. Apenas toca Nueva Orleáns es apartado de la fila.

Los oficiales de Migración revisan hoja por hoja el pasaporte británico, dudan de la autenticidad de la visa otorgada por un funcionario consular norteamericano. El resto de la comitiva aguarda al otro lado del puesto aduanal.

Al cabo de un rato, es llevado ante otro oficial para un interrogatorio de rutina. *An intelligence test.* ¿Qué tipo de libros lee? De política. ¿Qué personajes admira? Toussaint Louverture, Paul Bogle, Frederick Douglass. ¿Por qué no los escribe? ¿Tiene algún nexo con organizaciones políticas o sindicales de los Estados Unidos de América? Por supuesto. ¿Cuáles? *Everyone.* ¿Ha emprendido alguna vez una acción para destruir al gobierno o alguna de las instituciones representativas de los Estados Unidos de América? Por Dios, quién confecciona estos cuestionarios.

En cuatro horas de espera, prácticamente todo el personal migratorio de Nueva Orleáns desfila ante él. Irritado por tantas dilaciones, el jamaiquino solicita un teléfono. ¿Para comunicarse a dónde? A la Casa Blanca, al Departamento de Estado. No voy a permanecer aquí hasta que ustedes quieran.

Los agentes acceden a prestarle un teléfono con el único propósito de ponerlo en ridículo.

—Con el secretario Charles Evans, por favor. Marcus Garvey le habla.

Para sorpresa de los oficiales y de él mismo, el jefe del Departamento de Estado atiende el auricular.

—¿Quién le otorgó visa? —pregunta Evans.

—Nadie controla el cien por ciento de sus hombres —Garvey esboza una sonrisa burlona y da la espalda a los agentes airoso—. Soy un ciudadano común y corriente, hago valer mis derechos, secretario. ¿Por qué insisten en negarme el ingreso? No hay nada irregular.

—Debemos cerciorarnos.

—Llevo cinco horas retenido sin justificación. Ya revisaron mis papeles hasta cansarse.

Evans le pide hablar con el oficial de Migración. Hay un subido intercambio de palabras entre ellos. Al colgar, Evans se comunica con la oficina del fiscal general. Hubo un descuido, una filtración, sin duda, deduce Hoover.

—¿Por dónde entró? —pregunta el fiscal Mitchell de Nueva Orleáns.

—Emita un impedimento de entrada y punto.

—¿Expulsarme del país?

Garvey se comunica con el cónsul general de la UNIA, Wilfred Smith.

—Me están echando de Estados Unidos. Intenta hablar con el secretario Evans, menciónale la Convención. Dile que si no me permite el ingreso en quince días, habrá dos mil delegados de las cuatro esquinas del mundo reclamando por Marcus Garvey frente al Capitolio, movilizaremos a nuestras cuatrocientas ochenta filiales en los Estados Unidos, haremos marchas de protesta en las principales ciudades. Las altas autoridades sabrán qué tan indeseable soy para la gente negra de este país. Y qué tan peligroso es el agitador más prominente de Harlem.

—Okey, okey. Veré qué puedo hacer.

El argumento tiene un innegable peso en Washington. Expulsarlo ahora es comprarse un pleito innecesario. Tiene que salir de este país con la cola entre las patas, sostiene el coordinador de la División General de Inteligencia y encargado de planificar las políticas de deportación de extranjeros radicales, Edgar J. Hoover.

—¿Qué sugieren los talentos criminalistas de la Unión?

—Autorizar el ingreso y aumentar el número de agentes infiltrados en el movimiento para montar una causa penal —plantea Hoover.

—Requiere presupuesto y paciencia, dos elementos que escasean en este momento —el jefe del Departamento de Estado se muestra reacio a los tiempos penales.

—La otra es asumir el costo político de la expulsión.

—¿Qué tipo de causa montaría?

—Fraude es la figura penal que más encaja con el *alien negro* y su propuesta de vapores.

—Lleva dos años sosteniendo el mismo argumento.

—Como usted bien sabe, el fraude simple no está tipificado como delito federal. Tiene que haber un crimen contra el Estado, alguna violación a las leyes que amerite el encarcelamiento o la deportación.

Firme aquí. Con un garabato malhumorado, Garvey estampa su apellido y recoge la documentación. Momentito, falta un trámite. El agente saca una almohadilla, le pide los dedos para untarlos de tinta, Garvey se niega. No estoy dispuesto a ser tratado como prófugo internacional. Si quiere permanecer en territorio norteamericano, tiene que sujetarse a la norma. Si no, ya sabe a qué atenerse, el agente

señala los barcos a punto de zarpar. Llame a su superior. El
jefe de Migración revisa los papeles y ordena: déjelo pasar.
¿Y las huellas? No procede. Pero la fiscalía general pidió...
Eso no está aprobado todavía, el jefe cierra el pasaporte de
Garvey y se lo entrega. Puede irse.

Cuando la comitiva al fin llega al Universal Building,
Wilfred Smith y el doctor Ferris salen a recibirlo.

—Gracias. Creí que nunca lo lograríamos —Garvey
les da un efusivo abrazo y entra a su oficina como un ventarrón—. ¿Dónde está el trasatlántico, Thompson?

El vicepresidente de la naviera, el secretario Elie García y el tesorero, George Tobías, se quedan pasmados. Wendolyn Campbell también da muestras de nerviosismo.

—Hice una pregunta. ¿Dónde está el trasatlántico?

—Silverstone se comprometió a traerlo antes de la
convención —responde Thompson.

—Faltan dos semanas.

El secretario Elie García prefiere hablar con la verdad.

—Señor, hubo un pequeño cambio de planes. Ese
barco no es situable en Nueva York.

—¿Y los veinticinco mil dólares del depósito?

—Están en poder del agente Rudolph Silverstone.

—¿Eso es todo lo que hicieron en mi ausencia? Estuve cinco meses levantando capitales, movilizando a la
gente, mendigando una visa de retorno para que ustedes
me reciban con las manos vacías. ¿Qué clase de colaboradores tengo? Yo doy soluciones, ustedes multiplican los
problemas.

El *president general* barre con el antebrazo las cuentas
astronómicas acumuladas en su escritorio. Se toma la cabeza entre las manos y se desploma en su asiento.

—Perdimos un tiempo precioso. Estamos en cero.
Peor que antes. Largo de aquí. Largo.

Los oídos se oscurecen, entran a una cripta en construcción, los gritos de Sarah Jane son ahogados por una lápida sellada de golpe, monstruos terribles desfilan adentro de los párpados, entre más se frota más temibles se vuelven. El niño sofoca el gruñido del hambre con buches de cal y de saliva. La voz severa del padre: "Déjalo que grite. Tiene que hacerse hombre." No seas cruel, estaba trabajando contigo. La madre solloza en cuclillas, sin atreverse a contradecir la pedagogía brutal de su esposo. Una lágrima se filtra entre el cemento fresco y cae en la carita del niño.

—¿Te sientes bien? —Amy Jacques lo ayuda a volver en sí con golpecitos en las mejillas.

—Todo ha cambiado. Hasta la relación con mi cuerpo ha cambiado. Me siento un poco desmoralizado —sonríe con la fuerza de la tristeza.

—Todo va a salir bien. Vas a ver.

—El tiempo se nos viene encima.

Huellas digitales

Tenía permiso para ir a Liberia, luego a Etiopía,
y mandó vacunarlos y emplearlos en Liberia.
SIDNEY COX, el relator del puerto

A las puertas del Provincetown con Bessie y un grupo de amigas, Amy Ashwood aguarda excitada la apertura del teatro para asistir al reestreno de *Emperador Jones*, de Eugene O'Neill. La obra acaba de ganar el Premio Pulitzer y nadie quiere perdérsela.

—Tengo audición, no sé si me da tiempo —Bessie mira el reloj de pulsera ligeramente preocupada.

Atrás, dos hombres mayores, distinguidos, discuten de religión y de política; ellas hablan de camas vacías y desilusiones amorosas.

—En mi vida, los hombres han sido un conjunto de desastres —dice Bessie Smith.

Las coupletistas hacen chistes sobre los novios de Bessie, patrulleros, músicos, cantineros, algún trapecista o lanzador de cuchillos de los circos ambulantes en que ha trabajado desde jovencita con Ma'Rainey.

—Todo lo que gana se lo gasta en hombres.

—Me ayudan a darle un poco de realismo a mis composiciones —agrega la cantante.

Amy tiene una oreja aquí y la otra puesta en la conversación masculina.

—Es un lunático, tiene madera de líder, pero —el hombre de bombín y bigote engominado remeda a un personaje equis— no tolero sus gestos salvajes.

Amy no resiste más y decide encararlos.

—Creo saber de quién hablan.

Uno de ellos la identifica.

—¿Usted es la esposa de Marcus Garvey?

—Eso dicen. Habladurías —comenta Amy con desenfado. Ellos sueltan la carcajada.

—Su marido —el hombre del bombín intenta besarle la mano, ella la retira bruscamente— es un idealista, trabaja duro, sus propósitos son legítimos...

—Estaba hablando de un lunático, un salvaje, de gestos desagradables.

—Me expresé mal, salvaje no, un poco exagerado.

El agente 800 sigue la conversación escudado en el aglomerado de abrigos y sombreros.

—Tiene un sueño que trata de concretar en pocos años, pero sus métodos son bombásticos, ilógicos, poco efectivos y casi ilegales.

—¿Qué quiere decir con "casi ilegales"? —Amy entierra el puño en la cadera y resortea sobre su cuerpo. A su lado, Bessie parece un gran árbol de sombra.

—Su locura es auténtica, aunque gasta demasiadas energías en hacer enemigos.

—¿Por qué no se ocupan de sus asuntos y dejan a mi marido en paz?

—Yo, en su lugar, no lo defendería tanto, una muchacha tan atractiva y víctima de adulterio —cuchichean entre ellos.

—¡Par de viejos chismosos! ¿Quiénes son?

—Yo qué sé.

—Se parece al doctor DuBois.

—Es el doctor DuBois.

—Pues se comporta como una vieja de patio —se queja Amy. Bessie saca una botellita forrada en cuero de la cartera y se humedece los labios.

—Es mi brillo labial.

Las puertas del teatro por fin se abren y la fila hormiguea.

Apenas aparece el emperador Jones en el escenario, las amigas de Amy quedan prendadas de Charles Gilpin, el actor protágonico. *He is so romantic!* El actor se tambalea, pierde un poco el hilo de su parlamento y comienza a improvisar. Muy molesto, Eugene O'Neill sube a escena y lo reprende por adulterar su obra. Está ebrio. Todas las noches se las ingenia para burlar la ley seca. La rechifla del público saca al dramaturgo de escena y aplaude a su ídolo con más ganas.

—¡Gilpin es mi héroe! —se desgañitan las coristas. Ser el primer actor dramático negro que no sale de criado, mayordomo o segundón pesa más que dar función con unas copitas de más. La platea se divide entre los admiradores de Gilpin y los que apoyan a O'Neill.

Garvey entra al edificio, un collar de perlas relumbra entre las sombras proyectadas en el cubo de la escalera.

—Amy, ¿cuánto hace que estás aquí?

—Acabo de llegar —miente su secretaria mirando su reloj de pulsera—. Me acordé de que mañana debes ir al médico y tenía miedo de que se te olvidase.

La llave muerde la cerradura y gira despacio. Al abrir, unos ojos felinos centellean en la oscuridad, él manotea la llave de luz.

Amy Ashwood está sentada en la sala. Los tres se ponen tensos.

—¿Por qué la trajiste? No tiene nada que hacer aquí.

Amy Jacques elude a su rival, los alfileres de su mirada se clavan por todas partes.

—Estás pálido, querido, lo cual ya es mucho decir.

—Déjame explicarte —se adelanta Amy Jacques.

—Siempre estuviste un paso adelante, siempre creíste enseñarme todo. No podías aceptar que yo fuera más que tú. Eso me gano por sacarte de ese gris despacho de abogados.

—Lo que menos quería en el mundo era... —la voz de Amy Jacques se quiebra en mitad de la frase.

—No mojes la alfombra. Desahógate en otra parte, por favor.

El portazo, la carrera escaleras abajo, Amy Jacques que cruza la avenida como una exhalación, Garvey que intenta ir tras ella, todos son atisbos de una elección sentimental que parece ya resuelta.

—Te pedí el divorcio, ¿por qué no me lo das?

—Así no lo vas a conseguir.

Soportando vendavales, huracanes y olvidos, los tripulantes del *Antonio Maceo* duermen en un astillero, los bares de Jamaica les prohíben la entrada, los camarotes han sido desmantelados poco a poco para canjear piezas del yate por algo comestible.

Abrazados, con varios whiskies encima, el capitán Adrián Richardson y su ingeniero de máquinas George Harris intentan enviar un cablegrama por cobrar en Nueva York solicitando por enésima vez los pasajes de retorno a Boston.

—Debe cancelar aquí —responde la operadora.

El capitán del yate se desabrocha el pantalón y lo pone sobre el mostrador, lo único de valor que conserva al cabo de meses a la deriva.

—Lo siento, amorcito. No aceptamos esa forma de pago.

—Ya vendimos todo lo que teníamos. Es una emergencia.

—Lo siento, papito, no puedo ayudarle —dice la mujer muy entusiasmada con el calzoncillo atigrado y las piernas bronceadas del marino.

El ingeniero de máquinas convence a su amigo de acudir al consulado de Estados Unidos a presentar su queja contra la Black Star Line. Acusados de administración destructiva, revocadas sus licencias, los marinos se desahogan con el cónsul Charles Latham. Omiten el detalle del agua salada en las calderas del yate y resaltan lo que resaltarían las revistas del corazón: el romance de a bordo entre el gerente de la flota negra y su secretaria privada.

—Dije que no gastaría un dólar más en el *Maceo* —en su despacho, Garvey se niega a saber de Richardson y Harris.

—El *Maceo* podría crear un incidente diplomático —señala el vicepresidente Thompson—. El cónsul en Jamaica llamó y dijo que si la Black Star Line no indemniza y repatria a los tripulantes, su gobierno tomará cartas en el asunto.

—Richardson dejó de ser capitán de la flota negra hace varios meses. Su incompetencia nos ha costado miles de dólares. Si pone un pie aquí, lo denuncio por negligencia y conspiración.

—Señor, ¿qué hacemos con el bote?

—Ya nombré otro capitán, le di instrucciones de traer el yate de regreso a Nueva York.

Los pómulos de Amy Jacques asoman por la puerta.

—Silverstone al teléfono.

—Encontré algo interesante para ustedes —el corredor naviero los cita en el muelle de Brooklyn.

—Garvey acude a inspeccionar el *Puerto Rico* acompañado del capitán Hugh Mulzac.

—¿Cuánto piden?

—Doscientos veinticinco mil dólares.

Garvey pide su parecer a Mulzac. El capitán hace una rápida valoración técnica:

—Parece estar en buen estado.

Dos sujetos mal encarados, con aspecto de matones, suben al barco y se dirigen hacia los directores de la flota negra.

—Somos de la Pan Union Company.

—¿Una compañía naviera? —Orlando Thompson se queda con la mano extendida.

—Pan Union, la destiladora de bebidas a base de grano —los tipos piden hablar con el apoderado legal de la Black Star Line. Garvey da un paso adelante—. ¿Es usted abogado?

—Soy el *president general*.

—La Pan Union inició un juicio contra ustedes por incumplimiento de contrato.

—¿Qué? Ese cargamento fue entregado en La Habana.

—La Pan Union exige cubrir las pérdidas por las ochocientas toneladas de whisky Green River.

—Están locos, nosotros pusimos en riesgo nuestra flota al transportar mercancía prohibida —sostiene Garvey.

—La compañía está dispuesta a retirar los cargos si hay un arreglo extrajudicial.

—Me niego rotundamente.

—Entonces seguimos el pleito en tribunales.

—Adelante. Dudo que proceda un juicio de ese tipo en la era de la prohibición.

Garvey se queda en cubierta, cavilando. Las espaldas se sacuden en una risa contenida.

—¿Qué pasa? —pregunta el capitán Mulzac.

—No sé por qué me acordé de mi padre. Durante años recibió un periódico de Kingston, una cortesía del director. Se sentía importante leyendo aquel diario entregado puntualmente en la puerta de casa, sin pagar un centavo. Cuando el propietario murió, le pasaron la cuenta. Una cuenta astronómica —los ojos se humedecen con una risa antigua.

—¿Qué hizo?

—Ir a juicio, como siempre. Por negarse a pagar el diario, perdió una casa. *Excuse me* —con una orejita del pañuelo se oprime los lagrimales—. No debería, *but...* —la risa trae otros episodios tragicómicos—. Llegó un momento en que abría juicio por todo: a un vecino por serruchar un árbol, a otro por una cerca. Los abogados y jueces de Saint Ann's Bay vivían a expensas de él, de sus rabietas.

—Ojalá no le ocurra lo mismo —advierte Mulzac.

La risa cesa de golpe, el *president general* guarda el pañuelo en el bolsillo trasero y abandona el *Puerto Rico*.

—Quiero ese barco en la convención a como dé lugar.

Reporte de Inteligencia

Gran cantidad de cartas han aparecido en la última semana en los periódicos locales exhortando a los negros a continuar como están y no gastar dinero en las absurdas propuestas de Garvey.

Comandante C. M. Hall,
Distrito Naval de la Zona del Canal

A raíz de la visita del probable presidente de África a Limón, el movimiento atraviesa por un momento expansivo. En cada poblado se funda una filial: en las plantaciones, en los muelles, en las estaciones de tren, en los comisariatos, a lo largo de la línea, hay movilizaciones, veladas, campañas de recolección, reclutamiento de milicianos y brigadas de constructores.

—¡Aquí los bonos de contribución al fondo liberiano! Pasen, pasen.

Los patios internos de Limón se llenan de materiales y objetos para la gran empresa expedicionaria. Tablones de madera de pino de la mejor calidad importada de Honduras, durmientes expropiados a la Northern Railway Company, tornillos, cuadernos, lápices, pizarras, pedazos de plomo para fundir, pedestales para levantar las estatuas que adornarán los paseos de Cavalla Colony.

Los botellones de vidrio del parque sembrado por Bonifé van guardando secretos mensajes: conocer el antiguo reino de Mali, donde no llovía hasta que el rey Allakoi

Keita se convirtió al islamismo; la isla de Gore, en Senegal, la escenografía del adiós a África; los dominios de la
reina ashanti Aura Poka antes de que los europeos inicia-
ran la matanza de elefantes para comerciar marfil.

Las escuelas dominicales hacen acopio de útiles, instrumentos musicales, los grupos corales de las iglesias protestantes organizan giras por los pueblos de la línea para
ofrecer audiciones a beneficio del trasatlántico y del fondo
liberiano.

Gracias a una partida extra, Edgar J. Hoover logra equi-
parse de tintas indelebles, dos archiveros especiales, una
cámara fotográfica y varios paquetes de fichas con las cuales pretende montar un laboratorio policial y un moderno
sistema de clasificación, para después tratar de venderle la
idea al aparato de seguridad.

El fiscal Mitchell Palmer lo sorprende estampando su
huella en distintos ángulos de una ficha y ensayando el
formato más adecuado para clasificar villanos, delincuentes comunes y figuras del crimen organizado. Tiene el pul-
gar amoratado y viscoso, como si lo hubiese pisado un
rinoceronte o hubiera tropezado con un frasco de brea.

—En el ángulo derecho o izquierdo, ¿dónde le parece que queda mejor? —Hoover pone dos fichas, una a la
par de la otra, para que el fiscal opine y decida, mientras se
restriega el dedo con un pedazo de periódico y luego con
un pañuelo.

—En el derecho. Visualmente es mejor.

Hoover ha colocado su nombramiento de *master* en
la logia masónica en un punto de su oficina donde es imposible no mirarlo. Saca un lente de relojero y contempla
fascinado el trazo de safari de sus huellas: parecen un tropel de cebras, una avalancha de arena, el diseño de un tejido aborigen. El fiscal le pide la lupa y analiza ranura por

ranura, los dactilares tienen cuatro partes laberínticas que se superponen unas con otras, no hay remolino, espiral, una punta de ovillo que desanude la madeja habitualmente impresa en las yemas. Esas huellas deben ser la explicación de una personalidad intrincada.

—¿Qué le llama tanto la atención?

—Nada, nada. Dígame, Hoover, ¿usted tiene novia?

Los músculos faciales del asistente reciben una descarga eléctrica, la papada se hincha más de la cuenta, reúne las fichas que estaba utilizando en su exposición y las guarda en una gaveta, malhumorado.

—¿Por qué la pregunta?

—Su amistad con invertidos y las fiestecitas a las que asiste tienen bastante inquietos a sus compañeros de trabajo, los chismes están a la orden del día.

—¡Patrañas! —la rabia de Hoover revienta en las mejillas.

—No sé sus preferencias sexuales, ni me interesan. Si no quiere arruinar su carrera, tenga más cuidado en los lugares que frecuenta.

—No me dijo qué piensa de mis sugerencias.

—No podemos tomarnos atribuciones que no nos competen —el fiscal da unos pasos hacia la puerta.

—Claro que nos competen.

—Usted es abogado, no policía.

Anclado en Antilla

Por una u otra razón, o desgracia,
el barco tuvo traspiés en altamar.
Reverendo anglicano ROBY ALLEN

En el Universal Building se vive una mezcla de ansiedad, drama amoroso e intriga laboral. Tras cinco meses de ausencia, el estado de las finanzas es catastrófico. Garvey ni siquiera puede reclamar a su *business manager*.

—Amy, es que no podemos hablar sin que rompas en llanto. Por una vez, podríamos dejar a un lado el despecho.

La esposa se muerde los labios, no quiere dar elementos para ser lastimada. Sus ojos recorren el cuerpo de Garvey tratando de averiguar qué le atrajo de ese hombre.

—No me molestan tus *affairs*. Lo que no te perdono es que sea con Amy Jacques. De ella tampoco lo esperaba. Me siento... —sus ojos se escarchan y se desvían a un rincón de la oficina—, en fin, no creo que mi estado de ánimo le interese a nadie.

—Amy, sé que estás dolida. No quise herirte.

—*Please!* —hay un largo rato de silencio. El sol cae a plomo sobre la gran metrópoli, el asfalto se dilata en las suelas de los transeúntes y los vendedores ambulantes se refugian bajo enormes sombrillas de colores o buscan la vereda de la sombra.

—Es de mal gusto hablar de negocios en estos casos, yo sé, pero...

—¡Qué necedad!

—Eres la única que puede decirme qué diablos ha ocurrido aquí desde febrero.

Los líos de faldas lo han enredado todo. Wendolyn, secretaria de absoluta confianza, ha sido chantajeada por Elie García y Orlando Thompson.

—Le hacen el amor y luego le piden que firme documentos.

—Pero son hombres casados.

—Igual que usted, míster Garvey —Amy Ashwood entierra los puños en la cintura y desliza una sonrisa agria—. Sería bueno que realices una auditoría, te vas a llevar varias sorpresas.

Garvey intenta llamarle la atención, exigirle como su asistente y mano derecha que ha sido. Amy levanta los párpados lentamente, muestra un cansancio emocional. El sentimiento que creía compartir se adelgazó tanto que le cuesta encontrarlo. Mientras hablan de lo que él desea, la invade una infinita tristeza. Algo se ha desprendido e intenta suavizar con una amable distancia, viendo los gruesos labios movidos por palabras sin valor para ella. Una fractura los ha situado en orillas distintas, quizás para siempre.

Afuera, Amy Jacques trata de poner cierto orden. El amor le ha llegado en forma de dulce tragedia. Las miradas masculinas caen sobre su cuerpo buscando los atributos que tanto enloquecen al jefe.

—Mi presencia aquí no ayuda en nada. Será mejor que me vaya.

—¿Con la convención encima? Si te vas sería un caos. Espera que pase todo esto y podremos ocuparnos de nosotros —Garvey le acaricia el pelo tímidamente.

—No compliquemos más las cosas. Decide lo que sea, sin vernos. No me gustaría que te sientas presionado.

—No me presionas.

—Yo lo siento así. Entiéndeme. Tampoco aguanto las miradas maliciosas de tus asistentes.

Henrietta Vinton, la declamadora de Baltimore, entra sin anunciarse. Es evidente que irrumpe en un diálogo íntimo.

—Perdón, creí que estabas solo —duda unos instantes. A ella también le resulta poco grata la presencia de Amy Jacques.

—Adelante.

—No, no. Vuelvo después.

Henrietta se va. Garvey la alcanza.

—Necesito que alguien me explique qué pasó.

—Estuve viajando la mayor parte del tiempo. Soy la menos indicada —establece una distancia defensiva.

—Tu intuición, Henrietta, necesito tu intuición.

Charles Bryant descubre una serie de irregularidades en las cuentas de la Limon Branch. Muy alarmado, va a buscar a Roberts, que alquila una fracción de la casa de tío Richards, en la planta baja. La china con cara de mariscal le abre la puerta rumiando: no son horas.

—Es urgente.

Roberts aparece en calzoncillos anaranjados con palmeritas.

—Tengo serias sospechas de que Horace Fowler ha cometido un fuerte desfalco en perjuicio de la organización.

—¿Está seguro de lo que está diciendo?

—Lo sorprendí alterando los libros de contabilidad.

—¿Cuánto hace que roba?

Entre ambos preparan un cuestionario, veinticuatro preguntas a las que Fowler contesta con vaguedades o evasivas. De inmediato y con el apoyo de los demás socios fundadores inician un proceso de destitución.

—Primero cuestionaron mi contabilidad, me pusieron toda clase de condiciones, ahora intentan darme un golpe de Estado.

—Por abajo está buscando plata y eso mancha su carácter.

Fowler se escuda en la falta de pruebas y en sus derechos de socio fundador.

—¿No pensará que su designación es para toda la vida? Usted ha defraudado a los oficiales, ha defraudado a la comunidad, al movimiento, el *president general* será puesto en conocimiento y haremos una denuncia en el *Negro World* ahora mismo.

Charles Bryant saca a relucir un carácter férreo e intransigente. Se sienta a la máquina de escribir y redacta un artículo dirigido a la sección *News and Views* del profesor Ferris: "los chantajistas, timadores y explotadores deben enderezarse o alejarse de las divisiones de la UNIA, manos afuera es la orden."

Fowler desaparece de Limón. El taller de zapatos amanece cerrado. Se fue, se lo tragó la tierra. Ni siquiera se tomó el trabajo de avisar a sus operarios.

—Nos dejó en la calle —se quejan los ocho empleados.

—Amy, me asombra tu falta de colaboración, todos estamos de cabeza en los preparativos de la convención y tú, desaparecida —Garvey firma una pila de documentos y recrimina a su esposa sin levantar la cabeza.

Amy Jacques participa de la escena con los ojos clavados en las fojas de gastos, reservaciones de hotel, pasajes de barco, alquiler de vehículos y toda la logística para atender a dos mil visitantes. Ashwood pasa junto a ella displicente y furiosa, vacía los cajones de lo que era su despacho, la mitad de las cosas las tira a la basura y la otra mitad las mete en un bolso de mano.

—Amy…

Ambas levantan la cabeza y se miran entre sí. Como emplea el mismo tono no saben a cuál de las dos se dirige.

—Necesito que envíes un cablegrama al Congreso Nacional Africano para que nos confirmen su asistencia, otro a Uganda, a Togo, al rey Tavalu y a Isaiah Morter en Belice, dile que recibirá una condecoración especial. No puede faltar.

Jacques asiente con la cabeza y sale del despacho escudada en la montaña de encargos. Ashwood desaloja la oficina llevándose por delante papeles y objetos.

—¿A dónde vas? Ayúdame con esto.

—Ya no recibo más órdenes de tu parte, *my dear*.

Garvey apoya las manos en el escritorio, la sigue con la vista, tal vez tuvo la intención de ir tras ella y hablar más seriamente, en ese momento un nuevo empleado diligente y muy solícito le avisa que tiene una llamada urgente del agente naviero.

—¿Quién es usted?

—Soy estenógrafo, señor.

El empleado le pasa la llamada del operador naviero y desaparece bajo la lupa desconfiada del *president general*.

Silverstone echa por tierra las esperanzas de un debut estelar: los dueños del *Puerto Rico* se niegan a vender la nave a una compañía que nunca ha operado un barco.

—¿Por qué? Si aceptamos el precio, si aceptamos las condiciones de pago, lo que hagamos con el barco es asunto nuestro.

—No quieren tratar con negros. Punto.

Anunciado con bombos y platillos en el *Negro World*, con la campaña de promoción desplegada en Centroamérica y las Indias Occidentales, con los delegados de las esquinas más apartadas del mundo a punto de arribar a Nueva York, la histeria se apodera del directorio.

—Hemos apostado todas las cartas a este proyecto.

Una puntada en el pecho lo obliga a recargarse un segundo en la pared. Enciende un cigarro contra el asma, inhala despacio y cuando recupera el aliento, les da un ultimátum:

—¡No más pretextos! Tienen cuarenta y ocho horas para producir el trasatlántico o los veinticinco mil dólares.

"El país se ha gangsterizado —sostiene un comité gubernamental—. Los sindicatos del crimen tienen comprados a los agentes de la prohibición. Estamos rodeados de policías corruptos y trasgresores que se inyectan alcohol en las venas para desafiar el sistema."

—Tenemos que romper este círculo vicioso con un ataque frontal a la delincuencia política y al mundo del hampa —refuerza Hoover—. Dos de cada tres norteamericanos sueñan con ser gángsgters, ésa es la imagen de poder y éxito que fomentamos.

Hoover aprovecha la coyuntura creada por la era de la prohibición para exponer algunas de sus ideas sobre cómo clasificar a los maleantes: por fechorías, por grado de peligrosidad o por récord de encarcelamientos. También sugiere que el Bureau of Investigation maneje dos tipos de archivos, uno general, de libre acceso, que contenga la información relacionada con todos y cada uno de los asuntos investigados por el Bureau y de los delincuentes comunes que hayan pisado las cárceles de la unión. Otro confidencial, para uso oficial exclusivamente, donde se guarden los archivos de los capos del crimen organizado, los líderes racistas y antirracistas, los personajes importantes que sean sujeto de espionaje.

En Limón se convoca a los socios activos y tentativos para elegir un líder democrático. "Parece que llegó la hora de pasar cuchillo", bromea Roberts. En asamblea extraordinaria se elige a Charles Bryant como delegado a la gran convención, en representación de los negros de Costa Rica. Ahora la junta directiva. El boticario James Franklin forma parte de los vocales, su esposa Beatriz es confirmada como presidenta del Ladies Department. Como tesorero, un señor Samuel Gordon. Cuando llega el momento de nombrar al presidente de la Limon Branch, Daniel Roberts y Charles Bryant se miran entre sí. El carisma está de parte de Roberts, la rectitud con Bryant. Usted debe ser el presidente. Yo soy el comisionado. Creo que puedo hacer mucho más en ese puesto, sostiene Bryant. Suscriben un pacto de caballeros que los socios ratifican con la objeción de un miembro que era estrecho amigo del zapatero destituido: Roberts no puede ser presidente, porque no está casado con negra. La duda queda dos segundos en el aire y luego cae arrollada por la popularidad del postulante.

—La china no será tan simpática como usted, pero no hay pareja perfecta.

—Es un honor inmerecido —Roberts se balancea sobre sus talones—. Haremos una investigación a fondo y todos aquellos que estén involucrados en el desfalco pagarán con creces el abuso de confianza. *God save the king and the Limon Branch!*

La tripulación alterna del yate *Antonio Maceo* desembarca cerca de un faro en Antilla. Los marinos aseguran las amarras al pequeño atracadero y destapan las calderas que estaban a punto de estallar.

—Llegamos de milagro. Cinco millas más y volamos por los aires.

El guardafaros se acerca a curiosear, el yate que alguna vez sirvió para disipar la vida de un magnate petrolero muestra algunas abolladuras producto de los remolques, de su adicción a los mecánicos, a los astilleros y a todas las escalas posibles en su azarosa travesía por el Caribe.

Los marinos suplentes reportan sus coordenadas al Universal Building. Tocamos Antilla, imposible continuar viaje, embarcación desahuciada. Garvey manda una reprimenda por telégrafo. Nadie les autorizó desviarse a Cuba. Es muy fácil indicar rutas desde un escritorio. Los marinos solicitan recursos para regresar en un vapor comercial. ¿Y abandonar el yate, después de la fortuna que costó la última reparación? Negativo.

La Gran Convención

The color says how you look,
but not how you are.
JOHN HENRIK CLARKE, historiador

En agosto, mes de la emancipación y los actos conmemo-
rativos, mes de nacimiento y reunión, África se desplaza
por Harlem con sus trajes de luces. Desde las minas de
diamantes de Cecyl Rhodes y las fábricas de automóviles
de Detroit, desde los yacimientos de cobre de Katanga y
los reductos del imperio ashanti, desde las fuentes míticas
del Nilo a los suburbios australes de Soweto y Johannes-
burgo llegan a Nueva York a participar de la Segunda Convención Internacional de Negros del Mundo.

El *Negro World* los recibe con proclamas y consignas
de retorno: "África, la tierra de la esperanza y la promesa
para los negros del mundo." Monarcas que nunca habían
salido de sus dominios se aventuran a cruzar el océano para
responder al grito de "los derechos no se piden, se toman"
y "creemos en la suprema autoridad de nuestra raza".

En medio del ajetreo, el agente 800 cumple con su
labor de estenógrafo e incursiona en los archivos de la organización y de la naviera, aprovechando los momentos
de distracción colectiva como el desfile inaugural.

Harlem loves parades and street ceremonies. Vamos a
darles el más grande, el más espectacular que hayan tenido. De un soplido, Garvey aparta la pluma de avestruz del
bicornio que cosquillea en su nariz y se pone a la cabeza
del desfile de la Universal African Legion. Músicos y milicianos marchan por Lennox Avenue secundados por todo
el séquito de caballeros, duques y duquesas del Nilo, del

Níger, de Uganda y Etiopía. El comisionado Charles Bryant, representante de los negros de Costa Rica, contempla el despliegue, apabullado por los uniformes, la gala, las bandas, la ciudad y su fascinación por las alturas como telón de fondo.

Henrietta Vinton, *the Lady Commander*, hace las veces de maestra de ceremonias. Garvey entra y sale de los debates vestido con la misma toga dorada, verde y púrpura que usó al ser investido presidente provisional un año atrás. Amy Ashwood es presentada con el rey Tavalou de Dahomey, con Nzinga, una princesa de Angola, *glad to meet you!*

Isaiah Morter, magnate de Belice, se va directamente a besar la mano de Amy Jacques. El mismo lapsus cometen varios representantes de Cuba, Jamaica, Panamá y de las islas que le dan trato de primera dama ante la soslayada Amy Ashwood.

—Yo soy la esposa —furiosa, le reclama al magnate su descortesía.

—*Keep quiet,* él es uno de nuestros contribuyentes más importantes —Garvey abraza a su amigo efusivamente, lo presenta con la realeza africana y le otorga un trato preferencial en vista de su probada generosidad.

—Te agradezco, me has enseñado el valor de la mentira.

—Amy, no hagas una escena, por favor.

—Me hiciste a un lado, los demás responden de acuerdo a tus "directrices" —ella alza la voz y eso aumenta los nervios de un marido que no logra disociar los pleitos maritales de su investidura continental.

Henrietta trata de contemporizar. Amy no permite que nadie se le acerque.

—Estoy rodeada de talentos que no me dejan vivir.

El incidente se diluye en un altercado más ruidoso entre los delegados de Etiopía y Uganda por unos estandartes del león de Judá, símbolo de los descendientes del rey Salomón, y el león de Mpologoma, emblema de los kabakas. No puede haber dos leones en un mismo sitio. Forcejean. Amy Jacques trata de conciliar. Ambos o ninguno. Furiosa, la delegación de Uganda lo cambia por un elefante.

—Pusieron el elefante y se quedaron tranquilos, qué raro —murmura Wendolyn.

—El león significa realeza, el elefante poder —explica el profesor Ferris—. En casos extremos, la realeza es secundaria.

La asamblea se inicia con el debate de la Declaración de los Derechos de los Pueblos Negros del Mundo, cuarenta resoluciones aprobadas durante la gran convención de 1920 y constituidas en programa de acción. Se formulan denuncias contra la discriminación colonial, el maltrato en los enclaves bananeros, los linchamientos en los estados del sur.

Cualquier tema queda opacado por un crucero que no aparece. El representante de California, Noah Thompson, el niño terrible de la convención, pone a circular un chiste entre los delegados.

"¿Saben por qué los barcos de Garvey viajan de noche? Porque nadie los ve."

En las plenarias, Garvey mantiene la ecuanimidad, en privado estalla.

—Silverstone, tenemos dos mil delegados de todo el mundo preguntando dónde está el maldito barco. Estamos paralizados, sin nave y sin los veinticinco mil dólares. Hemos resuelto revocar el poder legal que le otorgamos y emprender acciones legales.

Garvey cuelga. Casi enseguida, Silverstone vuelve a llamar. ¡Buenas noticias! Su voz suena a campanita navideña fuera de estación. Creo que no fui lo suficientemente claro. Usted ya no nos representa. El operador se apura a dar la nueva. Reanudé contactos con la United States Ship-

ping Board. Los propietarios del *S.S. Orión* están dispuestos a reconsiderar la oferta de la Black Star Line. Piden doscientos veinticinco mil dólares, veinticinco mil en efectivo
y el resto en mensualidades al cinco por ciento de interés.

Garvey mira a sus subordinados escéptico.

—Todavía no entiendo por qué tantos enredos y cambios de planes para volver al *Orión*.

—La compañía consideró muy baja nuestra oferta inicial de ciento noventa mil dólares, después dijeron que la
marina norteamericana estaba interesada.

—¿Por qué no mejoraron la oferta en ese momento?
¿Por qué esperaron hasta ahora? ¿Por qué estuvieron a punto
de embarcarnos en la compra de un buque de trescientos
mil dólares que estaba al otro lado del mundo?

—Aquí, los golpes de timón los da usted, *mister president*. Nadie más —replica el haitiano.

—Jefe, lo importante es la oportunidad que se abre
en este momento —argumenta Thompson—, veinticinco
mil dólares y el barco es nuestro.

Es posible que sea una maniobra especulativa de la
Shipping Board, es posible que sea una jugada personal
del agente naviero para aumentar su margen de ganancias
en función de los tiempos y la presión. El prestigio de la
organización está por encima de todo.

Garvey da luz verde, restituye a Rudolph Silverstone
como apoderado legal, nombra al cónsul general de la
UNIA, Wilfred Smith, supervisor de las negociaciones, ordena a Silverstone formalizar el contrato y acude al Liberty Hall a participar la novedad a los convencionistas: la
United States Shipping Board adjudicó el *Orión* a la Black
Star Line. La noticia da nuevo impulso a la venta de pasajes en el histórico *tour* transoceánico y a los certificados
para el fondo liberiano. "Ayude a la causa de la libertad.
Suscríbase al Fondo para la Redención de África." "Dos
millones de dólares serán recolectados por la población

negra alrededor del mundo para liberar a África y lograr la libertad industrial, política y social de la raza."

Charles Bryant se hospeda en una pensión familiar de Harlem junto a otros delegados de Livingston, Guatemala y garífunas de Honduras. Sanders, el representante de Bocas del Toro, alquiló la mitad de una cama a unos portorriqueños en el Spanish Harlem, la otra mitad la ocupa el hijo menor de la pareja. Todos los días, Sanders amanece empapado de orines del niño y debe bañarse a cucharazos. Se traslada al Liberty Hall a participar de los acalorados debates.

—Ahí no, ése es territorio zulú.

—He ocupado esta banca por una semana entera —se queja Sanders.

—*Life changes. We are a moving force* —le dice un representante del Congreso Nacional Africano.

Sanders se resigna a un banquito atrás de una columna. A los pocos minutos vienen y lo echan junto con Bryant. Esto es zona bajo control *fulani*.

—¿Qué hacemos?

Ambos son arrastrados por un tumulto de veteranos de guerra que acuden a la ceremonia donde el oficial Emmett Scott, asistente especial del Secretario de Guerra, es condecorado con la Orden Sublime del Nilo. Garvey apoya la hoja de su espada sobre la cabeza del oficial Scott:

—Por tu valor y lucidez conduciendo a las tropas negras en la Gran Guerra, por tus memorias y porque llegaste hasta el corazón del poder militar en este país, te nombro *Knight Commander.*

Henrietta coloca la medalla en el pecho del oficial.

Desconcertado por tantas mujeres en juego, el oficial le pregunta a Amy Jacques cuál es su papel.

—¿En la organización?

—No, con este caballero. Perdón si peco de indiscreto.

Amy deja caer su mirada en Garvey y no piensa mucho la respuesta.

—Le gusta sentirse un hombre influyente y yo sólo trato de ayudarle a mantener sus créditos.

Los ex combatientes irrumpen en una sonora explosión de alegría. El agente 800 envía un reporte al Departamento de Justicia.

—Con esto queda fuera, fuera definitivamente de todas las reuniones —sentencia Hoover—. Avise al Departamento de Guerra que hicimos una hermosa fogata con los informes del oficial Scott.

El magnate de Belice, Isaiah Morter, es nombrado Príncipe de África y *Knight Commander* de Etiopía, en recompensa por sus jugosos donativos. Conmovido hasta las lágrimas, Morter promete:

—Cuando muera, cederé mi fortuna a esta noble causa y mi esposa se llevará una gran sorpresa.

El reparto de títulos honoríficos y principados a figuras caribeñas y americanas que no entran en ningún esquema dinástico crea molestia en los representantes de la nobleza africana, que no logran hacer suyo el sentido simbólico que Garvey le confiere.

Encargada de protocolo y ceremonial, Amy Ashwood consigue que los actores de *Souffle Along* brinden una función especial para los distinguidos huéspedes. Con Leila Walker organiza una recepción en Villa Lewaro para que los poetas del renacimiento negro lean sus versos a quienes de alguna manera han inspirado su nostalgia evocadora. Countee Cullen lee: *Dark Gods: Señor yo también invento dioses oscuros.* Toma un sorbito de licor, se escucha el pasar de las hojas, el fraseo de su voz. Y ahora este que he llamado *Heritage,* no tiene nada que ver con Mc-

Kay: *What is Africa to me/ copper sun or scarlet sea/ jungle star or jungle track...*

Villa Lewaro es un territorio neutral donde Claude McKay, Langston Hughes, Alain Leroy Locke, los poetas que escriben para el doctor DuBois o trabajan para los órganos de izquierda acuden convocados por Amy Ashwood. "Tu alma cantará olvidadas canciones de la jungla", lee McKay.

—Langston, ¿por qué no lees?

—Porque soy un espíritu africano, me diste ese papel en tu obra, Amy. Y los espíritus hacen lo que les viene en gana.

La velada literaria no parece una buena idea. Los africanos inspeccionan el palacete de Leila Walker como una galería de objetos inservibles, ningún cultivo, ningún pozo cavado para extraer agua, ningún mortero donde moler los granos, las lonjas de carnes rojas y blancas pasan en fuentes de plata. Un masai se resiste a comer sin la vaca presente y sin haber fileteado él mismo al animal.

—Mejor los llevamos al baile de los *Frolic of the Frogs*. Vamos todos al Manhattan Casino.

Amy llega al apartamento a altas horas de la noche. Garvey está sentado en un sillón, insomne, varios libros y revistas por el piso. Ha intentado leer y no ha podido concentrarse.

—¿Por qué esa cara de velorio? —Amy se dirige directamente al baño y empieza a desvestirse.

Él se levanta y camina tras ella con pasos apesadumbrados.

—¿De dónde vienes?

—Tú y yo no tenemos nada que ver. ¿Por qué me preguntas?

—Mientras vivamos bajo el mismo techo, tendré que saber.

Ella se unta crema limpiadora en la cara y frota con un paño. El delineador y los restos de rímel tiñen los párpados de un negro azulado. Lo observa. Hay un interregno siempre, una división donde se separa el agua dulce de la salada; una zona de caricias, miradas y momentos perdidos, una zona dispar donde ella se siente desplazada y él terriblemente desleal. Ambos esperan que el otro rectifique, perdone, ceda, vuelva atrás, cada vez menos convencidos de que eso sea posible.

—¿A dónde fuiste? —ablanda la voz.

—Al Manhattan Casino. A tus delegados les gustó.

En el Liberty Hall llega el turno de América Central. Los garífunas, Sanders, el comisionado Bryant, exponen los resultados de la apoteósica visita del *president general.* La carta credencial de Charles Bryant es Limón, uno de los lugares que batió récords de recaudación: treinta y cinco mil dólares en tres días para el African Redemption Fund. El orgullo de Bryant es indescriptible cuando escucha a Garvey ponderar a la colonia antillana de Limón.

—La gente de Costa Rica fue tan entusiasta. *They came by the thousands.* Hicimos espléndidos negocios en Costa Rica. La joven que llevé conmigo, miss Jacques, estuvo muy ocupada expidiendo acciones de la Black Star Line y vendiendo bonos para la construcción de Liberia.

Al bajar del estrado, Garvey se acerca a un grupito de delegados caribeños que conversan animadamente con Cyril Briggs, el editor de *The Crusader*, sobre huelgas y protestas que se apagan en una isla y brotan en otra. Briggs responsabiliza a Garvey de la persecución a sindicalistas en el Caribe por su supuesta connivencia con la United Fruit, le echa en cara sus "inconsistencias" e intenta convencerlo de que el Partido Comunista es la solución a los problemas raciales.

—¿A qué le llama inconsistencias?

—Usted confunde los ideales del movimiento de liberación con un par de barcos atrofiados. Si la UNIA fuera la vanguardia del movimiento negro del Caribe, como dice ser, no sólo apoyaría las huelgas, sino que debería estimularlas desde Nueva York.

Briggs le entrega uno de los panfletos que ha estado repartiendo entre los delegados a favor de radicalizar la lucha y crear un ejército panafricano.

Garvey echa un vistazo.

—¿Usted ha estado haciendo proselitismo en pro de la Revolución rusa en esta Convención? Fuera de aquí. Nadie nos va a usar de plataforma de lanzamiento.

El *president general* llega a su cita con Gabriel Johnson, alcalde de Monrovia, antes de lo previsto. En el lobby del Hotel Theresa, el más exclusivo de Harlem, Johnson recibe a hombres de negocios y de gobierno.

Los minutos pasan. Garvey va de la recepción del hotel a la puerta giratoria, manda recados con el conserje. Cuando está a punto de irse, el liberiano aparece saludando con desenfado a todo aquel que tenga aspecto de banquero o agente de bolsa. Molesto, Garvey le reclama por la tardanza y por la presencia de varios de sus adversarios en la suite. A cada pregunta sobre los cinco mil acres de tierra, los expedicionarios y los terrenos asignados en las riberas del Cavalla River para la colonia de la Negro Improvement, Johnson frunce las cejas, voltea hacia la puerta de vidrio, pendiente de quién entra y quién sale o finge demencia.

—¿Cómo van los preparativos?

—¿Cuáles preparativos?

—De mi visita a Liberia.

—Este año no será posible —el liberiano se frota las cejas con la palma de la mano—. El presidente D. E. King tiene otras visitas de Estado y no podría atenderlo como merece.

—Olvídese del protocolo. Voy en plan de trabajo.

—De ninguna manera. El presidente provisional de África debe tener un recibimiento a su altura.

Condecorado y nombrado potentado de la UNIA en la anterior convención, Garvey cree haber gratificado al alcalde de Monrovia lo suficiente como para hacerlo cargo de ciertos problemas.

—Nuestra misión de expertos ha enfrentado algunos impedimentos para formalizar la adquisición de tierras.

—Estamos atados por la legislación. Ser el único territorio libre de África nos impone ciertas restricciones —responde el alcalde.

—Usted se comprometió a allanar el camino y resolver cualquier tipo de inconveniente que se presentase, de esto hace un año.

Johnson reacciona como iguana marcando territorio.

—Ustedes podrán controlar su lado del agua, nosotros los africanos manejamos las cosas en nuestro lado, y nadie va a venir a imponernos nada.

—En tal caso, nos veremos obligados a suspender la campaña a favor de su gobierno, alcalde —Garvey se afirma en su orilla—. Realizamos un esfuerzo sobrehumano por el African Redemption Fund. Es una lástima, dos millones de dólares frenados por obstáculos legales —da media vuelta y se dispone a salir. Al fin, Johnson trata de contemporizar.

—Es un asunto de forma. Habría que buscar algún mecanismo para comprar las tierras y dárselas en concesión.

—Usted, como nuestro apoderado, perfectamente puede cumplir el trámite.

—Podría ser —Johnson sigue enroscándose las cejas, hasta que quedan hechas un churro.

Dioses oscuros

El niño en el pesebre es folclore europeo,
el bebé nació en África.

JOHN HENRIK CLARKE, historiador

En su calidad de obispo y capellán general de la UNIA, George McGuire preside la liturgia de la Iglesia Ortodoxa Africana, variante espiritual de la Negro Improvement.

—Es hora, hijos míos, de olvidar los dioses blancos. Es hora de borrarlos de nuestros corazones. No más dioses extranjeros. No más iglesias blancas. Abracemos la religión en términos negros.

McGuire insta a tirar abajo y quemar las imágenes de la Virgen María y los Cristos rubios.

—Vamos a mantener ocupados a nuestros pintores y escultores.

—¿Qué haces? —Garvey observa atónito la humareda en la Séptima Avenida, muchos miembros de la organización han hecho limpieza en sus hogares y la imaginería desautorizada levanta llamas azules afuera del Liberty Hall.

—Si el origen del hombre es África, los ancestros de Cristo también son africanos. No veo qué le causa tanta extrañeza —el pastor arquea la ceja, la mitra se mueve en la dirección que dicta esa inquieta parte del rostro. Con el báculo distribuye el fuego para que la imaginería apócrifa se consuma más rápido.

—Vas a ponerme a todas las iglesias en contra.

—Si realmente nos pusiéramos radicales no admitiríamos la pluralidad ancestral de Cristo.

—No incites a quemar imágenes. No quiero fanatismos. ¿Oíste?

Charles Bryant se persigna y se aleja de ahí aterrorizado y supersticioso. Un castigo divino puede caer sobre quienes presencien tal sacrilegio. Garvey trata de apagar la hoguera, una viejita se interpone.

—Gracias, padre, por decirnos que Cristo es negro. En mi interior lo sabía —le besa los anillos obispales una y otra vez en gratitud—. Ningún hombre blanco moriría por mí en la cruz.

—La idea de Dios está bien. La imagen no corresponde. *Jesus Christ is black! Let's pray to the Lord!*

El reverendo Adam Clayton Powell, titular de la Abyssinian Baptist Church, presenta su queja a Garvey por introducir elementos muy conflictivos en su doctrina.

—Somos negros, pero antes que eso somos buenos cristianos.

—Lo sé, padre. Yo tampoco estoy de acuerdo con McGuire. Nuestra organización respeta la libertad de culto.

—Su obispo no.

Al día siguiente, McGuire entrega a un grupo de artistas plásticos la descripción alegórica de la persona de Jesucristo para que se inspiren. ¿Jesús negro? ¿En qué se basa? En la Biblia, naturalmente. Aquí tienen, tomado del Apocalipsis versículos 14 y 15: "Su cabeza y sus cabellos eran como lana, sus ojos como llama de fuego y sus pies semejantes al bronce bruñido."

Los artistas acondicionan un rincón del Liberty Hall como taller con lienzos, paletas, pinceles y materiales para moldear las esculturas de la nueva estética religiosa. ¿Bronce bruñido? Pudo haber caminado mucho y tener los pies ardidos. ¿Qué me dicen de la cara?: "Y su rostro era como el sol cuando resplandece en su fuerza." Es un factor de interpretación muy relativo. Podría ser un piel roja. Aaron Douglas y toda esa gente no se ponen en tantos predicamentos. Pintan y ya. Adán y Eva, la creación, el Edén, todo viene de África. Los pintores acotan su discurso con sólo mirarlo. Bueno, de la Mesopotamia, que está muy cerca de África.

McGuire tiene otros extractos sobre la persona de Cristo: Daniel 10:6. Léanlo, saquen sus conclusiones y manos a la obra. "Su cuerpo era como de berilo y su rostro parecía un relámpago y sus ojos como antorchas de fuego y sus brazos y sus pies como de color de bronce bruñido y el sonido de sus palabras como el estruendo de una multitud."

¿Qué será el berilo? Busquen un diccionario: metal ligero, silicato natural de aluminio; cuando es verde es la esmeralda, azul la aguamarina, rosa morganita, amarillo heliodoro. A esto es lo que yo llamo diplomacia de alto nivel. El único que corresponde a un color de piel es el amarillo. Los chinos podrían argumentar que el Mesías era asiático.

La viejita del otro día se acerca y los ayuda un poco a salir de dudas. Dios hizo a Adán del barro y el barro, se sabe, no es blanco. ¿Por qué no empiezan por ahí? El obispo concuerda con la anciana e introduce el tema en la convención con argumentos todavía más polémicos. Si el primer hombre sobre la tierra fue africano (una teoría confirmada por el ilustre Charles Darwin, una figura de la cual no podemos dudar), y Dios hizo al hombre a su imagen y semejanza, entonces Dios también es negro.

—McGuire, deja que cada quien se forme su propia idea —aconseja Garvey—. Aquí tenemos de todo. Apostólicos romanos, musulmanes, yorubas, hinduistas, budistas, santeros cubanos, brasileños. Yemanjá, Obatalá, Eleguá, todos son parte de África. Apelo a tu sensatez. Ya bastantes líos tengo para que me endoses también problemas espirituales.

La sesión de homenaje a los inventos negros se inicia con cigarros para todos, cortesía del armador de cigarrillos Lino

Giro, vecino del Universal Building, en ocasión del cumpleaños del honorable Marcus Garvey: 17 de agosto, pretexto ideal para efectuar un masivo intercambio de regalos.

—Feliz cumpleaños —Amy Ashwood le dedica uno de los pocos gestos de cariño en esta etapa de ruptura.

Garvey agradece los himnos y los obsequios personales: una réplica del trono de oro de Osei Tutu; una escalera contra incendios en miniatura, Winters, 1878, para que puedas escapar al siguiente atentado. Invento negro muy valorado por ladrones y pistoleros, bromea el oficial Emmett Scott. Un busto de bronce hecho por una gran escultora de Harlem, cortesía del ahora Príncipe de África y Caballero de Etiopía, Isaiah Morter.

Proponemos un canje de ingenio: pianolas por marímbulas, máquinas de escribir por esculturas de madera, cañas de pescar, buzones y candados por tambores y koras. Joyas y bellísimas piezas de arte de Benin por inodoros, objetos de uso diario y este útil *insect destroyer* (Richardson, 1899), que puede ayudar a combatir la mosca tse-tsé y la enfermedad del sueño. Botes salvavidas para los pobladores del lago Victoria. Nalubare, rectifican los ugandeses. La delegación de Costa de Oro pretende regalarle a Amy Ashwood un colmillo de elefante labrado con la leyenda del escabel de oro, la exaltación militarista de los ashanti y la cabeza del derrotado jefe del reino fanti de Denkeira.

—Aprecio el gesto, pero no me gusta el arte guerrero. *The fanti kingdom is Africa too* y el marfil me obliga a pensar en un elefante muerto.

Garvey se disculpa a nombre de su esposa, acepta el regalo doblemente agradecido e invita a la sesión especial de homenaje a los inventores negros, al día siguiente en el Liberty Hall.

—Hoy queremos rendir homenaje a Henry Baker, un hombre que trabajó en la Oficina de Patentes de Estados

Unidos la mayor parte de su vida. Baker no quería que nuestro ingenio quedase en el anonimato, así que puso una contraseña en cada invento negro. Una contraseña que sólo él podía descifrar. Los prejuicios, el celo profesional, el ansia de originalidad ha llevado a plagios y omisiones voluntarias e involuntarias. Gracias a Baker, hoy sabemos que la lámpara incandescente, el ascensor, el extiguidor, el salvavidas, el refrigerador, el tren eléctrico y decenas de aparatos más son producto de la inventiva de los descendientes africanos. Bravo por Baker.

Full lips, full blood

¿Era el rey Tutankamen un negro? Un análisis de las estatuas esculpidas en su honor muestran rasgos netamente africanos: nariz ancha, labios llenos, cabello rizado.

Negro World, 1921

Una tumba, a veces, puede ser una declaración de amor. Ramsés II le construyó un templo monumental a su esposa preferida: Nefertari. Por años y años no tuvo otro pensamiento. Ninguna otra reina de Egipto fue tan honrada como ella.

La veneración levanta grandes templos.

Amy Ashwood escucha con oídos extasiados al orador, un egiptólogo invitado por el Metropolitan Museum a ofrecer una conferencia magistral sobre las excavaciones iniciadas en la necrópolis en 1904 en lo que se comprobaría era la tumba de la "Esposa de Dios", la "Dama de las dos tierras", "*The great royal wife*". Se trata de una actividad periférica a la gran convención, tan atractiva, que ha dejado despoblado el Liberty Hall.

Hay quienes aseguran que Ramsés hizo un pacto secreto con Nut, la diosa de la noche, para no morir hasta no dar a Nefertari un estatus divino. El amor —como bien dicen—, no crea ninguna ley: las rompe todas. Ramsés

mandó pintar un rastro de estrellas en el techo de su ama-
da, estrellas duales y textos sagrados sólo permitidos a los
faraones, para ayudarla a navegar en el inframundo. Un
acto de osadía instigado por un deseo de protección a quien
supo trastornarlo más que la guerra y el poder, más que
sus cien hijos y cualquier otra de sus esposas.

Amy desvía la mirada hacia los fotogramas en la pared, la fuerza de la figura femenina arrancada a la piedra,
las caderas y los senos se despegan de la roca reclamando
las caricias de su amado. Es como si los picapedreros, pintores y escultores de la necrópolis se hubiesen posesionado
de los deseos carnales del faraón. El mayor constructor de
Egipto no descansó hasta no asegurarse de que su pasión
por Nefertari perduraría más allá del imperio, de las dinas-
tías, de la grandeza del Nilo y el avance de los desiertos.

Mientras los demás siguen absortos en la exposición,
Amy se extravía en salas semiocultas del Metropolitan. Ventanales enormes, los signos de una ciudad moderna allá
lejos. Cada pueblo y sus códigos, cada ruina y sus intér-
pretes. Nada se exhibe donde corresponde.

Al regresar, encuentra al egiptólogo juntando sus
apuntes y papeles, de su pecho cuelga un pendiente en forma de ave con alas color turquesa.

—¿Puedo?

—Son anotaciones personales. No tienen nada que
ver con la conferencia.

—Es poesía, ¿puedo? —insiste Amy.

"Fabrico tus joyas para el gran viaje, preparo tus ven-
dajes, la urna que arropará tu corazón. Toma mis escara-
bajos, mis uñas gastadas de pulir el brillo venerable de tus
labios, tengo los dedos crispados de embalsamar tus senos. Beso tu cuerpo cubierto de inscripciones, tus tetas
majestuosas, tu sexo desplegado en pájaros de grandes alas.
Después de Cristo te enaltecieron en mármol, frío material para expresar lo que siento. Tívoli te llenó de falsos

honores, de ojos ciegos y rasgos europeos. Son los romanos y los griegos disfrazados de egipcios, los que ahora
pueblan los museos. El dios Thot recreado para la ópera
con su pico de garza. Trozos de grandeza mutilados por el
tiempo."

—Veo que usted también se enamoró de Nefertari.

—Es imposible no emocionarse ante tal manifestación de amor.

Amy toma el pendiente entre sus manos.

—Es casi tan lindo como sus ojos —Amy se ve refle-
jada en esos ojos depuradamente azules.

—Le agradecería no hacer mucho énfasis en mis ojos.

—Era un cumplido. ¿Por qué se ofende tanto?

—Me recuerda una violación en mi familia. Es todo.

El colapso

La convención de la Negro Improvement otorga a los periódicos y revistas de la comunidad negra la oportunidad de renovar sus ataques a Garvey. "Récord de ventas en un barco inexistente." "Venden acciones y boletos de una nave imaginaria." Los más incisivos son el doctor DuBois y Phillip Randolph, de la revista *Crisis,* y Cyril Briggs, editor de *The Crusader.*

Empeñado en desenmascarar las maniobras propagandísticas de Garvey, Briggs consulta los archivos del Departamento de Comercio, obtiene documentación interna y pide informes al Bureau of Navigation sobre las últimas adquisiciones de la Black Star Line. Ningún vapor con el nombre de *Orión* o *Phillys Wheatley* aparece registrado en los bienes de la flota negra. ¿Por qué la Black Star Line ha estado vendiendo pasajes de un bote que no existe?, se pregunta Briggs, quien trata de convencer a la oficina de correos de Nueva York de procesar a Garvey por utilizar el servicio postal para cometer fraude. Sin querer, abre un flanco no contemplado por el aparato de la Inteligencia.

En Washington, el recién designado jefe del Bureau of Investigation, William Burns, se empapa rápidamente del caso, despacha a dos agentes, Mortimer Davis y James Amos, para que sigan esa pista, y advierte a los directivos de la United States Shipping Board que deben reconsiderar su decisión de vender un buque a la Black Star Line y evitar cualquier trato con la organización negra. "El señor

Marcus Garvey pertenece al Partido Comunista, está afiliado al bolchevismo y es un agitador radical que incita a utilizar la fuerza y la violencia contra el gobierno de los Estados Unidos."

El trasatlántico navega en las páginas del *Negro World* sin visos de realidad. Las filiales de la costa oeste exigen un informe del estado financiero de la compañía y denuncian el ocultamiento de información para articular un movimiento disidente.

El futuro de la corporación es levemente dudoso, advierte el vicepresidente Orlando Thompson. El agente Silverstone tampoco ofrece noticias alentadoras: la Shipping Board ha recibido fuertes presiones.

—Están interesados en concretar la operación, pero quieren resguardarse. Ordenaron un estudio financiero de la Black Star Line. Estoy adelantándome a los movimientos de la Shipping Board para mostrar que gozan de buena salud.

—Fuertes presiones, ¿de quién? No me haga pelear con fantasmas.

—Lo noto un poquito desesperado, míster Garvey.

—Déme una razón para no estarlo.

La tripulación original del *Antonio Maceo*, el capitán Richardson y su ingeniero de máquinas, Harris, son repatriados por el gobierno de los Estados Unidos a Boston. Una nube de reporteros recoge su testimonio: empeñamos hasta los calzoncillos, subsistimos en condiciones deplorables, si no hubiese sido por el cónsul… La prensa negra, aun aquella que se precia de ser la más seria y política, publica detalles del tórrido romance a bordo del probable presidente de África retozando con su secretaria en los camarotes o correteando por cubierta. Un sujeto corpulento aparta a los marinos de la nube de preguntas con amagues boxísticos.

—Edgar J. Hoover, asistente del fiscal general de Estados Unidos. Su retorno ha sido cubierto con fondos del erario. Supongo que el cónsul en Kingston les habrá indicado lo que el pueblo norteamericano espera de ustedes.

—Algo dijo, pero no entendí muy bien.

La esposa de Richardson llega al muelle y ambos se funden en un beso carnoso. Hoover saca un peine y repasa el peinado desviando la vista a otro lado, el beso incluye lenguas, mordiscos, un frenesí que incomodaría al más liberal de la liga de la decencia.

—Señora, permítame, luego se besan —Hoover los separa—. Llegado el momento, será citado a declarar en contra de la Black Star Line.

Al capitán se le vienen a la cabeza las amenazas de Garvey de procesarlo por negligencia y administración destructiva.

—¿Me va a perjudicar?

—Será testigo de cargo. Usted sólo tiene que contar su propia historia.

> Enviar de inmediato el catecismo de la UNIA para usar en los rituales de todas las divisiones de la Universal Negro e introducir a nuestra gente en una nueva religión.
>
> *Negro World*

Es domingo, día de culto. Garvey asiste a la Abyssinian Baptist Church, respondiendo a una invitación especial del reverendo Clayton Powell, en desagravio por los exabruptos de su obispo George McGuire.

Memorial del éxodo.

La columna de nubes en el día, la columna de fuego en la noche. El reverendo Clayton Powell menciona las frases de Dios a Moisés ("yo te he puesto para mostrar en ti mi poder… Faraón no os oirá para que mis maravillas se multipliquen en la tierra de Egipto"), a su lado Amy Ashwood y Nzinga, la princesa venida de Angola, quien recibe una rápida instrucción sobre el manejo de la Biblia.

Y ahora, la división de las aguas. Por una noche, el Mar Rojo quedó dividido en dos. Por una noche, el corredor de tierra dio paso al pueblo elegido: "Y tú alza tu vara y extiende la mano sobre el mar y divídelo y entren los hijos de Israel por el medio del mar en seco." Teniendo las aguas como muro, se tejieron una épica y una tragedia.

Ahora viene lo dramático, susurra Amy al oído de la princesa angoleña: "Y Jehová dijo a Moisés, extiende tu mano sobre el mar para que las aguas vuelvan sobre los egipcios, sobre sus carros y su caballería." Garvey inhala fuertemente, el pánico de la asfixia es inevitable en este pasaje bíblico. Al despuntar el día, el farallón de agua se le viene encima, es un egipcio más sepultado en el fondo del Mar Rojo. "Los abismos los cubrieron…" El coro prorrumpe en loas a "Jehová porque se ha magnificado grandemente". Ahogar a un ejército para hacerse respetar. "…Jehová es varón de guerra… se hundieron como plomo en las impetuosas aguas…Y el pueblo temió a Jehová…"

El reverendo Clayton cita una de las "leyes humanitarias" dadas por Dios a Moisés: "El que ofreciere sacrificio a dioses excepto a Jehová, será muerto." Éxodo 22:20. Si así son las humanitarias, ¿cómo serán las otras?, se pregunta la invitada.

—Padre, ¿puedo plantearle una inquietud personal? —Garvey toma al reverendo Clayton del brazo y se apartan del altar—: Cuando usted estudió teología, ¿el tema de las razas se analizaba?

—En el seminario lo pasan por alto.

—¿Y usted en sus prédicas?

—Prefiero dejarlo en suspenso.

El pastor Clayton se quita el atuendo y lo cuelga en el brazo.

—¿Usted acepta la supuesta maldición que pesa sobre la raza negra? ¿La de Noé sobre su hijo Cam?

—Por supuesto que no. Suponiendo que la historia original sea la que leemos ahora en la Biblia, la maldición recae sobre una persona, no es aplicable a un pueblo.

Sin rastros del crucero, con el *Antonio Maceo* anclado en Antilla, el *Shadyside* hundido en Fort Lee sobre el lado Jersey del Hudson y el *Yarmouth* retirado a sus cuarteles de invierno, la decepción se apodera de los delegados. Noah Thompson, el representante por California, invita a los sectores descontentos a escindirse del movimiento: "Estamos cansados de esta burla. La salvación de la raza no se obtiene comprando acciones de barcos invisibles."

Garvey intenta disuadirlos, apela a una flota de grandes palabras; la frustración creada por negociaciones inciertas ya no puede remontarse con piezas de oratoria. Muchos se sienten estafados. La aventura naviera hace agua por el flanco más débil, la costa oeste, los que tienen la mirada puesta en otro océano. Cuando el *president general* ve que su capacidad de persuasión ya no surte efecto, entonces exige lealtad a los delegados. *Your loyalty will keep us together!* Los más fervientes seguidores ratifican su relación incondicional con el líder. Otros se levantan de sus asientos dispuestos a llevar su actitud hasta las últimas consecuencias.

Charles Bryant, delegado de la Limon Branch, contempla la escena con el corazón en un puño. Esta vez quisiera intervenir, vencer su timidez y hablar en nombre de los que creen ciegamente, de los que se niegan a abandonar el barco por unos cuantos relámpagos. Las palabras se apelmazan en su lengua.

—*Don't try to be nice. You are making an enterprise.*
Tú no haces la realidad —murmura el doctor Ferris atrás
del estrado.

Marcus Moziah Garvey recorre ese conglomerado de
idiomas, reinos, Estados-nación traídos a Harlem por una
lengua de plata. Cielos inclementes conspiran contra el
mayor de sus deseos. No va a defraudar ese deseo por un
puñado de voces en contra.

Su mirada traspasa los colores, los cuerpos, las excu-
sas, tratando de determinar la índole de los obstáculos que
se suceden uno tras otro, ciego al fracaso que otros se empeñan en propagar. Dudar es naufragar. A quienes ansían
el hundimiento de esta ilusión colectiva no les dará el gusto de declararse derrotado. No en mitad de la travesía. Observa a los disidentes con las mandíbulas apretadas, sus ojos
inflamados. ¿Será posible que no entiendan?

Los miembros de la Legión Africana se aprestan a intervenir. La división de Los Ángeles abandona el Liberty
Hall. Fuera de sí, sintiendo que los muros del templo se
resquebrajan, que el santuario de la africanía se hunde en
un vaso de agua, Garvey lanza un grito.

—¡Traidores! —le sale del hígado, de las vísceras, de
un temperamento violentado por el descrédito.

—Usted es un delirante. Pretende gobernar un continente desde su oficina en Harlem —replica el líder disidente—. África no lo reconoce como su presidente.

—No tienen convicciones, no tienen fe —los labios
tiemblan enardecidos, el aplomo de la mirada es suplantado
por un súbito desprecio—. La mística es una de las pocas
cosas que yo no puedo transferir a ninguno de ustedes.

Los legionarios bloquean las entradas. Su intervención como fuerza de choque establece un triste precedente
en el movimiento. Los representantes de la costa oeste de
los Estados Unidos se trasladan a Los Ángeles y fundan la
Pacific Coast Improvement Association.

El desencanto de Amy

El encuentro entre dos mujeres que aman a un mismo hombre nunca será fácil, pero Amy Jacques se ha armado de valor.

—Amy, tenemos que hablar.

—¿Para qué? Ya conseguiste lo que querías.

Jacques se estruja las manos acongojada e intenta una conversación imposible.

—Me enteré por Wendolyn de que piensas irte y...

—En esta historia, una de las dos sobra —Amy Ashwood habla sin dirigirle la vista.

—Quisiera aclarar malos entendidos.

—¿Malos entendidos? No digas estupideces, ¿quieres? Te acostaste con mi marido cuantas veces quisiste, se pasearon por el Caribe en yate, en vapores de lujo. Te felicito, querida, a mí no me fue tan bien en la luna de miel. No faltó un punto del mapa donde exhibirse —dicho en voz alta, más la avergüenza y más rabia le da—. La prensa se ha hecho un pic-nic con la tripulación del *Antonio Maceo*, todos hacen fila para dar su versión a los reporteros.

—Exageran.

Amy Ashwood se asoma a la ventana vociferando:

—¡Exageran! ¡La señorita dice que exageran! No iba al camarote de su jefe todas las noches, sólo cuando él la llamaba. No iba a lo que todos suponen, sino a que le dicten cartas, ¡por favor!

—No quise herirte, de verdad —en los pómulos de Amy Jacques aflora la vibración de un gesto que no llega a definirse.

Ashwood vacía el guardarropa íntegro en un baúl de herrajes. Camisas de Garvey se confunden en el equipaje. Su amiga trata de rescatarlas en una reacción inconsciente, pero es apartada bruscamente.

—Sólo intentaba ayudar.

—No te molestes, querida. Ya hiciste lo suficiente.

—Amy, por lo que más quieras, por nuestra amistad.

—Casualmente hoy decidí descreer de la amistad, entre otras cosas.

A través de esa película acuosa, donde no termina de formarse la lágrima, Ashwood luce despiadada, fortalecida, casi feliz en su papel de víctima. Jacques parpadea varias veces y en cada parpadeo la ve más ansiosa de precipitar los acontecimientos.

Jacques da media vuelta y sale, las piernas no le responden frente a los escalones y tiene que ayudarse con los brazos para no resbalar.

La voz de Lucile Hegamin se cuela desde un apartamento vecino. *He may be your man, but he comes to see me sometimes.* Cuando distingue la canción arroja un florero por la ventana, que cae en Lennox Avenue. Los transeúntes bajan de la vereda y esquivan los cristales.

En las Indias Occidentales se vive un pico de alegría ajeno a las divisiones y conflictos suscitados en la última convención. El retorno del comisionado Charles Bryant a Limón suscita infinidad de actos, mítines, conciertos, veladas de poesía, música y oratoria, además de giras itinerantes por las nuevas filiales en Valle de la Estrella y Línea Vieja. El Ladies Department monta una obra infantil para representar *The Great Convention* con los hijos de los miembros. La obra recorre poblados remotos con un Garvey de diez años que ensaya caras de adulto y un séquito de niñas y legionarios de tercero y cuarto grado.

—¿Cómo tomaron aquí la fractura de la *Pacific Coast?* —pregunta Bryant algo angustiado.

—Nadie se molestó por eso.

—¿La gente está enterada de lo que ocurrió en la Segunda Convención? ¿Les han informado?

Roberts y el boticario Franklin le enseñan el cúmulo de medicinas, ropa, materiales de construcción y durmientes sustraídos de los talleres de la Northern Railway Company y ocultados en el vecindario.

—Tenemos por lo menos diez patios más igual de repletos.

Garvey llega a casa y se sorprende al ver el guardarropa y los cajones desmantelados, el dormitorio con preparativos de fuga. Comienza a golpear puertas, a llamar a gritos a Amy. Al entrar a la cocina, se topa con una jovencita tiritando de la cabeza a los pies. Ambos se sobresaltan.

—¿Quién eres? ¿Qué haces aquí?

La muchacha se abraza las piernas y esconde la cara entre las rodillas. Se escucha la puerta de entrada y la niña corre a refugiarse en los brazos de Amy Ashwood.

—¿Qué pasa? Esta casa es un desastre.

—No te preocupes, ya nos vamos —abraza a la niña y la recuesta contra su pecho maternal.

—¿De dónde la sacaste?

—Nos adoptamos mutuamente —las pupilas de la niña brillan entre las manos de Amy. Trae un par de valijas y sigue empacando.

—¿A dónde vas?

—¡No te importa!

En ese momento toma conciencia de que la está perdiendo. Le cuesta creer que ella renuncie a él, al movimiento, a esa fuerza gigantesca que ambos generaron y que los mantuvo retenidos uno a otro, como esas parejas de estrellas que vagan por el espacio. Amy se desploma en una silla, se cubre la cara con las manos, él no merece un minuto más de su tristeza y sin embargo, es el único hombre con el cual es incapaz de controlar sus emociones.

—No quiero tener nada que ver con África, con la organización, contigo, para mí todo terminó, ¿me oyes?

—Cálmate —la sacude de los hombros—. ¿Qué pasa?

—Pregúntale a esta niña. Que te muestre qué le hacen a las mujeres en África —la niña se cubre la entrepierna y se arrincona en la cocina—. Las mutilan.

—¡Por Dios! Amy, tranquilízate —él percibe cómo se siente la niña con dos extraños hablando de sus intimidades y trata de ahorrarle sufrimiento—. No te alteres.

—¡Te parece poco! Niñas de su edad han muerto desangradas.

—El mundo está lleno de dramas terribles...

—No estoy hablando del mundo, estoy hablando del lugar que sueñas, *my dear, the land of hope and promise*. ¿Ves el terror en su cara? ¿Lo ves? Ella es mi primer y verdadero contacto con África.

Un incidente en el Liberty Hall suscitado por la esposa cristiana del presidente musulmán de Sierra Leona le viene a la cabeza.

—Amy, esta niña es hija de la nobleza, la están buscando por todas partes.

—Pues que se cansen de buscar. No la voy a entregar.

—Su madre estará desesperada.

—Las mismas madres se encargan de cumplir el ritual. Me da escalofrío sólo de imaginar esas ceremonias. ¿Por qué nunca se habló de esto en el *Negro World*, en la Gran Convención?

—Nadie lo planteó. Estábamos discutiendo los derechos civiles.

—Probablemente nadie lo planteó por la sencilla razón de que son delegaciones masculinas. Probablemente también porque nadie considera los genitales de mujer como un derecho civil.

Garvey observa a la niña, ella también lo mira desde un lugar imposible. Abajo de esa imagen desvalida aflora una vivencia atroz, que no busca explicaciones ni culpables puesto que es anterior a ella, a todas las mujeres nacidas para cumplir con el mismo ritual. La mirada de la niña no proyecta las figuras masculinas, y es extraño, muy extraño, sentirse suprimido en la mirada de una niña. Si lo ignorara, si mostrara ofensa, rechazo, amargura, habría algo a qué asirse, sería ya una forma de comunicación.

—Estoy de acuerdo contigo: es terrible, espeluznante, injustificable desde todo punto de vista, pero es un rito ancestral, no podemos cambiar sus costumbres desde aquí. Eso no puede echar por tierra nuestras propuestas de *Back to Africa*.

—Sigue idealizando si eso te hace feliz. Negros matan negros en tu tierra de promesa. Negros traficaron negros. Sigue engañándote, si eso te ayuda. Yo acabo de quitarme la venda de los ojos.

—No me desafíes, Amy —le oprime el brazo y aprieta las quijadas.

—¡Me lastimas!

En un rincón, la niña vuelve a esconder la cara en sus rodillas. Su presencia exacerba los ánimos de ambos. De algún modo saben que esa discusión oculta otro tema de fondo que no se atreven a tocar.

—Sé quién eres, Amy, pero no quién quieres ser.

—Lo que yo quiera hacer de mí ya no te tiene de centro.

Garvey estrangula el brazo de Amy hasta que las yemas se ponen blancas y las palpitaciones de uno y otro se

confunden. El brazo cambia de color, él se resiste a soltar-
la. Si afloja, ella se irá para siempre y, si la retiene, quedaría
obligado a mantener una relación menguada por sucesos
innegables. Ella apoya los párpados en los labios de él, esperando que se entreabran, que digan ¡quédate! Tal vez ella
está deseando perdonar. Probar que tiene generosidad y
amor suficientes para recomponer, seguir juntos. Los labios de su marido permanecen trémulos, sin emitir sonido, sellados por una lágrima que uno de los dos ha vertido
en un gesto de franqueza.

Abrumado, se deja caer en la cama. Boca arriba, con la
vista clavada en el techo, permanece largos minutos absorto pensando en Liberia, la expedición, los líos sentimenta-
les, el trasatlántico, las complicaciones de su vida pública
y privada. La almohada conserva un perfume dulzón de
esposa. El cansancio de meses, de viajes, de apuntalar esfuerzos y levantar capitales, sobreviene de golpe. La garganta se le ha secado, como si hubiera bebido litros de agua
salada y tuviera cristales de sodio en la lengua. Intenta incorporarse, tomar agua fresca, las fuerzas no le dan para
coordinar siquiera el movimiento de los dedos.

Alguien entra con pasos temerosos. Abre los ojos. Las
pupilas son un foso donde se precipitan techo y objetos.
No sabe cuánto ha dormido ni dónde se encuentra. Despertar cada día en un sitio distinto crea un descontrol los
primeros segundos. Trata de levantarse, todo da vueltas, el
dormitorio, los muebles, los ruidos de Lennox Avenue.
Hasta su posición en la cama ha variado.

—¿Amy? ¿Amy?

—Se fue, *sir* —una luz metálica invade la habitación
cuando el ama de llaves descorre las cortinas—. Tomó el
vapor a Londres.

Tarda en captar lo definitivo e irremediable de la frase.

Somnoliento, se dirige al baño, llena el lavamanos, sumerge la cabeza en el agua tibia con los ojos abiertos. Mueve suavemente el cuello buscando el chorro con la nuca. El sonido del agua en sus oídos tiene un efecto relajador. Se siente aliviado y oprimido a la vez. Quizás él también detuvo su vida para echarse encima todo este aparato que ahora pesa más que un barco hundido. Saca la cabeza del agua sacudiéndose como un animal que emerge de las profundidades.

—Estoy llegando al límite de mis fuerzas —la mirada se pierde en los escritorios del *Negro World*. Están solos, él y el profesor Ferris.

—Déjate de epitafios. Tienes que mantenerte a flote. Si llegaste hasta aquí, si miles te siguen —el profesor Ferris lo estrecha fraternalmente—, tan equivocado no estarás. *The ocean is open*. Atrás de ti vienen todos con sus hijos en hombros, sus ilusiones a cuestas.

Garvey se restriega la cara ensimismado. La partida de Amy lo hace sentir culpable. Pide lealtad a toda prueba y no ha sido leal con la mujer que se interpuso entre él y una bala. La cofundadora del movimiento, el amor de su vida hasta que apareció otro, se ha ido, abandonó todo, y eso obliga a recapitular siete años juntos, siete años de ascenso, de grandes conquistas.

—¿A dónde vas?

—Necesito despejarme.

El muelle de Fort Lee se ha llenado de aprendices de pescadores que arrojan sus anzuelos al Hudson y aguardan pacientemente junto a un tarrito de lombrices. Garvey se desliza por los tablones del muelle hundiendo las maderas y haciéndolas crujir con su peso. Un pez se convulsiona a sus pies. Angustiado, trata de zafarlo del anzuelo y devolverlo al agua, el pez resbala de sus manos justo cuando el aprendiz de pescador da un tirón que desgarra aún más el paladar del animal, un hilo de sangre escurre por la piel plateada. El dueño de la caña viene, lo remata de un golpe seco, recupera su anzuelo y abandona el pobre trofeo ahí, justo a sus pies. Garvey toca la membrana transparente y viscosa que cubre el ojo. De pronto, la desesperación del pez se posesiona de él, tiene branquias y una tos convulsa que intenta a toda costa arrancar oxígeno a una gota traída del océano. Otra vez el asma, piensa, y se sienta en el muelle a esperar que pase.

Es entonces cuando le parece ver al *Shadyside* depositado en el lecho del Hudson, adormecido como un manatí entre peces de colores. El bote de excursión hundido por una tormenta de nieve está ahí, protegido por peces y caracoles, sin rastros de haber sufrido, una casona de grandes aleros convertida en albergue de especies marinas. Arriba gastaba demasiado carbón. Abajo el agua lo envuelve como un vientre materno.

¿Y si África fuera un supuesto? ¿Un mito nacido en la panza del primer barco esclavista?

Cicatriz roja

A los negros no les gusta el comunismo, porque
en el comunismo hay algo como esclavitud.
ALFRED KING, el barbero

En Washington, Edgar J. Hoover golpea frenéticamente
un *pushing ball*, lamparones de sudor brotan de la frente y
escurren por las anchas sienes. El costal de arena absorbe
los puñetazos y se balancea pesadamente como una almohada de piedra.

—Lo llamaron de su oficina, tiene que presentarse
urgentemente.

Hoover sigue propinando golpes, embarra la frente
a la cuerina, los brazos pesan como sacos de arena, pero
dan ganchos a diestra y siniestra, el sudor goteando por las
cejas, por los párpados, no lo deja ver nada. El entrenador
lo aparta con una toalla enlazada al cuello.

—¡Basta! Por hoy ya, te vas a lastimar —le restriega
la cara y le retira el vendaje de los nudillos.

—¿Quién llamó?

—La secretaria del fiscal. Te esperan en diez minutos.

Edgar J. Hoover llega a su oficina con los dientes del
peine marcados en el pelo mojado.

—Los bolcheviques se asentaron en territorio norteamericano —el fiscal atiende cinco teléfonos al mismo
tiempo—, celebraron un congreso de la unidad, formali-
zaron alianzas con la Industrial Workers of the World, con
sindicalistas y líderes raciales.

Hoover saca una libretita de apuntes, toma nota de
las facciones y los dirigentes que deben ser investigados e
infiltrados. La constitución formal del Partido Comunista

de Estados Unidos reactiva el temor gubernamental de
que los agitadores políticos y raciales se unan y decidan
acatar los planteamientos hechos en el Segundo Congreso
del Comintern de contribuir al movimiento revoluciona-
rio, luchar contra la explotación y apoyar toda forma de
organización negra que mine o debilite al capitalismo.

El vicepresidente de la Black Star Line, Orlando Thompson, entra a la oficina del operador naviero con cara de fora-
jido y un portafolios de cuero que apoya en sus rodillas.

—¿Viene de asaltar un banco?

Una sombra se trasluce por el vidrio de la puerta,
Thompson contrae el portafolios hacia su abdomen y se
pone más nervioso.

—Es mi asistente.

—¿Qué novedades tiene del *Orión?*

—La Shipping Board está esperando un abono de diez
mil dólares para firmar una carta de intención.

—Aquí los tiene.

Silverstone despeja el escritorio, junta los papeles en
un solo montón y los hunde en un archivero atiborrado y
caótico.

—No son robados, ¿verdad?

—Usted bien sabe que no necesitamos recurrir a eso
—Thompson apila billetes en el escritorio—. Acelere los
trámites. Cuando tenga todo listo, me avisa a mí, a nadie
más, nada de secretarias, de recados, ¿entendido? —al de-
positar el último paquete, mira a Silverstone con ojos incisivos—. Las presiones, esas que usted mencionó… ¿se
solucionaron?

—Sí, sí. No hay de qué preocuparse —Rudolph Silverstone acarrea fajos y los amontona en una caja fuerte de
pared—. Ningún problema. Ahora mismo llamo a los dueños del *Orión* para que vayan redactando la *promisory note.*

Thompson le da un golpe amistoso en la espalda y se llena los pulmones de un aire satisfecho.

> Limón ha estado de fiesta con motivo de la visita de dos hidroplanos norteamericanos y un *destroyer*. A las nueve de la mañana tuvo lugar el número sensacional: la elevación de las aeronaves con pasajeros costarricenses. El jefe del Supremo Gobierno tomó asiento en una excursión de la que regresó muy satisfecho.
>
> *Diario de Costa Rica*

Cuando el presidente Julio Acosta baja del hidroplano, el mar da un vuelco en su cabeza, aprieta los párpados y desde algún rincón del cerebro trata de detener los objetos. Por momentos los corales del fondo marino se le vienen encima o el cielo se desploma sobre el bote.

—No baje la vista, se marea más. Mire hacia el horizonte —aconseja el gerente de la compañía bananera.

Pálido, aturdido, el gobernante de Costa Rica desembarca en el muelle metálico, esboza una sonrisa extraviada y se prende al uniforme más cercano. Es el Comandante de Plaza que trata de pasar un reporte a Chittenden.

—¿Me copia, me copia?

—Busque al médico de la compañía —ordena Chittenden—. El presidente se indispuso.

—Mi escolta, por favor, que venga mi escolta —el presidente trata de contenerse—. Creo que voy a vomitar el almuerzo.

Dos tripulantes del *destroyer* dirigen sus largavistas al mismo punto, el traje de baño a lunares que luce la hija de un funcionario de la United, y hacen comentarios procaces.

—¿Me los presta un segundo? —Chittenden arrebata los binoculares al marino y mira hacia Cieneguita. Una formación de jóvenes que portan insignias y hacen algunos simulacros de contienda se desarticula en el momento que él enfoca—. Comandante, envíe a uno de sus hombres. Quiero un informe detallado.

> ¿Alguna vez se ha detenido a pensar lo mucho que la Black Star Line significa para usted? Representa un esfuerzo de su raza por alcanzar un lugar en el mundo marítimo que infunda respeto.
>
> *Negro World*, 1921

Mortimer Davis y James Amos, agentes del Bureau of Investigation encargados de reunir las evidencias para la acusación, se entrevistan con Cyril Briggs, quien no ha quitado el dedo del renglón en su afán de probar que la Black Star Line estafa a sus accionistas y ha estado utilizando el correo para ejecutar el fraude.

—Todo el año han publicado en primera plana la foto de un crucero que no poseen —Briggs muestra varias ediciones del *Negro World*.

—Necesitamos documentación de la empresa a sus accionistas, los periódicos no sirven.

—La Black Star Line envía circulares a sus socios desde diciembre de 1920 afirmando que ya adquirieron y están operando el *Phyllis Wheatley* para transporte de carga y pasajeros, desde y hacia África.

—¿Sabe de alguien que lo haya recibido? —pregunta Mortimer Davis.

—Cientos de socios —Briggs se excita más que un preso en visita conyugal.

—Nombres, necesitamos nombres, direcciones, sobres con el remitente y el sello de correos, sobre todo el matasellos —el otro agente remarca la frase con un golpe de puño—. Sin esa evidencia no podemos incriminarlo.

Daniel Roberts consiguió un silbato de árbitro y sopla con voluntad ensordecedora. Un-dos, un-dos. En una silla alta de mariscal de campo, Charles Bryant supervisa porte, prestancia, rigurosidad. Es el único que ha visto los desfiles de gala en Harlem y el único que puede dar una guía, aunque su carácter no sea precisamente el de un jefe de escuadrón.

A las dos horas de silbatazos bajo un sol inclemente, en los playones de Cieneguita, cerca de los pantanos y del matadero municipal, se presentan algunos desmayos y deserciones. Las enfermeras de la Cruz Negra socorren a los insolados.

—Necesitamos pinzas.

—¿Pinzas, para qué? —pregunta Mina Barnett.

—Varios cadetes tienen pedacitos de periódico pegados en los oídos.

La jefa de enfermeras manda llamar a Roberts, que sigue pitando como desesperado.

—Míster Roberts, podría moderarse un poco. Por su culpa tenemos varios lesionados.

—¿Por mi culpa? —Roberts confunde el silbato con el puro y casi se lo traga.

—Vamos a tener que confiscarle el silbato.

—¿Dónde están los cadetes?

—Se fueron todos al estadio a celebrar. Limón le ganó a los marines del *destroyer*.

El 13 de diciembre y luego de cuatro meses de angustiosa espera del trasatlántico, el cónsul general de la UNIA y supervisor de las negociaciones sobre el trasatlántico, Wilfred Smith, se presenta a la United States Shipping Board en Norfolk, para indagar qué ocurrió con el depósito de veinticinco mil dólares.

—¿En qué fecha?

—Julio, agosto.

—Aquí no tenemos registrado ningún depósito.

—Por favor, verifique sus archivos.

—No estamos autorizados para dar información a personas ajenas —el encargado de ventas apoya los codos en el expediente.

—Escúcheme —Wilfred Smith se levanta del asiento exasperado—, hace cuatro meses abonamos veinticinco mil dólares a su empresa. ¿Cuánto más hay que desembolsar para saber por qué no ha sido adjudicado el *Orión*?

—Aquí sólo hay acreditados doce mil quinientos con fecha 30 de agosto, la mitad del pago exigido. Nosotros no hemos faltado al compromiso, tampoco podemos sostenerlo más allá del 31 de diciembre, en cuyo caso perderían su dinero.

La noticia es una chispa en un bosque seco.

Garvey recrimina a todos por igual.

—Les ofrezco la oportunidad de su vida. Thompson, usted llegó llorando aquí a pedir trabajo, no tenía para comprarle zapatos a sus hijos. García, con usted también tuvimos problemas de abuso de confianza y, sin embargo, lo mantuve en la corporación.

En la discusión salen a cuento los líos de faldas de Elie García y Thompson con Wendolyn Campbell y los otros diez mil dólares entregados por Thompson al agente Silverstone para la *promisory note*.

—¿Diez mil dólares? ¿Tomaste diez mil dólares de los pasajes a África? ¿Cómo puedes disponer de una cantidad así y pasar por alto al tesorero, al secretario, al *president general*? ¡Quiero a ese chantajista aquí, ya!

El agente 800, que ha ido rotando de puestos, consiguió una posición estratégica que le permite registrar conversaciones con lujo de detalles, al otro lado de la pared.

Garvey los acusa de haber hecho todo lo posible por mantenerlo fuera de Estados Unidos para cometer irregularidades.

—Ustedes, no el gobierno, conspiraron en mi contra. Me tomaron el pelo. Abusaron de mi confianza. ¡Traidores!

Los tres se miran entre sí heridos.

Cuando el agente Silverstone llega a las oficinas de la Black Star Line, Garvey lo toma de las solapas.

—¿Qué hizo con el dinero del depósito?

—Fue girado a la Shipping Board.

—¡Mentira! —las cejas se contraen y levantan las aletas de la nariz—. Usted sólo giró la mitad. ¿Qué hizo con los otros doce mil quinientos dólares? Conteste.

El directorio contempla la escena atrás de un muro de resentimiento.

—Ese dinero fue girado el 30 de agosto —Silverstone se acomoda el traje y limpia con asco las salpicaduras de saliva en su rostro—. No entiendo. Debe haber un error en los bancos.

Garvey camina hacia la ventana con las manos en la espalda y desde ahí vuelve a rugir.

—El error es usted, Silverstone.

—¿Y los diez mil dólares de la *promisory note*? ¿Qué ocurrió con el dinero que le di? —pregunta Thompson secándose un sudor frío.

El agente naviero gira la cabeza despectivo y les informa algo que no había quedado claro en un principio, sus honorarios: diez mil dólares de comisión.

—¿De comisión? Es una barbaridad.

—Son los costos de hacer negocios.

Garvey amenaza llevar a Silverstone a tribunales si no aparecen los veintidós mil quinientos dólares.

—Doce mil quinientos —rectifica el operador—. Los otros diez mil son mis honorarios.

Un escalofrío recorre la columna de Garvey, vértebra por vértebra, se siente ridiculizado, engañado, boicoteado.

—Por doce mil quinientos dólares me han hecho quedar como un farsante, por doce mil quinientos dólares perdimos la costa Pacífico, por doce mil quinientos dólares se abrieron grietas en el movimiento.

El directorio es un trío de peces sapo atenidos al mimetismo. Garvey levanta los párpados pesados, pedregosos, como si hubiesen estado sepultados bajo toneladas de roca volcánica.

—Con ustedes me siento entre el diablo y las profundidades azules del mar.

—Roberts, las maderas se están pudriendo. ¿Qué hacemos?

Los patios de Limón están repletos de materiales recolectados para la cada vez más incierta expedición a Liberia.

—Tendrán que aguantar, mientras nos llegan directivas.

—Véndame una acción.

Roberts atiende a su vecino, el señor Cunningham, en pantaloneta, cada uno renta un extremo de la casa del tío Richards en la planta baja.

—Quiero ser honesto contigo. Sé que vives al día. En este momento, comprar acciones es botar la plata. No sabemos qué va a pasar.

—Mi esposa está embarazada. Quiero una acción para el bebé.

—¿Cuántos hijos tienes? —Roberts se acomoda la pantaloneta y se alisa el cabello con la mano abierta.

—Con éste serían tres. Ya les compré a todos. Quisiera una para el que viene en camino.

—Bueno, primero que nada, felicidades —le da un abrazo y dos palmadas que le dejan la espalda roja y luego confiesa que ya no hay más acciones de la Black Star Line en Limón.

—Habría que hacer el pedido a Nueva York.

—Hazlo —Cunningham le devuelve la palmada—, así le damos tiempo de nacer.

Natural mystic

Una helada sorprende a Garvey en medio de la calle, mete las manos en los bolsillos, hunde la cabeza entre el sombrero y la solapa del saco decidido a resistir la hostilidad del clima, que coincide plenamente con su estado de ánimo. Cuando llega a casa, el sombrero y los hombros están cubiertos de escarcha, gotea por la nariz y su ropa está húmeda.

—Mira nada más cómo vienes.

Él responde con estornudos. Amy Jacques corre por una toalla, en el apuro se lleva por delante una vasija egipcia y varios ornamentos africanos que adornan el apartamento. Ella alquiló un piso en Harlem a considerable distancia del Universal Building para garantizar un poco más de privacidad y separar las aguas más claramente. La decoración mezcla palmeras en grandes macetas, canastos y esculturas que le han obsequiado al ver su genuina afición por el arte africano.

—La neumonía es muy vengativa, no puedes descuidarte.

Garvey recuesta la cabeza en la frente de Amy y frota su nariz en ella.

—Eres lo único bueno que me ha pasado últimamente.

Amy le prepara un té caliente y lo hace cambiarse de ropa. La taza humea entre los dos. El vaho en las ventanas indica que la temperatura sigue descendiendo.

—La irresponsabilidad me rodea. Los demás gastan mi tiempo como si les perteneciera.

—Sé cómo te sientes.

Un par de sorbos, el cuerpo empieza a entibiarse desde el estómago.

—El fracaso me fanatiza un poco, debo confesarlo. A veces me porto como un optimista irremediable. Otras veces dejo de creer y no sé contra quién dirigir esta venganza histórica.

Garvey se pone al frente de las negociaciones del trasatlántico, tira a la basura el cuadro del *Titanic*. En su lugar pone un retrato de Napoleón Bonaparte con bicornio, ojos de trueno, los dedos entre los botones de la casaca presionando la úlcera o probando las bondades de la digitopuntura.

El *president general* aplica medidas drásticas, concentra poder, se enfrenta a quienes no aceptan ese nuevo estilo visceral y autoritario. Salvo honrosas excepciones, desconfía de todos y cada uno de sus colaboradores.

El artillero de Córcega preside las reuniones de directorio como una broma de mal gusto que algunos se tragan y otros vomitan en la prensa adversaria.

The Messanger reporta que varias filiales están en contra de los métodos despóticos del ilusorio presidente de África. Recientemente setecientos miembros dejaron la rama de Filadelfia y más de mil se han alejado del movimiento en Chicago y otras ciudades. El *Toiler*, órgano del Partido Comunista, considera que "esa mezcla de religión, mensaje racial y fanatismo africanista no es la vía más adecuada para cambiar los esquemas del dominio blanco".

"Los rasgos imperiales que el señor Marcus Moziah Garvey insinuó al proclamarse presidente provisional de África —observa Cyril Briggs— han quedado claramente expuestos al declarar su abierta admiración por Napoleón

Bonaparte, el emperador que hizo grande a Francia oprimiendo a otras naciones, incluidas muchas del continente que pretende gobernar."

"Garvey pide a los invasores blancos que salgan de África —escribe el doctor DuBois—, lo pide sin armas, sin dinero, sin organización, sin una base de operaciones. Su afán de conquistar África no tiene otro propósito que consumar su sueño de convertirse en un Napoleón negro."

Las postales del imperio fundado por el estratega de Francia nacido en una isla italiana, y en especial la escena en que Napoleón arrebata al Papa la corona para autoproclamarse emperador, son demasiado irritantes para algunos dirigentes de la Negro Improvement que protestan abiertamente por esa súbita devoción a un supremacista blanco. Renuncia el ministro de industrias y principal responsable de la Negro Factories Corporation, las cuatrocientas ochenta filiales en Estados Unidos resienten los embates de la recesión económica y de los bandazos internos.

—Los líderes progresistas de la Negro Improvement han tenido que aceptar la demagogia o han sido aplastados por ella —agrega Cyril Briggs, quien no desperdicia oportunidad de lanzar ataques e incluso persigue a Garvey en la calle como perro al cartero—. Usted se está convirtiendo en una fuerza muy peligrosa.

—¿Peligrosa para quién? Sus palabras me suenan a Bureau of Investigation.

—Para el movimiento de liberación. Por la influencia ideológica que tiene sobre las masas.

—Ya entiendo. Ustedes quieren que ceda mi capital político al comunismo.

—Ser conservador en este momento atenta contra el movimiento negro de masas e invita a la agresión blanca.

Garvey lo aparta de un fuerte empellón. Enfadado, entra a su despacho, arranca el cuadro de Napoleón de la pared, lo arroja al cesto de la basura y coloca la carta circular de Cristóforo y Bartolomeo Colombo que le obsequiara Fuscaldo.

Las versiones sobre entrenamientos, almacenaje de víveres, adoctrinamiento de jóvenes y enfermeras, además de otras maniobras sospechosas de la UNIA llegan de diversas fuentes y procedencias. Chittenden se comunica con su homólogo en Almirante y Bocas del Toro. La creación del Partido Comunista en Estados Unidos ha desatado una fiebre bolchevique en Harlem, en Detroit. Utilizan las fábricas como caldo de cultivo, tratan de extender sus tentáculos a las plantaciones. Hay que extremar la vigilancia, están armando milicias, grupos de choque, han declarado la guerra al capital.

—Los negros, ¿qué papel juegan?

—De tontos útiles, igual que miles de obreros —afirma Blair.

—¿En tu división también se han reportado movimientos raros?

—Hay agitadores que piden cuotas y tarifas para las uniones y sus líderes con la intención, dicen ellos, de mejorar las condiciones de trabajo.

—Me refiero a los asociados de la Negro Improvement, se están preparando para una invasión o algo así.

—Estamos atrás de la jugada, ellos adelante. Tenemos que cambiar de táctica.

El crucero imaginario

Y cuando quebró ese barco,
los negros quedaron en el suelo.
Ahí vino la gran decadencia de los negros.
SIDNEY COX, el relator

Un copo de nieve cae sobre la metrópoli negra. Faltan dos días para la Navidad y el hormigueo en las calles y en los comercios es excitante para quienes tienen la cabeza puesta en la cena de Acción de Gracias. La espuma polar se deshace al contacto con la piel, es la humedad del aire que se enfría en la atmósfera y forma esos pétalos volátiles. Harlem se sume en una extraña quietud, el hormigueo de gente, los árboles, los vehículos, todo queda bajo un manto que silencia y aletarga los movimientos de la ciudad.

Wilfred Smith irrumpe en el despacho del *president general* con Henrietta Vinton Davis desbordante.

—La United States Shipping Board nos reporta que acaba de recibir un depósito con los doce mil quinientos dólares faltantes del *Orión*.

—¡Genial! —Garvey abraza al cónsul de la UNIA y lo levanta del piso, a Henrietta Vinton también la levanta de la cintura.

—Me vas a quebrar las costillas —ella apoya sus manos en el pecho de él y se desliza por la curva de su vientre buscando el suelo con la punta de la zapatilla.

El agente 800 tiene un caracol elástico en la oreja, muchos ya saben su verdadera función e incluso le facilitan el trabajo. Una pared fina y semihueca lo separa del cerebro de la organización.

—¿Cómo ocurrió el milagro? —Garvey no cabe en su alegría.

—Según la oficina de Silverstone, el cheque fue remitido con fecha 30 de agosto, misteriosamente ingresó al departamento de finanzas de la naviera el 22 de diciembre.

—¿Quién concretó el depósito?

—Un socio de Silverstone.

—Lo importante es que apareció y se reactivan las negociaciones.

—Ése es el mejor presente de Navidad. ¡Que traigan champaña!

—¡Paren máquinas!

Garvey entra en la redacción del *Negro World* eufórico, como no se le había visto en meses. Las gruesas manos interrumpen el trabajo de los redactores, saca la foto del *S.S. Orión* de los archivos del semanario, y se la da al editor en jefe. ¡A ocho columnas!

Amy Jacques, Wendolyn Campbell, el directorio de la flota negra y de la asociación arman un festejo marítimo-navideño en la redacción.

Garvey se abraza al capitán Mulzac:

—Serás el comandante del mejor barco que haya tenido la Black Star.

A Henrietta Vinton le refresca aquella vieja promesa que le hizo al conocerla: enviar vapores cargados de muñecas, alegrar el corazón de las niñas africanas, traer los productos que sus padres cultivan. *Every sea and all waters!* La nevada ha cubierto las ventanas. Afuera los niños comienzan a tomar posiciones para las guerritas con bolas de nieve. ¡Viva el *mother ship*! ¡Viva 1922!

El jefe del Bureau of Investigation, William Burns, llama a la United States Shipping Board. Lo atiende el gerente, Frank Burke.

—Insisten en hacer tratos con un agitador internacional.

—¿Cuál agitador, disculpe?

—Marcus Garvey, el líder de la Universal Negro Improvement Association.

—Primera vez que escucho ese nombre.

—Llevan un año negociando con ese sujeto y no saben de quién se trata.

—Nuestro objetivo es vender barcos, no perseguir comunistas.

—Black Star Line Steamship Corporation, ¿le dice algo?

—Es una naviera de Nueva Jersey, si mal no recuerdo.

—De negros.

Con fastidio, Burns le advierte que Garvey es un peligroso agitador, un agente al servicio del comunismo internacional, un extranjero indeseable que es investigado por el gobierno federal.

—Ésta es la última advertencia. Si no toman cartas en el asunto, su empresa podría resultar involucrada en un fraude millonario.

—Ya tomé nota.

Garvey camina entre sogas y estructuras herrumbradas del muelle. Las heladas de diciembre pasan a través de inmensas ballenas de metal, congelan el aire que se filtra por la suela de los zapatos.

De una densa neblina emergen murallas construidas para acuchillar los mares. Las siente venir, elevarse con las olas, arrojar cascadas de agua. Vientres encorsetados que crecen ante sus ojos, respiran, pujan por zafarse de esas correas metálicas sujetas con botones de acero. Parecen mujeres desposeídas, impenetrables.

Un marinero pasa corriendo entre los mascarones alineados en el muelle de Norfolk, tan rutinarios se ven, tan comunes al paisaje de los grandes puertos y tan lejos de las fuentes míticas del Nilo, de Tombuctú y el tráfico de libros a través del desierto. Un vaho cubre de misterio esa escenografía monumental. Un vaho muy parecido al que amanece todas las mañanas sobre la acrópolis de Zimbabwe. Garvey es conducido hasta el *S.S. Orión.* Ha pedido una visita de inspección, un encuentro a solas: él y el trasatlántico.

Como un niño que encuentra un caracol en lo alto de un risco, apoya el oído en la base de la gran chimenea queriendo descifrar los ruidos de la travesía, apoya la oreja con la vaga esperanza de escuchar el silbido del viento atrapado en los muros de la Gran Zimbabwe. Se necesitaría algo más que una tormenta de nieve para hundir este barco. Algo más que agua salada en las calderas. Algo más que un cargamento de bebidas prohibidas para sacarlo de circulación.

¿Cuántas veces habrá cruzado el Atlántico? ¿Cuántas veces soltó amarras, levó anclas, se hizo a la mar? Ha bastado una orden y el escobén del ancla se libera de este atavismo llamado América. ¿Tanto cuesta una expedición de retorno? ¿Cómo hicieron Paul Cuffe, Martin Delany, Bishop Turner McNeal? ¿Habrán tenido que lidiar con operadores, chantajistas? ¿Tanto se ha mercantilizado el mundo? ¿Cómo hicieron los libertos y repatriados del siglo XIX? ¿Cómo los protagonistas del éxodo negro que se volcaron a los muelles de Baltimore, Charleston, Savannah, y llegaron a la otra orilla en embarcaciones más precarias?

Garvey se pierde en los intestinos del trasatlántico, atraviesa pasillos interminables iluminados con una luz mortecina, aparece en la cubierta de popa, vuelve a las entrañas de ese gigantesco laberinto, el caparazón de una tortuga baula, parece. Deshabitado, descarnado, como esas conchas que se pudren boca arriba en los playones de Cieneguita. No hay rastros de actividad, los marineros encargados del mantenimiento andan metiendo la mano en los escotes de las vitroleras.

Cruza recintos en penumbra, comedores, salas de lectura, el paseo de cubierta bajo techo. Sin un alma a bordo, el trasatlántico es un territorio expectante y despojado, una ciudad tragada por la selva, vestigios de una civilización desaparecida misteriosamente con la Era de los Metales. Un pasadizo lo conduce al puente de mando, desde ahí domina los mástiles de carga, la grúa de pórtico, el cuartel de escotilla, las enormes plataformas de proa, la sirena, los botes salvavidas, honroso invento de Robinson, 1899. Toca la consola del almirante, el tablero lleno de carátulas, relojes cromados, agujas apuntando al norte magnético, instrumentos de navegación creados por la escuela náutica de Enrico el portugués y la era de los grandes descubrimientos. ¿Es que ya no hay cabida para los expedicionarios? ¿Para las grandes gestas? ¿Para ir más allá de la frontera de lo incierto? Tal vez, como decía Fuscaldo, ya no hay espacios en blanco, ni astucia, ni líneas interrumpidas en medio del abismo. *La scoperta é finita.* Los contornos trazados, el planeta ocupado. Y aquéllos, los descubiertos, los desplazados, han quedado atascados en el cuello de un reloj de arena.

¿Y si toda esta obsesión por un navío no sirviese de nada? ¿Si el punto de destino hubiera sido calcinado por el sol después de trescientos años de espera? Los viajeros no son indicio cierto de existencia. Puede que sean partículas lanzadas al espacio, luminosas y errantes como la luz de estrellas muertas hace millones de años.

Nuevamente el frío con su segueta penetrando los huesos, una ráfaga que se filtra por los pasillos y forma un remolino. Garvey se frota el cuello en las solapas de piel del abrigo y apoya las manos en la consola. Entorna los ojos y aparece una hoguera en el cielo, una llama entre dos bordes oscuros. La pupila de un lagarto que se despierta de improviso. África está al otro lado de esa línea de fuego. De pronto, el crucero se llena del bullicio de colonos, familias enteras con sus cabecitas peinadas por los vientos alisios, una alegoría sobre cubierta. Van cargados de bártulos, de casas desmontadas, como una procesión de caracoles o de cebras con el vientre preñado. Los colonos en grupos de quinientos, con todo lo indispensable para fundar de nuevo la nación negra.

> Desde un tiempo acá, los esfuerzos de la UNIA están orientados en parte a formar compañías militares y entrenarlas. Pareciera que el movimiento trata de extenderse a través de la creación de compañías de *boy scouts*, que están bien cuando funcionan por ellas mismas, pero cuando las toman hombres más grandes, les introducen la idea de fuerza y resistencia.
>
> Panama Division, United Fruit Company

Más aguerridos, más concentrados, parecen niños falderos. El fusil en línea recta. Con garra. Las piernas de hierro, no esas varas quebradizas que se rompen con la brisa.

Barnes, un emisario de la Negro Improvement venido de Tampico, México, es el encargado de adoctrinar y reclutar a las compañías en formación de milicianos, *boy scouts, girl scouts* y toda la graduación de potenciales combatientes en el continente a liberar. Los playones de Cieneguita son el lugar más apropiado para los entrenamientos.

—Muchacho, ven acá. ¿Cómo te llamas?

—Thomas Erskin.

—¿Cuánto hace que entraste a la compañía?

—Muy poco, sir. Estuve antes, me echaron porque perdí el rifle y alteré un poquito la fecha de nacimiento.

El emisario de Tampico, un trabajador petrolero, pasa revista a su escuadrón. Las dimensiones físicas de Erskin son un punto a favor.

—Cántate algo, quiero oír tu voz.

Erskin mira el pasto y mastica un poco sus propios labios. Le sale una de las canciones más pegajosas del coro anglicano.

—No, no, no. Nada de religión. Aquí tienes que aprender a cantar los himnos oficiales.

El muchacho se pone en posición de firmes, muy erecto y con su fusil de madera pegado a la pierna derecha.

—*We are happy as can be, we are soldiers brave and free, we are traveling to Ethiopian land, amen...*

—Nada de amén. Provocaste una gran confusión. Toma una pala y practica la letra mientras ayudas a cavar trincheras. Toda esa línea tiene que estar lista antes de que oscurezca.

Escoltado por los vapuleados pero aún fieles directores Elie García, George Tobías y Orlando Thompson, Garvey se dispone a firmar contrato con los dueños del *S.S. Orión*.

La plana mayor de la United States Shipping Board entra en fila india por una puerta lateral, saludan con una inclinación de cabeza, se sientan sincronizadamente y dejan a los directores de la flota negra con la mano extendida.

Rudolph Silverstone, el intermediario, entrega dos juegos de documentos a las partes compradora y vendedora para que revisen las cláusulas del contrato. Marcus Garvey posa los ojos en el texto, la emoción no le permite identificar letras o números, sólo ve renglones de tinta, palabras salteadas, caracteres dispersos. Orlando Thompson tampoco está en pleno uso de sus facultades. El checador de horarios y tesorero de la organización, George Tobías, presiona su maquinita perforadora como un roedor.

—Si tienen alguna objeción...

—Ninguna —responde el gerente de la United States Shipping Board y trata de apurar la firma.

Garvey saca una pluma fuente Purvis legítima que Amy Jacques le obsequió para estampar la rúbrica más importante de su vida. La punta se desliza suavemente en una firma de prueba. Frank Burke, el gerente de la compañía vendedora, estudia los movimientos del extranjero indeseable, un agitador que cuida al extremo su aseo personal.

En la cabecera de la sala de juntas, Silverstone mantiene equidistancia. Garvey ni siquiera se digna a mirarlo, el escozor creado por un cheque que tardó seis meses en llegar de Manhattan a Norfolk no ha desaparecido, y más bien todos dan por sentado que en este acto se desvincula de la Black Star.

Elie García clava los ojos en la cláusula final que ninguno de ellos ha leído.

—Jefe, ¿usted sabía de este bono extraordinario?

—¿Cuál bono? —le arrebata el documento.

El gerente de la United States Shipping Board defiende el argumento de incluir un bono extraordinario por doscientos mil dólares para la ejecución del contrato.

—¡Pero... esto es el doble de lo que convenimos!

—¿Quieren la embarcación? Pues ahora les cuesta cuatrocientos cincuenta mil.

Garvey siente que el piso se agrieta.

—¿Cómo es posible? Inicialmente pedían ciento noventa mil.

—Eso fue el año pasado.

—Nos hicieron una contrapropuesta de doscientos veinticinco mil dólares. Aceptamos.

—Un precio irreal desde todo punto de vista. Una fundidora pagaría más por tonelada de acero.

—No pueden incrementar cien por ciento el precio —a sus pies se fosilizan peces, algas, medusas gigantes atrapadas en una corteza de lodo, palmeras arrancadas de cuajo—. No es razonable.

—Llamémoslo un seguro contra riesgos —los vice-presidentes de operaciones y de ventas se han puesto de pie y custodian las espaldas del gerente de la Shipping Board. Garvey interroga a Silverstone con un ademán.

—Me acabo de enterar —el agente naviero se lava las manos sin más.

—Se les informó que el precio sería mantenido hasta el 31 de diciembre, estamos en enero.

El intento por hacer entrar en razón a los dueños del *Orión* y por volver al precio anterior resulta infructuoso.

Afuera, las mujeres y el capitán Mulzac hacen un sur-co en los pasillos de tanto ir y venir.

—Esto parece una sala de parto.

Amy Jacques logra trasmitir serenidad a pesar de la ansiedad imperante.

Garvey aún ve un pez violeta aleteando en el fango. Pide permiso para hablar con sus directores a solas. En una es-quina de la sala de juntas, los reúne y pregunta en voz baja:

—¿Llegamos al precio?

—Suspendiendo el pago de salarios y aplicando un plan de austeridad, tal vez —Thompson le da esperanzas.

Garvey voltea a ver a su tesorero. George Tobías no come vidrio, pero traspasa con la mirada todo lo que se le pone enfrente. El haitiano Elie García es el único que mues-tra lucidez en los momentos críticos.

—Jefe, es un precio exorbitante. Está absolutamente fuera de nuestras posibilidades.

Garvey piensa en sus amigos de dinero, en el presi-dente de la West Indian Trading Association of Canada, en el magnate de Belice Isaiah Morter, en la hija de mada-me Walker, en redoblar la campaña de recolección de fon-dos. Elie García le pone los pies en tierra.

—El *Orión* no es el único trasatlántico del mundo. Sigamos buscando, seguramente aparecerá una buena oportunidad.

La calefacción le combustiona el cerebro. *God,* ¿Por qué insistes en alejarme de mi objetivo? Estoy en medio del Mar Rojo, el corredor de tierra está abierto, el mar regresará en cualquier momento. Escucho el tropel del agua, la fuerza con que vuelve a ocupar su sitio. ¿Por qué me haces esto? Si no he cejado un instante, desde que recibí este nombre, desde que mi madre me alumbró. Estoy exhausto. Necesito hacer pie. ¿Es que realmente tienes un pueblo elegido?

El arresto

Hasta Dios tiene contrarios.

VERNON SINCLAIR, el fabricante de ataúdes

Una noche, tan sólo una noche para cruzar el mar en seco. Los muros de agua se levantan como una respiración contenida, el sendero atestado de gente que camina y tropieza. El muro está vivo, circulan burbujas de aire, animales acuáticos encapsulados, metidos en gigantescas bolsas de agua. En cualquier momento el torrente se dejará venir. El cielo ha comenzado a abrirse y siguen tropezando, volviendo por un zapato, por un broche de pelo, una reliquia de familia. Vamos, no se detengan. No puedo retener un minuto más la respiración de esta bestia marina.

Las pulsaciones del agua van estrechando el sendero. De uno en uno, el espacio se comprime, el agua roza las mejillas de la peregrinación. La columna de fuego que los guiaba se extingue, la columna de humo que debía suplantarla no aparece. Amanece y el advenimiento del día, está escrito, será el desencadenante de una tragedia. Extiende tu mano sobre el mar, ordena Jehová. Extiéndela te digo. Los dedos de Moisés tiemblan temerosos de desafiar la voluntad divina, vacilantes al ver tantos rezagados.

Son los egipcios.

Extiende tu mano para que las aguas retornen a su cauce.

No me pidas que lo haga. Moisés es un charco de lágrimas al pie del Mar Rojo. El pueblo de Israel está a salvo. Tus elegidos ya pasaron. Ellos también tienen derecho a la tierra de promisión. No me pidas ahogarlos. *They are my people.* Hazlo, te digo.

—Despierta.

Garvey jala aire. Aún está bajo los efectos del sueño. Amy Jacques da vuelta a la almohada y lo seca con una toalla.

El café de la mañana no logra templarlo, ni desalojar esa angustia que sólo los sueños saben prolongar en la vigilia. Camina hacia la oficina, la calle está desierta, los almacenes aún no abren y las mujeres de Harlem han decidido quedarse un rato más en la cama.

Es 12 de enero y el desasosiego promete acompañarlo por el resto del día.

Sube las escaleras extrañado de ser el primero en llegar, de la desolación que se respira adentro, los escritorios vacíos, la calefacción apagada, la redacción en penumbra. Mira hacia todos lados, presintiendo alguna anomalía. ¿Dónde están todos?

Sobre el escritorio de Amy Jacques hay objetos personales, papeles regados, una fotografía en la cubierta del yate a vapor *Kanawha* en tórrido romance con el jefe. Al abrir su despacho, una sombra salida de atrás de la puerta lo inmoviliza, Garvey tose, el sujeto le oprime el cuello con más fuerza. Del pasillo aparecen varios hombres armados que allanan las oficinas, toman expedientes, confiscan libros de contabilidad. Una voz los guía y les indica la localización de los archivos con absoluta precisión. Garvey forcejea con el sujeto que lo trata de reducir. La pinza es tan fuerte que le produce náuseas.

—¿Esto es todo? —pregunta el que tiene trazas de comandar el operativo.

—Ahí están los datos de los accionistas.

Garvey da un tirón haciendo palanca con el cuerpo, su captor pierde el control por unos segundos, lo suficiente para ver al tipo de las indicaciones. Es el estenógrafo, el oficinista que anduvo de comodín rotando en varios puestos, sonríe cínicamente mientras llama por teléfono.

—Lo tenemos.

Lo sacan del edificio a rastras, entre tres. Se patinan en las gradas cubiertas por una escarcha sucia y jabonosa. Dos vehículos se estacionan el pie de la escalinata y esperan con la portezuela abierta. Todo es confuso. Ni un alma en la calle, ni un testigo ocular.

Apenas mete la cabeza en el automóvil, el chofer hunde el pie en el acelerador y lo esposan a su custodio. Sereno, pregunta a dónde lo llevan.

El vehículo abandona las fachadas de ladrillo de Harlem, cruza un puente e ingresa a la zona residencial del Bronx. Una nube de reporteros se aglomera en torno al automóvil. En dos segundos, entiende todo. Se acomoda el sombrero, limpia los zapatos en la botamanga del pantalón y desciende con la barbilla en alto.

Hoover aún trae la nieve de Washington en el pelo y el humo de las chimeneas capitalinas en las vellosidades de la nariz. Garvey lo observa sin inhibiciones, Hoover con altanería, humillándolo públicamente con las esposas, haciéndolo posar para las cámaras sin uniformes de gala, sin títulos nobiliarios, sin corbata, disminuido a un vulgar estafador.

Dos policías lo llevan ante el juez de instrucción, quien le notifica formalmente la orden de arresto. ¿Delito? Utilizar el correo con propósitos fraudulentos, violación del artículo 215 del Código Penal de Estados Unidos.

Nada puede destruir el espíritu de los miembros de la Asociación. Garvey nos dio un estado mental. The *wild west* lo acusa antes de investigar los hechos. En el pasado su misión no fue entendida por las mentes científicas.

Negro World, 21 enero, 1922

Iris Bruce toma la última edición del *Negro World* y a pedido de su abuela lee los titulares en voz alta. "Alarma en los gobiernos europeos... Aquellos que creían que el movimiento es una broma se sorprenderán. Cables llegados a nuestro despacho indican que nativos del África profunda están cerrando filas en torno a la UNIA y a su libertad."

—Cuando yo era pequeña, siempre como en todo 'sociación, había rivalidad. Entonces lo acusaron de usar el correo para fraude. ¡Eso era el fin de Marcus Garvey! —inteligente y coqueta, probablemente más coqueta a los ochenta que a los veinte, Iris Bruce, la declamadora de Limón, se remonta al hecho en una exclamación aguda y emocionada—. Le mandaron preso. Hasta ese momento, la 'sociación estaba en todo su fulgor. Mucha gente regalaba plata para el progreso de la UNIA.

En el Liberty Hall, el estupor es un espejo astillado en cientos de cabezas, todos de pie, todos inmóviles, interrogando a la cámara de Van der Zee. Apostado en el palco habitualmente reservado al grupo coral, la lente del fotógrafo capta una multitud silenciosa, conmocionada, mirando a un mismo punto, ningún rostro se desvía, se agacha o se distrae. Una panorámica del dramatismo alineada en estratos: las bases del movimiento en primer plano, la franja de enfermeras, los legionarios, directores y cónsules rodeando un sillón vacío donde alguien ha colocado la toga que Marcus Garvey usara al proclamarse presidente provisional de África, como si fuera necesario dar énfasis a la ausencia del líder con ese lienzo colgado ahí, custodiado por el guía espiritual del movimiento, justo en el mismo sitio donde el agitador más prominente de Harlem ordenara a los caballeros de Uganda, del Nilo y Etiopía. Visiblemente afectada, Henrietta Vinton se estruja las manos.

—El honorable Marcus Garvey nos ha pedido transmitirles sus saludos. Está sereno, con la conciencia tranquila, él y todos nosotros sabemos que no ha cometido ninguna ofensa contra la sociedad. Dos millones de mujeres miembros de la asociación cerramos filas en torno a nuestro gran líder.

Los trabajadores llegan con sus ropas de trabajo, sus herramientas, sus frazadas. El plantón se repite en las filiales de Cleveland, Cincinnati, Filadelfia, Chicago. De La Habana, Santiago de Cuba, Kingston, Belice, Livingston, Colón, Bocas del Toro envían mensajes *To our beloved leader.*

En las plantaciones, los peones clavan sus machetes en la tierra, los estibadores detienen las operaciones de carga y descarga. Horas de angustiosa espera que los capellanes de cada rama llenan con plegarias. Tío Richards, quien se aparece por el local de la Limon Branch cuando la vida de su sobrino está en peligro o cuando lo asalta algún mal presentimiento, es tranquilizado por las mujeres del Ladies Department. Miles están implorando por él en este momento, "Richards, únase a nosotros en oración".

En el Liberty Hall los rumores cobran magnitud. Directores, cónsules y ministros chocan entre sí. Envuelta en un abrigo de pieles, elegante a pesar de las vicisitudes, Henrietta Vinton se dirige a los afiliados para confirmar lo que ya es un secreto a voces. El juez otorgó libertad provisional. Liberaron a nuestro presidente, en cualquier momento estará con nosotros. *Thanks Heaven!*

Las explosiones de alegría hacen inaudibles los mensajes de adhesión que han estado leyendo entidades hermanas. Un enviado de Gandhi habla en el Liberty Hall. "Dos líderes de la no violencia. Gandhi lucha por la liberación de trescientos cincuenta millones de hindúes del imperio británico, Garvey por la independencia de cuatrocientos millones de africanos."

Escoltado por el alto mando de la Legión Universal Africana, Marcus Garvey entra al Liberty Hall. Otra sesión de gritos y demostraciones de cariño que el jamaiquino recoge con los ojos colmados y las manos en alto, Amy Jacques le entrega el atuendo ceremonial que descansaba en el sillón de mando como un trofeo del adversario, Garvey se enfunda en él, aclara la voz y se dirige a la multitud con barba de un día y gran efecto dramático, escriben los redactores.

—Están viendo a un hombre incorruptible. Veinte veces han intentado llevarme a juicio y veinte veces han fracasado. Blancos que me odian por mis esfuerzos en favor de los negros, negros hipócritas y celosos de mi liderazgo me quieren ver tras las rejas. Piensan que van a destruir a Marcus Garvey. Ellos no saben que hay muchos pequeños Garvey creciendo cada día, esperando para actuar.

Una alfombra de billetes de uno, de cinco y diez dólares tapiza el santuario de la Negro Improvement. *In Garvey we trust.*

> Mil quinientos dólares reunidos en quince minutos para pagar la fianza. No he robado un *penny*, tengo suficiente habilidad, suficiente energía para defenderme de estas acusaciones aquí y en cualquier parte.
> *Negro World*, 21 enero, 1922

—Como ustedes saben, la mitad del año pasado estuve ausente. Mientras viajaba por las Indias Occidentales recaudando dinero para comprar el *mother ship*, los oficiales que dejé a cargo de la corporación cometieron actos ilegales que —abre los codos, se apoya en el podio y arremete contra sus colaboradores— el gobierno ha descubierto. A mi regreso, encontré un alto grado de desmoralización. El vicepresidente Orlando Thompson y el operador Rudolph Silverstone tomaron veinticinco mil dólares de la compañía supuestamente para obtener el barco —la expresión es grave y la voz todavía más—. Fui engañado por hombres que actuaron deshonesta y criminalmente.

A Thompson se le nubla la vista. Está en un puente colgante y han cortado las sogas. Elie García balbucea algunas palabras en *creole*. Aturdido, trata de levantarse de su asiento, una silbatina lo arroja con virulencia. George Tobías, el tímido ferroviario, de pronto encuentra el extraño y fugaz don de la palabra.

—Si es inocente, ¿por qué apunta el dedo acusador contra nosotros?

El contador californiano Orlando Thompson también logra articular una pregunta.

—Si es un montaje del gobierno, ¿por qué nos quiere enviar a la cárcel? ¿Es así como pretende limpiar su honor?

Thompson esquiva amenazas, proyectiles, insultos. El odio dirigido comienza a hacer efecto.

Presa del llanto, Wendolyn Campbell intenta defenderlo.

—¡Es un hombre honesto, sincero! ¡Su mayor pecado fue querer complacer al jefe!

La multitud no reacciona de manera homogénea.

—¡Vean! ¡Aprecien la integridad de su líder!

Cyril Briggs ya tiene el título de su próxima crónica: "El falsificador que defraudó a miles de negros, ahora se pone en mártir."

—¡Estupendo! Se están haciendo pedazos más rápido de la cuenta —en su oficina, William Burns controla que los agentes Mortimer Davis y James Amos den curso a la investigación—. Pónganse en contacto con el inspector de correos de Nueva York. Ya está trabajando en el caso.

El oficial Emmett Scott, condecorado por Garvey con la Orden Sublime del Nilo, lo pone al tanto del uso que se le está dando a los documentos confiscados en el allanamiento y de la colaboración de Cyril Briggs y el doctor DuBois con las autoridades para incriminarlo.

—Tenía la obligación moral de informarle. El aparato de gobierno ha invertido un millón de dólares en la campaña de supresión de radicales. Tienes el honor de encabezar la lista, el veinte por ciento de los hombres que trabajan en la UNIA son informantes del servicio de inteligencia.

—Gracias, *my knight commander*. Gracias por este gesto de lealtad.

—No me agradezca, consiga un buen defensor.

—Un millón de dólares. ¡Vaya! Eso es lo que yo llamo una conspiración en gran escala.

Si el gobierno se tomó el trabajo de escribir a treinta mil accionistas, si está encuestando a todos los socios de la Black Star Line para conocer sus quejas, alentar el descontento y estimular las denuncias, entonces la cosa va en serio. Wilfred Smith y el profesor Ferris prometen contratar a los mejores abogados de Harlem.

—Detuvieron a nuestro líder, pero nosotros estamos libres. Ahora, el mejoramiento de la raza depende de nosotros.

Roberts se quita el sombrero galleta y despliega sus planos con el proyecto del Liberty Hall División Limón. Con el habano en el rincón de la boca, repasa las caras compungidas y sacude la mano para dispersar el humo.

—La idea es construirlo todo en madera de pino, sin un solo clavo en el piso. Tenemos en vistas un terreno, un cuarto de manzana a cien metros de la iglesia bautista y a trescientos metros del tajamar, no será Lennox Avenue, pero...

Roberts explica cada línea, cada trazo, cada mancha de tinta azul: en la planta baja negocios, talleres de artes y oficios, cantinas y restaurantes, arriba un gran salón. Bajo un mismo techo historia, trabajo, escuela, distracción.

Se necesita arena y piedra para iniciar el trabajo.

Desde ese momento todo se activa, los empleados bananeros ocupan sus descansos en trabajo voluntario, los materiales originalmente almacenados para Cavalla Colony son destinados a fundar una colonia propia. Nuestros expedicionarios no necesitan ir a Liberia, irán de pueblo en pueblo levantando una sucursal.

—Esto apenas comienza, *this is just the beginning, just the beginning.*

Sospecha, desconfianza, inseguridad en todas direcciones, el ambiente interno se ha enrarecido en el Universal Building y compone una aleación inestable. Muchos miembros y ex miembros del movimiento cooperan con la investigación abierta o secretamente por temor, por resentimiento, por revanchismo o por apego a la legalidad. Varios hablan libremente con los agentes, pero se rehúsan a actuar como testigos de cargo por temor a represalias.

Los agentes Mortimer Davis y James Amos se mueven a sus anchas en el Universal Building cuando Garvey anda de gira.

—En materia administrativa, siempre fue un caos —Wendolyn Campbell tiene motivos de sobra para cooperar con el enviado del Bureau of Investigation—. Gasta cientos de dólares a la semana sin presentar comprobantes, nunca rinde cuentas de sus gastos personales, pide, gasta y se desentiende.

—¿Cuentas bancarias? ¿Desvío de fondos? ¿Bienes inmuebles?

—No que yo sepa —Wendolyn se queda pensativa un rato—. No, no.

Los agentes tratan de probar si hay enriquecimiento ilícito, apropiación en beneficio personal. La declaración de Wendolyn es vital, por ser la única autorizada a firmar cheques y efectuar pagos en ausencia del jefe. Ella abunda en ejemplos que ilustran la dispendiosa vida interna del movimiento, un derroche del que todos se beneficiaban.

—La relación de Garvey con el dinero, ¿cómo es?

—Le gusta vestir bien, comer bien, viajar en primera clase, pero el dinero no ocupa su mente.

—Porque es dinero fácil —el agente Mortimer continúa el interrogatorio revisando documentos—. Aquí tenemos que la organización recauda fondos para cien propósitos diferentes. ¿Qué ha ocurrido con esos ingresos? ¿Hay alguien que lleve un control monetario? ¿Algún desfalco importante? Haga memoria.

—Bueno, ahora que lo menciona... Se supone que recaudó miles de dólares en su viaje a las Indias Occidentales, cifras récord en cada país. Cuando llegó aquí depositó unos cuantos cientos de dólares en la tesorería de la organización.

—Bien —el detective James Amos cree haber encontrado la punta de un ovillo—. ¿Dio alguna explicación?

—Los gastos de transporte, alimentación y hospedaje de cinco meses, creo que también destinó parte de los fondos al *Antonio Maceo*. Su esposa y *business manager* gastaba a lo loco, aún siguen llegando cheques firmados por *misses* Garvey. Y él, o mejor dicho los socios, pagan las secuelas del divorcio.

El 16 de febrero, treinta y cinco días después del arresto, un juez de instrucción acusa formalmente a Marcus Garvey, al vicepresidente Orlando Thompson, al secretario Elie García y al tesorero George Tobías de vender espacios en una mítica nave, ejercer una representación fraudulenta y valerse del servicio postal para consumar la estafa.

—Roberts, quiero tres acciones de la Black Star Line. Aquí está la plata —Robert Luke, constructor de vagones de carga para la Northern, arroja un fajo de billetes sobre la mesa donde el presidente de la Limon Branch hace algunos ajustes a los planos del Liberty Hall. Como buen carpintero, Luke colabora en los trabajos de construcción e incluso ha puesto a sus hombres a confeccionar ventanas, puertas y escaleras en los talleres del ferrocarril, a riesgo de ser echado.

—¿Estás seguro? ¿No prefieres invertir en la African Communities League, en los bonos a beneficio del Liberty Hall, en...?

—Quiero gastar toda mi plata en barcos y nada más. No intentes sermonearme tú también, que ya tengo suficiente con mi familia.

—Está bien. Es tu decisión.

—Consígueme esas acciones. Una sola condición —Luke levanta el índice frente a Roberts—. Quiero que esos papeles vengan firmados por Marcus Garvey. Nada de promotores internacionales, secretarios o tesoreros, la firma de él y de nadie más.

Roberts se rasca el caracol de la oreja, ve su reloj y muy resuelto le pide:

—Acompáñame al Tropical Radio y mandamos de una vez la solicitud. Yo también quiero esa firma. Ahora vale más.

El jefe de expedicionarios, Cyril Crichlow, ha vuelto de Liberia por sus propios medios, enfermo, con escoriaciones en la piel y demacrado.

—*My God!* ¿Qué te ha pasado? —Henrietta Vinton lo sostiene del brazo. Robusto, de gran estatura, Crichlow es la mitad del hombre que partió nueve meses antes. Una extraña enfermedad ha invadido su organismo en el intento de sentar las bases de Cavalla Colony.

Garvey lo asalta a preguntas sobre los cinco mil acres, las gestiones con el gobierno, los planos del primer asentamiento, la línea de tren, el *town hall,* la biblioteca pública.

—No hemos podido hacer nada. Un boicot permanente del aparato de poder.

—¿Y las tierras bañadas por el río Cess? ¿Y las cuatro ciudades del futuro que pensamos construir?

—El gobierno liberiano comprometió esas tierras a la Firestone Rubber Company. Al presidente King le han ofrecido jugosos incentivos si introduce el cultivo del caucho.

Marcus Garvey siente un hachazo en las piernas.

—¿Llantas? ¿Cambian el African Redemption Fund por neumáticos?

—Es la revolución automotriz. Les prometieron ganancias descomunales.

Garvey confía en que por lo menos los representantes de la organización en Liberia han dado la batalla. Crichlow revela que a las pocas semanas se desanimaron y decidieron invertir su tiempo en organizar exploraciones en busca de petróleo, oro y diamantes.

—¡Y nosotros hemos pagado para que jueguen a los niños exploradores! ¡Es el colmo!

Henrietta se resiste a creer que Cyril Henry, el emisario que la acompañó en su gira estelar por las West Indies, se haya contagiado de la absurda fiebre del oro y de los diamantes. Henry es el guía de las expediciones, el único que sabe de geología y elabora complicados mapas y croquis de excavación. Otros miembros se asociaron con figuras de gobierno para montar empresas de importaciones y exportaciones, farmacias, escuelas, de todo menos lo que se les encomendó.

Henrietta tiene una visión horrible, una barca envuelta en llamas con sus muñecas de trapo.

—Nosotros no podemos pensar más en ir a África, porque ellos no nos quieren. No nos conocemos. Tendríamos que comenzar otra vez a aprender costumbres —Silvester

Cunningham, el profesor de piano, se sostiene a los brazos del sillón.

La casona fraccionada donde habita y da clases se cimbra al paso de un tren matutino. El *switch* del ferrocarril —*black invention*— está en la puerta de su casa, y el cambio de vías para esos trenes perdidos en el tiempo genera algunas incomodidades que él ya tiene incorporadas a su rutina.

—La 'sociación estaba preparado para cuando los negros vuelven a África y África es un, un república grandiosa. Teníamos que ayudarles a vivir, porque África realmente estaba abandonado. Había epidemias y cosas así.

La alumna practica en una organeta contra la pared. Silvester Cunningham dirige la clase desde el sillón de cuerina mientras recuerda a su madre, Mina Barnett, enfermera alistada en la Cruz Negra, su uniforme siempre impecable, siempre listo, siempre almidonado esperando su oportunidad en el armario.

—La Black Cross era para cuando los negros vuelven a África. Cuando la 'sociación bajó, la Cruz Negro bajó también, porque no había chance de usarla en ninguna parte. No asistieron en nada, estaban preparados, sí, por si había emergencias.

—¿Qué haces, mamá?

—Un poco de orden —responde Mina Barnett—. Llama a tus hermanos, tu padre quiere hablarles.

Alrededor de la mesa del comedor, sobre un mantel de cuadritos, el señor Cunningham celebra una asamblea de familia en presencia del nonato.

—Arrima la panza aquí para que él también escuche —el señor Cunningham contempla unos instantes el continente prometido y pide a Silvester contar los ceros impresos al centro de las acciones.

—¿Sabes leer esta cifra? —el niño niega con la cabeza—. Un millón. En el mejor de los casos, cada uno ten-

drá un millón como herencia. No sabemos qué tenemos
en las manos. Puede ser un papel sin valor o un gran le-
gado. Depende de cómo queramos considerarlo —los
hijos se alinean frente al padre—: Tú también —le dice
a la esposa—. Una para ti, otra para tu hermano, una
para tu madre, una para el futuro bebé y una para mí.
Así, si algún día nuestros barcos cruzan el océano, ninguno quedará fuera.

El confín de una estrella

Anticipándose a lo inevitable, un grupo de empleados de la compañía de vapores presenta una renuncia en bloque y pide la cancelación de sus salarios.

—Queremos que nos liquide.

—¿Abandonan el barco?

Los empleados asienten sin levantar la vista.

—Está bien. No puedo obligarlos. Esto no es un trabajo, es un proyecto colectivo —Garvey camina frente a ellos con ciego orgullo—. Hablen con el tesorero.

—Por si no lo ha notado, ninguno de los directores ejerce sus funciones. Están buscando abogados, preparando su defensa. Aquí no hay nada que hacer.

—El barco se hundió hace rato.

—¡Mentira! Sufrimos golpes muy duros, pronto nos repondremos. Si quieren irse, váyanse. Se les pagará lo que se les debe.

Wilfred Smith y el profesor Ferris le muestran el último balance de la compañía: treinta y un dólares con doce centavos.

—¡No puede ser! ¿Qué pasó con nuestro capital?

—Se esfumó.

—¿Un millón de dólares? ¡Imposible!

—Treinta y un dólares con doce centavos. Ése es todo el dinero que hay en efectivo —Smith cuenta los billetes y las monedas delante de un abatido e incrédulo Marcus Garvey.

—¿Y los barcos, no estás contando los barcos?

—Los barcos, los barcos no se han terminado de pagar, estamos abonando la hipoteca de dos: uno hundido y el otro abandonado en Antilla.

—Es mejor que lo escuchen de tus labios —el profesor Ferris lo conmina a pronunciar un mensaje público—. Será valiente de tu parte.

Arrebata los papeles a Smith, examina la poca información que dejaron los agentes del Bureau of Investigation y los datos reconstruidos de memoria por el directorio.

—Esperemos a recuperar los archivos. Puede ser un error.

Astrónomos norteamericanos y británicos identificaron unas estrellas minúsculas que llegaron al fin de su existencia al haber gastado toda su energía, lo que constituiría un nuevo tipo de astros.

La Tribuna

—Estos tipos eran unos malabaristas —el contador asignado por la fiscalía está maravillado con el análisis de la documentación—. No se puede creer. Vea.

El fiscal Maxwell Mattuck apoya las manos en un mar de números, ecuaciones, cálculos y restas. El agente James Amos, experto en asuntos contables, hace un breve resumen con Hoover y Burns presentes:

—En dos años de operaciones, pérdidas por seiscientos mil dólares, deudas por doscientos mil, sin respaldo de bienes. En su corta historia, la Black Star Line vendió ciento cincuenta y cinco mil quinientas diez acciones a unos treinta o cuarenta mil accionistas, tengo que verificar ese dato. Acumuló un déficit de cuatrocientos setenta y seis mil dólares.

—Podrían escribir un manual de cómo fundir una empresa en tiempo récord. ¿Activos?

—No existen.

—¿Dividendos?

—Tampoco. Lo raro es que ningún accionista ha exigido el pago de utilidades.

—Son tan ignorantes, el cerebro no les da. Ya conseguimos algunos que presentarán una demanda —el fiscal le pide un desglose de números.

—Cada barco un fiasco: *Yarmouth-Douglass*, adquirido en ciento sesenta y cinco mil dólares, en dos años consumió doscientos mil dólares del presupuesto, podría considerarse el único activo de la empresa. Actualmente enfrenta una demanda de la Pan Union Company por incumplimiento de contrato.

—Interesante. Me comunicaré con ellos.

—*Shadyside*, adquirido en treinta mil dólares, todavía están pagando cuotas de dos mil mensuales en intereses y amortización. Treinta y un mil dólares en pérdidas, hundido en el río Hudson, en el invierno de 1920. Intentaron una operación de salvamento, renunciaron por lo costoso.

—¿Qué más?

—*Kanawha-Maceo*: precio de subasta sesenta mil dólares, que tampoco han sido cancelados en su totalidad. ciento treinta y cinco mil dólares gastados en remolques y reparaciones. Ingresos de mil doscientos dólares en su primera y trágica excursión de gala por el Hudson.

—¿Qué ocurrió?

—Explotó una caldera y casi mueren los ocupantes.

Sin barcos, sin dinero, sin directores, la Black Star es un astro en desintegración. En abril de 1922 y después de vencer su propia resistencia, Marcus Garvey anuncia:

—Hemos suspendido las actividades de la Black Star Line Steamship Corporation. Fuimos víctimas de sabotaje. Hombres pagados por la industria naviera hicieron todo lo posible para poner fuera de existencia a la flota negra, el gobierno norteamericano invirtió un millón de dólares en una campaña de desgaste.

La multitud se contrae en expresión de duelo.

—Marcus Garvey no es navegante, Marcus Garvey no es un ingeniero de máquinas —el quebranto en la voz es más significativo que el contenido de las palabras—. ¿Qué puede hacer Marcus Garvey si los hombres empleados son deshonestos en el desempeño de su trabajo? ¿Qué puede hacer Marcus Garvey ante los enemigos de la raza y del movimiento?

Los vientos alisios pasan rasurando la superficie del mar. Roberts resiste con el mentón en alto y el sombrero abrazado al pecho, las olas vienen hacia él como flechas perdidas, el agua se ha puesto gris y hoy ningún mercante aguarda en la bahía. Otra barrida sobre el agua, el mar se estremece. Roberts siente el viento correr por sus piernas, trae un fajo de acciones y los planos del Liberty Hall bajo el brazo. La esposa se acerca con la bebé en brazos.

—Cámbialas por leche para tu hija.

—A ti y a la niña no les falta nada.

—Tampoco nos sobra. Véndeselas al italiano, a él no le importa botar plata.

—*You don't understand. This is not money.*

—La gente todavía tiene acciones en su poder. Había algunos que lo traían para reclamar su plata. Buscando un nombre para cubrir otro —Alfred Henry Smith, presidente de la Limon Branch desde 1949, comenta la continuación de una historia que no terminó al fundirse una estrella—. El negro creía que la compañía era ésta. Seguían reclamando en 1948, 49, por ahí, ellos traían su bono. Familiares de los accionistas que lo heredaron o porque la viejita murió. Diez, veinte, cien dólares. Muy bien. Se ve bonito, pero aquí no somos responsables por eso. La Black Star Line se fundió. Esto es una 'sociación, no un barco —King se ríe, su tijera sisea en el pelo rebelde de un estibador.

—Hija, ven. Ves este bote aquí.

Robertina se acomoda entre las piernas de su padre, Robert Edmund Luke, y mira el motivo que ilustra las acciones de la Black Star Line.

—Sí, papá.

—Este barco nos llevará adonde nosotros queramos, a cualquier lugar que se te ocurra ir. Las naciones cuidarán de ti cuando yo no esté. Cualquier cosa que necesites, ellos te la darán. Papá trabajó mucho para dejarte esto. *Put it up. They have to help us.* No importa qué pase, guárdalas, no te separes de ellas. Son tu protección.

—*And I put it up.*

Por más de setenta años, Robertina Luke escondió sus acciones en una caja de habanos Antonio y Cleopatra. Su casa se derrumbó, sus padres murieron, su apellido cambió, la lluvia entró decenas de veces a su dormitorio, las acciones siempre estuvieron guardadas en un rincón del armario. "Tengo una por un millón de dólares", relata sentadita en el patio de lo que fue la vivienda familiar. Ahí están todavía los restos de la casa, como una utilería inservible que nunca, nadie, descarta.

Cada tanto, cuando se las mostraba a alguien para saber qué herencia le había dejado su padre, le decían *"This paper is not good,* tíralo, no sirve de nada." King, el barbero, pensaba lo mismo. "No las voy a tirar porque tal vez algún día alguien venga a ayudarme. *I put it up.* Marcus Garvey, eso dijo mi padre, había sido enviado a Limón para ayudar a las Naciones Unidas de los Negros." "Ves su nombre aquí, esta firma vale oro."

En momentos de apuro económico, su madre, cocinera de cuatro obispos católicos, intentó quitarle las acciones y rematarlas, canjearlas por una gallina o lo que fuera, ella jamás se las entregó. Una vez, un señor vino y las vio. "Me dijo sí, vendrán a ayudarte, toma tiempo." Y pasaron los años y otra vez lo encontré en la iglesia San Marcos. "Espera un poco más. *Takes time. One day...*"

Robertina nació en 1918, tiene más de ochenta años y sigue esperando con su herencia guardada en una caja de habanos. "Mi padre me aseguró que las naciones me ayudarían, pero no entendí, porque yo no conozco a las naciones. *This is my problem.*"

Un pecado imperdonable

> El racismo es un invento de los negros.
> EL HIJO DE UN GOBERNADOR

—Amy, Amy. Al fin soy un hombre libre —Garvey sacude en el aire los papeles que formalizan su divorcio—. ¿Aún quieres casarte conmigo?

—Yo debería hacer esa pregunta.

—¡Vamos! ¿Qué lugar prefieres? —Amy Jacques cierra los ojos y elige en un mapa al azar—. ¿Kansas? Me hubiera gustado algo un poquito más romántico —le acaricia la mejilla y sonríe con la mitad de la boca—. Prepara tus cosas, nos iremos en el primer tren.

Doce meses después de haberse separado de Amy Ashwood, en un juzgado de Kansas City, Marcus Garvey contrae segundas nupcias con su secretaria, nueve años más joven que él, en una ceremonia sencilla con los testigos imprescindibles, una alianza sellada con dos puños de arroz.

—Eres la mujer de mi vida, esta vez no creo equivocarme.

—¡Me siento tan feliz!

—Prometo llevarte al valle de las reinas tan pronto podamos.

En Londres, la noticia llega a oídos de Amy Ashwood. Furiosa, llama a sus abogados en Nueva York e intenta anular el matrimonio.

—Estuvo viviendo en concubinato todos estos meses.

"¿Señora Ashwood?" Una lluvia de llamadas de las revistas del corazón y la prensa seria de Nueva York caen sobre la ex mujer del agitador más prominente de Harlem. "¿Qué tiene que declarar en contra de su ex? ¿Cómo era Marcus Garvey, el marido? ¿La insultaba? ¿La golpeaba?" "¡No!" "¿La engañaba?" "Por Dios, ¿quién les dio mi teléfono?"

La "crueldad" del autodenominado presidente provisional de África no tiene límites, escribe la prensa negra. Dos años, solamente dos años soportó el martirio, la atractiva, talentosa e inteligente Amy Ashwood, cuyos encantos no impidieron que fuera víctima de la deslealtad amorosa de su marido. Periodista, feminista, cofundadora de la Universal Negro Improvement Association, Amy Ashwood se ha revelado como una sensible escritora de obras de teatro. Actualmente vive en Londres, donde maneja un club y un restaurante frecuentados por distinguidas personalidades de la cultura y de la política. Ella es un imán que atrae a numerosos hombres.

Las tareas para construir el Liberty Hall de Limón avanzan al ritmo de un tiempo robado. Cada tanto, la edificación se suspende por lluvia, temporales, problemas de organización, desabastecimiento, falta de materia prima, o por los pequeños boicots de la United Fruit.

Daniel Roberts constata la marcha de las obras en dos planos: sobre los papeles de arquitectura y sobre el cuarto de manzana donde se construye el rastro en tierra de la Black Star Line, un galerón de madera contra el naufragio de la raza. Una pequeña parte del edificio ha sido habilitada: tres locales que venden alimentos, cerveza y comidas preparadas.

—Llegó un citatorio de tribunales.

—¿Del Bronx?

—No, de Brooklyn, parece que es el asunto del whisky.

Garvey se presenta a los juzgados con su abogado y con los directores de la Black Star. En plena guerra contra los expendedores de bebidas espirituosas, la justicia dio lugar a la demanda planteada por la destiladora de whisky Green River por incumplimiento de contrato. Exigen seis mil dólares de indemnización. Urgida por irse de vacaciones de verano, la corte de Brooklyn falla a favor de la empresa: dos mil trescientos veinte dólares de compensación.

—¿Pero? —Garvey escucha atónito el golpe de mazo con que el juez cierra el caso—. Fallan a favor de una empresa que intentó burlar a las autoridades, ¿qué derechos puede exigir la Pan Union Company por contrabandear bebidas prohibidas? Estamos en la era de la abstinencia. Es insólito que se nos condene por un embarque ilegal.

—Al firmar contrato, la responsabilidad penal recae en ustedes. El punto de discusión ahora es cómo hacen frente al pago.

Los abogados de la Pan Union piden un embargo de bienes.

—¿Cuáles? La compañía se declaró en quiebra. Nuestras reservas líquidas son de treinta y un dólares con doce centavos —Garvey y Wilfred Smith sonríen, alguna ventaja otorga la insolvencia.

Los representantes legales de la Pan Union se llevan un chasco. El único bien disponibe es el viejo barco algodonero anclado en un astillero de North Carolina, el autor del desafortunado viaje del whisky.

—¿Entregar el barco en pago? ¡Jamás! El *Yarmouth* vale ciento sesenta y cinco mil dólares.

—Habrá que efectuar una subasta pública —dictamina el juez.

Henrietta Vinton deja caer un suspiro al mar. Marcus Garvey respira hondo y recorre con la mirada el patio naviero.

Retirado a sus cuarteles de invierno, después de un tercer y deslucido viaje a las Indias Occidentales, el *Yarmouth-Douglass* ha estado anclado y oculto en North Carolina. Avejentado, sin rastros de presencia humana, el barco escocés es una bella pieza de museo, que guarda el rumor de los cantos y poemas de la *lady commander* en cubierta.

—¿Cuáles son las empresas oferentes? ¿Alguna naviera importante? —el vicepresidente no contesta—. ¡Thompson! Te hice una pregunta.

—Sólo compradores de chatarra, sir.

—¡Supendan todo! Me opongo terminantemente. El *Yarmouth* merece otro destino.

—Demasiado tarde —el representante de la Pan Union—. Deben cancelar su deuda.

—Mil dólares.

—Mil cien.

—Esto es una ofensa —Garvey se tapa los oídos.

La subasta sigue. Nadie da más de mil quinientos dólares.

—Henrietta, por favor llama a Belice. Estoy seguro de que mi amigo Isaiah Morter nos ayuda a salvar al *Yarmouth*.

Ella sale de ahí con el corazón en la boca. La bandera de la Black Star Line está a punto de ser arriada por los rematadores.

Mil quinientos cincuenta. Garvey vacía sus bolsillos y pide a los directores de la flota hacer lo mismo, ¿cómo es posible? ¿Qué hacen con el sueldo? Mil seiscientos. Mil seiscientos veinticinco. ¿Nadie ofrece más? Mil seiscientos veinticinco a la una, mil seiscientos veinticinco a las dos, mil seiscientos veinticinco a las... ¡Vendido!

Henrietta da un último paseo alrededor del *Yarmouth*, el camarote donde viajó con sus muñecas de trapo, la cubierta donde sus ojos se inundaron del mar Caribe y el Caribe se llenó de su poesía.

—La espera ha hecho estragos en mí.

—En mí también.

—Estamos hablando de cosas distintas —aclara ella.

—*Bad ships* es como escribir una mala novela —Garvey también intenta una despedida del viejo barco algodonero—. Creo que hice una mala ecuación.

—No estoy de acuerdo. Este barco es mítico. En dos viajes hizo lo que ninguno. Yo le guardo un cariño especial.

—No trates de consolarme.

—Querías escribir una historia que asombrara al mundo. Querías involucrar a otros en esta historia —Henrietta hace un gesto con el cuerpo como diciendo "ya está", quedó inscrita, muchos vivirán de ella y la seguirán contando.

Una formación ordenada de gaviotas pasa sobre sus cabezas, todas planeando, de vez en cuando alguna bate las alas un par de veces como para mantenerse en posición.

Se escucha el estruendo de hombres trabajando en las entrañas del barco. Retiran lonas, palos, todo lo que no es chatarra pura.

Un miembro de la cuadrilla que desmantela el barco entrega la bandera arriada. Garvey la sostiene con las manos abiertas y los ojos a la deriva.

—El mar exige un talento que quizás yo no tenga.

—Éste es un país blanco, ellos lo encontraron, ellos lo conquistaron y pretenden conservarlo, no podemos culparlos por ello.

Mientras Garvey se dirige a una concurrencia más o menos nutrida en Atlanta, Georgia, una persona le acerca un papel a la tribuna, un escueto mensaje que lo hace tartamudear.

—¡Cúbreme!

—¿Pasa algo? —Amy Jacques toma su lugar y trata de darle continuidad al discurso, que ahora pone énfasis en la división geográfica de las razas.

Garvey habla misteriosamente con las personas que le hicieron llegar el mensaje y luego vuelve a tomar la palabra.

—¿Qué querían?

—Nada —Garvey los sigue con una mirada intrigante.

—Eran de la Corte, ¿verdad?

—Ya deja de hacer preguntas. Cancela mis compromisos de mañana.

El 25 de junio de 1922, en un punto establecido por su anfitrión, Garvey se reúne con uno de los hombres más influyentes y temibles del *deep south*.

—He escuchado con sumo interés sus palabras —el personaje está secundado por una colección de predadores y una escenografía que rememora pasajes de la inquisición—. Me complace que haya aceptado mi invitación. La mayoría huyen despavoridos.

—¿Por qué habría de hacerlo? —Garvey observa las manos translúcidas del sujeto, casi es posible seguir el recorrido de la sangre en las venas que se bifurcan en los puños de camisa. El interlocutor desliza un chiste étnico como para calibrar a su entrevistado y reducir el margen de error.

—Un continente para cada raza, ¿eso es lo que usted propone? Asia para los asiáticos, Europa para los europeos, África para los africanos. Tan simple como acomodar cubos en un estante.

Garvey se tensa y se afloja, sus emociones están muy a la vista.

—Cada raza tiene su zona de pertenencia, a *birth-place*. Cada una debería tomar el control de su territorio y hacer lo que le plazca en él.

—En otras palabras, nosotros tendríamos licencia para linchar intrusos y ustedes para practicar canibalismo —voz cavernaria y diplomacia moderna conforman al personaje.

—Estamos hablando entre gente civilizada —Garvey afloja el cuello de la camisa con el índice. Los custodios lo sofocan con su estructura de candado—. Usted busca preservar la pureza de los suyos. Yo, crear una raza auténtica que no pueda, en el futuro, ser estigmatizada.

—Supremacía negra, ¿a eso se refiere?

—*Supremacy is an easy concept.*

—Un concepto fácil, ¿eh? —la mano anillada del sujeto se crispa en los brocados del sillón.

—Ustedes inventaron ese concepto, no yo, es de las pocas cosas que han inventado —un roce a sus espaldas lo pone inquieto, ve a ambos lados de reojo, dos manchas blancas se le vienen encima.

—¿Está nervioso? ¿Un trago?

—No, gracias.

—Raza es un concepto más cercano al fanatismo que a la ciencia. Lamentablemente, nosotros no somos hombres de ciencia, míster Garvey —el sujeto lo mira a través del enramaje de dedos con sonrisa siniestra—. ¿Qué opina del mestizaje?

—Lo mismo que opinan los japoneses, los europeos, los americanos.

—Podría ser más explícito.

—Nadie lo promueve en términos políticos. Nómbreme un gobierno, un grupo que sustente esa política. Dígame si los chinos instan a sus habitantes a mezclarse con los coreanos, con los japoneses. Si los británicos piden a sus ciudadanos mezclarse con los franceses, con los alemanes, los africanos.

—*You are british, aren't you?*

—No creo hacer muy feliz al imperio británico con mi existencia —otra vez un cable se tensa entre ambos—. No conozco ningún gobierno que impulse el mestizaje.

Yo tampoco. ¿Cómo voy a sustentar una política que garantice nuestra extinción? Eso no tiene ningún sentido.

—Sigue hablando de acomodar cubos en sus estantes.

—Individualmente la gente se mezcla, eso hace a la democracia y a la decisión personal. Usted me hizo una pregunta política.

—No parece muy consecuente con sus palabras —hace un movimiento de muñeca, uno de los predadores le da un fólder: "el mestizaje es la peor herencia de la esclavitud, porque perpetua la condición de bastardos." Son sus palabras. ¿Ya cambió de opinión?

—Me refería a una época muy infame.

—No me salga con el cuento de las mujeres violadas.

Garvey se levanta y da por terminada la conversación, los sujetos comprimen el espacio.

—¿Qué piensa de nuestra organización, míster Garvey?

—Ustedes son el gobierno de este país, el poder invisible —le estruja la mano y lo mira fijamente—. Sus métodos me parecen brutales. No los apruebo en absoluto. Si algo hay que reconocer es que ustedes no se andan con hipocresías, ni manejan un doble discurso.

Marcus Garvey, el hechicero imperial negro, se reúne con Edward Clarke, segundo hombre al mando del Ku Klux Klan y se convierte en mensajero del Klan.
Messanger, junio 1922

—Te habrá afectado mucho lo del *Yarmouth* —Wilfred Smith, su mano derecha, el hombre que ha estado más cerca en este último periodo y que ha resistido sus arrebatos, sus desplantes, sus cambios de parecer y sus excesos, considera que el encuentro con la organización más temeraria y retrógrada de Estados Unidos es la gota que derramó el vaso.

—Lo siento. Hasta aquí llegué. Lo de Napoléon me pareció pintoresco, pero esto es repulsivo.

—El Klan es parte de esa vieja historia de romance y violencia del sur. No lo inventé yo.

—Son los exterminadores de nuestra raza.

—Ellos son la verdadera expresión del hombre blanco.

—¿Qué estás diciendo? —a Smith se le revuelve el estómago—. No todos los blancos salen a las calles a linchar.

—No necesitan hacerlo. Potencialmente cada blanco es un *klansman*.

—Digas lo que digas, no te exime. Has cometido un error imperdonable y no pienso estar a tu lado para afrontar las consecuencias —Smith arroja su condecoración de *knight commander* sobre el escritorio y de un portazo acaba con su agitada y turbulenta relación.

Los bandazos del movimiento de Garvey en Estados Unidos, los desfiles organizados en las polvosas calles de Limón con simulacros de contienda y la *red scar* avanzando sobre las plantaciones de banano como la sigatoka negra, ponen en alerta a los apoderados de la compañía. Blair propone recurrir a las iglesias. Como fuente de información son las más confiables, como fuerza de contención son la mejor vacuna contra el comunismo.

—¿Cómo piensas convencerlas? —pregunta Chittenden.

—Tratar con los párrocos directamente. He pensado ofrecerles setenta y cinco dólares mensuales y un pase especial en los trenes de la compañía para que viajen en primera cuantas veces quieran.

—Setenta y cinco dólares en calidad de qué.

—Salario, contribución fija de la United Fruit para sus gastos personales, obra de beneficencia, como calce mejor a su conciencia.

—No creo que eso funcione en Limón centro.

—Tal vez no en Limón centro, pero en los pueblos de la línea con los párrocos que tienen sus iglesias en tierras de la compañía. Me extraña, Chittenden. Usa la imaginación.

La prensa negra descarga su arsenal de tintas contra el jamaiquino. Muchas cosas se dicen acerca del encuentro con Edward Clarke. Que fue una jugada publicitaria del Klan para limpiar su imagen. Un nuevo estilo de imponer la supremacía blanca por consenso más que por violencia. Que el jamaiquino se prestó a la maniobra a cambio de ganar influencia en los estados del sur.

Los Amigos de la Libertad Negra rodean el Liberty Hall con pancartas. *Garvey must go!*

Phillip Randolph, mano derecha de DuBois, se pone al frente de la campaña que impulsan organizaciones sindicales negras, militantes de los derechos civiles y socialistas, para expulsar al líder de la UNIA de territorio norteamericano. "Garvey es un traidor de la raza", "un *klansman*", "una influencia nefasta para las fuerzas progresistas".

—Quieren expiar sus culpas conmigo. El Klan se acercó primero a ustedes, se entrevistó con el doctor DuBois, le ofrecieron cuotas de poder, presencia política y económica. ¿Por qué no dice eso en su revista, Randolph? ¿Por qué no escribe sobre los negros del sur que se favorecen de las políticas asistencialistas del Klan? ¿Qué clase de récord lleva *Crisis,* que se limita a publicar estadísticas de linchamientos por estado? ¿Qué siniestro conteo es ése? Nuestro objetivo es reconquistar el territorio que nos pertenece, no cumplir una labor forense.

Otras voces de la NAACP responden con virulencia.

—Usted le dijo al Klan: Dénnos África y nosotros reconoceremos a América como el país de los blancos. Hizo un pobre trato, míster Garvey: jugó el destino de doce millones de afroamericanos a cambio de nada.

—No hice ningún trato.

—¡Vamos!

—Para mí es un triunfo contra la intolerancia racial. Clarke tiene otra visión, practica la diplomacia. Estaba sentado frente a un hombre que ha sido brutalmente blanco y le estaba hablando como un hombre brutalmente negro.

—No se equipare con criminales. No le ayuda —insiste Randolph.

—No me equiparo. No saqué ninguna tajada.

—Tanto peor.

A los pocos días, Phillip Randolph recibe un paquete por correo. Temiendo que se trate de una bomba o algún otro obsequio explosivo, solicita la intervención de la policía. Un par de hombres de la brigada especial estudia el paquete en su presencia.

—No hay ningún dispositivo ni detonante —dice el policía—. Parece una caja de habanos o de chocolates.

Randolph corta las sogas de un tirón para no quedar como un miedoso, rasga la envoltura y arroja el paquete horrorizado. La mano ensangrentada de un hombre blanco con una leyenda espeluznante: "si no estás en favor de tu propio movimiento racial, puedes estar con nosotros. Ten cuidado, podríamos enviar tu mano a alguien más."

Amy Jacques solloza ahogando los ruidos en la almohada.

—¡Qué espanto! Nunca debiste reunirte con ese hombre —Garvey la abraza contra su cuerpo. Él también se siente asustado, como si hubiera caído una maldición sobre ellos—. ¡Vámonos a Jamaica! *Please.* ¡Esto es tenebroso!

Por abajo de la puerta, alguien les hace llegar un poema de Langston Hughes: *The white ones: I do not hate you,*

Tu cara es adorable/ está cubierta de luminosidad, esplen-dor/ entonces, por qué me torturas/ *Oh, white strong ones, why do you torture me?*

Por un sobre vacío

They made the world so hard.
BOB MARLEY

Mil novecientos veintidós termina con pancartas que persiguen la sombra de un astro apagado.

Amy Jacques mira por la ventana. Con frío, con calor, con nieve, no se mueven de ahí. Los manifestantes tienen los bigotes y las cejas nevadas, las pancartas ilegibles ya. Encienden fogatas, pegan un grito a Garvey cuando entra o sale del edificio y vuelven a frotarse las manos en el fuego. En algún momento del día, les traen termos con café y comida para entibiar los estómagos. ¿Quién les paga? ¿No tienen familia, nada más que hacer? Amy Jacques ha perdido mucho de su candor isleño, tiene los pómulos afilados y la mirada de un pececillo cercado por un corral de reptiles.

—¡Asesinaron al reverendo James Eason!

El predicador de Filadelfia, el crítico más severo del garveyismo desde los púlpitos, víctima de un atentado. Más enardecido que el obispo George McGuire y Cyril Briggs juntos, más ácido y penetrante que el doctor DuBois, el reverendo Eason se consideraba a sí mismo el legítimo líder de los negros de América.

Marcus Garvey y Amy Jacques corren a la redacción del *Negro World*. ¿Dónde? ¿Cómo? Le dispararon por la espalda en un mitin en Nueva Orleáns. Según la policía fue baleado por miembros de la UNIA. La policía detuvo a varios socios de la filial de Nueva Orleáns.

—*Oh, my God!* —a Amy Jacques se le doblan las piernas.

Los manifestantes lanzan piedras contra el Universal Building, rompen vidrios. Garvey contrae los músculos faciales como si triturara clavos. Un alud de imágenes se le vienen encima: la carta de Booker T. Washington invitándolo a Estados Unidos, su arribo a Nueva York en 1916, el abucheo de su primer mitin en la Iglesia Episcopal Metodista, el atentado en su contra, el silbido de las balas disparadas por George Tyler, las cúpulas doradas de la city contemplada desde la cubierta del *Yarmouth-Douglass* en su viaje inaugural, la ovación al ser proclamado presidente provisional de África, el arresto, la humillación pública. Otra vez el silbido de las balas, el fatídico encuentro con el Klan, los cristales rotos del edificio, apogeo y violencia, cumbre y caída, *joy and pain*. Nada ha sido gratuito aquí.

—Tírense al suelo.

—*Garvey must go!*

Amy Jacques se arrastra entre vidrios rotos, tiene las rodillas y las palmas astilladas. La placa en honor al inventor de la rueda de imprenta le cae en la mano y luxa su muñeca. El profesor Ferris gatea y se refugia abajo de un escritorio. Garvey permanece de pie, ajeno a las pedradas que se estrellan en Las Bombillas.

Las investigaciones policiales apuntan a involucrar garveyistas en el atentado contra James Eason ocurrido el primero de enero de 1923. Antes de morir, el predicador identificó a dos de sus presuntos atacantes: Frederick Dyer y William Shakespeare, ambos socios de la New Orleans Branch. La policía busca afanosamente a un tercer hombre que se dio a la fuga. Según la prensa adversaria, el líder religioso fue asesinado para impedir que declarara en contra de Marcus Garvey en el juicio por fraude. Eason iba a convertirse en el principal testigo de cargo. "El Bureau of Investigation desbarata un complot anarquista que se cocinaba en la Negro Improvement de Nueva Orleáns."

Garvey golpea los nudillos contra la palma de la mano y camina de un lado a otro de la oficina. ¡Qué casualidad que Eason tuvo tiempo de identificar a sus agresores! ¡Qué casualidad que conociera por nombre y apellido a los miembros de nuestra organización, ya no en Filadelfia, sino en Nueva Orleáns!

"Ocho notables piden al gobierno la expulsión de Marcus Garvey por promover el enfrentamiento racial y manipular a los negros fanáticos. El 'comité de los ocho' pide al procurador general de los Estados Unidos utilizar toda su influencia para erradicar el movimiento de Garvey y actuar vigorosa y rápidamente en esclarecer el caso de fraude con el correo."

—¿Qué más necesita para meterlo en prisión?

Edgar J. Hoover y William Burns presionan al fiscal Mattuck, de los tribunales del Bronx.

—Ustedes saben perfectamente cuáles son las dificultades, sus agentes no han sido de mucha ayuda. En doce meses fueron incapaces de reunir una evidencia seria —el funcionario judicial arroja al escritorio el sobre dirigido a un empleado de limpieza de Pennsylvania—. No pienso hacer el ridículo abriendo las audiencias con esa basura.

—Ahora es el momento, ahora tiene a la opinión pública a su favor, Mattuck —Hoover habla en tono enérgico.

—No puedo pasar por alto reglas básicas —el fiscal analiza seriamente los troncos de pelo en la cabeza de Hoover—. No soy un manipulador de pruebas como ciertos colegas.

—Le hemos conseguido treinta testigos. Le parece poco —Burns también se exaspera ante un funcionario de justicia tan reacio a ejercerla—. Todo tiene un límite. La investigación no puede continuar indefinidamente.

—No sabía que era tan cobarde, Mattuck.

—Precavido —aclara el fiscal—. Es un acusado hábil y las pruebas muy endebles, no quiero fallar.

—¿Necesita que inclinemos un poco más la balanza para darle seguridad? —Hoover exhibe una sonrisa socarrona.

—¡Abre la puerta rápido!

Bryant y otros oficiales llegan desesperados a la casa de Roberts. Varias filiales de la Negro Improvement fueron ocupadas por oficiales rebeldes, otros tomaron las iglesias. El presidente de la división Siquirres se encerró en el local y amenaza con echar agua hirviendo a quien trate de ingresar al edificio.

Los socios de la Limon Branch se dispersan para apaciguar conflictos. En las giras se confirman algunas maniobras de la United Fruit. A los oficiales inconformes les facilitan la ocupación de templos, así logran que los párrocos prediquen contra la Negro Improvement y la reprobación afecte a todos por igual.

El 21 de mayo de 1923, quince meses después del arresto, se inician las audiencias del juicio por fraude en un tribunal del Bronx. En el banquillo, Marcus Garvey y el directorio de la naviera: Orlando Thompson, Elie García y el granadino impenetrable George Tobías.

Dos abogados de Harlem asumen la defensa del *president general.* "Mi oficio es estudiar las leyes para saber mentir." Así se presenta el más joven y prestigioso. Al día siguiente, Garvey lo echa.

—Voy a encarar mi propia defensa. No necesito a ningún profesional de la mentira.

Pide un código penal y se pone a repasar los artículos esgrimidos en su contra.

—¿Cómo se te ocurre echar a tu defensor?

—Por favor, parecía un enviado del enemigo. Dijo que sería declarado culpable y lo único que técnicamente podría hacer es solicitar mi libertad bajo fianza.

El profesor Ferris mira a Amy Jacques. Ella corrobora la información con un movimiento de cabeza.

—Mejor que se fue. Su loción me mareaba —Amy abraza a su marido. Garvey la atrae hacia su pecho.

—Consígame un abogado republicano, uno con influencias en Washington, éste es un juicio político y tenemos que movernos en el mismo terreno. *Come on, my old boy.*

Las audiencias se vuelven una pasarela de figuras que refrescan el capítulo norteamericano de la trama: el directorio original de la Black Star Line, Edward Grey, Smith Green. ¡Hola!, *big boss.* ¡Nos vemos de nuevo! El capitán Joshua Cockburn, comandante del *maiden voyage*; Adrián Richardson, el olvidado capitán del *Kanawha* y su ingeniero de máquinas librados a su suerte y al ron jamaiquino; Hubert Harrison, editor adjunto del *Negro World*; Kilroe, el fiscal de distrito, el primero que intentó procesar a Garvey cuando trataba de colocar una falsa estrella en el firmamento marítimo. Algunos ex miembros del directorio vuelven como defensores de los otros implicados.

—Vaya, esto está más concurrido que Broadway.

Una galería de personajes también en el público: Cyril Briggs ya no luce tan orgulloso de atribuirse la paternidad del proceso. El doctor DuBois, siempre como espectador de óperas bufas. Los reporteros del *New York Times,* el *Washington Post* y el *Amsterdam News* en la cobertura informativa.

—Profesor Ferris, ¿consiguió el abogado?

—Piden el triple de lo que cobran normalmente. Los republicanos que contacté no quieren complicarse la vida ni tener problemas con el servicio secreto.

Operadores navieros que habrán visto cinco minutos
en su vida a Garvey, localizados y traídos por la inteligencia gubernamental, atestiguan en contra.

—Sí, su señoría —declara el agente que medió en la
compra del *Yarmouth*—, *he was the moving factor in the
whole thing.*

Adrián Richardson se luce contando el tórrido romance a bordo entre el presidente de la flota y su ahora esposa,
cuando eran unos adúlteros desenfrenados. Los dibujan-
tes de la Corte y los fotógrafos se deleitan con los tatuajes
y las corpulencias del marino.

Los reflectores forman un aro de luz en torno al más
discreto, más tímido, el testigo crucial de la fiscalía: Benny
Dancy, un humilde empleado de limpieza en la estación
de trenes de Pennsylvania, quien debe probar con su testimonio y con su correspondencia el millonario fraude cometido por la Black Star Line.

—¿Jura decir la verdad y nada más que la verdad?

Dancy responde con un hilo de voz.

—Hable más fuerte.

El fiscal Maxwell Mattuck carraspea e inicia el interrogatorio:

—¿Usted recibía correspondencia habitual de la Black
Star Line, de la Universal Negro Improvement Association y de la Negro Factories Corporation?

—Así es, como todos los socios —el conserje se va
hundiendo en su asiento.

—¿Leía el contenido de absolutamente toda la literatura promocional que llegaba a su casilla de correo?

El conserje contesta con la cabeza.

—Responda verbalmente, por favor. Están tomando
nota de su declaración.

—No. Algunas las devolvía sin abrir.

El fiscal apoya la mano en la mesa, como raíces de un
árbol sediento, se da vuelta, sonríe al público y continúa

muy seguro de sí:

—Señor Benny Dancy, ¿podría indicar al tribunal qué decían los folletos, las circulares y las invitaciones que llegaban a su domicilio?

—"Invierta en la Black Star Line. Contribuya al African Redemption Fund", cosas así.

Garvey observa al testigo con atención. Es el prototipo de los accionistas de la flota negra, un modesto empleado de servicios, habitante de una zona populosa, ha invertido sus ahorros en naves e ilusiones colectivas. Su actitud es transparente, igual que sus palabras.

—Usted adquirió cincuenta y tres acciones de la corporación naviera que comandaban los acusados, usted es una de las personas que la Black Star Line intentó defraudar.

—No, señor. No hay fraude, nadie se hizo rico aquí.

Una exclamación acallada con el típico mazazo.

—¿Como accionista, se le mantenía informado? ¿Sabía el destino de su dinero? ¿Creía en lo que le decían?

Luego de una sesión de preguntas y respuestas que los defensores califican de ambiguas y contradictorias, el testigo es confrontado con la prueba del delito, el papel acusador. Con ademanes de practicante de magia, el fiscal Maxwell Mattuck muestra el anverso y el reverso de un sobre dirigido a Benny Dancy.

—¿Recuerda el contenido de este sobre?

—No.

—Este sobre, enviado el 13 de diciembre de 1920, contenía una circular. Una circular que hablaba de un trasatlántico llamado *Phillys Wheatley*. ¿Lo recuerda ahora?

El testigo de cargo niega con desesperación.

—"Pasajeros y carga a Monrovia, África, en el *S.S. Wheatley*. ¡Adquiera su pasaje ya!" ¿Recuerda ahora?

Arrinconado contra el asiento, la frente del testigo se cubre de arrugas.

—¿Cuál era el contenido de este sobre? —el fiscal también está nervioso, hizo lo posible por no llegar a este punto y ahora tiene que sacar la cara por todos los que instigan desde las sombras—. La circular invitaba a comprar pasajes de una nave inexistente. ¿Recuerda o no? Un barco que además prometía zarpar en una fecha muy clara y definitiva: *"sailing on or about the 25th of April"*. ¿En qué puerto del mundo se anuncian con tanta precisión las partidas?

Los defensores plantean sus objeciones. Primero, no se enuncia cómo ese sobre fue tomado de las posesiones de Benny Dancy; segundo, una carta no es ninguna evidencia de fraude; tercero, una circular recibida por una sola persona no puede ser la prueba determinante de que fue ejecutado un esquema de defraudación masiva; cuarto, no aparece en dicho sobre ninguna evidencia, remitente o firma que haga constar que Marcus Garvey puso esa circular en el correo.

El fiscal se limpia el sudor con un pañuelo, los granos de sal se cristalizaron en su frente. Llama a otro de sus testigos, un jovencito que declara haber trabajado como mensajero al servicio de la corporación naviera. El muchacho asegura que Marcus Garvey le entregó ese sobre personalmente y le dio instrucciones de depositarlo en el correo.

—¿Quién es ese tipo? Nunca lo vi en mi vida —Garvey se sacude en su asiento—. Todo esto es irrisorio, es una pantomima. El empleado de limpieza ni siquiera recuerda el contenido del sobre.

—¡Silencio!

—Ha quedado demostrado —replica el fiscal— que el señor Marcus Garvey monopolizaba las decisiones, era la voz cantante, la máxima autoridad, muy por encima de sus subordinados. Si el fraude fue cometido, debió contar con su conocimiento y autorización.

—Se levanta la sesión.

El fiscal y el juez muestran gran camaradería. Garvey pide al jefe de la Legión Universal Africana investigar sus vínculos: ambos judíos, frecuentan la misma sinagoga.

Los sarcasmos, las infidencias, la historia secreta y caótica de la Black Star Line se ventila en una esquina residencial del Bronx.

—¿Qué perseguía con esa naviera, míster Garvey? ¿Qué intentaba demostrar al mundo? —el fiscal Mattuck se estruja la unión de las cejas, como si realmente tratara de despejar una incógnita.

—No teníamos consideraciones monetarias, la Black Star Line es una gran empresa racial —retoma sus gestos de orador fascinado por la palabra, sus ojos se cubren de una resina—. Todo lo que he hecho ha sido para el éxito de las generaciones futuras y para derribar los alambrados subterráneos del color. Nuestro objetivo no es el dinero.

El público aplaude. El fiscal aún no termina.

—Estamos aquí para analizar un caso de fraude, no para ponderar mesianismos. En octubre de 1920, con su crédito prácticamente en cero, llena de deudas, la corporación naviera es dada de baja en Delaware e inscrita como la Black Star Line Steamship Corporation de Nueva Jersey. No fue un simple cambio de domicilio. En dos años de operaciones, la Black Star Line derrochó, dispendió, malgastó, escojan el verbo de su preferencia: seiscientos mil dólares. Usted exageró las potencialidades económicas de la compañía en sus giras promocionales, ocultó a los accionistas el estado de quiebra —el fiscal se va a los números, a las ilustraciones, cada barco un rotundo fracaso—. ¿Qué otra cosa podía esperarse de una corporación manejada por personal tan experimentado como un armador de cigarrillos, un tendero, un checador de horarios y un fantasioso aprendiz de navegante?

—Vas a ser declarado inocente, el jurado no tiene de dónde agarrarse —afirma el jefe de legionarios.

—*You are innocent, believe me* —Henrietta Vinton Davis roza sus pechos en los botones de la camisa de Garvey.

—Usted no, *my lady commander.*

—¿Qué harás con tu libertad?

—Lo que tú quieras.

La declamadora de Baltimore murmura en voz baja un verso de Lawrence Dunbar: Él cantaba al amor cuando la tierra era joven /y el amor mismo estaba en sus poemas /pero, ah, el mundo, se transformó en su alabanza/ una canción en una lengua rota…

Amy Jacques y Marcus Garvey deben sortear una multitud reunida afuera de la Corte el día de la sentencia.

—Parece que todavía eres popular.

—*I see* —Garvey saluda con las manos en alto.

Entre los manifestantes, aparecen las pancartas y el grito de rigor de los Amigos de la Libertad Negra: *Garvey must go! To the jail! Shut him up!*

Situados en sus posiciones, exageradamente solemnes, el fiscal, los funcionarios de la Corte, acusados y defensores se disponen a escuchar el epílogo de la flota negra.

—En base a los testimonios y a las pruebas analizadas, el jurado ha resuelto declarar libres de culpa y cargo a los acusados Orlando Thompson, Elie García y George Tobías.

Thompson da un apretón a su abogado defensor y sonríe reconfortado, como no se sentía en los últimos dos años. Elie García pronuncia una frase incomprensible en *creole* y hace un rito extraño en vudú para agradecer el favor de algún dios haitiano. George Tobías experimenta una taquicardia incontrolable y efusiva que canaliza en su maquinita perforadora.

El fiscal observa al juez y el juez al acusado. Sabe que su veredicto podría apaciguar a unos, enardecer a otros o sembrar indiferencia. Se crea un compás de espera.

—Hay una paranoia que consiste en creerse uno mismo un gran hombre, un soñador.

—¿Por qué se empeñan en encasillarme? —la lengua hace un doblez, como si la náusea subiera y no lograra controlarla—. Un soñador no pasa de la almohada, no moviliza a millones de personas.

—Me parece que usted ha estado jugando con la credibilidad de su gente —el juez subraya la cifra en el papel varias veces—, arrojó seiscientos mil dólares al mar, seiscientos mil dólares tirados por la borda. Con ese dinero hubiera construido un hospital, si realmente le preocuparan las generaciones futuras.

—Yo no opino sobre cómo debe impartir justicia, su señoría.

Hay aplausos en la sala, una complacencia que el juez reprime de un mazazo contundente.

—El jurado lo declara culpable.

Una aguja perfora el tímpano. Una descarga eléctrica que altera los músculos de la cara.

—Lo condeno a cinco años de cárcel.

La cifra cae en un pequeño instrumento que se traga los sonidos y los transporta a un gran desierto, una caja de resonancia laqueada que tarda en caer y hacerse pedazos. Cinco años más que me alejan de mi destino, de mi obsesión, de la tarea encomendada. Un pestañeo y recupera el habla.

—*I ask no mercy, I ask no simpathy, I ask justice* —Garvey busca en la mirada de los otros su razón. Ve caras satisfechas, caras de pesar, de sorpresa—. He sido víctima de un complot urdido por negros y blancos. Inglaterra, la NAACP, están detrás de esto. El gobierno de Estados Unidos invirtió un millón de dólares en destruirnos. Estaba cercado, siempre estuve cercado. Nunca detuve mi trabajo.

Teniendo por muro el agua, teniendo el Mar Rojo como una res abierta, el último de los elegidos hace pie en la orilla. El corredor de tierra es un bufadero impaciente. Amanece y el torrente de agua se deja venir de un solo golpe.

—Me juzgan por un crimen cometido por un judío, he sido acusado por otro judío y sentenciado también por un judío —observa al fiscal y al juez con rostro desencajado.

—De nada le sirve hacerse el antisemita —replica el juez.

—Me condena desde su orilla salva. Ustedes podrán ser el pueblo elegido, pero no tienen la última palabra.

> Como otros líderes, Garvey paga el precio. Un eficiente consejo directivo dirigirá los destinos de la UNIA mientras tanto.
> *Negro World*, 23 junio, 1923

El sol de junio derrite el asfalto. Una mujer se hinca entre la multitud e implora al cielo con las manos en cruz: "Dios, protégelo." Cientos de personas la escuchan en silencio, los postes del alumbrado ondulan envueltos en un vapor ascendente. No hay superficie que atempere el hundimiento de una ilusión colectiva. Cientos miran a la mujer, sus rodillas ampolladas, el gesto suplicante de las manos, la acompañan en su plegaria con religiosa aceptación.

—*Dear God, protect him!*

—*Amen* —responde un coro ingrávido.

—Tenemos que hacer algo —grita alguien tratando de sacarlos del marasmo. Nadie se mueve.

El juez entrega los papeles del caso a un asistente, se dispone a quitarse la toga y los implementos ceremoniales, William Burns y Edgar J. Hoover aplauden rabiosamente.

Hoover pretende indiferencia, pretende una distancia de criminalista a reo, de acusador a convicto.

—*Your maritime performance is over.*

Apura lo que considera un triunfo personal: la ficha del Servicio Penitenciario con la foto de frente y perfil, el agitador más prominente de Harlem reducido a un número, queriendo subrayar lo irrefutable de las leyes de la física: lo que sube no baja, cae.

Los policías de la Corte intentan esposar al reo. Garvey los aparta. Vuelve a rearmarse, internamente, en ese punto recóndito donde rabia e impotencia cambian de signo. Se siente caer, no hay fondo, no hay rocas en las profundidades, ni rastros de lava enfriándose en el suelo marino. El agua va cambiando de temperatura, más fría, más inhóspita, la presión en los oídos y el cráneo es terrible. Ya no hay rayos de luz filtrados por el agua. Los pulmones estropeados por el frío de cubierta y las prédicas callejeras, ventoleras hacinadas en la garganta, hay peces desovando en charcas a punto de secarse y lenguas de serpiente al borde de los acantilados. Cae, el cuerpo desmayado, los oídos despiertos, plegarias en una lengua que fue mía y no me reconoce, un *fulani* implorando por sus animales muertos, un camello agonizando a diez pasos del oasis. La extraña percepción de estar bajo la superficie, respirando, transitando esa frontera anfibia. Contemplar desde abajo el vientre de un crucero y ansiar el aire, y aguantar su paso, y seguir aguantando. Inmenso es, los segundos pasan y el crucero pasa, sigue pasando, el aire se revierte una y otra vez, hasta envenenar la sangre, el deseo es salir y salir de golpe, los pulmones reventados, la sangre inyectada de nitrógeno, la borrachera de las profundidades, la sensación de sentirse pez y nadar con ellos. El cuerpo se azula y el crucero nunca acaba. Los barcos navegan en la sangre. Y es una estampida de pájaros sobre los muros de Zimbabwe.

No ha cumplido aún cuarenta años y ya un juicio se ha pronunciado sobre el trabajo de su vida. Confinado en las paredes de una prisión por el testimonio malicioso de miembros de su propia raza.
Negro World, 30 junio, 1923

Todos están saliendo del juzgado. Para el magistrado fue un día más de labores; para "el orador de multitudes", un vidrio clavado en la lengua. Mueve los labios, cuesta sentirlos, son una masa de carne desprendida del cuerpo que necesita unos segundos para recuperar la voluntad y los sonidos, después de todo las palabras están ahí, son una forma de transitar por el mundo.

—La lucha por la redención de África no se detiene con mi arresto. Estamos librando una batalla por la existencia de la raza.

La voz se quiebra en cristales muy finos y entonces abandona el discurso para expresarse desde una zona más íntima y descarnada.

—Traté de existir en el mar. Fundé una naviera. Quise soltar amarras y los barcos me ataron. Me obstiné en llevar a los míos a la otra punta, me resistí a hacerlo solo. Hubiese sido tan fácil hacerlo solo —la cabeza pesa más que una montaña de piedra, él la sostiene en un palmo, la siente desnuda como esos montes excavados que obstruyen los caminos y se desgajan con el viento—. Inventamos tantas cosas y fuimos incapaces de inventar algo contra la mezquindad. Quizás no estamos preparados para la grandeza. Nos faltó mística.

Se apuntala en un terraplén minúsculo y resbaladizo para decir una última frase.

—Ustedes podrán decir que la Black Star Line fue un mal negocio. *But, gentlemen,* hay algo espiritual en los negocios.

Lo último de mí

Antes la línea divisoria pasaba lejos, era una vía de tren, uno podía acercarse, apoyar una pierna en cada riel y llegar muy lejos. Ahora la línea pasa por esta celda, intenta anular todo lo que hicimos. Nadie debe destruir nuestro propósito. Tienes que ayudarme, Amy. Ahora tú eres mi doble.

Amy Jacques estrecha las manos de su marido a través de los barrotes, el único contacto físico que se les permite desde que fue transferido a la prisión de Tombs, Nueva York, donde debe cumplir su sentencia. Los ojos temblorosos tratan de reprimir una lágrima que brota y queda detenida entre los labios como un capullo herido.

—Extraño tu cuerpo, me cuesta dormir sin tu respiración en mi almohada. Por suerte he logrado que mis noches de insomnio sean muy productivas.

—¿Qué traes ahí?

—Tus pensamientos. Tus frases más brillantes. Si la gente las leyera...

En la emoción de querer compartir con él, los textos resbalan y las hojas se desparraman en el suelo.

—¿Sería tan amable de quitar sus botas de mis papeles?

El celador permanece inmutable.

—¡Por favor!

Garvey le da un empujón desde adentro, el guardia pierde el equilibrio un momento, lo suficiente para que Amy recupere sus escritos antes de que las botas vuelvan a caer como una plomada.

—Gracias. Muy amable.

—Tienen un minuto —el carcelero golpea los talones autoritario.

—Pronto, dime, ¿qué pensabas hacer con ellos?

—Un libro. La gente está enardecida por tu arresto. Ya que no pueden escucharte, les daremos la fuerza de tus ideas...

—Treinta segundos.

—Me gustaría que los revisaras, ¿te los dejo?

—Confío en ti, Amy. Escribe, habla por mí, haz todo lo que consideres pertinente. *Now you are the moving factor.*

Se despiden, las manos apretadas contra los barrotes, las bocas también envolviéndose en un beso que intenta, hasta donde sea posible, compensar las ausencias futuras.

—Este beso vale por la siguiente tanda de insomnios.

—Tenemos que llegar al final de esta historia.

—Primero vamos a sacarte de aquí.

"Protestas en casi todos los estados de la Unión por la condena a prisión de Marcus Garvey." "La ciudadanía negra indignada." "Varios actos de repudio se realizaron frente a la Casa Blanca y al Departamento de Justicia." "Garvey todavía encabeza la Universal Negro Improvement." "La seguirá liderando mientras viva."

Es una movilización civil impresionante. Henrietta Vinton, el doctor Ferris y el consejo ejecutivo creado a raíz del encarcelamiento del máximo jefe, se sorprenden de la cantidad de telegramas reportando asambleas y mítines masivos. Es increíble, todas idénticas, todas a la misma hora. "Nosotros, ciudadanos locales negros de Estados Unidos, reunidos en asamblea, expresamos nuestra airada protesta por la injusticia cometida contra el honorable Marcus Garvey..."

Henrietta no logra concentrar su atención en el balance de fuerzas que hacen los demás miembros del equipo y en las miles de conjeturas que circulan en calles y oídos. Su cabeza se evade hacia rincones de la memoria donde se mantienen intactos algunos de sus mejores momentos como promotora femenina del movimiento, un espacio que ahora debe ceder a la compañera legal del "orador de multitudes".

"Diez minutos con *misses* Garvey. La esposa del hombre más comentado del mundo negro." El reportero del *Negro World* toma nota de cada objeto decorativo y detalle que pueda reflejar la intimidad robada a la pareja líder, las vasijas egipcias, las enormes macetas con palmeras en la sala, las estatuillas africanas creando una atmósfera evocadora.

—Tengo entendido que está escribiendo un libro, *misses* Garvey —el reportero apoya la taza de té entre las rodillas y abandona la libreta en el sillón.

—Bueno, tanto como escribiendo, no. Llevo un archivo personal desde hace varios años. Leyéndolo he encontrado algunas frases proféticas. Me ha nacido la idea de publicarlas.

—¿Cuándo?

—Si todo sale bien, entrará en imprenta en una o dos semanas.

Un rumor callejero asciende por los balcones e interrumpe la entrevista. Un mar de pancartas se agolpan a la entrada del edificio. "Garvey no es un ladrón." *"Let him free!"* Amy Jacques se emociona ante las reiteradas manifestaciones de apoyo de la ciudadanía negra y de un grupo de veteranos de guerra que portan un cartel: "El nuevo negro no tiene miedo."

En Limón, las milicias y los hasta ahora inofensivos reclutas de las compañías de *boy-scouts* emprenden sabotajes a la vía del tren y a las operaciones de carga, los viejos métodos de apilar clavos en las uniones de los rieles se vuelven a poner en acción. Los legionarios que realizan prácticas marciales en Cieneguita tienen que buscar nuevos campos de entrenamiento ocultos en la selva ante el acoso de la guardia rural. Los rifles de madera son reemplazados por algunas escopetas, arcabuces, máusers y otras armas caseras un poco más efectivas.

Esta vez el embargo de los bananos corre a cargo de pequeños grupos que arrojan nubes de insectos o roedores a los vagones para acabar con el fruto preciado. Las niñas *scout* introducen costras de madera infestadas de comején a los sacos de café y los vuelven a coser con agujas de canevá para extender el boicot a otro producto apetecido por los paladares del norte. Los anglosajones no comerán bananas ni tomarán café hasta que el probable presidente de África no sea absuelto.

"Hay una línea divisoria, llámala como quieras / divide a unos de otros cada día.../ Hasta los ángeles están separados por expedientes y grupos."

—¿Desde cuando escribes poesía?

—Desde que tengo tiempo de sobra —Garvey revisa el portafolios del doctor Ferris, ansioso de saber si los abogados han conseguido alguna respuesta favorable a la apelación.

—Todavía no. Pedimos tu libertad bajo fianza.

—¿Y?

—Otro juez está revisando el expediente. Hay que darle tiempo. Las protestas han endurecido a las autoridades judiciales.

—¡Cinco años! ¿Sabe todo lo que podría hacer en cinco años? —Garvey se desploma sobre el camastro y deja que los ojos liberen su rabia—. Esta vez supieron dónde golpearme. El encierro es una de las pocas cosas que no logro manejar.

—Lo sé, hijo. Ten paciencia. No te vamos a abandonar —el doctor le presta su pañuelo. Garvey aprieta los párpados con furia como si quisiera extirpar los lagrimales, que vierten agua sin control.

—Delante de Amy no puedo mostrarme débil. Creo que ella también hace lo posible por no derrumbarse.

—Tu esposa trasmite mejor que nadie el espíritu del garveyismo, es inteligente, sabe llegar al corazón de la gente, ha logrado conmover a todos con su sensibilidad. A decir verdad, todos nos sentimos huérfanos de ti —el doctor Ferris se apoya en su hombro cariñosamente.

—Cuídela mucho. Se la encomiendo. Aconséjela bien. Sé que es muy capaz, pero sus emociones podrían llevarla por caminos equivocados.

—Mira quién habla —el doctor Ferris echa una última ojeada al escrito "La línea divisoria", con curiosidad—. ¿Por qué todo el mundo quiere hacerse poeta en Harlem?

Un grupo de misioneros y feligreses de las iglesias protestantes de Limón se reúne con el gerente de la United Fruit, alarmado ante la propagación del "catecismo universal negro", un folleto de treinta y ocho páginas más pernicioso que cualquier pieza oral del agitador jamaiquino confinado ahora en una prisión.

—Míster Chittenden, es lamentable que sus redes de vigilancia no hayan prestado la debida atención a este cuadernillo.

Uno de los párrocos entrega al gerente el "instructivo religioso e histórico relacionado con la raza" enviado a todas las filiales de la UNIA para el adoctrinamiento de los miembros en los valores de la Iglesia Ortodoxa Africana.

—Sírvase leer las páginas dos y tres, por favor.

Chittenden echa un vistazo rápido al texto y lo devuelve. En vista de la poca atención, un miembro del Ejército de Salvación procede a leer en voz alta: "Pregunta: ¿Cuál es el color de Dios? Respuesta: Dios es espíritu y el espíritu no tiene forma, color, ni cualidades físicas. Pero siempre nos referimos a él en términos humanos. Pregunta: Si tuvieras que pensar o hablar del color de Dios, ¿cómo lo describirías? Respuesta: Como un hombre negro, ya que hemos sido creados a su imagen y semejanza. Pregunta: ¿En qué te basas para asumir que Dios es negro? Respuesta: En lo mismo que se basan los blancos para pensar que Dios es de su color."

—¿Qué piensa hacer al respecto?

Chittenden se queda petrificado en la resolana del ventanal.

—¿Míster Chittenden?

—Perdón, estaba distraído.

—Es un contrasentido que ustedes hayan incautado miles y miles de copias de un pasquín y se crucen de brazos ante este tipo de sacrilegios. Permitir que la agitación racial invada los preceptos sagrados de la iglesia y el ministerio de Dios es muy, muy grave —advierte un misionero alemán destacado en la zona de Valle de la Estrella.

—Esto es una afrenta a todas nuestras congregaciones.

—Veré qué procede, pero este asunto es de índole espiritual y corresponde a ustedes dirimirlo.

Garvey mira el trapo deshilachado por el viento que algún preso ató a los barrotes y suspira melancólico. Tirado en el camastro, boca arriba, no logra conciliar el sueño ni hilvanar una sola línea de pensamiento. Convicto es una palabra que hiere sus oídos cada vez que la escucha. Trata de pensar que se refieren a otro sujeto irreconocible y lejano al que nunca logra ver la cara. El trapo se mueve en lo alto, a veces parece la llamada de auxilio de un prófugo acribillado al momento de escapar. Cuando los guardias no rondan cerca, se para de puntitas en la letrina y logra ver un túnel en el cielo, por donde se fuga el sol.

Esa noche, Garvey es sacado sorpresivamente de su celda y llevado a un pabellón colectivo donde se apiñan rufianes de todo tipo, un muestrario fisonómico del crimen donde el desdén es ya un escudo protector. Un instinto de supervivencia lo lleva a refugiarse entre un grupo de negros hacinados en un rincón. Tirado ahí, dormitando en el piso, ocasionalmente sigue el hilo de alguna plática. Un negro de zapatones y ciento ochenta y cinco libras de peso acapara la atención contando de una expedición que se anunciaba cada semana con gran despliegue:

—El itinerario, los puntos de recorrido, todo estaba listo, el único inconveniente fue que la fecha de partida nunca llegaba y la inspección masiva que el gobernante había prometido tampoco se concretaba. Algunos escépticos comenzaron a preguntarse si la nave que debía realizar la famosa expedición, y que los aguardaba en la otra orilla, en realidad no existía.

El negro tiene a los reclusos en un palmo. Garvey intenta incorporarse al grupo. Un puñado de miradas hostiles brotan como zarpazos contra el intruso. Asustado, Garvey se cubre las espaldas contra la pared y desvía la vista. El negro continúa como si nada.

—Bueno, el asunto fue que enviaron una delegación con la demanda de ver la nave. Acostumbrado a campear cualquier temporal, el gobernante, a quien le decían "lengua de plata" porque cualquier barbaridad que saliera de sus labios se la creían, les dijo que los atendería al día siguiente. Cuando el día siguiente llegó, otra vez vengan mañana que mañana verán la nave anclada en esta gran avenida. Y así fue día a día durante treinta días. Mientras tanto, sus ministros organizaban imponentes desfiles y majestuosas recepciones para entretener a los impacientes delegados venidos de los sitios más remotos del mundo a ver el barco.

—¡Un vil engaño!

Los maleantes se enardecen y proponen soluciones drásticas.

—¿Quién era el pelafustán?

—Yo le hubiera cortado la lengua.

Garvey se sobresalta. Algunos lamparones de sudor se deslizan por su frente.

Todas las noches lo cambian de celda. Las visitas se restringen sin motivo aparente. El doctor Ferris y un equipo de abogados defensores son los únicos autorizados a reunirse con el *president general* breves minutos.

—Afuera hay un descontrol grande. La presión sigue —el doctor Ferris le muestra los titulares del *New York News*: "La gente coincide en que Harlem no estará a salvo si Garvey es absuelto."

—Me traen de un pabellón a otro.

—Es evidente que tienen miedo. Los rumores no tienen ningún asidero, pero...

—¿Cuáles rumores?

—Se dice que los legionarios africanos están almacenando municiones y que planean un operativo comando para liberarte.

—¿Alguna novedad de la apelación?

—Ya agotamos los recursos. No queda más que esperar una salida providencial.

Garvey monta en cólera y arremete contra sus abogados.

—Tantos años estudiando leyes para aconsejar salidas providenciales. ¡Qué profesionalismo! Doctor, no contrate más ineptos por favor.

Pide papel y pluma y redacta un enérgico documento al fiscal Mattuck y al juez, reclamando evidencias que prueben que los legionarios están comprando armas y municiones y del supuesto asalto a la prisión.

Cuando Garvey ingresa al pabellón de "delincuentes de raza", sarcasmo usado por los celadores, el negro de los zapatones parece atormentarlo deliberadamente contando a los reclusos variantes de aquella absurda historia de espera.

—En los puertos alejados, la gente empacó sus cosas, abandonó sus tierras, se sentaron en el muelle a esperar. Los niños entretenían el hambre con alguna galleta añeja, iban teniendo sueño, frío, les llovía encima y el barco nunca llegaba. Los padres habían cedido sus techos a los descreídos, a los menos aventurados, así que no podían dar marcha atrás.

—Y entonces organizaron una expedición para matar al cabecilla —infiere un recluso.

—Con cortarle la lengua, se acabó —insiste el más desquiciado.

—No, él siempre se las ingeniaba para que le creyeran —los pómulos brillantes del negro le dan un tinte burlón al rostro y una rara inteligencia—. A sol y a sombra, la gente esperaba la nave emisaria, ellos mismos inventaban historias para disculpar a lengua de plata. La nave no viene porque le pagaron al capitán para hundir el barco. En la noche veían un resplandor en el mar como una ciudad flotante y estática siempre en las mismas coordenadas. Algunas veces, según la dirección del viento, se escuchaban ruidos demoledores. Es la nave emisaria. El capitán está perforando el fondo con un taladro. Las olas remataban trayendo aires de catástrofe. Y a la noche siguiente, el resplandor volvía a divisarse en el mismo sitio.

Garvey no resiste y se mete en la conversación.

—¿Quién era? ¿Cuáles eran sus dominios?

—Se hacía llamar el supremo potentado. Para muchos —continúa el negro mirándolo de reojo— era un payaso, un bufón que jugaba a sentirse rey, pero para miles y miles fue un líder magnífico que soñaba con un gran imperio negro. De no haber sido por una falla en su plan, ahora estaría sentado en un majestuoso trono en un claro de la selva y no rodeado de un grupo de infelices en una cárcel.

—¿En qué falló? —pregunta, ansioso.

—Tú deberías saberlo.

—¿Y qué pasó con su gente?

—Ahí siguen sentados en el muelle. Esperando el siguiente barco.

En Valle de la Estrella, en un paraje rodeado de vegetación espesa y a cierta distancia de los bananales, el emisario de Tampico prepara a los milicianos de la División Limón con entrenamientos más permanentes. Condición mental, antes que condición física. Moral en alto, siempre. Las contingencias son esporádicas, van y vienen, la adversidad dura toda la vida. ¿Cómo se le enfrenta, soldado?

Thomas Erskin es el primero de la fila. Su estatura lo convierte invariablemente en cabeza de columna.

—¿Cómo?

—Con valor —balbucea el joven, cuadrándose y elevando su rifle de madera. El emisario de Tampico inspecciona el instrumento con ademán despreciativo.

—¿Qué juguetería los apertrecha a ustedes? Parecen soldaditos de lata —revisa las otras armas. Una peor que la otra, las escopetas no matan ni un zorro de tapia, los arcabuces conservan las telarañas que los mantenían unidos a la pared. Un arsenal irrisorio.

Los jóvenes tiemblan de los tobillos a la cadera ante el emisario que pasa revisando las orejas con las manos enlazadas a la espalda.

—Ponga cara de aguerrido, no de niño explorador —una vez que logra infundir una imagen temible, el emisario de Tampico ordena—: ¡Quemen todo! Nuestras armas son otras: los libros, la educación, la salud. Para todo esto se necesita disciplina, voluntad de acero. La disciplina es mi especialidad —se da vuelta sobre los talones y reparte unas hojas arrugadas con la letra del nuevo himno que deben memorizar durante los entrenamientos: *M remain us this mighty man... and then we spell all together: Marcus Garvey for ever GeeOoo, GeeOoo...*

Tres meses de cárcel. Tres meses de desesperación. Garvey tiene el rostro surcado por líneas sombrías y profundas, el pelo y la mirada lucen el aspecto de esas guacamayas enjauladas que se arrancan las plumas. Poco a poco se ha ido apartando de la escasa vida comunitaria. Se ha vuelto un escritor compulsivo de poesía, discursos y hasta obras de teatro. A la luz de las circunstancias, su trayectoria anterior le parece ingenua.

—Si algo aprendí —le dice al doctor Ferris en otra de sus visitas—, es que mi lucha pasada era intelectual. La cárcel me ha hecho entender muchas cosas, la discriminación, por ejemplo. Nunca me había sentido realmente apartado, dividido, puesto a un lado. Uno es un vocero de los que han sufrido, habla en nombre del trauma histórico, hace un esfuerzo de imaginación, pero la experiencia, aquello de vivir "en carne propia" cambia la perspectiva por completo, en fin... divagaciones de preso.

—Bueno, ahora podrás hablar con mayor conocimiento de causa —el doctor Ferris echa un vistazo a su reloj de bolsillo y sonríe de oreja a oreja.

—¿Qué quiere decir?

—El juez de apelación fijó una fianza de quince mil dólares.

Garvey se queda perplejo.

—¿Dónde está Amy?

—Reuniendo el dinero. Empaca tus cosas y disfruta tu última noche en prisión.

"La justicia blanca lo condena. El poder negro comprará su libertad." "El juez pide quince mil dólares de fianza, sus seguidores recaudan veinticinco mil."

Garvey se llena los pulmones del humo que arrojan los vehículos. Hay cosas invaluables: contemplar el cielo en toda su amplitud sin trapos gastados por el viento; empacharse los ojos con bloques de ciudad. Un automóvil coupé igual al que solía usar en los fastuosos desfiles de agosto pasa frente a él, le produce una sensación de extrañeza al ver su retrato transportado por las calles de Harlem, custodiado por dos hombres de pie como una figura emblemática de otro siglo.

—Saquen eso. No quiero que me veneren como a un muerto.

—¿Por qué tan irascible? —pregunta Amy Jacques, desconcertada ante las reacciones de su marido, que intenta detener el vehículo y arrancar su foto de la procesión.

—Me parece como si viniera del más allá.

—Si quieres cancelamos el mitin en el Liberty Hall. Te noto un poco alterado. Te convendría descansar.

—No me trates como un energúmeno, Amy. Quizá los demás no han entendido, yo tengo muy claro lo que pasó.

Garvey entra al recinto con paso firme. Las banderas caen pesadamente como telones de una escenificación monumental, la túnica dorada con ribetes verdes y púrpuras del probable presidente de África aún descansa en el sillón de mando, la estrella negra atrás, los legionarios africanos se cuadran al paso del líder recuperado, los cónsules y ministros hacen una ligera reverencia. Henrietta Vinton Davis sonríe con un dejo de amargura.

—Qué bueno tenerte de vuelta —dice, abrazándolo, sintiendo sus olores en el cuello y en la toga que quita del sillón para que el *president general* ocupe su sitio.

—Guarda eso. Parece un mausoleo.

Sube los tres escalones secundado por el jefe de legiones, Emmett Gaines, y por una escolta muy atenta a sus pasos y a los movimientos de la multitud. El entorno tiene un aire monárquico que ya no genera la misma satisfacción.

—¡Liberty Hall! —Garvey aspira el nombre como una bocanada de oxígeno, como si recién descubriera el profundo significado de esa palabra usada en vano tantas veces—. En estos noventa días, para mí la libertad fue un trapo anudado a los barrotes de una celda. Ese gesto desesperado, esa ansia de libertad de un hombre que durmió en la misma cama y cuyo destino ignoro, fue una de las cosas que más me conmovieron durante mi cautiverio. La otra cosa que me conmovió es la extraordinaria movilización de todos ustedes para defender el honor de Marcus Garvey.

La ovación lo envuelve como un ala protectora. "Marcus Garvey recibido con aclamaciones de emperador", escriben los cronistas del *Negro World*.

El doctor Ferris y el cónsul general de la organización aprovechan para advertirle que el Departamento de Justicia está presionando al tribunal de apelaciones para revocar la caución otorgada por el juez. Garvey pide un vaso de agua, Amy Jacques le trae una jarra entera sin dejar de anotar frases para añadir a una reimpresión urgente del libro que se agotó en una semana.

—La libertad no tiene precio. Aun así, un juez le puso un valor monetario a la mía. Ustedes pagaron varias veces la libertad de Marcus Garvey. Los miembros de la UNIA han demostrado que están dispuestos a ir a pelear al infierno si Marcus Garvey es enviado ahí —los aplausos aumentan gradualmente hasta mover los pesados telones. Es la música que añoraba, la que llena de texturas el cerebro.

—Con ustedes tengo una deuda pendiente, *my beloved race*. En la quiebra temporal de la Black Star Line, ningún socio fue estafado. No me importaría volver a la cárcel si alguno de ustedes se siente defraudado por mí en lo personal.

—Está hablando con el corazón en la mano —comenta el doctor Ferris a Henrietta. Ella se suma al asombroso mutismo que se ofrece como respuesta.

—Se me condenó por vender pasajes de una nave que no poseíamos. Hoy quiero asumir el firme compromiso de obtener ese barco pase lo que pase, contra viento y marea, en la cárcel o en libertad —extiende los brazos y vuelve a insuflarse de lo que ese edificio irradia con él presente, templo y guía componen una aleación inseparable. Una mezcla íntima que nadie se atreve a contrariar—. No propongo un acto de magia, no planteo un salto masivo a la ficción. Estoy proponiendo concluir esta historia tal como estaba prevista, sin conspiradores, sin intermediarios, sin maniobras turbias. Marcus Garvey personalmente hará todas las gestiones. África sigue esperando por nosotros. Con lo último de mí, con la lealtad de quienes decidan continuar en esta empresa, haremos callar a todos aquellos que aseguran que nuestra aventura marítima ha terminado.

Un remolino se forma a su alrededor apenas termina. El más sorprendido es el doctor Ferris.

—¿No que habías madurado? ¿Que tenías otra visión de las cosas, etcétera, etcétera?

—Eso no incluye las obsesiones, doctor. El encierro las agranda.

—La Black Star Line ya no existe. ¿De dónde vas a sacar ese barco?

—Tengo un plan secreto.

El *Chicago Defender* lanza una advertencia a sus lectores contra el nuevo truco publicitario del jamaiquino. "Las tácticas de Marcus Garvey para aglutinar a sus filas son un gigantesco delirio. Su afán temerario para inducir a los negros a un nuevo fracaso supera cualquier grado de sensatez." La prensa adversaria pone en duda las facultades mentales del agitador más prominente de Harlem y arma toda una serie de hipótesis sobre los efectos que pudo haber causado la condición de convicto.

Para Garvey, los días siguientes son una carrera febril contra el acecho de las fuerzas públicas que quieren devolverlo a prisión y las secretas maquinaciones que realiza para cumplir su promesa.

—¿Qué te pasa? Trabajas como un condenado a muerte. Ya ni siquiera tenemos tiempo para nosotros —se lamenta Amy Jacques.

—Lo nuestro dura toda la vida. Esto no. ¿Averiguaste los requisitos, las condiciones, el capital mínimo? —ella asiente con la cabeza—. ¿Dónde está el símbolo que usaremos? ¿Lo mandaste confeccionar?

Amy Jacques le muestra la cofia de una enfermera de la Cruz Negra adaptada y puesta en un lienzo oscuro.

—Sí, todo listo.

—Confirma mis citas de Washington. Haré un viaje relámpago y, por favor, que no trascienda.

En la capital de la Unión, Garvey aguarda a los directivos de la United States Shipping Board en la sala de juntas. Al entrar, lo encuentran fumando placenteramente uno de sus puros contra el asma y repasando el catálogo de ventas.

—¿Le interesa alguno en especial?

—El *Susquehanna*, el *Filmore* o quizás este otro: el *Potomac*. En el catálogo se ven muy sólidos, pero sería mejor realizar una inspección con los peritos de mi compañía. Ya nos llevamos varios chascos y no me gustaría repetir una mala experiencia.

—¿Cómo se llama su empresa?

—Black Cross Navigation and Trading Company.

Los ejecutivos exponen las bondades de cada unidad, mientras el gerente de ventas consulta un directorio.

—¿Me repite el nombre de la empresa?

Garvey distribuye el tabaco al interior del puro con los dedos, le da una pitada larga y pronuncia más despacio cada vocablo de la razón social.

—Black Cross Navigation and Trading Company.

—¡Qué raro! No aparece en los registros de la Oficina de Navegación.

—Aún no nos damos a conocer públicamente por cuestiones de estrategia. Ustedes tienen en su haber un depósito de veinticinco mil dólares hecho por nuestra antecesora —Garvey apoya los nudillos en el escritorio y los prepara para la noticia—, la Black Star Line giró esos fondos en señal de trato por el *S.S. Orión* en el mes de agosto de 1921, ¿recuerdan?

Los directivos pasan de la amabilidad a la ofensa, uno de ellos amenaza incluso con llamar a la policía.

—Yo debería hacerlo —replica Garvey—. Su compañía ha retenido ilegalmente veinticinco mil dólares del capital social de nuestros accionistas. No, no, no diga nada. Para no ponerlos en problemas exigiendo la devolución del dinero en efectivo, les propongo un trato que nos beneficie mutuamente —aplasta el puro en un cenicero dos o tres veces, abre nuevamente el catálogo y, valiéndose de la intuición, señala el *Susquehanna*—. Ofrezco ciento cuarenta mil dólares, los veinticinco mil ya acreditados y el resto en cuotas mensuales durante un año.

—Suena bastante aceptable, jefe —comenta el gerente de ventas en voz baja—; es más, yo diría ventajoso.

The ship of ships

Y tenemos el interés de seguir con el
pleito de Marcus Garvey hasta el final.

KING, el barbero

Los antillanos se arremolinan frente al gran caserón de
madera concebido y diseñado por el eminente constructor y presidente Daniel Roberts, concretado y ejecutado
por la comunidad entera. Dos pisos a medio hacer cubiertos con un buen techo, de manera que la lluvia ya no re-
presentará problema. El tesorero McKensey, nombrado
gerente de *groceries,* checa que todo esté en orden, la mercadería en las repisas. Las puertas del comisariato número
uno se abren y la gente curiosea entre los estantes.

Con sus uniformes de gala confeccionados por los
sastres de Limón, los legionarios desesperan por el gran
desfile inaugural. El acto se demora por la lentitud del
notario y el contabilista para formalizar el registro de la
sociedad ante las autoridades de Costa Rica. La falta de
un puente idiomático y agilidad mental es la causa del
retraso.

—Traigan al italiano, a ver si nos ayuda a salir del
atolladero.

Fuscaldo se apersona, trae una ramita de albahaca en
la oreja y un olor a ajo triturado que perfuma todo el salón.

—Me interrumpieron, estaba preparando un pesto.

—Ayúdenos por favor. El señor notario quiere saber
cuáles son nuestros fines. ¿Cómo se dice *encourage* en español? —le pregunta Bryant.

—*Coraggio. Collera.*

—*No. Be more, grow, promote.*

—*Fomentare.*

"Fomentar el adelanto de la raza negra sea cual fuere su nacionalidad. Impulsar sentimientos de... *charity, love and pride.*"

—*Caritá, amore, fierezza* —las miradas reprueban, Fuscaldo busca equivalentes del agrado—: Orgullo. *Contentezza.*

"Auxiliar en caso de enfermedad o impedimento para el trabajo, en casos de muerte ayudar en gastos de funeral y entierro."

—*Pompe funebri.*

"Reuniones instructivas y de recreo... *enjoy, party, amusing.*" ¿Cómo se dice *amusing* en español?

—Pachanga... *punto e a capo.* ¿Ya, puedo ir a terminar el pesto?

—Sí, gracias.

El notario pasa a la sesión de firmas. Roberts, Bryant y Gordon salen a la calle felices con el registro en alto. Listo, estamos autorizados a operar por un periodo de noventa y nueve años. *God save the king and the Limon Branch!* ¡Que arranque el desfile!

La soga que contenía a músicos y legionarios se deshace y todo el mundo enfila hacia el tajamar en medio de un gran alboroto. Los tambores, timbales y percusiones repican en las olas y en los arrecifes de coral. Un incendio en el patio interno de la asociación interrumpe el acto. Todos regresan a sofocar las llamas con cubetas de agua, paladas de arena y hasta con los bicornios ceremoniales. Un par de gallinas logran escapar de la bodega donde se almacena toda la literatura del movimiento. Huevos ahumados aparecen encima de las cajas chamuscadas. En cuclillas, los oficiales remueven libros, escombros, los cuadernillos del catecismo Universal Negro" quedan como acordeones carbonizados.

En Nueva York, el jefe de legiones, Emmett Gaines, se reúne con Garvey en la mayor discreción.

—Tenemos indicios de que las mentes criminalistas del gobierno, léase Edgar J. Hoover y la Oficina de Investigaciones, están moviendo algunos hilos para lograr tu reencarcelamiento o la posible deportación.

—Gracias.

—Perdón, no me gusta hacer de aguafiestas.

—Está muy bien, no te preocupes. Es tu papel —Garvey le estrecha el brazo y sigue haciendo cuentas, balances y proyecciones a futuro con Amy Jacques y los directivos de la nueva corporación naviera, todos rostros nuevos a excepción de Henrietta Vinton Davis.

—¿Cuántos son nuestros socios?

—No hay tumultos afuera del Universal Building, como puede ver.

—Estoy pidiendo números, no opiniones, señor secretario —Garvey observa a sus colaboradores desde un territorio febril que no todos comparten.

—"Hay algo espiritual en los negocios", estoy aquí porque me pareció una de las mejores frases que se hayan pronunciado en un tribunal —explica el nuevo secretario general—. Para ser realistas, sólo un golpe de suerte permite adquirir un barco de esas dimensiones, *mister president*. Usted sueña un poquito más de la cuenta.

—Soy un hombre de palabra y cumpliré, no me pregunten cómo.

—En ese caso, podríamos usar la frase como eslogan publicitario —ironiza el tesorero.

—Más respeto, señores —Henrietta lo toma del brazo y lo lleva a un extremo de la oficina—. Quería mostrarte este poema: *The ship of ships,* de Lawrence Dunbar, parece escrito para ti: "fuera del cielo nubes oscuras se concentran en el cielo, veo más allá de la noche preñada y logro atrapar un destello de luz que me dice/ *that tells me that the ship I seek is passing, passing."*

Henrietta se va posesionando del poema, su voz se eleva con la cadencia de las palabras que se acoplan increíblemente a su cuerpo. El directorio se vuelve hacia ella y escuchan embelesados: *O earth, o sky, o ocean, both surpassing, o heart of mine...*

—Apuesto por las mujeres. No hay que explicarles nada. Interpretan exactamente lo que uno necesita —le da un beso en la frente y pasa los ojos por el texto—. Te adoro. Ensáyalo. Lo estrenaremos en la primera excursión colectiva.

Amy Jacques sale a atender una llamada y regresa pálida.

—Olvídate del *Susquehanna*. La United States Shipping Board rechazó hacer tratos con nosotros —Amy socializa el término para evitar la palabra convicto.

—No es posible.

—Por el tipo de comentarios, parece que les hicieron llegar todo tu prontuario.

En Limón, Roberts vuelve al caserón de madera y manda a buscar al reverendo Pitt para bendecir el edificio.

—Señor, protege este sitio, santifícalo como refugio cultural de nuestra comunidad. Quiero ver la estrella negra brillando otra vez en el firmamento. Éste es nuestro lugar, nuestro barco, el eje de una travesía permanente.

—¿Dónde están tus muñecas?

—Abandonadas, como yo —Henrietta Vinton Davis se rasca el pelo con la punta del lápiz y subraya direcciones de compañías y agencias marítimas. El piso de la sala está tapizado de cuadernos, directorios, folletos y decenas de hojas impresas—. Ya di vuelta a todo el mundo de la navegación. Encontré las cosas más insólitas que te puedas imaginar. Mucha basura, muchos armatostes y una oportunidad al parecer buenísima.

Garvey se recuesta en un sillón satinado y tira al suelo algunos cojines para explayarse más confortablemente en el sofá.

—Te aconsejaría no decirle a nadie. Con todo lo que ha pasado, me hice un poco supersticiosa.

—Yo también.

Henrietta se levanta, sus pies descalzos establecen una relación íntima con el piso, la punta de los dedos primero y luego el resto balanceando el peso del cuerpo sobre la madera, una bailarina innata.

—Enseguida vengo. Sólo tengo que averiguar un detalle.

Garvey lucha con el sueño y trata de incorporarse.

—Tranquilo. Relájate.

Ella hace una llamada, fija una cita y, cuando regresa, Garvey ha sido vencido por el sueño, la cabeza entre los almohadones, tan indefenso parece, tan dúctil, tan diferente a la imagen que hasta ahora tiene de él, que siente un impulso de acariciarlo.

—¿Volviste?

Ella se sobresalta y tira la libreta.

—¿Por qué tan asustadiza?

—Debe ser la edad. Me estoy haciendo vieja.

—Las artistas nunca se hacen viejas —baja las piernas del sillón y busca una posición más convencional—. Y tú eres una artista en todo el sentido de la palabra.

—Por favor —Henrietta sacude la cabeza para no traslucir el efecto perturbador.

—Tal vez arruiné tu carrera —le acomoda el pelo enmarañado por el lápiz, ella entrecierra los ojos al sentir el roce de sus dedos en la oreja—. Te desvié hacia otro lado.

—Nunca habría vivido lo que viví. Lo único que me reprocho es no haber expresado mis sentimientos más claramente.

—Siempre lo supe.

—Ése es mi problema, que siempre estuvieron ahí, a la vista de todos —se presiona el rabillo del ojo con las yemas y suspira—. Hablemos de cosas serias. Fijé una cita para mañana con los representantes de la Panama Railroad Company.

—¿Los administradores del canal?

—*Yes, my dear.*

Reacciona alarmado.

—¿Hay que ir hasta Panamá? Acuérdate de que no me dejan salir del país.

—Al muelle de la Treinta y cinco. ¿Queda muy lejos de tu casa?

Al día siguiente, Garvey recorre el *General G. W. Goethals* fascinado. ¡Espléndido! ¡Impecable! La industria alemana no tiene comparación. Cada botón de acero refleja el trabajo minucioso de soldadores, ingenieros navales y todo tipo de operarios. La embarcación resulta muy atractiva, más aún al saber que la Panama Railroad está urgida por deshacerse de él a cambio de cien mil dólares.

—¿Nada más? Claro que los vale. Al fin estamos aprendiendo a hacer negocios. Henrietta, ¿por qué no fuiste mi agente naviera desde un principio?

—¿Es lo que andabas buscando?

La levanta de la cintura y da vueltas con ella en cubierta.

—Eres mi buena estrella. Ahora sí a romper el pacto de silencio.

"Nueva compañía de vapores negra asegura su primer barco a África." Dos años después de la quiebra de la Black Star Line y cuando ya nadie apostaba un céntimo a las "absurdas propuestas" de Marcus Garvey, "el orador de multitudes" sorprende a sus ministros, potentados y altos comisionados venidos de todos los confines a la Cuarta Convención de Negros del Mundo con la nave que ha sido la máxima obsesión de su vida.

El *Negro World* agota setenta y cinco mil ejemplares en pocas horas. La noticia llega a cada puerto como una lluvia de fuegos de artificio en medio del mar. Amy Jacques confecciona un cartel donde la figura del gerente de la Black Cross se yergue imponente sobre el trasatlántico que lo llevó a la cárcel y al borde del delirio.

El delirio está aquí, anclado en medio de una gran avenida, en el centro de las aspiraciones mundiales. Toda la maquinaria de propaganda se reactiva. Los muelles de Harlem se inundan de curiosos que llegan a constatar el producto de la nueva aventura naviera. La inspección masiva tantas veces postergada se realiza en medio de reparaciones, brochazos de pintura y arreglos para el flamante viaje de exhibición a las Indias Occidentales.

—Mañana zarpamos.

—Al fin.

Garvey llega con un pequeño maletín de viaje y con Amy Jacques, resuelto a acompañar al trasatlántico en su recorrido por la costa este norteamericana.

—Desembarcamos en Florida. Amy y yo regresamos a Nueva York en tren y ustedes siguen viaje. Al menos me daré ese gusto.

En la proa, como acostumbra, Henrietta preside un recital marino. Vaporosa, espléndidamente ataviada, va marcando la fuerza rítmica del poema, el escenario es magnífico: *O earth, o sky, o ocean....*

El jefe de la legión africana, Emmett Gaines, irrumpe con sus hombres en cubierta y trata de llevarse a Garvey en un operativo comando.

—Pronto, sal de aquí. Tenemos que protegerte —otra vez se disculpa por interrumpir el éxtasis.

Garvey se zafa bruscamente y se niega a abandonar la nave. El legionario trata de reducirlo por la fuerza.

Henrietta sigue declamando. Cada palabra se clava en los oídos de Garvey con un dramatismo raramente extraído de un poema, la obsesión que nunca logra asir: *"Is there no hope for me? Is there no way...* ¿No hay forma de certificar que esa enorme coraza que nadie ve/ *is passing, passing..."*

—Vamos, si escapas ya, podemos sacarte del país y garantizar tu seguridad y la de tu esposa. Conseguimos un refugio y toda una red de contactos secretos.

—No voy a abandonarlos, como ellos no me abandonaron.

—No juegues al mártir. Quieren recluirte en una prisión de máxima seguridad.

Amy Jacques se arroja a los brazos de su marido.

—Escapa. Necesitamos tu libertad. No se las regales.

—Éste es mi lugar. Tardé tanto en encontrarlo.

Amanece. Un resplandor en el mar se aproxima en línea recta. Un punto oscuro flotando sobre una lámina de agua. Los pobladores de Limón aún están bajo los efectos del sueño. Un par de estibadores avistan el cuerpo marítimo. Su avance silencia los pájaros de isla Uvita y aleja a las tortugas.

Los estibadores corren la voz de puerta a puerta. La gente sale en camisa de dormir, vuelve por las pantuflas, trepa de un salto al tajamar. Las mujeres, los niños, los pescadores de langosta, los repartidores de pan, hasta los residentes de la zona americana se alinean en esa platea un tanto incrédulos.

—¿Alguien logra ver la bandera?

Un trabajador de puerto trae unos prismáticos.

—Sí, es la Black Cross.

—Entonces era cierto.

El casco parece un blindaje contra la adversidad. Los prismáticos pasan de mano en mano. La chimenea está pintada de negro, verde y rojo.

¿Será una ilusión óptica? ¿Un barco póstumo? Los rumores de cada día le han inventado destinos trágicos: motines a bordo, asaltos perpetrados por fanáticos y sociedades secretas, tripulantes rebeldes, cargamentos riesgosos. Se dice incluso que el *president general* viene a bordo escapando del confinamiento al que pretenden someterlo los criminalistas de Estado.

El bullicio de cubierta llega con leves ráfagas de viento. ¿Serán los viajeros que compraron los pasajes en un buque inexistente? ¿La reanudación de un sueño inconcluso? ¿La anhelada expedición africana? El trasatlántico avanza imponente. Un acorazado pintado de negro. El remolcador de la capitanía de puerto lo conduce al muelle construido por los ingleses. La gente corre, los legionarios se visten la casaca camino al terraplén, las compañías de *scouts* organizan una marcha espontánea.

El emisario de Tampico pide un repaso previo de los cantos. Nadie está para ensayos. Van apareciendo insignias y zapatos que se calzan en el trayecto. Thomas Erskin encabeza con su fusil al hombro. El buque va creciendo, ya no cabe en la retina, se desborda a los costados, Erskin quisiera embotellarlo en sus ojos como esas naves atrapadas en garrafas de vidrio. La voz se ha corrido selva adentro. Es la nave emisaria. El producto de la nueva aventura naviera. Empaquen todo. Nos vamos. Hasta aquí llegó América. Gracias por tenernos. Llegan en carritos del tren, en *buro-car*, a pie, bajan de las colinas cargados de lápices, bártulos y niños. Las maderas del muelle crujen.

La pequeña Iris se hace a un lado.

—Vamos, no tengas miedo —le dice la abuela.

La niña está paralizada, los renglones de mar ejercen un poderoso vértigo allá abajo. El andamiaje es endeble. Los demás pasan como un tropel sobre una armazón en ruinas. *We are happy as can be, we are soldiers brave and free.*

¿Dónde está la tripulación? El capitán, ¿qué se hizo? La marcha continúa escaleras arriba. *We are traveling to Ethiopia's land.*

Dos siluetas conversan misteriosamente entre las grúas de carga y los mástiles. Hablan entre sí. Los expedicionarios eligen lugares para emprender la travesía, instalan sus pertenencias entre los botes salvavidas. ¿Y los demás pasajeros? ¿Y los otros colonos?

El capitán sale de la cabina de mando agitando los brazos.

—Saquen eso de aquí. Despejen el área.

—¿Quién es usted?

—El comandante de esta nave.

—*A white man?*

—¿Dónde están nuestros tripulantes?

—Lo siento, ya no hay marineros negros. Se acabaron —la risa del capitán se esparce, estrepitosa, en la bahía.

Se crea un momento de desconcierto agravado por la llegada de más y más gente y equipajes. Algunos buscan entre los camarotes al *president general.*

—Salgan de ahí. Nadie está autorizado.

Los expedicionarios inspeccionan cada rincón. Cuesta desengañarse. Cuesta hacer entender que Marcus Garvey está confinado en una prisión de Atlanta.

—Saquen esta basura de aquí —repite el capitán—. Entorpece las maniobras.

—Nos vamos a África.

—Es una gira publicitaria. Nadie va a África todavía.

—Basta de exhibiciones. Ahora, las decisiones las tomamos nosotros.

—¿Quiénes son ustedes?

—Los dueños de esta empresa. Usted es un empleado.

Los accionistas toman posesión del barco en medio de los desesperados esfuerzos del capitán por hacer valer su autoridad.

El amotinamiento atrae más y más legiones de ávidos migrantes tierra adentro.

Llegan al muelle, miran el barco, el navío infunde respeto, induce a dar el gran salto, el océano de frustraciones será un arroyuelo insignificante. Instalan sus pequeños campamentos familiares y parapetos contra el viento. El retorno a la tierra prometida es ya, éste es el barco, no hay otro, nadie puede volver atrás. Las niñas *scout* enlazan las manos y cantan rondas infantiles alrededor de la chimenea. La abuela de Iris está ansiosa por subir.

—Ya regreso. Espérame aquí.

—No, por favor. No me sueltes —Iris no logra dar un paso atrás, ni avanzar sobre ese puente colgante.

Con las rodillas temblorosas, la niña aguarda a su abuela junto al atracadero de metal. En algún momento apoya la mano en las sogas tensas y entonces percibe la respiración del barco, esa coraza enorme que se expande o se aletarga según el movimiento del mar.

—África está aquí —les dice el capitán un poco más persuasivo—. África son todos ustedes.

—No.

La voluntad de emprender la travesía no admite pretextos. Los arrecifes de coral reciben candados, cerrojos, monedas inservibles al otro lado del Atlántico. Todo aquello que no tiene sentido transportar queda en depósito, en casa de amigos, en algún banco de empeño.

Thomas Erskin aguarda al pie de la escalerilla con su fusil de madera al hombro hasta que el último miliciano sube y toca cubierta.

—¡Abuela!

La pequeña Iris se desespera al ver las cuerdas deslizarse entre sus pies como serpientes marinas buscando el mar.

—¡Abuela! ¡Regresa!

Tiene el ímpetu de retener ese monstruo inmenso que se le escapa de la punta de los pies.

—¡Abuela!

Sus gritos se ahogan en los cánticos de la milicia, la alegórica expedición deja un tendal de viajeros rezagados que descienden de las colinas con sus maletas.

El buque se despega del muelle sin que nadie más lo advierta y entra al impreciso mar de la memoria, de las fabulaciones y los pequeños olvidos, un mar alfombrado de barcos, de barberos, de sastres y declamadoras. El mar de los relatos habitado por una flota inmóvil.

La flota negra se terminó de imprimir en noviembre de 2000, en Litográfica Ingramex, S.A. de C.V. Centeno 162, Col. Granjas Esmeralda, C.P. 09810, México, D.F. Composición tipográfica: Fernando Ruiz. Cuidado de la edición: Noemí Novell, Sandra Hussein, Astrid Velasco, Josefina Jiménez y Rodrigo Fernández de Gortari.